U0894490

——阅读之前 没有真相

午夜文库

绫辻行人作品集

绫辻行人 Ayatsuji Yukito (1960－)

日本推理文学标志性人物，新本格派掌门和旗手。

绫辻行人一九六〇年十二月二十三日出生于日本京都，毕业于名校京都大学教育系。在校期间加入了推理小说研究社团，社团的其他成员还包括法月纶太郎、我孙子武丸、小野不由美等，而创作了《十二国记》的小野不由美后来成了绫辻行人的妻子。

二十世纪八十年代是日本推理文学的大变革年代。极力主张“复兴本格”的大师岛田庄司曾多次来到京都大学进行演讲和指导，传播自己的创作理念。绫辻行人作为当时推理社团的骨干，深受岛田庄司的影响和启发，不遗余力地投入到新派本格小说的创作当中。

一九八七年，经过岛田庄司的引荐，绫辻行人发表了处女作《十角馆事件》。他的笔名“绫辻行人”是与岛田庄司商讨过后确定下来的，而作品中侦探的名字“岛田洁”来源于岛田庄司和他笔下的名侦探“御手洗洁”。以这部作品的发表为标志，日本推理文学进入了全新的“新本格时代”，而一九八七年也被称为“新本格元年”。

其后，绫辻行人陆续发表“馆系列”作品，截止到二〇一二年已经出版了九部。其中，《钟表馆事件》获得了第四十五届日本推理作家协会奖，《暗黑馆事件》则被誉为“新五大奇书”之一。“馆系列”奠定了绫辻行人宗师级地位，使其成为可以比肩江户川乱步、横沟正史、松本清张和岛田庄司的划时代推理作家。

绫辻行人“馆系列”作品年表

1987 《十角馆事件》

1988 《水车馆事件》

1988 《迷宫馆事件》

1989 《人偶馆事件》

1991 《钟表馆事件》

1992 《黑猫馆事件》

2004 《暗黑馆事件》

2006 《惊吓馆事件》

2012 《奇面馆事件》

绫辻行人作品集⑨

奇面馆事件

[日]绫辻行人 著
樱庭 译

新 星 出 版 社 NEW STAR PRESS

目录

出版前言

一九八七年，在日本推理文学史上是一个举足轻重的年份。在这一年，绫辻行人的“馆系列”登上舞台，改变了推理文学在这个东瀛岛国的发展方向，而这一改变的影响一直持续到了今天。

在“馆系列”之前，日本推理文学被一种叫作“社会派”的小说统治。这种类型的推理小说属于现实主义作品，淡化了谜团和侦探在故事里的作用，注重揭露人性的丑陋和社会的阴暗，和之前人们熟悉的“福尔摩斯式”推理小说大相径庭。

社会派推理小说的创始者是日本文学宗师松本清张，他在一九五七年出版的小说《点与线》是这类作品的发轫之作。小说诞生于日本经济飞速崛起之后，刻画了繁华背后日本社会隐藏的种种弊端和危机，因此引发了广大读者的强烈共鸣，一举取代了传统的“本格派”推理小说，统治日本文坛长达三十年。

在这段时间里，日本的每一部推理小说均或多或少地带有社会派痕迹；每一位创作者也都不同程度地受到了松本清张的影响。当时评论界有“清张魔咒”这样的说法，其统治力和影响力由此可见一斑。

随着时间的推进，新一代读者迅速成长。这些读者对于日本战后的情况缺乏起码的“感同身受”，导致社会派推理小说的读者群日渐萎缩；加之由于内容过于“写实”，导致作品出现“风俗化”趋势，进一步失去了读者的爱戴。

在八十年代初期，先后有几位创作者进行了尝试，主张推理小说回归本色，重拾“福尔摩斯式”的浪漫主义。其中，最具影响力的莫过于有“推理之神”之称的岛田庄司和他的代表作《占星术杀人魔法》。

八十年代末，在岛田庄司的指引和支持下，京都大学的推理社团高举“复兴本格”的大旗，涌现出一大批推理小说创作者，成为新式推理小说的发源地。这些创作者创作的小说被评论家称为“新本格派”，而其中成就最高、影响力最大的，莫过于绫辻行人和他的“馆系列”。

“馆系列”的灵感来源于绫辻行人的老师岛田庄司的作品《斜屋犯罪》，是当时非常典型的新本格式的“建筑推理”。所谓“建筑推理”，是指故事围绕一座建筑物展开，而这座建筑通常是宏大的、奢华的、病态的、附有某种机关或功能的、现实中绝对不可能存在的。这种超现实主义舞台赋予了谜团全新的生命力，使其更加具有冲击力。这种诞生于二十世纪八十年代的“二十一世纪”的推理，正是新本格派的存在价值和最高追求。值得一提的是，“馆系列”的主人公侦探名叫“岛田洁”。这个名字来自于“岛田庄司”和岛田庄司笔下的名侦探“御手洗洁”，也是绫辻行人以另一种方式在向老师致敬。

发表于一九八七年的《十角馆事件》是“馆系列”的第一部，截止到二〇一二年出版的《奇面馆事件》，这个系列总共出版了九部，并且还在继续创作当中。在这个系列里，绫辻行人运用了本格推理中几乎可以想到的所有手法，将“机关”渗透于故事的设置、陈述、误导、逆转、破解等各个层面。十角馆、水车馆、迷宫馆、人偶馆、钟表馆、黑猫馆、暗黑馆、惊吓馆、奇面馆……绫辻行人的“馆系列”犹如一部部悬疑大片，总能在故事被讲述到“山穷水尽”时，从不可能而又极其合理之处带给阅读者一次又一次震撼。

“馆系列”影响了当时所有从事推理创作的日本作家，直接鼓励了麻耶雄嵩、我孙子武丸、法月纶太郎、歌野晶午等一大批人走上了推理之路，其中也包括绫辻行人的夫人小野不由美。而其后京极夏彦、西泽保彦、森博嗣的出道，也和“馆系列”的启发密不可分，以至于这三位作家被评论界称为“新本格二期”。出道于二〇〇〇年以后的伊坂幸太郎、道尾秀介、东川笃哉、凑佳苗等新人，也都不同程度受到了“馆系列”的熏陶。二〇一二年获得直木大奖的女作家辻村深月更是为了向绫辻行人表达敬意，特意起了“辻村深月”这个笔名。如果说岛田庄司是当时第一个向“清张魔咒”发起挑战的作家，那么绫辻行人就是第一个击碎“清张魔咒”的推理作家。

之前中国内地曾有出版社引进、出版过“馆系列”，但一直没能出全；已出版的几册也因当时出版理念的影响，未能很好地展现这个系列的原貌，甚至出现了删改原版结局的情况。近几年，绫辻行人对“馆系列”做了修订，在日本讲谈社出版了新版，而中国读者还没有机会阅读这个版本，不能不说又是一大遗憾。

作为中国最大、最专业的推理小说出版平台，“午夜文库”经过不懈努力，在日本讲谈社总部及讲谈社北京公司的帮助下，终于有机会出版新版“馆系列”全套作品。“午夜文库”将采用全新译本和装帧，将最新、最完整、最精彩的“馆系列”呈现在读者面前。我们相信，作为已经经过时间验证、升华为经典的“馆系列”，一定会在“午夜文库”中占据重要而独特的位置，散发出永恒的光芒。

新星出版社

“午夜文库”编辑部

作者序言

亲爱的中国读者朋友们：

我以“绫辻行人”这个笔名出版《十角馆事件》一书是在一九八七年的秋天，距今已经超过四分之一个世纪了。自那时起，以“XX馆事件”为题、不断创作“馆系列”长篇小说便成了我的主要工作。到二〇一二年出版的《奇面馆事件》，这个系列已经出版了九部作品。我曾经说过要写出十部“馆系列”作品，距离这一目标也只剩下最后一部了。

在这一时间点，“馆系列”的中文新译版行将推出。旧译版只出到了第七部《暗黑馆事件》，这一次则将出版包括最新的《奇面馆事件》在内的全部作品。

跨越了国与国的界线、语言上的障碍以及文化上的差异，能在中国拥有这么多喜欢自己作品的读者，作为创作者来说，我在备感欣喜的同时，也感到了些许自豪。

“馆系列”作品着眼于“不可解的谜团与理论性的解谜”，属于通常意义上的“本格推理”小说。完成一部作品的方法有很多，除了重视这些着眼点以外，我一以贯之的目的，就是能写出具有“意外结局”的作品。当大家阅读到各个作品的结局时，如果能在“啊”的一声之后感到惊讶，对我来说就十分幸福了。

我听说，中国正不断地涌现志在从事本格推理创作的才俊。以“馆系列”为肇始的绫辻作品，如能对中国的推理创作事业的发展产生激励效果，那将是我无上的荣幸。

从《十角馆事件》到《奇面馆事件》，就请大家好好享受这段阅读“馆系列”九部作品的美好时光吧！

绫辻行人

二〇一三年三月

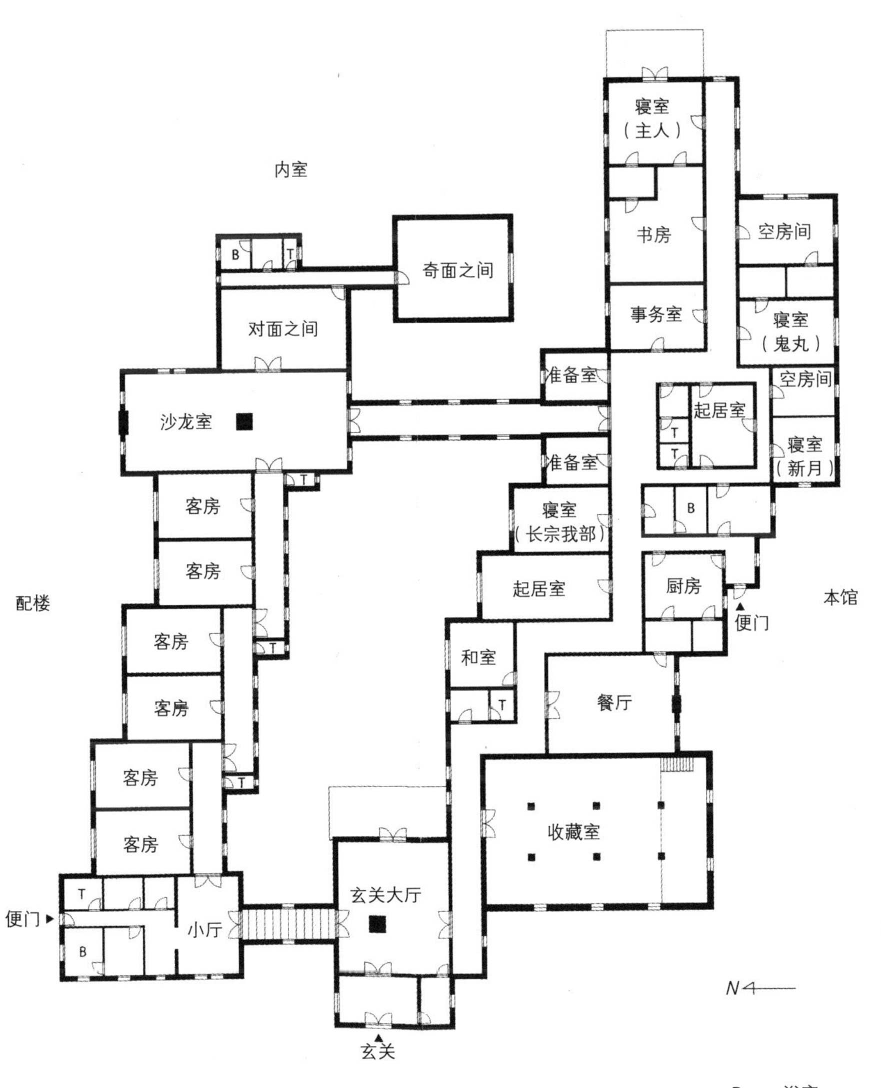
内室
奇面之间
B
T
对面之间
沙龙室
T
客房
客房
客房
客房
客房
客房
T
T
配楼
T
便门
B
小厅
玄关大厅
玄关
寝室
（主人）
书房
事务室
空房间
寝室
（鬼丸）
准备室
空房间
起居室
T
T
寝室
（新月）
准备室
寝室
（长宗我部）
B
起居室
厨房
便门
本馆
和室
T
餐厅
收藏室
N
B…… 浴室
T…… 厕所

奇面馆平面图

序　章

1

相传，世间有三名酷似自己的人。姑且不论传言真伪。在尚未结识那名男子之前，鹿谷门实确未遇到过与自己如此相似的人。

虽然不能算是“一模一样”，但容貌的确十分相近，肌肤亦为同等深浅的小麦色，甚至那时的发型也大致相同。鹿谷的个头略高，但两人同为纤弱身材。一问才知道，他们连出生年份都相同。

“鹿谷先生也是一九四九年生人吧。几月的生日？”

“五月份。”

“差了四个月啊。我是上个月的生日——九月三日。”

鹿谷瞬间想到，那是弗雷德里克·丹奈的忌日。不过，他选择了保持沉默。对方是自己的同行，但却是不同领域。就算此时与他谈起埃勒里·奎因，也不知道对方是否能够做出令自己满意的反应。

“我大致拜读过鹿谷先生的大作。其实，我并不算是所谓的本格推理小说的优秀读者。但是，谁让鹿谷先生笔下写过不少具有恐怖小说色彩、极其惊险刺激之作呢。”

“过奖了。”

“说起来，在您的大作之中，最令我产生浓厚兴趣的就要算那本《迷宫馆事件》了。”

《迷宫馆事件》是以鹿谷门实为笔名初次付梓的小说，即作为推理作家出版的处女作。一九八八年九月发行，距今已过四年。

“以前，我很喜欢宫垣叶太郎先生的作品。所以，‘迷宫馆’才令我感到震惊。”

“哎呀，那可是相当与众不同的小说呢。”

“将宫垣府上发生的真实事件，以‘推理小说的形式再现’了。对吧？”

“嗯，是的。”

“基本上我不善于解谜，这也是这部作品令我备受打击之处。但是，在后记中挑战读者的‘猜作者’环节却令我恍然大悟。”

“哦，是吗？”

“诡计也好逻辑也罢，我全不在行。但是，我绝不讨厌这种小儿科的‘消遣’。”

“呵呵……”

以上便是鹿谷门实与那名男子——日向京助初次见面时的对话。

时值一九九二年秋。出版《迷宫馆事件》一书的大型出版社稀谭社主办的某宴会会场，责任编辑江南孝明将此人介绍给鹿谷。

“刚开始我也吓了一跳呢。”

这是江南的诡辩。

“一瞬间，我差点儿以为鹿谷先生你又换了个笔名再出道了呢。”

“所以，我才会把丑话说在前面啊。”

“也对啊——可是，插在书里的传单上登出作者的照片还真是像你呢。”

“我可没见过。”

“不过读起内容来就知道，写作风格截然不同，所以才立刻化解了疑团。”

日向京助的处女作品集《汝，莫唤兽之名》于今年年初付梓。尽管该书由小型出版社悄无声息地出版，但依旧作为“怪奇幻想小说的可喜成果”，成为收藏家间的热门话题。江南也在看过此书一遍后产生了兴趣，便火速赶往作家居住的埼玉县朝霞与其会面。

“在柯南提起你之前，我就时常拜读日向先生的大作了。”

自从因缘巧合结识江南那时起，对于这位比自己小上一轮还多的年轻友人，鹿谷从未称之以“江南”，直到现在依旧唤他作“柯南”。

“那本书的腰封不是写有‘日本的洛夫克拉夫特’这样的推介性文字嘛。在书店看到的时候，忍不住买了下来。”

“真是不好意思。那可是不知能否畅销的略带不安之作呢。”

“没想到你这么贪心呀。”

“是吗？”

“今后你也会继续写那种具有怪异风格的小说吗？”

“这个嘛，要是仅从靠爬格子吃饭来考虑的话，也许写写受众面更广的推理小说也不错吧。”

“也有形形色色的推理小说嘛。像我写的那些作品，也不是每部都畅销的。”

“哎？是吗？‘迷宫馆’不是很畅销吗？”

“销量并没有很大啦。不过，自那本书出版之后，直到现在约稿的人还络绎不绝呢。这倒是值得庆幸的事。”

“这也是我想要向您请教的事情。一旦累积了若干年的职业生涯，会不会很抵触别人对于处女作的褒奖呢？”

“大概因人而异吧。就我而言，《迷宫馆事件》依旧是部相当特殊的作品……”

“因为那是以您的亲身经历作为题材的作品吗？”

“理由嘛，我已经写到后记之中了。”鹿谷轻轻耸耸肩膀，回答道，“除此之外嘛，就没什么可说的了。”

五年半之前，即一九八七年四月，在现实中发生了那起“迷宫馆杀人事件”。如今，鹿谷已经不想多说一句关于那起事件，或是“再现”此事的小说。

“是吗……”

日向模仿鹿谷的动作般耸了耸肩。

“不管怎样，今后还请多多指教。以后有机会再见面的话……”

2

第二年，即一九九三年三月末，那位日向京助突然打电话联系鹿谷门实。他说有件特别的事情想与鹿谷商量，希望能与他见上一面。

“本应我登门拜访，但无论如何也无法动身前往……”

也许是心理作用吧，日向的声音听起来不那么好胜了。

“对于与我只有过一面之缘的前辈作家的您而言，这实在是个厚颜无耻的请求。但是，请您屈尊前往寒舍一趟。如果可能的话，最好明天就来。”

究竟发生了什么事儿呢——鹿谷百思不得其解。

“如果有急事的话，在电话里说就好嘛。”

“虽然急着催促您跑一趟，但这件事实在不方便在电话里说。”

鹿谷自日向说话的口吻里察觉出他那被逼无奈的样子来。

于是——

翌日，鹿谷前往朝霞与日向会面。下午三点多，鹿谷凭借传真过来的手绘地图，抵达了距离东武东上线车站二十分钟车程的日向居所。

那是一幢小而整洁的木质二层建筑，看得出那建筑已有几十年的房龄。名牌上并未写有“日向京助”这个笔名，因此，在详细确认町名与门牌后，鹿谷按响了门铃。

“远道而来，实在抱歉。”

在这个时间，迎出玄关的日向依旧是睡衣外罩对襟毛衣的打扮。乱蓬蓬的头发，长期未剃的胡须，这与去年在宴会会场上见到的日向截然不同。如此一来，容貌本来基本相似的二人实难令他人有“相似”之感。

“您远道而来，家里却乱糟糟的，真是过意不去。”

“要去附近的咖啡店坐坐吗？”

“不了。去外面聊天有点……”

日向用左手手掌拢住左耳，有气无力地摇摇头。也许是心理作用吧，鹿谷觉得与上次见面时相比，日向的气色看起来也不太好。

“日向先生，你的身体不舒服吗？”

“看得出来吗？”

“嗯，是啊。不由得有这种感觉。”

“总之，请您先进屋吧。毕竟我这个中年男人一个人过日子，也没什么好款待您的。”

而鹿谷借发行处女作之机前往东京之后，始终也是“中年男人一个人过日子”的状态。他边回想着自己那被恣意乱丢的东西弄得乱七八糟的房间，边应邀脱鞋进屋。

鹿谷被让到一层的起居室。这里收拾得很干净，远远超出鹿谷的意料，令他感到十分震惊。在这并不宽阔的房间之中，年头久远的沙发与桌子占据了大半空间。

日向缓缓走向其中一个沙发，坐下后边向来客让着座，边再度用手掌挡住左耳说道：

“几天前，这边的耳朵就有些不对劲儿了。去医院检查后，诊断为突发性重听。”

“突然性重听？听声音很困难吗？”

“右耳正常，左耳听起来就困难了。而且多少有些眩晕。所以，出门的话多有不便。”

“原来如此。听力不方便啊……”

电话里难以说明，也是出于这样的理由吧。

“我已经决定明天住院了。尽量保持安静，并且持续用药。否则，最糟糕的情况，很有可能失聪。”

“那还真是要命啊。”

可是——

这与邀我至此有什么关系呢。

当着端正坐姿的鹿谷，日向从桌子上皱巴巴的烟盒里抽出一支烟，叼在嘴里。点上烟后过了好一会儿，才看似不怎么享受般地抽了一口。

“我对您这位业界前辈有个冒失的请求。”日向说道，“因此，有件事情想与鹿谷先生您相商。”

“什么事儿？”

“这周末，也就是四月三日、四日，您已经有约在先了吗？”

“四月三日吗？”

那是曼弗雷德·B．李的忌日啊——鹿谷的脑海里突然冒出这个念头，不过却没有说出口。

“就是大后天吧。”

四月上旬，的确有个短篇截稿。但是，单单就那两天时间来考虑的话，却没有任何限制行动的计划。

“那么，你那天有什么事儿吗？”

“实际上——”日向抵住左耳说道，“事情是这样的。那一日，在都内某处举行**某个聚会**。我在受邀之列，而且业已答复欣然前往。但是，我却突然得病了。所以嘛，也就是说——”

鹿谷隐隐察觉出对方的意图，不禁“唉”地轻叹一声。

“能否请您代我前去呢，”日向开口说道，“代替我参加这个聚会？”

“由我做你的代理人，参加聚会即可吗？”

“不是的。不是作为代理人，而是那个……鹿谷先生您和我不是长得很像嘛。所以，能不能……”

鹿谷再度“唉”的一声轻叹。

“你希望**我以日向先生的身份**前去参加聚会，对吗？”

“是的，就是这个意思。”

日向将烟掐灭在桌上的烟灰缸内后，自墙边小桌内拿出一封信。

“这就是那个聚会的请柬，好像是二月中旬收到的。”

日向边说边把信封递了过去。鹿谷接过信封后，先行查看了信封的正反面。

信封正面以漂亮的笔迹写下的收信人信息，的确是这里的地址与日向的名字。而背面的寄信人信息嘛……

“如您所见，邀请人为影山逸史。地址虽为文京区白山一带，但却在其他地方举行那个聚会。”

“影山逸史……”

略感讶异的同时，鹿谷不禁发出“嗯”的一声。

“有点儿意思吧？”

日向消瘦的脸颊上浮现出一抹浅笑。

“聚会的宗旨等相关内容都写在里面的请柬之中了。自两年前开始，便会不定期举行这个聚会。这是第三次。不过我还是第一次受到邀请。”

3

“邀请一些符合条件的人在那里住上两天一宿，每位参加者基本都会收到两百万酬金。”

听完日向的解释，鹿谷皱起了眉头。

“两天两百万……吗？”

“很大方吧。”

“的确如此。”

“令人想要怀疑这是某种可疑的，近似于诈骗的活动。”

“比如什么奇妙的自我启发研讨会什么的。”

日向郑重其事地点点头，说道：

“没错。无论如何我也无法盲信，便按照邀请函上的联络方式打电话过去、探了探情况。接听电话的并非邀请人本人，而是担任邀请人的秘书或助手的男子……”

——诸位，不必因突然受邀而心生疑虑。

如此作答的对方，声音颇为冷静，听上去也颇为诚实。

——作为基于影山会长的愿望而举行的聚会，请诸位不必多虑，将其视为一场小型聚会加入进来即可。既无很多人受邀，亦无严格的着装要求。至少您可以于受邀宅邸的沙龙室内，悠闲地享受这场聚会。

“其实我对危险的事儿还是很敏感的。”日向继续一本正经地说道，“这的确是个相当怪异的邀请。但也没有必要太过怀疑。从酬金数额来考虑的话，倒不如说是我侥幸抓住了机会。”

“唉。可是，日向先生……”

像是要打断鹿谷的插话般，日向继续说道：

“而且，碰巧我对那位被称为‘会长’的邀请人多少有些了解。他是大资本家的继承人，坐拥他父亲的公司与财产，年纪轻轻便出任会长一职。他肯定过着悠然自得的日子吧。对于他而言，区区两百万不算什么。”

即便如此，世上真有这等天上掉馅饼的好事儿吗？鹿谷依然心生疑虑。日向注视着无法释怀的鹿谷，说道：

“那么，我们进入正题吧。”日向宣告道，“我突然生了病，所以无论如何也无法参加四月三日的聚会。自然，两百万酬金也就打了水漂。因此，我想拜托鹿谷先生您一件事。”

“你希望我以日向先生的身份前去参加聚会，带回酬金给你，对吗？”

“实不相瞒，我就是想拜托您这么做的。二一添作五如何？”

“这个嘛……”

“也许你会觉得我很小气。可我的作家生涯刚刚起步，就算写小说也是艰难竭蹶。虽然我长年以其他笔名撰稿度日，但正如您亲眼所见，我依旧租住在便宜的房子里……总之，我很想一心扑在写作上，如此一来，上百万就算是巨款了。”

鹿谷知道了事情的来龙去脉。当然，他并不认为日向“小气”——尽管如此，鹿谷仍打算低头道歉、拒绝对方的请求。

这的确是个相当奇特的聚会。可是，它并不足以令鹿谷的好奇心膨胀到乐于参与的程度。何况，涉及两百万巨款的收受，一个不留神很有可能犯下诈骗罪。

然而——

随着日向更加深入的介绍，鹿谷不得不渐渐改变了态度。

“虽说是在都内举行聚会，但影山家的别墅却偏僻得吓人。邀请函上附有那幢别墅的照片。看了照片之后，我才想起自己曾经无意中知道了那幢别墅的地址——”

鹿谷含混地“嗯”了一声，同时看了看信封内。

“刚才，我不是说过对那位邀请人影山多少有些了解嘛。其实，昔日我到他家拜访过他一次——但与这次的事情完全无关。大概十年前，有份撰稿的工作强行派我去他家采访。我记得那时的确采访的是一位名叫影山逸史的人……”

犹如宣传册般，名为“邀请函”的东西与请柬一同封入信封之中。鹿谷打开一看，邀请函内印有几张照片。在看到那些照片的同时，一个念头掠过鹿谷的脑海。

——难不成？

“就连建在那种偏僻之地的宅邸都如此气派呢。因宅邸主人的爱好而搜罗到手的稀世假面珍藏品，以及宅邸本身那与众不同的建筑风格等因素，使得该建筑似乎得到了‘假面馆’或‘奇面馆’的称呼呢。”

“难不成——”将心中的猜测说出口的同时，鹿谷猛地向前探出身子，“难道，这是……”

“您对此很感兴趣吧？”

日向得意地点点头，重新叼起一根烟。

“据那次采访时得到的消息，当时的馆主——影山逸史的父亲影山透一在该宅邸建造之初，就委任名为中村青司的建筑师设计该馆。我说，鹿谷先生啊，您不觉得这真是一种奇遇吗？”

4

他偶尔会做**某个梦**。

某个令他即使绞尽脑汁去思索个中奥妙、也不得而知的恐怖梦境。

他不清楚，也想不起究竟是从何时开始做这个梦的。他觉得那既像是昔日旧梦，又好似近些年才开始梦到一般。

他首先感受到的是黑暗。

那是伸手不见五指的无尽黑暗。听觉丧失。嗅觉，味觉亦悉数丧失。四肢尚可自由活动，但却因这无尽黑暗而使自己茫然不知所向。

他一心以为日暮途穷，身体缩成一团，瑟瑟发抖。

此时，突然……

背后有人向他袭来。

他一下子被扑倒在地。他挣扎着、抵抗着，终于看到了袭击者的身影。尽管依旧身处无尽黑暗之中，然而不知为何，他竟然可以看到对方那灰白的身影。

那个灰白的身影上，诡异的脸。

他看到的是一张毫无生命力的极其冷酷的，与身为生物的人类相距甚远的脸——

恶魔。

这个词汇突然浮现在他的脑海之中，冲动伴随着几欲抓狂般的**恐怖**感。

故而，他……

第一章　四月暴风雪

1

这里就在东京吗？这里也算都内吗？

虽然已经做好了心理准备，但是初次亲身前往之时，新月瞳子依旧颇为犹豫。

这里真的是东京吗？这种穷乡僻壤也可以称之为都内吗？

虽说统称为东京，那也是相当大的区域。二十三区之外还有无数“市”“郡”“村”，甚至还包括一些岛屿在内。她对此心知肚明，却实难想到今天竟然来到这样一处偏僻深山之中……

瞳子现年二十一岁，都内某大学学生，今年四月起升至大四，三重县名张人。

对于土生土长的外地人来说，自然而然都会认为东京就是大城市。瞳子也是如此。三年前，她到东京就学后，仍如此笃信。即使听说过奥多摩或桧原村这样的地名，也从未将那些地方与“农村”

或“深山”真正联系在一起。

但是——

自电车终点站出来，换乘上颠簸起来没完没了的大巴。而后，又乘上自宅邸前来迎接自己的管理员的轻型面包车。瞳子都忘了自己在多久之前看到最后一幢类似民居的房子。一路上，根本没有自对面行驶而来、擦身而过的车子。由起伏颇大的车道转而折入铺有沥青的小路后，轻型面包车便越来越向森林深处驶去……总算抵达了终点，然而**此处**却连半点**东京的味道**都没有。

为什么挑了这种鬼地方？

瞳子事先了解过大致情况，但却怎么也想不到会是这个样子。

为什么特地挑了这种鬼地方，建造了这幢宅邸呢……

要是轻井泽或是那须的别墅区的话还不难理解，但是偏偏在这种说起来是东京尽头却无人知晓的土地上建造宅邸，为什么呢……

抵达宅邸后，向中年的管理人长宗我部先生道了谢，瞳子自轻型面包车的副驾驶座上下了车。长宗我部开车绕到宅邸后面，自便门开了进去。

“小姐，请您从前门进去。”

此时已入四月，却宛如严冬。来这儿的途中开始飘起雪花来，现如今宅邸屋脊也好、森林群木也罢，渐渐妆成素白一片。

狂风卷着雪花，吹乱了瞳子的头发。她边按住被风吹乱的头发，边再度打量起这幢宅邸来。

带有些许山庄风格的饭店——这正是瞳子对这宅邸的总体印象。不过，自宅邸正面的这个位置看去，宅邸左右两侧的外观极其迥异。

右侧建筑是白色灰浆外铺石棉水泥瓦的人字形屋顶。墙面的重中之重为外露的深棕色木结构，令略显陈旧的西式建筑看上去尽显潇洒。

与此相对，左侧建筑为张贴黑色石材的铺瓦屋顶，令人有庄严刻板之感。与其说是日西折中，倒不如说是无流派的建筑风格。

地基原本就倾斜着。左侧建筑比右侧高出一层楼。尽管建筑物本身都是平房，但因此高低平面的差异导致整体看起来犹如二层建筑一般。无论如何——

于这样的穷乡僻壤之地，建有这个孤零零的建筑——这仍是件奇怪的事情。据说这里已建成二十余年，看来当初的主人一定是个非常奇怪的人。

现在刚过下午一点半——她几乎准时到达。

瞳子双手抱紧水桶包，向玄关处小跑过去。她边跑边后悔自己不该身穿春装外衣到这里来。

玄关处的硕大双开门上附有罕见的门环。假面……没错，那门环犹如仿制的死亡面具一般。

贯穿那充满暗淡金属光泽、令人毛骨悚然的人面双颊的黑色铁环吊垂而下。左右门扉各有一个相同的假面门环。

瞳子的手伸向另外的门铃。就在她几乎要按上门铃之时，大门一下子打开了。

“新月小姐，您辛苦了。”

前来迎接瞳子的是名身材瘦长的青年。

黑色西装内的黑色衬衣里打着黑色领结。彻头彻尾的一身黑。

“请在棕垫上除去鞋底污渍后进入宅邸。”

“好、好的。”

“会长昨夜到此。明日下午，客人们会尽数离开。但是，会长预定在此多逗留一夜。因此，你的工作时间定于自现在起直至后天中午的全部时间。这期间都要拜托你了。”

“好的。我明白了……不，是‘我知道了’。”

这是第二次与这位青年见面。初次见面是在本周周初面试之时。那时，他同样是这种浑身漆黑的打扮。年龄大约在三十出头……不，或许快四十了也说不定。

他的举止恭敬，极为老成。尽管是位肤色白皙、相当俊美的男子，但他表情不动声色般地几无变化——哎呀，真令人紧张。

他姓……对了，他姓鬼丸。是个奇怪的姓氏。全名是鬼丸光秀……吧？他是此处宅邸之主、瞳子的雇主，即那位“会长”先生——影山逸史颇为信赖的秘书。

“这场四月的暴风雪……”招待瞳子进屋后，鬼丸边关好大门边自言自语道，“下得真不小啊。”

“刚才车内广播报了强烈的寒流和低气压怎样怎样的。”

“路上好走吗？”

“还好——不过，前来接我的长宗我部先生看起来很担心。他说这场雪下得不合时宜。”

“即使这里地处深山，但严冬也不容易积雪。”鬼丸面不改色地说道，“只盼望诸位客人能够安全抵达就好。”

“有自驾车的客人吗？”

“六名客人之中，三位都是自驾前来。另外的三位，则安排他们自车站乘计程车至此。”

自入口处一直向里走，就是有着高高的天花板的宽阔玄关大厅。此处温度远远高于屋外，但空气寒冷依旧。

正面一根硕大的立柱十分引人注目。这根贴有灰色面砖的四方立柱，每一面都有一米之宽。

在那根柱子离地一米高之处，嵌有好似陈列架一般，于柱子自身开凿出数十公分的进深、并加覆以玻璃门的结构。然后，那其中放着的是——

瞳子走近立柱。

架子上收藏的是一枚毫无光泽的银色假面。应该是某种金属材质的吧。那是个令人联想到所谓“铁假面”的全头假面，但面部构造细腻得令人惊叹，刻画出双眼眯成一道细缝、好似至今仍陷入沉睡一般的人类表情。

瞳子从未见过这样的假面，总觉得那是十分难得、非常奇妙的……

“这是……”

瞳子不觉脱口而出。此时——

“新月小姐，请你听好。”

瞳子听到唤声，才突然回过神来。鬼丸光秀就站在她的身后。

“正如我方才已经解释过的那样，交给你的工作不难完成。为客人们带路、简单地侍奉用餐以及收拾房间……不过，有一个微不足道的规矩请你无论如何也要遵守。事先我也对你说明过这个规矩了吧。”

“啊……是的。”

瞳子不由得立正站好。

——哎呀，果真好紧张啊。

“总之，先请你拿好这个。”

鬼丸边说边递给瞳子一个纸袋。那是一个茶色的手提纸袋。

“这是为你准备的假面。**为了不让会长看到你的相貌**，会长在场之时，请你一定佩戴此物。没问题吧。”

的确，鬼丸事先曾向瞳子做过说明。但是，直到实际接手了真正的假面，瞳子才真真正正心生奇妙之感。她尚未见过雇主影山逸史，据说他自己也惯于在人前戴假面。

“顺便说一句，我也是如此。”

鬼丸边说边徐徐地指给瞳子看向**那样东西**，它就摆放在柱子一侧的桌案上。

那是一枚能面，雪肌、细目、蹙眉、鼻下稀须。这具男性能面是“中将”……不，是“若男”吧。

当着瞳子的面，黑衣的俊美青年秘书拿起那枚能面，佩戴好后继续说道：

“我领你去你的房间，先把行李放在那里——我帮你拿包吧。”

“没关系。我拿得了。”

瞳子把包挎在肩膀上，改用右手拎着那只装有假面的纸袋。

“那么，我们走吧。这边请——”

鬼丸说道。

2

“预计客人们于本日四点至五点间到达此处。在此之前，我带你大致参观一下馆内各处。”

瞳子跟在鬼丸身后，进入延伸至玄关大厅右侧深处的走廊之中。

“此处宅邸大致分为两栋建筑。这边是位于南侧的主楼，除了影山会长的书房与寝室，餐厅、厨房、收藏室，连用人的房间也都设于主楼。”

悄无声息地走在铺有厚厚地毯的走廊上，鬼丸解说道。

“那个收藏室是收藏什么的呢？”

瞳子好奇地问道。

“收藏着假面。据说，宅邸的第一代主人、影山透一老爷的爱好就是收藏古今中外的各种假面。”

“这样啊。”

影山透一。

瞳子第一次听说这个名字。恐怕他早已过世，而他的继承人便是影山逸史吧。

——不过，他竟然喜欢收藏假面啊。刚才那个奇妙的假面也是他原先收入囊中的藏品之一吗？

“自方才的玄关大厅向相反方向穿过上行楼梯通道后，就可以到达北馆了。那里专供访客使用，今晚的聚会多半在那边举行。仪式也是。”

“仪、仪式吗？”瞳子不由得一阵面部痉挛。

鬼丸毫无察觉般继续说道：

“只是找不到其他更加适合的词汇，所以才称其为仪式的。并不是什么奇怪团体的危险聚会。不必担心。”

“这、这样啊。”

瞳子强忍着无法舒缓的紧张感。

“不过嘛……这里还真是个超级偏僻的地方呀。”瞳子缓缓说道，“就算这里是别墅，为什么……”

“吃了一惊吗？”

“嗯，是啊。”

“二十五年前在此处建造宅邸的那位影山透一老爷似乎是个相当奇怪的人。”

“就是说嘛。”

“还有传闻说他曾于伊豆诸岛的某处建有宅邸。也许他就是那种可以自与众不同之中发掘出意义的人吧。”

“会吗……”

伊豆诸岛也是东京的一部分。与之相比，还是仅需陆路跋涉就能抵达的**此处**相对好一些。

“鬼丸先生从什么时候开始担任会长先生的秘书呢？”

瞳子只是好奇而已。

“截至今年秋天整整三年。”

“据说会长先生年仅四十出头而已，他名下就有了很多公司。请问，他到底是个什么样的人呢？”

“这个嘛……”鬼丸稍显踌躇后，如此回答道，“某个时期以后，年纪轻轻又很少出现在大众视线内的会长先生，的确拥有过人的才智与强大的运势。尽管自前年起日本经济骤然恶化，但会长名下相关各公司的业绩都极其顺利……不过这些年来，会长自身却相继发生各种不幸。”

说到这里，鬼丸停顿住了。他以手掩住能面之口，清了清嗓子。

“不幸？比如家里的人生了病什么的吗？”

瞳子条件反射地问道。

“我倒不十分喜欢你这种猜测呢。”

鬼丸严厉地责备道。

“哎，对不起。”

“基本上，我是以谨言慎行为信条行事的。即便是非答不可的问题，也会于深思熟虑之后再回答。”

“十分抱歉。”

瞳子钦佩地低下了头。

“不过，我从未见过会长先生……所以，嗯……有些不安。”

“砂川太太什么都没有对你说吗？”

“听她说了一些。但是，说得没有那么详细。”

鬼丸提及的“砂川太太”是瞳子姨妈的姓氏。砂川雅美，二十九岁，年纪轻轻就结了婚，而后一直住在这里。虽说她是瞳子的姨妈，但并没有与瞳子相差很多岁。因此，雅美一直将瞳子当作妹妹般疼爱。

这位砂川雅美原本在位于白山的影山本家做女佣。本来，今日的**那个聚会**也是雅美的工作，但是在一周前，即上月二十七日，她突然主动联系了瞳子。

如今，雅美身怀备受期待的头胎宝宝，预产期为七月。她估计四月初聚会举办之时，尚且不会对工作造成影响。可是进入三月下旬，雅美的身体状况突然恶化，眼看就有流产的危险。听从医生要她停工、安静养胎的指示后，雅美这才推荐侄女瞳子代替自己在此工作。

——要是小瞳你的话，肯定没问题啦。又不是什么难干的活儿。我还强烈推荐你，说“这孩子错不了”哦。这样一来，老爷也会相当信任我了。所以嘛，拜托了啦。

电话中，雅美这样一再恳求——但是，瞳子依旧相当犹豫。

很久以前，她就听雅美说过影山家代代都是富豪。这样的话，他何必用一个打工的学生呢。优秀的专业人士不论多少，他都能雇得起吧。那样才真是错不了呢。

——也许这么说也没错啦……不过，对于我来说，我可不愿意因为我个人的事情，找个完全不认识的人来代替自己工作。横竖要有个人来做这份工作的话，当然要让我那可爱的小外甥女来做嘛。这可是我这当小姨的一片心意哦。

雅美热忱地说服瞳子。

——虽然是个有点儿奇怪的聚会，不过绝对不会发生危险的事情。而且，还有笔可观的收入哦。何况，我觉得这对于你的将来也是种不错的经验啦……我说，怎么样嘛？小瞳瞳，肯不肯帮人家做几天工嘛？

既然跟自己关系良好的姨妈都说到这个份儿上了，自然也没有理由断然拒绝她。

本应结束的混乱的泡沫经济结束后，就业冰河期的到来渐渐成为现实。在这种时代背景下，所谓“可观收入”的保证还是相当诱人的。何况，寒假并没有计划要做什么……于是，瞳子还是答应了雅美。那之后的第三天，与鬼丸会面并接受测试的瞳子，竟然顺利通过了面试。

“到了。就是这里。”

鬼丸停住了脚步，指着一扇门说道。那是一间位于主楼多少有些偏僻之处的房间。

“已经为你准备好替换的衣服了。放好行李后，请先换衣服。拖鞋也准备好了，因此也请换下你的鞋子。”

“好的。”

“我在此等候。请你换好衣物后立刻出来。记得带好我交给你的面具。没问题吧。”

3

置于床上的扁平收纳篮里放有工作服。

藏蓝色连衣裙附白色饰边的围裙，即裙装围裙，也可以称其为英式传统女佣风格。虽然不知道这是不是主人的爱好，但是居然连与围裙相配的发圈也一应俱全。

瞳子还是第一次穿上这样的服装。尽管她心里的确是半稀奇半羞赧，但这毕竟是工作，容不得自己说三道四。那身衣服与事先申报的体形相合、尺寸刚刚好，穿起来的感觉绝不会差到哪儿去。

换完衣服后，瞳子从鬼丸交给自己的纸袋中拿出了假面。

与鬼丸的假面相同，装在纸袋中的也是能面。那是小巧的年轻女性能面——“小面”。

到底会让自己戴上怎样的假面呢？在瞳子的想象中，让自己戴上的假面会比现在这个更加奇怪。如今，她总算安心了。

可是，戴上这个能面后再戴上发圈的话，会是什么样子呢——不用试就知道，这也太不相配了吧。

瞳子将发圈放回收纳篮之中，而后出了房间。她将假面拿在手中，并未戴上。

“还挺快的——嗯，很配你呢。”

一直等在走廊的鬼丸说道。尽管如此，在假面之下的那张俊美容颜依旧不动声色，毫无表情吧。

“那么，请走这边。”

鬼丸催促着瞳子向建筑物更深处走去。稍微走了一会儿后，走廊呈直角向左方拐去。于是，鬼丸抬起一只手，指向前方说道：

“前面就是可通向配楼沙龙室的通道。侍奉用餐等事均经由此处，无须自玄关绕远道过去。”

“好的——不过，这里好容易迷路啊。”

“稍后我会给你一份建筑平面图。你也要好好记住客人们的房间分配才是。”

“是。”

瞳子话音刚落，此时——

前方不远处的右侧，可以看到走廊的拐角处，突然有个人影现身了。

那人穿着肥大的灰色睡袍，头部大得不可思议，显得有些失衡。他的左手还拿着一根长长的棒状物……

“那位是影山会长。”

鬼丸边低语边用肘部碰了碰瞳子。

“喔……”

瞳子慌慌张张地用手中的假面覆面，就连系好位于头部后面的带子以固定假面的时间都没有。

“你好。辛苦你了。”

馆主影山逸史看向瞳子，以过于含混不清的声音说道。瞳子立刻明白，是那连嘴巴都完全覆盖住的假面导致了他的声音含混不清。原来他也戴着假面呢，头部大得比例失调也是这个缘故吧。

“这位女性就是砂川太太的……”

“正是。”鬼丸回答道。

面具覆面的瞳子说道：“您好。我是……”

“砂川太太的外甥女,对吧？听说你是药学部的学生。几年级了？”

“开春起就是四年级了。那个，嗯……”

无论如何，还是好好打个招呼才行啊。

“我是代替雅美太太……啊，不，我是经姨妈介绍前来代替她做事的新月，新月瞳子。这次要给您添麻烦了。”

“是我要给你添麻烦了呀。”

影山回答道。虽然根本无法窥知他那隐藏于假面之后的表情，然而瞳子却隐隐觉得他没有想象中那样严厉，甚至还留下了柔和优雅的印象。

“生疏的工作大多会令人不知如何是好，但还是要依仗你了。你可要好好听鬼丸的吩咐呀。”

“是。”

瞳子见过影山所戴的面具——光泽黯淡的银色面具。那的确与玄关大厅的陈列架之中的面具是同样的……

“我就在配楼的内室。如果客人到齐的话，就如往常那样准备就行——拜托你了。”

如此命令鬼丸后，影山转过身去，背对着瞳子他们，缓缓地自走廊离开。他左手拿着的，似乎是收入刀鞘之中的武士刀之类的东西。

“那是‘主人的假面’。会长每每到这幢宅邸的时候都会戴上那个假面。平日里还会戴上其他假面。”

直至主人的背影消失不见，鬼丸才如此告诉瞳子。

“玄关大厅里有那个面具吧，形状、表情都一模一样……”

“‘主人的假面’也被称作‘祈愿之面’，与摆放于玄关大厅之中的那个面具是一对。”

原来如此。那并不是“入睡”，而是“祈愿”的表情啊。

“这里另有六组构造相同的假面。砂川太太没有提过吗？”

“提起过——但是，我总觉得那假面似乎非常不方便啊。看起来沉重，戴上去也不舒服。就那么戴着假面的话，连喝水都很困难。”

“的确如此。”

“我还是觉得很奇怪呀，为什么会长先生要戴着那样的假面呢？他自己戴就算了，为什么连我们也要戴那种……”

“会长先生就是这样的人。”

“难道他的脸上受过严重的伤吗？”

“不是的，他并没有受过什么伤。”

“那是为什么呢？”

瞳子摘掉面具，不解地问道。

鬼丸平静地回答道：“也可以说那是为了令自己心境平和吧。”

“心境平和？”

这是什么意思呢——瞳子更加费解了。

“还有就是，刚才会长手里拿的**那个**，是刀还是什么呀？”

“那是会长身居此处时，随身携带的影山家的传世名刀。”

“为什么要随身携带那种东西呢？”

“据我看，那也是为了令自己心境平和才携带的。”

“这样啊。”

“无法理解吗？”鬼丸斜视了瞳子一眼，低声叹息道，“虽然我很想谨言慎行……好吧，如今你非想知道不可的话，我就详详细细地解释给你。”

鬼丸一本正经地说道。瞳子反倒变得非常惊慌失措。

“啊，不用了。”她摇摇头说道，“今天就算了。”

之后，瞳子在鬼丸的带领下走遍了馆内各处要地，并听他详细讲解今晚的工作内容。

长宗我部全权负责所有的料理。而且，并没有确定所有人齐聚一处用餐。侍奉用餐的工作原来很简单。

不过——

瞳子越听越觉得自今晚至明日举行的那个聚会不同寻常——她已经能够充分理解那个聚会的不同寻常之处。瞳子甚至认为纵使林子大了什么鸟都有，可这世上还会有比这更奇怪的聚会吗？

4

午后四时许，鬼丸接到其中一名受邀客人的电话，希望有人前来迎接。之后，他便仓促离开了宅邸。

那名客人说自驾的车子在途中出了故障，无法启动。幸好其附近有民居，可以借到电话进行紧急联络。

“由我亲自前去迎接重要的客人吧。”

鬼丸的这番话，制止了准备出发的长宗我部。

“积雪颇深，以那辆轻型面包车载客着实令人担心。即使给它装上链子也很费时。”

鬼丸所指的就是昨日由主人开来的西玛四轮驱动车。从某种程度上来说，那车更适合在雪地上行驶。

“在我返回宅邸之前，就拜托新月小姐接待客人了。”鬼丸边看手表确认时间，边对瞳子下达命令，“诸位客人即将抵达。按照方才我交代给你的那样迎接来客——没问题吧。拜托你了。”

5

鬼丸走后不久——午后四点十分，首位来客抵达宅邸。

门铃响后，前去应门的瞳子打开了玄关大门。她看到一名身着茶色皮夹克的男性。那名男性边掸着肩臂的积雪，边说着“啊，你好呀”，向瞳子打起招呼来。他呼出的气体因严寒而变得一团纯白。

“我是受邀前来的。这里是影山逸史的宅子吧——啊呀，今儿是我第一次来啊，可是绕了不少路。再加上这场雪——早点儿出门还真是出对了。”

“欢迎光临。恭候您的到访。”

瞳子毕恭毕敬地行礼。来客随即舒眉回道：

“迎接我的是位年轻的女仆小姐呀。”

“啊，是的。不过，我只是兼职……”

“女仆小姐是兼职的吗？”

“是的。突然接手姨妈的……啊，没什么，对不起。我的名字是新月瞳子。”

谨言慎行——鬼丸的声音似乎在瞳子的耳畔响起。

她再度行了一礼，说道：“照顾不周之处，还请您多多包涵——请问，您是自驾前来的吗？”

“是呀。”

客人点点头，自夹克口袋之中掏出车钥匙。

“现在还用着冬季轮胎呢。谁能想到入了四月还下了这么大的雪呢。途中差点儿抛锚了——我把它停在门廊尽头了，要挪去别处吗？”

“不用了。我觉得可以停在那里。”

客人迅速回头瞥了一眼，同时喃喃自语道：

“可是，照这个样子雪越下越厚的话，不知道明天能不能回得去啊。”

“啊，对了，请您进屋吧。”

瞳子把客人让到玄关大厅后，先请客人坐在大厅正面窗畔处摆放着的沙发上，而后开始进行必要的确认程序。

她手上有一份鬼丸交给自己的文件。黑色封面的活页夹之中，有六名受邀客人的名簿与宅邸平面图。

“恕我冒昧，请您先出示一下本日的请柬以及您的某种身份证明，让我确认一下可以吗？”

瞳子打开手上的资料夹说道。

“啊，这样啊。”

客人从放置脚畔的波士顿包中东翻西找着，不久后便拿出了装有请柬的信封，以及一个黑色卡包。

“请。”

“失礼了。”

瞳子确认着那信封上的收信人住址——埼玉县朝霞市XXXX。信封内也的确有本日聚会的请柬。

瞳子翻开了名簿。

按照排列顺序，六名受邀客被分派了一至六的号码。瞳子立刻知道这是其中的第五号客人。

现居地——埼玉县朝霞市XXXX。嗯，对，就是这个。

职业——小说家。笔名是日向京助。

接下来的一栏是——

出生年月——一九四九年九月三日。

之后的备考一栏内还记载着“初次参加”的字样。

“您是小说家老师啊。”瞳子对这方面并非完全不感兴趣，因此自然而然地说道，“日向京助老师？”

“嗯？哎……”

不知道为什么，客人似乎难为情地抓了抓头。

“姑且算是个新手吧。”

小麦色的面庞，少许凹陷的眼，硕大的鹰钩鼻子，厚实的唇——乍一看，他长得有些阴沉，但是方才那轻松的口吻很是和蔼可亲，缓和了瞳子的紧张情绪。

卡包里放有驾照。瞳子确认着驾照上记载的内容（他的原籍似乎是京都），以及证件照。

证件照上的脸略显无精打采，发型也与本人相差甚远。这令瞳子略微感到些许不协调。但证件的更新日期是前年，考虑到时间因素以及这种照片的上相度，推断“没问题”才是没问题的吧。

“请您收好，谢谢您的配合。”

瞳子边行礼边将请柬与驾照递还过去。

名簿编号为五的埼玉小说家、日向京助……瞳子于心中默默回味对方的信息之时，打开了资料夹内的配楼平面图。

“其他人还没有到吗？”

小说家向瞳子问道。

“是的。这种天气多少都会令诸位延误的吧。”

“一共有几名受邀者呢？”

“听说一共有六名访客。”

“这里的主人影山逸史先生呢？他已经到了吗？”

“是的。昨夜抵达这里。”

“是嘛。”

“那么，嗯……日向先生。”瞳子合上资料夹后说道，“我带您到您的房间去。这边请。”

6

穿过自玄关大厅通向北侧配楼的宽阔上行楼梯通道后，是一个小小的厅。有一道走廊自这处小厅向右首方向、即东向延伸。来客使用的寝室就并列排在这道走廊一旁。

现居朝霞市的小说家被分配至自走廊最外面数的第二间房。领路至那个房间后，瞳子便按照方才鬼丸的教导，为那位小说家讲解道：

“今晚，这里将作为寝室供您使用。替换衣物就在衣橱内，请您于逗留期间更换上。另为您备下鞋子与睡衣。请您于此处脱下鞋子，更换拖鞋。”

“**有这种规矩啊**。”小说家点了点头。

瞳子说着“是的”，亦点点头作为回应。之后继续说道：

“那边的**那样东西**，请佩戴好。”

瞳子指了指放置于小型双人床一侧的床头柜方向。小说家困惑地“嗯”了一声，朝瞳子指示的方向走了过去。

“哎？这又是……”

“您不知道吗？”

毕竟是初次参加，看来他并不清楚**这个规矩**。

“定于本日的聚会之中有些请大家务必遵守的规矩。最重要的一条就是那个假面。”

床头柜上放置着一枚毫无光泽的银色假面。

那假面与主人所佩戴的“祈愿之面”构造相同，只有刻于面庞之上的表情相异。鬼丸曾经提到过“这里另有六组构造相同的假面”，这便是其中之一。

“自这间寝室外出时，请您务必戴上那枚假面。虽然会为您多少带来不便……”

“啊呀……”发出犹如低低赞叹般的声音后，小说家回头看向瞳子问道，“玄关大厅有个和这个差不多的假面吧。”

也许是心理作用，瞳子觉得对方投向自己的目光很是锐利。

“是的。据说那是被称为‘祈愿之面’的‘主人的假面’……”

“祈愿……吗。那么，这个呢？它叫什么？”

小说家弯下腰，细细端详着床头柜上的假面。瞳子赶忙翻开那册资料夹，找到名簿编号为五的那页后，说道：

“它叫……啊，那是‘哄笑之面’。”

“哄笑……‘笑面’吗？”

小说家自言自语道。而后，他将两手伸向那枚假面。

“难不成这假面一旦戴上就摘不下来了吗？”

也许他只是打算开个玩笑，却也具备“猜个八九不离十”的洞察力。瞳子一边回忆着鬼丸的话，一边补充起必要的说明来：

“那个假面嘛，有个相当特殊的构造——**那上面有道锁**。”

“锁……是吗？”

“戴好假面后，一旦上了锁就无法摘下来了。”

“这样啊。这还真是与众不同呀。”

“姑且将钥匙放入那个床头柜的抽屉中了。不过，今晚即使佩戴假面，也没有必要上锁。”

“配锁的假面——”小说家抚摸着尖尖的下巴思量着说道，“倒是略有耳闻。但是，为什么这种……”

此时，传来玄关门铃的声音。看来，下一位客人到了。

“啊，我得去看看——那就告辞了。”

瞳子慌忙低头行礼，向房门退去。

“客人们全体到齐后，预订于六时许在主楼集中一次——届时我会前来接您。此前，请您好好休息。”

7

瞳子迎来了第二位客人。据那位客人讲，他也是自驾至此。

“真是服了这天儿了，怎么偏偏是这种鬼天气啊。”那位客人急匆匆地进了门，边簌簌抖下满身积雪边说，“还好开的是休闲车。要不然，没准儿半途就得撂挑子……”

带兜头帽的黑色长款大衣，外加硕大挎包。他比第一位客人略矮，但体格相类……不对，仔细观察的话，就会觉得这位客人有些发福。两位客人虽属同款长相，可这位的脸上、下巴处却有些明显的赘肉。

“啊，您……您一路辛苦了。”

“哦呀？这次换了位女仆小姐呀。”

“啊？是的。我——”

是临时过来兼职的……瞳子差点儿将这句话脱口而出。她忍住后改口道：

“……还是名新人，请您多多指教。”

“这样啊，我知道了。多指教喽。”

来客浅浅地笑了笑。

“其他的客人呢？”

他问道。

“目前只有一名来客抵达此处。”

“是嘛——那位秘书先生鬼丸呢？”

“方才，他开车去接一位客人。我想他很快就会回来了。”

客人说着“这样啊”，再度点了点头。

“话说回来，这场雪还真是令人担心啊。”

他喃喃念着类似管理人长宗我部说过的话。

“要是再这样下个没完的话，也许我们会被困在这里。对了，后面的车库里还有几个空的停车位，我把车子停在那里了。”

“我知道了——不过，我听说即使寒冬腊月，这一带也不会为积雪所困。”

瞳子说道。如此一来，客人边说着“这是当然的吧”，边焦虑不安地皱皱眉头。

“可是，正是因为这反复无常的天气，差不多每十年就会发生一次为雪所困的事儿呢。”

“若是被困于此，可真令人头痛啊。”

“可不是嘛，当然会令人头痛啊。”

瞳子带领来客至玄关大厅的沙发处坐下后，依照方才的程序实施例行确认。

现居地——东京都三鹰市XXXX。

职业——经营公司。S企划的社长。

名簿上分配给他的编号是一号。这是他第三次参加聚会。而且——

出生年月一栏引起了瞳子的注意。

出生年月——一九四九年九月三日。

毫无疑问，驾照上也记载着相同的日期。

一九四九年九月三日——他与方才接待的那位五号客人是同年同月同日生的。

“请称呼我为社长先生。”

瞳子确认完毕、将请柬与驾照一并归还给一号客人的时候，他如是说道。也许是心理作用吧，瞳子觉得那句话听起来有种莫名的自卑感。她模棱两可地点点头应和。此时，一号客人继续说道：

“或是称呼我为soma也可以。”

“soma？”

“那是我的名字啦，是测字先生帮忙想的名字。创世纪的‘创’、‘创马’。听习惯了也觉得这名字还不错。”

“会吗？”

现居三鹰市的创马社长以指尖按住右边眼角，似乎很不舒服。瞳子本以为他会频繁地眨眨眼睛、以舒缓眼部不适，却见这位社长先生自挎包之中拿出了眼药水，润了润眼睛。

“那么，由我为您领路，带您去房间。”

瞳子话音刚落，来客立刻说道：

“啊，不必了。我已经受邀参加过三次聚会，知道在哪儿。还住那个房间对吧，就是最外面、靠沙龙室的那个房间吧？”

参照文件夹内的平面图来看的确如此。他的房间就位于那里。

“我的假面还是那枚‘欢愉之面’吧。”

“是的。还是那枚假面。”

对于有过参加经验的客人，分配的房间及假面似乎都是固定的。

“我也很清楚这里的规矩，你不用担心。”

说罢，客人独自走向通至配楼的路。走着走着，他又回头向瞳子问道：

“馆主还好吗？”

“这个么……还好吧。”

话虽如此，但仅凭走廊中的寥寥数语，瞳子实难了解影山会长的身体状况。

“他应该位于配楼的内室之中——不过，嗯……基本说来，来客可以于馆内自由活动。唯独内室，请勿擅入……”

“我也清楚这点啦。”

说着，客人再度浅笑起来。

8

而后，瞳子迎来第三位客人。

时值四点五十分左右。这位客人是打车至此的。

“司机先生可是谨慎派的，途中险些折返而回了呀。”

他一进门便如此说道。说毕，还夸张地摊开双手——

“路上我还帮忙给车上了防滑链，好不容易才开到这儿。其他人没事儿吧。”

卡其色羽绒服，大型登山包。相貌、体形与最初迎来的小说家有几分相似，但却戴有与那位小说家相异的奢华银框眼镜。

进行既定的确认工作后，瞳子知晓他是名簿编号为四的客人。看到记载的“现居地”一栏时，瞳子不禁惊呼道：

“您来自北海道吗？特地远道而来……”

“哎呀，好啦，省省这么一本正经的客套话吧。”客人流露出自然的微笑说道，“你是新来的女仆小姐吧？怎么称呼你呢？”

“我姓新月。新月瞳子。”

“名字是哪两个字？”

“写作瞳孔的‘瞳’，瞳子。”

“这样啊。真是个好名字呀——承蒙您照顾。请多指教啦。”

“哪里，不敢当。我才要……”

这是位令人留有美好印象、通晓人情世故的男性。

现居地——北海道札幌市 XXXX。

职业——建筑师。M&K 设计事务所联营者。

此次是他第二次参加聚会。而且，他的出生年月是——

出生年月——一九四九年九月四日。

与前两位客人的生日仅仅相差一天，出生年月却是一致。按照鬼丸的交代，一两天的误差亦属“没问题”之列。

对方提供的身份证明并非驾照，而是医保卡。故而，无法确认此人相貌是否与证件照一致。

“现下，我的驾照被吊销了。”

这位现居札幌的建筑师说话声音多少有些不痛快。

“最近刚发生了一件麻烦事儿，一下子就被吊销了驾照。”

他微微皱眉，向上拢拢刘海。此时，瞳子注意到对方的额头一角有一处较大的伤痕。那是于事故之中受的伤吗？不对，看上去那似乎是道旧伤……

确认完毕后，瞳子依序将其带至配楼。四号客人的房间自内向外数是第四间，自外向内数是第三间。假面是“懊恼之面”。

9

不久，鬼丸光秀载着第四位客人安全抵达宅邸。

瞳子总算自陌生工作产生的紧张感之中解脱出来了。新到的客人一脸假笑地对瞳子说道：

“鄙人名叫忍田天空。”

他不仅做了自我介绍，甚至还递给瞳子一张名片。

“我在横滨经营一家魔术吧。如果您感兴趣的话，请务必赏光。”

来客的名簿编号为二号，是名现居横滨市的魔术师。此次为第三次参加聚会，出生年月为一九四九年九月二日。他的假面是“惊骇之面”。

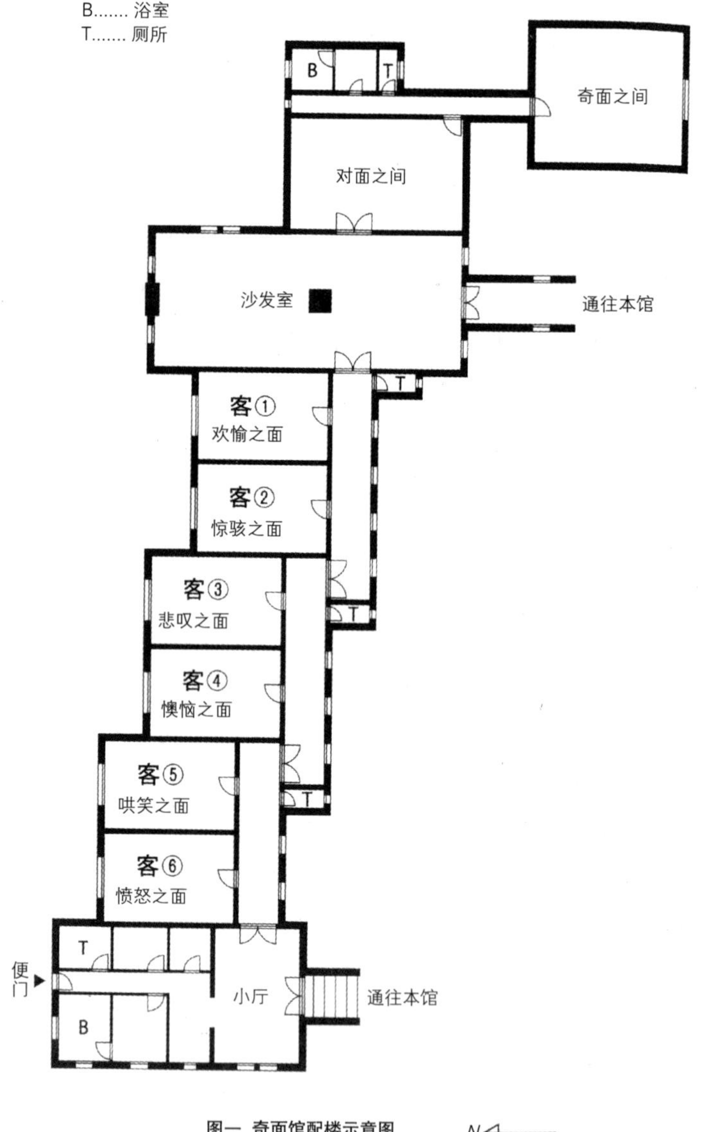
内室
B....... 浴室
T....... 厕所
B
T
奇面之间
对面之间
沙发室
通往本馆
T
客①
欢愉之面
客②
惊骇之面
客③
悲叹之面
T
客④
懊恼之面
客⑤
哄笑之面
T
客⑥
愤怒之面
T
便门
小厅
通往本馆
B
N

图一 奇面馆配楼示意图

第二章　六名受邀客

1

"'哄笑之面'啊……"

兼职的女仆刚离开房间，化身为日向京助的鹿谷门实便细细端详着床头柜上的某物喃喃自语道。

毫无光泽的银色——看似略微发白的灰色——的全头假面。脸部刻有新月状、嘴角上扬的微笑表情。双目与口鼻之处开有相应的洞孔。但是，考虑到实际用途，那洞孔却委实不便。一旦戴上假面，不要说是无法照常进食、就连饮水也不得不使用吸管才行。

而且——

"配锁的假面呀……"

他检查了一下床头柜的抽屉。正如那位女仆所说，抽屉之中有一把钥匙。那钥匙虽然小巧，却结构坚固，匙柄刻纹亦极其复杂……观察钥匙的"头部"才发现，那里刻有"笑"这个字。

鹿谷已经自日向处知晓这种奇妙假面的存在。但他万万没有想到，受邀至此的客人们都要戴上这样的假面，亦想不到竟会为今日聚会制定这样的规矩……

日向收到的那份请柬也好、邀请函也罢，对此事全无提及。不禁连鹿谷亦感到些许困惑。

“此次，邀请仁兄参加于四月三日晚举行的我等第三次聚会……

“作为鲜少符合条件的其中一人，愿您务必参加……

“殷切期盼仁兄为迷失方向的我指点出一条吉径……”

请柬上大致印有如上文字，文末附有邀请人影山逸史的亲笔签名。

随请柬附上的犹如宣传册般的邀请函上记载着举行聚会的场所、集散时间等详情，亦罗列出一些说明。例如当日需自备驾照等物以辨明身份、不可携同伴前来以及支付二百万日元作为与会谢礼等。但是——

“自这间寝室外出时，务必戴上这枚假面啊……”

究竟为何会定下这种规矩呢？

难道不让受邀而来的客人们看到彼此的相貌吗，或是——

鹿谷思索着。

关于装饰玄关大厅的那枚假面，女仆说那是“被称作‘祈愿之面’的‘主人的假面’”。既然将其称为“主人的假面”，恐怕邀请人影山逸史亦会戴假面现身吧。如此一来，这也许并非客人之间的问题，而是主人待客的问题了。

鹿谷自“哄笑之面”前离开，走向放有为客人备下替换衣物的衣橱。

白色长袖衬衣，黑色西裤，外加挂在衣架上的宽大灰色睡袍。

这些虽是极其普通之物，然而无论质地还是手工都很出色。房间里也准备了黑袜与睡衣。

总之，还是先换下衣服再说。幸好房间里的供暖十分充足。

据日向说，答复是否参会所用明信片之中，似乎还有身高与服装尺寸等记录栏。也许就是按照那个尺寸准备下替换衣物的吧。鹿谷换上后才发觉，由于自己比日向个头偏高，无论衬衣也好裤子也罢，尺寸都略嫌不足，穿上去觉得不舒服。

因此，大概不必担心会被人察觉出自己实际上是日向替身的事情了吧……

方才于玄关大厅处接受请柬与驾照的确认时，鹿谷多少有些紧张。大抵由于拍摄证件照的缘故，日向借给自己的驾照内的照片看起来同自己并不相像。

所幸对方似乎并没有心存疑虑，此后直至明日下午解散的这段时间内，鹿谷不得不隐瞒自己的身份，继续假扮现居朝霞市的新人作家日向京助。对此毫无经验的他果然有些不安。可以说，他庆幸有“务必戴上假面”这一条规矩的存在。

那么接下来，就是这间分配给自己、用以做寝室的房间了。

换完衣物后，鹿谷重新观察起室内来。

这间房间大约有十叠大小。

床，床头柜，衣橱，除此之外的家具还有一张小型圆桌，一把扶手椅，以及墙壁上的一只挂钟。大理石地板上铺着小块灰色地毯，灰白色灰浆涂壁，墙上没有任何画作装饰——若说煞风景可真是个煞风景的房间。

出入房间的门对面有一扇窗。尽管那是扇嵌入透明玻璃的推拉窗，却令这个十叠的房间显得出乎意料地狭小。此刻，那与地毯同色系的厚窗帘是打开的。

正当鹿谷走到窗边向外看去之时，不禁低低“哎”了一声。

窗子本身没什么特别之处，问题在于**窗外一侧**，那里立有粗壮的铁质格栅——好似监狱一般。

鹿谷打开月牙锁后，推开了窗子。

他数了数铁质格栅的圆柱状铁棒，一共有七根，纵向亦嵌有铁棒，每隔十五公分一根。那纵横格子间的距离伸出手臂尚可，却无法探出头去。随着时间的流逝，格栅早已脏污、长出铁锈，但晃动它却纹丝不动。

——总觉得它好似监狱一般。

没错。日向这样说过。

——宅邸本身分为主楼与配楼。我记得配楼的构造稍稍有些奇特，总觉得它好似监狱一般。

虽然他没有提及铁质格栅，不过……原来如此……

涌入室内的户外空气过于寒冷，令鹿谷赶忙关好窗子。他用手擦擦玻璃窗上的雾气，再度向外看去。

尚未日落，各处景色便已处于暮色笼罩之中。宅邸中庭已是白茫茫一片。尽管如此，雪势却没有减弱的迹象，仿佛要将这昏暗空间全部埋葬般下个不停。

鹿谷拢上睡袍前襟，轻轻叹了一口气。

若是照现在这样继续下个没完，演变成受困于此的状况的话……

如此一想，**某种坏念头**自然而然于鹿谷心中蔓延开来。

这里——这幢宅邸，是的，这可是“中村青司之馆”。以前与鹿谷有过瓜葛的若干建筑——十角馆、水车馆、迷宫馆、钟表馆、黑猫馆等，它们与这里相同，均出自那位中村青司之手……因此，因此……

鹿谷满怀十分复杂的心情再度长长叹了一口气。他自窗边走开，而后走回放有假面的床头柜前。

这枚假面。

这枚配锁的奇特假面。

为何非要戴上它不可呢——除了这个令人在意的问题外，眼下还有另外两个因目睹这枚假面而产生的疑问。

其一是事先自日向京助处得到的如下信息。

——据说那里似乎珍藏着一枚极其罕见的面具。我曾恳求馆主让我一饱眼福，却被对方拒绝了。他说只有那枚假面无法示人、不愿示人……

日向曾以撰稿人身份来到这幢宅邸进行过采访。那时，日向似乎这样说过。

——虽曾得见若干犹如配锁铁假面般的面具，但它们原本就是受那枚珍藏假面的启发特别制作之物。馆主似乎也曾形容过那是“异想天开的藏品”。

鹿谷自然为那枚“珍藏假面”所强烈吸引。故而，他的第一个疑问就是——那到底是怎样的假面呢？

——我记得……哦、对了，那好像叫作“未来之面”，似乎就是以此相称的。这枚假面是馆主昔日于欧洲某国纳入囊中的上古品。据说是戴上后便可预见未来的特殊假面。

由此，鹿谷不得不联想到另一件事。那就是——

七年前，鹿谷于角岛发生的十角馆事件中，结识了江南孝明。前年，这位友人只身前往熊本的暗黑馆。据说，他于那幢极其诡异的馆内经历诡异“体验”时，曾目睹过一枚奇怪的假面。

名为“达莉亚之塔”的建筑之中有间密室，而那枚奇怪的假面就在那间密室之中。有“耻辱之面”之称的丑陋假面是中世纪欧洲诸国用于示众惩罚的刑具，其上设有无法自由将其摘戴的上锁装置。强行逼迫凶手戴上它后，便可命其立于熙攘街旁示众。

据说影山透一委托中村青司设计此宅之时，曾向青司展示过包括那枚罕见的“未来之面”在内的诸多假面收藏品。若是如此——

它肯定唤醒了青司心中关于暗黑馆那枚“耻辱之面”的记忆。最终，青司到底是以怎样的心情接受了影山透一的委托呢?

2

随后，鹿谷戴上“哄笑之面”，离开房间查探情况。

虽然那枚金属假面十分结实，却没有想象中那样沉重。看来那材质亦经过悉心钻研，并不仅仅是铁质之物。

先是盖住自头顶至面部的前半部分，而后闭合呈对开状的后半部分。稍加用力，闭合后半部的对接之处便可严丝合缝地咬合在一起，将整个假面固定于头部——上锁装置就位于对接之处。

假面的内侧，整个头顶与额头一带附有充满弹性的软垫，用以承载大半负荷。而口鼻眼耳之处虽有若干充裕空间，但就算是恭维，也无法说那假面佩戴舒适。

最重要的是视野狭窄得令人郁闷。听力自然也受到影响。呼吸虽不那么困难，可自下颚至头后部的压迫感非常强烈、很不舒服。但稍稍戴上一阵，便会慢慢习惯这种不适感……

鹿谷刚要走到走廊上，便注意到一件事。那就是——

房间没有锁。

那与门把手呈一体的圆筒状销子锁，并没有安装如门锁般的内侧上锁装置。

这并非宾馆的客房，故而也没什么可奇怪的。但是，一想起带铁质格栅的窗子以及日向曾提及的“好似监狱一般”的字眼，就会觉得没有锁的房间略显不协调。

走到走廊上时，他又注意到门外一侧用大头针钉着写有“哄笑”二字的卡片。是担心客人弄错房间才做了这样的标识吧。

隔着宽敞的走廊，斜对面是小小的窗子。那窗子外侧亦可见到铁质格栅。

走廊的墙壁也是灰浆涂壁，地板也铺有与室内相同的大理石，但总觉得二者质感不同。虽同为大理石地板，但走上去就会觉得，走廊的地板石面打磨得很是粗糙。

这是怎么回事呀——此处也令鹿谷稍感不协调。

此时——

“哟，已经有人戴上假面了呀。”

走廊上响起一个声音。那是自配楼入口的小厅传来的。

鹿谷回头看去，只见那里出现了两名男子。

其中一人与鹿谷身形相似，是名四十岁左右的中年男子。另外一名则是一身漆黑、容貌端正的青年。那名中年男子的相貌与鹿谷多少有些相似，但却留着大背头，硕大的鹰钩鼻下蓄有稀疏的小胡子。

“您是小说家日向京助老师吧。”

那名全身漆黑的青年问道。这与方才那声招呼并非发自同一人之口。

“啊，是的。”

鹿谷戴着假面，战战兢兢地打着招呼。

“据说外出时务必要戴假面，所以……”

“您够守规矩的嘛。”那名中年男子说道，“正确来说那规矩是‘与馆主相见时必须戴上假面’啦。”

“不过，会长并非仅仅于某处闭门不出。”全身漆黑的青年说道，“自出客房之时起便佩戴假面才是正确做法。”

“哎，这倒没错啦。”

中年男人点点头，笑容满面地径直走到鹿谷面前，伸出手。

“小说家老师是‘哄笑’的假面呀。你好，我——”

鹿谷刚要伸出手去和对方握手，但对方那原本看似空无一物的右手的手指上，啪的一声，突然出现了一张名片。

“是做这行的。还请多多指教。”

鹿谷接过名片，见那上面有“魔术师忍田天空”的字样。他在横滨开了一家名为“TENKU’S ILLUSION BAR”的店。名片上还印有那家店面的地址、电话以及营业时间等内容。

“尚未自我介绍。”那名一身漆黑的青年向前一步说，“我是担任影山会长秘书一职的鬼丸光秀，曾经与日向先生您通过一次电话。”

“哦，对，我想起来了。”

鹿谷不动声色地回答道。日向与自己的声音相似，仅仅是聊天的话不必担心穿帮。

“你姓鬼丸是吗？很罕见的姓氏呀。也许你的原籍是九州吧？”

“据说我的祖父是久留米人。”

“哦，果真如此。这个姓氏在那边倒是有时会遇见……”

“我奉命担任这幢宅邸的执事一职。无论您有任何事情，还请不要客气，尽管吩咐我就好。”

他毕恭毕敬行了一礼。礼毕抬头后，这位秘书不知何时已将自己的容貌隐藏于白色能面——“若男”之后了。

“包括我在内的用人们也不能在会长面前露出本来面貌。这是今明两日的规矩。还请您理解。”

“喔……好的。”

鹿谷少许畏缩地问道：

“刚才帮我带路的那位女仆小姐也要戴这种假面吗？”

“您是指新月吗？是的，她也要戴。”

“好啦好啦，这件事慢慢就会知道啦。”

魔术师忍田天空在一旁插话。接着他对鬼丸说道：

“我是第三次参加聚会，所以就不必领路了。我还住同一个房间，还戴‘惊骇之面’吧？”

“是的。”

“那到此为止就好了——还有两名没有抵达此处的客人，对吧，你去那边准备着就好。”

“真是过意不去。”

鬼丸恭恭敬敬地行了一礼。

“好了，我们走吧。小说家……那个……日向先生。”

忍田又转向鹿谷。

“您第一次参加吧。如您所愿，我会陪您在馆内探险哦。虽说六点开始会面，但看来多少也要延迟了吧。”

3

一直向走廊深处走去，直至位于走廊尽头的沙龙室之前，自内向外数的第二个房间就是分配给魔术师的寝室。房门上钉着写有“惊骇”二字的卡片。

“请稍候。我换了衣服就来。”

忍田说罢，单手拉着硕大旅行箱走了进去。五分钟左右的等待时间内，鹿谷于走廊中徘徊着，尽力摸清配楼客房区的构造。

客用寝室一共六间。沿着自配楼入口的小厅延伸的走廊一侧排成一行（每间客房的房门上都订着写有假面之名的卡片），观察客房区后就会发现，它分为三小部分。走廊于每两个房间处便会拐弯，每个分界处设有左右双开的隔门。并且——

原本入口的小厅也有与走廊分界处相同的隔门，只是那扇门四敞大开，最开始并未注意到它的存在。这些隔门全都是“好似监狱一般”的铁质格栅门。

小厅与走廊之间，含鹿谷寝室在内的第一区与第二区之间，第二区与第三区之间，以及第三区与沙龙室之间——共计四处有那种隔门，并且这些门全都配了锁。顺便一提的是，每个区域都配有一处洗手间。

——总觉得它好似监狱一般。

鹿谷一边反复回味着日向告诉自己的这句话，一边思索着。

拥有别名“奇面馆”之称的这幢“青司之馆”内，为何会有这个配楼呢……出于怎样的动机才建造了它？

“久等了。”

自房间内走出的魔术师换上了与鹿谷完全相同的装束：白色长袖衬衣，黑色西裤，外罩灰色睡袍，并和鹿谷一样戴上了配锁的假面。

圆睁的双目，张开的大嘴。这个表情……这就是“惊骇之面”啊。

“在馆内随便走走吧。”

算上假面掩口因素在内，那声音听起来比方才更加含混不清了。

4

“这里就是配楼的沙龙室。”

魔术师率先走向位于走廊尽头的那个房间。

“‘会面品茗会’在主楼进行，而后在各自房内用餐，最后在此相聚畅谈。这就是每次聚会的流程。”

这里看上去至少有三十叠大小。天花板很高。

房间正中立有与玄关大厅相同的粗壮立柱。左首一侧的最里面有壁炉、宽敞舒适的成套沙发、餐具架与书柜，以及电视与音响设备。

“正面的那道门与内室相连。有这样一条规矩，就是‘内室不得擅入’。”

“这样啊。”

“**在内室的最里面**是馆主的寝室。内室有两个房间，外面的房间称作‘对面之间’，最里面的房间似乎被称为‘奇面之间’。那并非‘鬼怪之面’的‘鬼面’，而是写作‘珍奇之面’的‘奇面’二字。”

“就是‘奇面城’的‘奇面’吧。”鹿谷忍不住插话问道。

对方对此适时做出了反应，说道：

“您指的是江户川乱步吧。我记得‘少年侦探团’系列的其中一本似乎就是这个名字。”

“《奇面城的秘密》。奇面城是怪人四十面相的老巢呢。”

“没错，就是它。啊呀，好怀念啊。”魔术师缓缓点点头，继续说道，“总之，被称为‘奇面之间’的房间就在内室最里面，是除了位于主楼的寝室之外，馆内另一处作为馆主寝室的房间。这次聚会期间，馆主多半都会在那里就寝吧。”

位于奇面馆配楼最深处的“奇面之间”。

鹿谷也听日向提及此处。日向说过，他以撰稿人身份到这幢宅邸时，被领至“奇面之间”，并留下了深刻的印象……

——我记得馆主他曾说过，**此处**隐藏着一个小小的秘密……

没错，日向说过这样的话。

“‘奇面之间’……真是有意思啊。”

鹿谷边喃喃自语，边观察起周围来。

与客房煞风景的布置相异，这间沙龙室的装饰性设计相当奇特。墙面铺有硕大的深浅不一的灰色岩石，有些部分还嵌有各式各样的“脸”。

所谓的“脸”，是将如今鹿谷与忍田所戴假面的“哄笑”及“惊骇”的表情直接临摹下来似的人面。装饰于玄关大厅的“祈愿”表情亦在此之列。除此之外，还有若干其他表情。

它们嵌于四周墙面。有的位置很高，有的位置很低，有的自墙面凸出，有的陷入墙中。各自朝向亦形形色色，若有倾斜着使之入睡的“脸”，则也有与之完全相反的“脸”。

原来如此，这是——

鹿谷情不自禁赞叹起来。

此处委实是名副其实的“奇面馆”——似乎这样说也不为过。那些不可思议且毛骨悚然的装饰……

“我们去那边吧。那是连接本馆的通道。”

魔术师催促道。

右首一侧有那处通道的出入口，双开门大敞。长且平缓的下坡尽头依旧有扇打开的双开门。其后便是主楼了。

“对了，日向先生。”并肩缓缓而行的忍田天空问道，“您的生日是哪天？”

“是一九四九年九月三日。”鹿谷顺利答出日向京助的生日。

忍田应道：

“哦呀，真被猜中了。我的是九月二日，和您差了一天。相差一两日属误差之内吧。”

“哎，是这样的啊。”

一九四九年，九月三日。

这正是邀请人影山逸史的出生日期。据说与影山同年同月同日生的男性似乎就是他寻求受邀客的条件之一……

“其余两名客人不要紧吧。”忍田确认手表的时间说道，“虽然想准备出租车，但是雪势变得更加猛烈了啊。”

“忍田先生也是乘出租车来的吗？”

“不是。我从横滨一路开着自己的车子来的。不过，中途车子抛锚了……这才匆忙请鬼丸先生过来接我。”

“真够呛啊。”

“日向先生您呢？”

“我也是自驾到此。这场雪让我坐立不安。”

“可不是嘛。都四月了，竟还下这么大的雪，真是的……”

“对了，忍田先生，我可以问你几个问题吗？”

“什么问题？”

“就是吧……我是第一次参加这个聚会，完全不知道还有怎样的客人们受邀前来。你是我遇到的第一个伙伴……”

“哦，是啊，是的。”

“我听说一共有六名客人受到邀请。”

“其中一人与我同为第三次参加，他似乎在东京经营着什么可疑的公司。大家都称呼他为‘社长’。还有自札幌远道而来的建筑师米迦勒。他是第二次参加聚会。这两名客人现已到达此处。”

“公司社长与建筑师啊。那位名为米迦勒的客人呢？他是日本人吧？”

“据说那是天主教的教名。”

“这样啊。”

“还有两个人。一个是算哲教授。其实他似乎也不是什么大学教授。”

“算哲？”

“他自称是著名的医学博士降矢木算哲的转世什么的。所以就……”

“降矢木吗？哦……”

“那位‘教授’可是相当奇怪的家伙呢。在两年前他第一次参加聚会时，我曾见过他。去年的第二次聚会时身体不好，住进了他所在的仙台的医院。这一次，他尚未出院就发来了参加的回函——这些都是鬼丸接我时，在车上听他透露的消息。”

“算哲教授……喔，的确是位古怪的家伙呀。”

哎呀，不知道忍田知不知道呀。

说起“医学博士降矢木算哲”，不就是《黑死馆杀人事件》中的人物嘛。自称为小栗虫太郎于六十多年前所虚构出来的人物的转世，一般想来，只能认为他脑子有病了吧。

“那么，另一个人是？”

“他和你一样，是第一次参加这个聚会。这也是自鬼丸那里得来的消息，说是什么警察系统的人。”

“警察？”

这则消息稍稍有些出人意料，鹿谷不禁提高了些许声调。

“是的。好像是……兵库县警的原刑警先生。”

“原刑警吗？”

“多少年前辞了警察的工作……不对，是停职中吧。好像负有什么不可推卸的责任吧。”

“哦。”

两人穿过连接通道、走入主楼。非要选择的话，这里与充满阴森干燥空气的“监狱式的”配楼不同，是正统的木质洋馆。

尽管如此——鹿谷在走廊中边走边思索着——手头上还真想要一份整个建筑的平面图啊。

5

那边是馆主的书房与寝室，那里是用人的房间，沿这边的走廊一直走就是玄关大厅……戴着“惊骇之面”的魔术师在馆内如此介绍道。

“假面收藏间在哪儿呢？”

鹿谷问道。

“收藏……那个啊。”

对方稍显困惑。

“我听说这幢宅邸的初代馆主影山透一收藏了古今东西的假面，藏品颇丰呢。”

“原来如此。您感兴趣吗？”

“是职业病吧，遇到擅长的领域忍不住就……”

“打算把这当作小说素材吗？”

“嗯，算是吧。”

“原来如此。不过呀，关于小说嘛……”说到这里，忍田含糊其词地说道，“日向先生您都写些什么样的小说呢？哎呀，说来还真是对不住，至今为止都没有听过您的大名。”

“毕竟我的写作生涯才刚刚起步，您不知道也理所应当。”鹿谷化身为日向回答道，“我偏好怪诞、幻想小说之流，这才写了这类小说。”

“怪奇幻想小说呀。”忍田抚摸着“惊骇之面”的脸颊说道，“我倒是喜欢看些推理小说。小时候不止读过《少年侦探团》，如今看得范围更是比较广了。”

“哦，是嘛。这算是魔术师的职业病吗？”

“这个嘛，多少有点关系吧。”

“您拜读过虫太郎的‘黑死馆’吗？”

魔术师再度抚摸着假面的脸颊，说道：

“您是指降矢木算哲吧。”

“啊呀，您果然知道啊。”

鹿谷这位多年的推理迷，自己最后也成了一名推理作家。得知对方也喜欢读推理作品，如此一来，便可与之展开种种推理话题，但此时还是暂且控制住这样的欲望吧。

“我记得那边是厨房。”

说罢，忍田指指出现在前方左侧的一道门。

“真的呢。我都闻到香味了。”

恰巧此时，那道门开了。有人自里面走了出来。

那人中等身材，微微发福，穿茶色毛衣，外罩及膝围裙——那是宅邸的用人吧。恐怕那是名五十岁上下的男子……对方戴着假面，故而不得不如此猜想。那人的假面与方才鬼丸所戴之物相同，并非来客所用的全头假面。

发红的脸庞，瞪着的双目，硕大的口中露出金色门牙……令人联想到“鬼”的同时又觉得那实在具有强烈的滑稽感——那是称作“武恶”的狂言面具。

“欢迎光临。”

戴狂言面具的男子明明打着招呼，可是——

“要叨扰您了。”忍田应着，转向鹿谷介绍道，“这位是长宗我部先生。不仅料理水平非常了得，还是这幢宅邸的管理人——那么这位呢，则是这回第一次参加聚会的小说家老师。”

“我姓日向。请多关照。”

鹿谷一行礼，长宗我部便以与面具的活泼表情相反的沉静语调说道：

“请您在此好好休息。不巧天气变得如此恶劣……唉，这也是十年一遇的诡异气象。实属无奈，请您谅解。”

6

“对了，忍田先生。”离开主楼，直至返回最初的玄关大厅时，鹿谷再度向忍田问道，“我有一个重要且基本的疑问，就是为什么馆主影山逸史要召开这样的聚会呢？听说这是在大约两年前开始的。他到底是出于什么目的举办这个聚会的呢？”

此时已过五点四十五分——不知道其余两名客人是否已经安全抵达。

“这个嘛……”

魔术师刚要作答，却没有继续说下去。

“哎呀，毕竟你是第一次参加嘛。在之后的会面，馆主会再度说明的吧。你可以听到相当有趣的内容哟。”

鹿谷抓抓“哄笑之面”的侧头部，“唉”地叹了一声。

“你介意吗——怎么会不介意嘛。”

而后，戴“惊骇之面”的魔术师以那副圆睁双目，嘴巴大张的表情补充说道：

“简单说来嘛，就是——那个人正在找寻‘另一个自己’啦。”

第三章　未来之面

1

确切说来，日向京助因某杂志访谈造访奇面馆，是九年零九个月之前，即一九八三年的七月。

当时，身为馆主的影山透一六十五岁。他不仅广泛经营着以东京都为中心的不动产业，还在逐渐复苏的经济之中适当扩大企业，因持续不断的投资及投机行为，获得了经济上的巨大成功。此时，他已退居二线，悠然自得地度日。

原本，那奇面馆是作为影山家的别墅，于一九六八年建造起来的。馆主影山透一在此度过一年之中将近大半的时间。虽然它建于东京都内，却地处无人知晓的偏僻之地。这令早就以怪人自诩的影山透一十分称心。能将收集到的珍品假面藏于此处，自然也是他中意这幢宅邸的理由之一。

关于这些珍品假面，透一本人肆无忌惮地谓之曰“异想天开的藏品”。

“我喜欢抽空四处旅行，买些罕见的工艺品或是古董之类的东西回来。可是自某个时候起，我决定只收藏这种假面……哎，锁定收藏类别是很重要的呀。如此一来，多少会增加收藏的乐趣。”

这是“收藏家探访”系列企划的访谈内容。那一天，杂志的责任编辑日向与摄影记者一同前去奇面馆拜访，说明来意后便被让到主楼的假面收藏间之中。在那里，日向亲眼得见透一所藏的各种假面。毫不夸张地说，他为那些琳琅满目的藏品所折服。

日本的能面、狂言面具、地方面具，中国及印度、不丹、巴厘等亚洲各地的假面，意大利的威尼斯假面，瑞士的狂欢节假面，南太平洋美拉尼西亚、巴布亚新几内亚甚至现存于非洲大陆原始部落的假面……收集而来的诸多各式各样、古今东西的假面，一同陈列于这间斗室中。

在这些面具之中，日向发现若干与其他藏品不同的假面——看上去似乎是铁假面的金属质全头假面。那些假面的表情各异、刻画细腻……虽然那的确是珍品，但看起来并没有古董级的价值。

“这是什么假面？”

日向有些介意，不禁问道。

“这个嘛，应该算是异想天开的极致吧。”

据说影山透一轻轻一笑，这样作答。

“那是特别制作之物。大概是在一九六〇年左右吧，在那不久之前，我在欧洲某国得到了**一枚特殊的假面**。也可以说是受了那枚假面的启发，总之我也想试着做做类似的面具。至今回想起来，还会觉得异想天开也没什么不好的。”

“是吗——”

“但是，这玩意儿做得还不错吧。拿在手中赏玩才会知道那些假面每一枚都是配锁的。”

“锁？”

“没错。戴好假面、上了锁的话，没有钥匙就绝对无法摘下来。它的构造十分坚固，就算想要弄坏了摘下它也是不可能的。”

“为什么要制作这些假面呢？”

“刚才我不是说过了嘛。我曾得到过某个特殊的假面，它就是这样的构造呀。所以我才向技术高超的工匠订货，想要仿照它做做看啊。”

随着访谈的进行，日向渐渐得知，对于影山透一而言，那枚“特殊的假面”似乎具有非常深刻的意义，他甚至称之为“非常罕见的秘藏假面”。日向曾请求一饱眼福，然而透一却坚决地拒绝了采访方的请求。

“很是抱歉，只有这个要求我是无法答应的。我不愿意将这枚罕见的假面示人……我希望你也不要将它写进你的稿件之中。”

“难道那枚假面藏有什么无法公开的秘密吗？”

日向不肯罢休地追问。奇面馆馆主考虑片刻后，做了如下回答：

“那枚假面是……就朝代而言，大概是中世纪，十六世纪左右的作品吧。据说当时称其为‘未来之面’。”

“‘未来之面’？”

“是的。每每得知它的种种来历，便更是觉得它并非寻常之物。因为，传说那枚假面似乎拥有‘魔力’，戴上它就可预见未来。所以叫作‘未来之面’。”

也许——

那个时候，日向觉得影山透一之所以在这种地方建造了这样的宅邸，也许就是受到“未来之面”的某些影响吧。

无论如何——

至六十年代后期，影山透一决定于此处建造别墅，以便收藏搜集得来的假面。而后，他便将这幢宅邸的设计工作委托给某位建筑师。

“当时，T大建筑系那名叫中村青司的青年才二十七八岁。当我知道他的年龄后犹豫了。但是一位信得过的朋友介绍说，中村的确拥有足够的才华与本领……我见过他后才算信服。中村不仅拥有才华与本领，还能令人感受到他自身某种奇妙的魅力。”

影山透一格外怀念般地眯起双眼。

“我不仅给那位年轻的建筑师看了所有的藏品，也将那件‘未来之面’展示给他看，详细对他说明了那枚假面的来历。如此一来，他表现出极大的兴趣，建议我一定要以将其作为此处建筑的设计元素之一。如你所见，我也是个异想天开的家伙，二话不说立刻同意了他的提案……”

此后，透一又带领日向他们去了配楼。就是在那里，日向产生了“好似监狱一般”的想法。结果，他依旧未能得知那监狱般的配楼与“未来之面”之间的关系。

最后，影山透一带领采访方前往位于配楼最深处的“奇面之间”。刚一踏入那里，房间的异样便令日向一行人惊得瞠目结舌……

“在那位年轻建筑师的提议下，这里建成了这个样子。若说恶趣味还真是恶趣味，可习惯了嘛，也就不觉得怎样了。”

说罢，馆主故意露出了诡异的笑容。

“而且，**此处**隐藏着一个小小的秘密。这也是那位建筑师提议的。”

是怎样的秘密呢——对于日向他们的这个问题，透一断然拒绝道：

“拆穿了就不能称之为‘秘密’了呀。还是不说为妙，对吧。”

与此同时，他的脸上再度浮现出诡异的笑容。

2

三天前，日向将以上这些消息亲口告诉了鹿谷门实。

“那次采访时你遇到透一的儿子影山逸史了吗？”

鹿谷问道。

“平时，他与妻子一起住在东京都内的公寓中。那一天，凑巧遇到他只身来了奇面馆，于是透一才将他介绍给我们采访方的人，说那是他儿子逸史。”

“凑巧只身一人啊。嗯……”

“当时，逸史应该是三十三岁。那个岁数还是吊儿郎当的，老人当然会惦记着，也难怪介绍我们认识的时候会那么说了。”

“那是透一三十二岁时生下的孩子啊——他有兄弟姐妹吗？”

“不清楚。没听透一提过这方面的事情。”

“透一的太太呢？”鹿谷追问道，“你去采访时，他太太还健在吗？”

“没。我记得影山太太似乎很早就已过世。我记得我是这么听说的。”

“此后，透一本人也亡故了吗？”

“是的。我想那是在我访问见到他的第二年吧，好像死于心脏或是脑部急性疾病。”

“而后，其子逸史就继承父业了啊——原来如此。”鹿谷慢慢抚摸着尖尖的下巴，继续说道，“总之，你在十年前采访之时，遇到了影山透一之子、影山逸史。这也就是说，逸史不是也有可能记得日向先生你吗？”

“这个嘛，谁知道呢。”

日向歪头思索着。

“不管怎样，那毕竟是一面之缘。实际上，连我也记不清对方长相如何，仅仅对‘逸史’这个名字有印象罢了。因为那个名字并不常见嘛。而且——”

“而且？”

“而且当时，我并非以日向京助，而是以池岛这个笔名进行采访的。所以，对方早已忘得一干二净了吧。就算他还记得，也只是觉得这个人曾经见过、又没见过……他肯定只记得这些而已吧。”

过去曾有一面之缘。现如今跨越了那几近十年的时间，突然收到“影山逸史”寄送的奇怪请柬，想必日向吃了一惊吧，甚至感受到某种命运的戏弄。

命运的戏弄——鹿谷感同身受。

半年前，与这位名叫日向京助的同行相识的偶然。两人同年出生且外形酷似的偶然。甚至还有一处偶然是——

宴请日向的宅邸偏偏就是出自那位**中村青司**之手的建筑。

“对了，鹿谷先生，关于随请柬附上的照片——”日向说道，“不是有两张宅邸外观照、两张室内照吗？”

“没错，是的。”

“其中一张室内照好像是在配楼备下的客房拍的。但在我的记忆之中，配楼的房间并不是那种印象，似乎应该更加宽阔空旷……”

“是吗——那也就是说……”

“也许在我拜访过后，那里多少进行了改装或改建吧。”

“这倒是有可能啊。”

鹿谷老老实实地点点头，将邀请函压在信封上，一同放到桌子上。而后，他从皮夹克的口袋中拿出印鉴盒般的烟盒。那是只能放入一支烟，并附有打火机的特制烟盒。

此时，鹿谷几乎已经下定决心。

至此为止，对方完成了如此精彩的准备工作，要他如何违拗。看来，无论如何也推脱不掉日向京助的这番委托了。

鹿谷喃喃念着“今日一支烟”，自烟盒里捏出烟后点上了火。自从年轻时患过一次肺病后，鹿谷便决定一天只吸一支烟。

“我对配楼深处的‘奇面之间’很是好奇呢。”他边细细地品尝着这支烟，边试探性地追问道，“你已经参观过了吧。那个房间如何异样呢？”

日向稍做犹豫，不知道该如何回答，转而说道：

“要是我现在就和盘托出的话，不是会少了很多乐趣嘛。”

说罢，他那消瘦的脸颊上浮现一丝笑容。

“亲赴宅邸，亲眼见证，这才是最有意思的吧。你说对吗，鹿谷先生？”

3

每每回忆起亡父透一，影山逸史的心情必然变得撕心裂肺。

并非怨怼于他。

在世人看来，透一确是言行举止怪诞的家伙，并因此给身为其子的逸史带来了很大麻烦。然而，透一毕竟是在经济上获得了巨大成功的人，身为其子的逸史，绝对是接受恩惠的时候更多。逸史自幼丧母，父亲便对他更加溺爱，为其备下富裕的生活环境。

逸史成人后，其父仍旧没有改变方针，从不让他手头拮据。也许在外人看来，这仅仅是“娇惯”的行为罢了。

因此——

逸史并不怨怼于父亲。毫无怨恨的道理。虽然他这样认为，但是——

九年前，透一亡故后，随着时间的流逝，那份撕心裂肺的心情越来越强烈……这是——

这是什么呢？

无须特地扪心自问，那答案清晰可见。而后，是的——

问题就在于**那枚假面**。

那枚假面。传说中能预见未来、隐藏着“魔力”的那枚假面——对于**它**，无论如何也难以忘怀，那份强烈的撕心裂肺之感。无论如何也抹不去的、那份……

希望与失望。期待与幻灭。肯定与否定。好奇与厌恶。执着与回避。

而后……因此……

这样下去不行。影山逸史继续思索着。这样下去可不行，不想点儿什么办法的话……

第四章　奇面聚会

1

“哎呀，这玩意儿实在是憋屈得让人难受啊——诸位已经习惯了吗？”邻席的男人抱怨道。

鹿谷回应道：

“我也是今日初次参加……这个戴起来的确算不上舒服啊。”

“你的假面是‘笑面’吗？”

“似乎叫作‘哄笑之面’。”

“哄笑……啊，哄然大笑的哄笑啊。我的这个嘛，如你所见是——”

“是‘愤怒之面’吧。”

皱眉，吊眼，唇部剧烈扭曲。那男人所戴的面具刻有如此表情。

“你好。我是个写小说的，笔名是日向京助。”

“啊？你是个作家啊。我是兵库县警的——”

“刑警先生，对吧？”

“是原刑警。两年前被踢出一课之后，就派我去其他部门做闲职了，只是个远离刑事调查的警察。”

“这样啊……”

既非辞职也非停职。肯定发生了什么事，才会被逐出一课的吧。这样说来，方才见他似乎稍稍拖着左脚进入餐厅，也许他曾受过重伤。

“基于这样的立场，即便是这种周末我也能有时间优哉游哉地跑过来。要在以前，大概没戏。”

假面令其声音模糊不清，但听上去依旧圆润温和。虽然如此，那较实际似乎更加严厉的口吻，于“愤怒之面”的映衬下更具视觉效果。

“那个……日向先生——我可以这么称呼您吧。您是东京人吗？”

“我住在埼玉，不过生长在京都。”

鹿谷**以日向京助的身份**回答道。

“对了，说不定原刑警先生认识邻县的冈山县警新村警部。”

“冈山的新村吗？以前我有机会见过他几次。日向先生认识他吗？”

“嗯，是的。我们有些交情。”

鹿谷门实**以自身的情况**回答道。

这是将近六年前的事情。建于冈山县山中的水车馆——汇聚著名幻想画家藤沼一成画作的馆内，发生了那桩凄惨的杀人事件。自从鹿谷主动帮忙将那起事件解决之后，便与县警搜查一课的新村警部有了交情。

“不过，‘原刑警先生’这种称呼让人不舒服。让我想想看啊……能叫我‘老山警官’吗？在警局里，他们都这么叫我。”

“‘老山警官’啊……”

不知是谁，泄露出一声轻笑。鹿谷不禁微微一愣。

说到身为原一课刑警的老山警官嘛——他的同僚之中还有阿长警官吧。鹿谷不知不觉地胡思乱想起来。

晚六点二十分。

这位原刑警先生与另外一人，即称作教授的受邀客安全抵达宅邸。因较预定时间迟了三十分钟，故而会面品茗会这才刚开始，地点位于主楼的餐厅之内。

宽敞房间的中央盘踞着硕大的椭圆形餐桌，含鹿谷在内的六名受邀客围桌而坐。此时，尚未见到邀请人影山逸史的身影。

这是多么怪异的情景啊——重新环视房间的鹿谷如此想到。

如此这般在此集合的人员全戴着怪异的假面，而那些假面本为影山透一的“异想天开之作”。除去方才一同行动的魔术师以外，所有人都为初次见面的陌生人，就连如今隐藏于假面之后的他们的脸是副怎样的表情都无从知晓。并且，体格大致相似的六人更换上了全然一致的服饰，穿着的袜子也好拖鞋也罢，一模一样。头戴假面令说话声音如出一辙般含混不清，难以区别。

真是怪异的假面……不，是奇面——真是怪异的奇面聚会啊。

可以如此作称吧。

这与普通的假面舞会大不相同，与万圣节那种化装舞会也大相径庭。那些多少都含有“消遣”之心，但此聚会却鲜有此意。某种不可思议的仪式般的气氛自然而然地浓郁起来。

鹿谷环视室内。

看来，这里的座次是按照分配的客房顺序来安排的。

鹿谷的右席是方才交谈过的那位戴“愤怒之面”的原刑警。左席的客人所戴假面刻有深深苦恼般皱着眉头、唇部扭曲成へ字模样的表情。这就是“懊恼之面”吧。其邻之客所戴假面刻有快要哭出来的神色，显而易见，那就是“悲叹之面”。

“懊恼之面”应该就是自札幌而来的基督徒建筑师吧；“悲叹”那位八成就是自称为“降矢木算哲转世”的怪人教授……无奈只有假面为可供直观辨别之物，因此尽可能掌握这六枚假面才是要领。如若现在不将假面尽可能符号化、果断理解且差别化，只会徒令头脑混乱罢了。

“悲叹之面”的左席是戴“惊骇之面”的魔术师,再向左的是……那是“欢愉之面”，是那位在东京经营着可疑公司的男人吧。

“愤怒”“懊恼”“悲叹”“惊骇”，接下来是“欢愉”——鹿谷边再度确认那五枚假面的名称与神情,边抚摸着掩盖了自己面庞的“哄笑之面”的下颚。

兼职女仆新月瞳子询问着客人们喜好的同时，轮流为其杯内添加咖啡或是红茶。因头戴假面难以直接入口，所以吸管同茶匙被一并放于茶托之上。有人刚说想要烟灰缸，那女仆便慌忙跑出餐厅，赶往走廊方向——这样一名女子的容颜，隐藏于白色的“小面”假面之后。

接下来——鹿谷在心中喃喃念道。

真是怪异的奇面聚会。室外依旧是不合时宜的暴风雪，再加上这幢宅邸、这幢由中村青司……

加之**某种坏念头**，令鹿谷天生的好奇心不由分说地膨胀起来。

接下来，那位主人到底要亲口告诉我怎样的故事呢……

时值六点半，在面戴“若男”假面的鬼丸陪同下，邀请人步入餐厅。他与六名受邀客穿有同样的衣裤与睡袍,脚踩同样的拖鞋。“主人的假面”，即“祈愿之面”在“愤怒之面”与“欢愉之面”间的空席中坐了下来。而后他说：

“欢迎诸位的到来。”

头覆光泽全无的银色假面的他发出了含混不清的声音。

“感谢各位于这令人扫兴的坏天气之中远道而来。由于有两名初次参加的客人，因此请允许我先做自我介绍。我是本次聚会的主办人影山逸史。请多指教。”

2

“今夜已是第三次在这幢宅邸内召开聚会。第一次是前年七月，那时仅有四名客人应邀前来。去年九月的第二次聚会也仅有四人参加。‘欢愉’‘惊骇’‘悲叹’‘懊恼’‘哄笑’，以及‘愤怒’——这六种假面与配楼的六间客房，此次才全部派上用场，这令我感慨颇深……”

奇面馆主手指交叉、双手置于餐桌边缘说道。假面令其声低沉，但语气镇定、发音清晰。

“最初还是先好好做一番自我介绍吧。并非初次参加的诸位尽管置若罔闻就好。我——”

“祈愿之面”的主人看向左侧并排而坐的“愤怒之面”与“哄笑之面”。

“我的名字是影山逸史，生于一九四九年九月三日，与诸位几乎为同年同月同日生，现满四十三岁。

“九年前，我继承了亡父遗志，从事若干公司的经营。现居文京区白山一带。影山家本为镰仓名门，如今那里依旧留有旧邸。今日聚会所用宅邸作为别墅之用，每年仅到此数次而已。现在，这里于我而言，恐怕称其为‘别出心裁的场所’之一也不为过。”

鹿谷听到了打火机的声音。原来是位于主人右席的“欢愉之面”点了一支烟。那是配有塑料长滤嘴的烟草。原来如此。如此一来，即便戴有这种全头假面，也可以轻而易举地吸烟啊。

“继承父业出乎意料地顺利。与其说是因为我的才智，还不如说是运气，以及各公司的优秀人才鼎力相助的成果。拜其所赐，我到了这个年龄就可以横下心来退居二线、安闲度日了。实际上，从前我就是个非常不擅长在大庭广众之下进行种种活动的人。因此，现在这个状况反而非常值得庆幸了。”

主人中断话语，轻轻缓了一口气。

“但是，与此完全相反的是自数年前起，绝非令人欣喜——说实话就是，不幸的事在我身旁接二连三地发生。具体说来，先是五年前内人先我一步离开人世，年仅三十六岁就……身患急病，连设法救治的时间都没有。

“此后不到一年的时间内，又轮到了孩子们遭遇不幸。长男与长女乘坐的车子发生了重大事故，二人同时丧命……”

主人再度中断了话语。这一次，他重重地喘了口气。

“若说不幸，追溯起来我是个连手足羁绊都没有的人。母亲早亡，我的两个兄弟姐妹之中一人夭亡，另一人在学生时代突然出国，从此杳无音信。因此，父亲非常呵护我……

“还是回到正题吧。由于此上种种，现如今我无依无靠，没有任何一个亲人。但是，这也许是我自己内心的某个地方，不断祈愿‘孤独’的结果吧……我常常认为或许这就是‘果报’。”

果报？假面之后的鹿谷皱了皱眉。

这位馆主到底想说些什么呢？

“初次参加聚会的二位——是小说家老师与警察先生，对吧。”邀请人转向鹿谷他们说道，“为什么非要在此戴上假面不可呢？想必二位一定觉得可疑，对吗？”

鹿谷与邻席的原刑警相对而视——不，是“隔着假面对视”后，老老实实地点了点头。像是回应他们一般，主人静静地闭上了那隐藏于“祈愿之面”后面的双眼。

“说起来，**那是因为我从很久以前起，就非常害怕人类表情的缘故。**”主人闭着双目说道，“被称作人类表情、映射出人类内心各种真实情感及想法的东西……真可怕。不如说那于我而言，甚至是个时时令我难以忍耐的惶恐之物。像现在这种面对面的情况尤甚——知道吗？”

知道吗——主人重复一遍之后，睁开双眼。

“我自知这种‘表情恐惧症’是自己最大的弱点，花了很长的时间想办法努力克服。凭此努力，好不容易才与妻儿过上了家庭生活。工作上的人脉关系也是如此。我常常忍受并不断努力抑制着恐惧。但是——

“五年前，内人亡故。那时到底还是令我感到了忍耐的极限。虽然不是无论如何也办不到，但是自己却再也不能平心静气地继续面对他人的神色与表情了……啊呀，这可就说来话长了。改日再说好了。”

在座诸位无一人开口。

“欢愉之面”把烟掐灭在烟灰缸里。“懊恼之面”好似遮掩般以双手挡住双目。“悲叹之面”自刚才起屡次三番地以手掌摸摸蹭蹭头部左侧。而“惊骇之面”则将右手放在桌上把玩硬币。

位于鹿谷右席的“愤怒之面”轻轻地吸着鼻涕。鹿谷向杯子徐徐伸过手去，插入吸管后喝了一口瞳子斟上的红茶。红茶经过适当的冷却，以吸管喝也不觉不便。

“好了，现在起才是正题。”主人继续以镇定的语气说道，“通过私生活遭遇的种种不幸，我就算再不愿意也不得不意识到一点。那就是影山家代代相传的**某则家训**。”

家训——假面之后，鹿谷再度皱眉。

又冒出了一个相当陈腐的词汇啊。

“即——”主人说道，“**‘另一个自己’现身之时即为带来幸福之日**。与其说这是家训，不如说是代代相传的传说……”

——简单说来嘛，就是那个人正在找寻“另一个自己”啦。

鹿谷的耳畔回响起方才忍田天空所说的话来。

“另一个自己”……

“昔日，我从祖父及父亲那里听来了这样一则传说。”

主人依旧语气镇定。他再度静静闭上了假面后的双目。

“‘在人生的某个阶段，你一定会遇到另一个自己。你可不能放过这个机会。与另一个自己邂逅，既是无上的吉兆，也可为你带来幸福。’”

3

当然，鹿谷感到万分为难。

无论是谁听了方才那些话，脑海里都会浮现出“二重身”的名词与概念吧。Doppelganger——两人同行，自我幻视——即“另一个自己”。

可这以德国为源头、自古在欧洲诸国流传的二重身现象，不是与亲身体验自身死亡相关的无上凶兆吗？那是种畏惧目睹二重身的人不久就会死去的不祥现象。

在日本，类似的现象在江户时代以“影之病”“影之患”等名被认知。既称之为“病”或“患”，果真还是与死相连的“凶兆”啊。

然而，听主人所说这一席话，对影山家而言，同为“遭遇另一个自己”，却完全成为相反的理解，赋予其另外的意义。与“另一个自己”相遇并非凶兆，而是“无上的吉兆”。它并不会导致死亡，反而会带来幸福。

西洋的二重身传说也好，日本的二重身传说也罢——现在又出现了与那些完全相反的另外一种传说啊。如若没有为“另一个自己即为二重身”的等式所限，那么，反而可以认为这近似于现身家中、招致财富的座敷童子了吧。

“比如说我的曾祖父——家父一方、影山家的那一支——据说，他曾经有过这样的经历。”“祈愿之面”的主人说道，“小时候，我曾经听祖父讲过。在某年夏祭之夜，我的曾祖父与‘另一个自己’相遇了。他在人群之中，发现了一名酷似自己的男人。不止容貌，连年龄及体形都与自己一模一样。曾祖父大吃一惊，赶忙追了过去，可是没能叫住他与他聊上一聊。然而，在此之后因病卧床不起的妻子却彻底恢复了健康，还诞下长男。这便是祭典之夜遇到‘另一个自己’带来的喜事。

“祖父还把他自己的这种经历告诉了我。在镰仓材木座附近的海岸散步时，他曾偶然发现一个即将客死他乡的旅人，于是伸出了援助之手，将其带回家中照顾。不久，那人恢复了健康。当祖父和他聊天并得知那个男人竟然与自己是同年同月同日生人时，很是震惊。这件事发生之后，那时曾困扰我祖父的慢性病竟然不可思议地、戏剧化地恢复了。故而——祖父一本正经地说过，那名旅人正是与自己同年同月同日生的‘另一个自己’。

“还有，这是家父的亲身体验。他曾经在旅欧之时遇到了‘另一个自己’。他在异国的小镇上偶尔遇到同乘一辆火车的一个东方男子。虽然年纪相差若干，但他的容貌却令人难以置信地酷似自己。在此之后，当时不算顺利的经营状态也眼看着渐渐变得顺风顺水起来。

“——相传影山家更早之前也有不少类似的逸闻。这里有一点应该注意，那就是‘另一个自己’并没有一定的现身方式，而是依据场合不同，以各种各样的形式现身。”

的确如此——鹿谷思索着。

仅仅将这三种亲身体验相较来看，“另一个自己”的现身方式极其迥异。故而可以猜测到即便追溯至先代，那些传闻中“另一个自己”的现身方式肯定也各不相同。

“于是——”主人接着说道，“于是我下定决心。我将此家训——将那则传说中融进我的个人理解后，下了某个很大的决心。自从爱妻亡故后我左思右想，觉得不能一味等待‘另一个自己’现身。除了等待之外，还要积极寻找他的存在。我想必须要找到**他**、与之相对，亲手开辟出一条吉径。所以……”

所以，才召开了这个聚会吗？

也就是说，这个怪异聚会的目的是寻找“另一个自己”啊——尽管如此……

鹿谷依旧迷惑不解。

对于奇面馆主影山逸史而言，这里的六名客人（鹿谷自身虽是“冒牌货”）是作为“另一个自己”的候选人被选中招至此处的。但是……

想来那个与他自己同年同月同日生的条件，是由他祖父的经历得出的结论吧。另外……不，**与此相比果真**还是那个假面更令自己在意。

根据影山逸史的曾祖父及父亲的经验来看，“另一个自己”、即二重身，是酷似自己长相之人。明明抱着这样的目的寻找对方，却为什么令在座的诸位戴上这种假面，连其相貌都不看呢？就算再怎么有特例，患上“表情恐惧症”什么的……

“是不是心存很多疑虑？”

主人向两名初次参加者问道。

“等我详尽解释后，你们就会充分理解我的想法了。之后这解释的机会有的是，希望二位姑且先对今夜聚会的宗旨有个大致的认识。”

鹿谷默默点点头，暗中观察着非初次参加者的反应。已经有过一两次参加经验的诸位脸上都是一副对此事了然于胸的神情。

“对了——”主人语气缓和下来，对其中一位客人说道，“教授，您的身体还好吗？”

“啊，这个嘛，咳，还凑合吧。”

“悲叹之面”以模糊不清的声音回答道。他仍然以手抵住左侧头部，边摩挲着边说道：

“不过，原本让我住进那种医院就是个阴谋啊。影山先生，让我告诉你吧。那个是……”

“随后听您慢慢讲述就好。”

主人对此未作理会。“悲叹之面”哼了一声，缓缓摇摇头。见此光景，鹿谷突然心生疑惑。

“社长呢？您的公司怎样了？”

这次，主人转向其右席问道。

隆起之处上方并列排有好似两弯新月般的细长双目，嘴角挂着与“哄笑”略有差异的“笑”模样——那便是“欢愉之面”。戴此面具的客人以与“欢愉”表情相反的沉重语气回答道：

“哎呀,还不是老样子嘛。不容乐观啊。唉,去年成立的‘S 企划’也是，不怎么理想呀……”

“让你操心了吧。”主人点点头,说道,“稍后再听您慢慢诉苦吧。”

“好。”

话音刚落，一直候于房间一隅的鬼丸走上前来，立于桌旁。他稍稍调整着覆于面庞之上的能面位置，说道：

“鉴于召开聚会的时间延后，故聚会时间稍作压缩。我认为现下解散较为妥当。”

“嗯，你说得对。”得到主人首肯，鬼丸向客人们行了一礼后说道：“那么——自现在开始，请在座诸位回到各自房间内用餐。餐后晚八点，照惯例于配楼的‘对面之间’逐一与会长进行会谈——轮到下一位时，我会前来告知。请诸位于晚八点后务必待在各自房内。拜托了。”

4

鬼丸随馆主一并离开餐厅后，发生了一件意外。

“懊恼之面”自座位上起身后，意外地绊了一下失去了平衡。结果，他向斜后方倒去，撞向为收拾餐厅而来的新月瞳子——

“啊！”

瞳子吓了一跳，发出短促的喊声。接下来的瞬间，“懊恼之面”也喊出了声——“哇！”

与瞳子的身高几乎相差二十公分的“懊恼之面”，好似被卷入小型龙卷风般转了半圈后，自瞳子背后摔到地板上。总之，他被瞳子摔了出去。

“啊！对不起！”

瞳子惊慌失措地扶起了那位客人。

“对不起。您还好吗？”

“痛……”

假面之下传来痛苦的呻吟。

“对不起。我突然就……”

“……没、没事儿。”

“懊恼之面”缓缓爬起身。

“我没事儿。”

“十分抱歉。”

“不赖你。是我突然绊了一下……你受惊了，这么做也是理所当然的。”

“‘突然’？您身体不舒服吗？”身旁的“惊骇之面”问道。

“懊恼之面”单手抵腰，回答道：

“没有，不是的。我近视得厉害。戴上这面具就没办法戴眼镜，所以一不留神脚下就……”

对方没有跌倒后头部受到撞击的迹象。他被瞳子搀扶着缓缓起身后赶忙说着“不要紧啦，别往心里去”，而后整理好弄乱的睡袍。

“戴隐形眼镜不就好了嘛。”“欢愉之面”建议道，“你不是知道在这儿必须戴假面的嘛。”

“我可戴不惯那玩意儿。无论如何我也接受不了往眼睛里塞入异物啊……”

“我可是一下子就习惯了隐形。”

“总之……十分抱歉。我……”

戴“小面”的女仆反复赔礼道歉。

“这位小姐真了不得啊。”

“愤怒之面”在鹿谷耳畔如此评价那位女仆小姐。

“投技漂亮极了。”

“那之后差点儿随手使出寝技了。”

鹿谷应道。

“能够立即做出如此反应，意味着她……”

“是个练家子。”

“新月小姐，难道你在体校学过什么格斗技吗？”“惊骇之面”问道。

瞳子却边摇头否定边说：

“啊，不是的。我是药学部的学生，平时喜欢看看电影什么的。”

“可你刚才不会凑巧做出那样的反应吧？”“愤怒之面”插嘴说道，“通常外行人可是没法那样把人摔出去的。”

“那是……”瞳子羞愧地低下头说道，“事实上，很久以前我的伯父在乡下开办了一间道场。我从小就……”

“令伯父的言传身教才使你练会了这个吗？”

“是的。”

看来她并没有觉得那是一件值得骄傲的事情。如今，那白色能面之后的脸颊一定涨得通红了吧。

“他开的是柔道道场吗？”

“欢愉之面”问道。

“不是柔道，是称作‘新月流’的柔术。”

“蛮厉害嘛。”

“啊呀呀，真是了不起！是位非常靠得住的女仆小姐呀。”

“愤怒之面”轻轻地鼓起掌来。尽管如此，瞳子依旧缓缓摇头说道：

“哪里哪里，我……实在是万分抱歉。”

她再三向“懊恼之面”赔礼道歉。

5

鹿谷走出餐厅，刚准备回到配楼，在走廊之中再度见到奇面馆馆主与鬼丸的身影。他们似乎是因为听到餐厅的骚动赶了过来，以为发生了什么事情才没能离开。

鹿谷快步向那二人身旁走去，边走边说道：

“请稍等。我有点儿事情想请教您一下。”

“您有什么事儿？小说家老师……您叫日向京助吧？”

“嗯，是的。”

鹿谷站住脚，行了一礼。

“是这样的。我听说这幢宅邸有一处名为‘假面收藏间’的地方。如果您不介意的话，我希望务必前去见识一下。”

主人稍作沉吟后说道：

“那个房间……唉，不过若为您所愿，那就请吧。那里并没有上锁，您可以自由出入。如果可以的话，这就让鬼丸带您过去好了。只是——”

“只是？”

“我觉得也许您会期望落空。”

“为什么？”

鹿谷有些费解，但主人却没有再解释什么，默默地转过身去。

鹿谷急忙继续问道：

“那枚‘未来之面’呢？”

“哦？”

主人停下脚步。

“您知道那枚假面呀。”

“是的。多少听过一些它的传闻……”

作为日向京助的他十年前曾经就此采访。此时，还是暂且隐瞒这件事比较好。

“那枚‘未来之面’并没有摆放在假面收藏间内吗？”

“嗯……这个嘛……”

主人缓缓点点头，将双手插入睡袍口袋之中。鹿谷以为对方会透露些什么，想不到馆主却径直再度转身而去。

“啊，馆主先生，请留步。”

鹿谷叫住对方。

“我还有一件事想要请教您。”

“喔？是什么事？”

主人回过头来。面对那枚“祈愿之面”，鹿谷把心一横，开口提出**那个问题**。

“您听说过一位名叫中村青司的建筑师吗？”

“中村……”

主人喃喃自语，右手自睡袍内抽了出来。自然，鹿谷无法看到对方那隐藏于假面之后的表情。

“是设计这幢宅邸的建筑师。您曾见过他吗？”

“不，我没见过他。”

主人回答道。

“没见过他吗？可是这里……”

“那是二十多年前的事儿了吧。我似乎听先代馆主提起过。”

“这样啊——”

空欢喜了一场。影山透一并没有对他过多提起青司的事情。

主人道了声再会之后，这次真的转身离去了。

“稍后还有机会单独聊天。如果您还有什么想要知道的事情，请您到时再说……”

说罢，主人优哉游哉地自走廊踱步而去。留在原地的鬼丸对鹿谷说道：

“由我带您去假面收藏间吧。应该有十五分钟的晚餐准备时间。您打算餐前参观还是餐后呢？”

“让我想想啊……嗯，您可以现在带我去看吗？”

“没问题。”

“还有一件事。那个，鬼丸先生……”

鹿谷想起在方才的“会面品茗会”席间突然冒出脑海的某个疑虑。于是，他对黑衣秘书说道：

“可以借电话一用吗？我有一通十分重要的电话要打。您不介意吧。”

第五章　二重身之时

1

在鬼丸的带领下，鹿谷参观了建造于主楼西南角的假面收藏室。而后，独自回到配楼客房，圆桌上早已备下晚餐。大概是新月瞳子还是那位管理人兼厨师的长宗我部帮忙送来的吧。

总之，还是先脱掉方才一直戴着的“哄笑之面”好了。

尽管长时间佩戴面具已令他相当适应，但脱去后还是心生解脱之感，甚至还有种清爽感。视野一下子变得开阔，呼吸似乎也变得毫不费力……

正如魔术师忍田评价的那样，长宗我部的料理水平果真了得，比起半吊子的宾馆客房服务提供的餐点美味得多。独自一人悄无声息地品尝美味是件既浪费又凄凉的事，不过，既然这里定下这样的规矩就不得不遵守。

说起来，自早晨起鹿谷便什么也没有吃过，饿得饥肠辘辘。脱去假面后，恢复自由的嘴巴将桌上的料理一扫而光，不知不觉想要饭后一根烟了。他克制着烟瘾，在波士顿包中摸索着。而后，他自包内拿出一枚褪了色的大开茶色信封。

信封内是一本A4大小的旧杂志——《MINERWA》。那上面刊登了日向京助于十年前以撰稿人身份写下的“收藏家探访”。三天前与日向见面时，对方交给自己“仅作参考之用”。

那本杂志是更换纸张规格后现在依然发行的文化月刊，封面上尽可能大地印刷着该杂志的徽标——展开双翼的猫头鹰。仅仅此处为白底双色印刷的复古设计，至今依旧沿用。

打开贴有便签那页相关访谈，鹿谷再度轻哼一声。他又有些费解——到底为什么……

横跨四页的杂志篇幅由两部分构成。大小数张照片，以及采访当时的奇面馆馆主影山透一后所写的文章。写下该文章的人是采访兼撰稿的日向，但并无以池岛作笔名的通讯社名，即此为匿名报道。

我国首屈一指的假面收藏

开篇就是这样的大幅标题。随后——

探访东京都内悄然而建的“假面馆”之主

是这样的副标题。

“我仿佛为那些假面各自拥有的幽微能量所吸引。”

正文内写有馆主的这句话，令人过目难忘。

东洋，西洋，各个国家，各个时代。不同的人，赋予“假面”

不同的意义与用途，也自“假面”之中找寻各种意义与用途。吊唁，巫术，人生礼仪，秘密结社，祭祀，战斗，戏剧，舞蹈……然而——

“考虑到假面之中所包含的共同心愿，我觉得那便是‘通向超脱的愿望’。既有‘死者之面’亦有‘生者之面’，既有人物之面也有动物之面、鬼怪之面……”

仅仅观看那些收集并陈列于假面收藏室的大量假面的照片就已经非常精彩了。从随意挂于墙壁之物以至纳于玻璃陈列柜之品……在外行人看来，无法分辨每一枚假面具有怎样的价值。然而仅仅自那句“我国首屈一指的假面收藏”的煽情用词来看，就已经能感受到十足的说服力。

鹿谷合上那本《MINERWA》，看了一眼封面上展开赤红羽翼的猫头鹰后，将其放在床上。

在事先浏览过那则访谈之后，今日鹿谷来到了这幢宅邸。因此，正因为如此，方才被领至假面收藏室时，他刚一步入那个房间就开始怀疑起自己的双眼来。

这里到底发生了什么事？

震惊的同时，强烈的不协调感亦令他难以忘怀。

恐怕这里是馆内拥有最大面积，甚至还设有阁楼的宽敞房间。然而——

陈列柜也好四周墙面也罢，十年前的照片内那些假面多得几乎快要摆不下了。**如今却并非如此**。与其说是残缺不全，倒不如说如今残存的假面鲜有绝品，仅余一些**失去灵魂**的俗物而已。

——我觉得也许您会期望落空。

鹿谷回想起方才主人的那句话，感到十分困惑。

的确如此。那与看完十年前的报道后在脑海里描绘的景象完全不一样，大不相同。

如果是这样的话，不是无论如何也无法称其为“假面收藏间”了嘛。难怪当他问到“假面收藏间在哪儿”的时候，魔术师忍田会有那样的反应了。

“怎么会变成这样了？”

鹿谷不由自主低语道。

“我听说某个时期，先代馆主亲手将这些假面一起处理掉了。”

鬼丸静静作答。

“宅邸内的珍品假面仅余会长与诸位所戴的七组特订之作。”

“处理……为什么呢？”

为什么将经年累月收集到手的假面一并处理掉呢……

“我不知道具体情况。”

鬼丸依旧静静作答。

“那关于刚才我问主人的那枚‘未来之面’呢？我听说那是先代主人非常看重的特殊假面。”

鬼丸摇摇头，说道：

“不知道。我听说过关于那枚假面的一些传闻，但仍然不知道详情。说起来，我连先代馆主都没有见过。”

“是吗？”

已经没有多余的时间欣赏收藏间了。返回房间之时，鹿谷向鬼丸确认道：

“鬼丸先生，你也没听说过那位名为中村青司的建筑师喽？”

“没听说过。”

“你最初到此供职是什么时候呢？”

“是从出任会长秘书一职开始的，应该是两年半之前。”

“从那个时候起，假面收藏间就已经是现在这个样子了吗？”

“是的。”鬼丸依旧冷静且郑重的作答后，催促鹿谷道，“那么，请您回房吧。应该已经备好晚餐了。”

2

馆内共有三台电话。一台位于玄关大厅,一台位于配楼的沙龙室，还有一台位于主楼的馆主书房之内。这三台电话分别为内线所连。

自波士顿包的侧面口袋内掏出笔记本后，鹿谷走出房间。那个笔记本上记有重要的电话号码。戴上假面会对通话造成影响，所以他没戴。反正这会儿馆主人在内室，不必担心遇到他。

也许在沙龙室会遇到什么人。这个想法令鹿谷向玄关大厅而去。他不愿任何人听到这通电话的内容，无论是其他客人也好，还是这家里的一员也罢。

玄关大厅空无一人。

硕大的法式窗正对主楼与配楼间的中庭。屋外露台一派银装素裹，即使入夜依然可辨。窗旁墙角处设有电话台，上面摆放着一台黑色按键式电话。

已经是晚上七点半了啊……应该不算晚吧。如果拜托对方的话，一定会代为转达的。

如此推断之后，鹿谷拿起了电话听筒。

3

将近晚九点，有人敲门。恰巧此时，鹿谷正在窗旁眺望外面急促飘落的雪。他立刻应声作答，并向房门走去。

“轮到日向先生了。”

一听声音就知道来人是新月瞳子。

“请您戴好假面。我为您带路。”

按照对方的吩咐，鹿谷戴好放在床头柜上的“哄笑之面”后，打开了房门。等候在走廊的瞳子亦戴着那枚“小面”。

“这边请。”

鹿谷跟随向导，穿过走廊走向沙龙室。他低声问道：

“每次都是与主人逐一面谈吗？”

“我听说是这样的。”

瞳子稍作停步，回答道。

“据说这是个仪式似的聚会。”

“仪式啊……哦？”

“那个……据说只是找不到其他更加适合的词汇才称其为仪式的，所以，那个……”

“不要紧的。”

说罢，戴着假面的鹿谷微微一笑。

“我可没有瞎担心什么。”

“啊，那就好。”

“我是第几个与主人面谈的？”

鹿谷接着问道。

“第三位。”

瞳子回答道。

“第一位是‘悲叹之面’，而后是戴‘欢愉之面’的那位客人。”

“‘悲叹’之后‘欢愉’……这样啊。看来并非按照房间顺序面谈的呀。”

“是的。前一位客人面谈结束后，主人才会告知要请的下一位客人的假面名称。”

“是吗……”

主要视主人的心情而定呀。

就这样聊着聊着，两人来到了沙龙室。室内左首一侧最里面的沙发上有个人影。那是戴“欢愉之面”的客人。看来面谈之后，可随个人喜好选择栖身之所。对着熊熊燃烧的壁炉，“欢愉之面”以那塑料滤嘴吸着烟。

“你好呀，小说家老师。”

“欢愉之面”转过头来，看向鹿谷打着招呼。

“这是你们的初次见面，大概多少会令你吃惊吧。”

鹿谷略感不解。他刚打算追问一句，却被瞳子的催促声打消了念头。

“来吧，您请。”

通向内室的是一道厚重的暗褐色双开门。瞳子敲了敲那扇门后报告道：

“客人带到了。”

稍候片刻后，门内传来主人含混不清的回应声。

“是戴‘哄笑之面’的作家先生，对吧。让您久等了。请进来吧。”

4

一进入内室，就看到自己早已等候在那里。

身着灰色睡袍、戴着“哄笑之面”的“另一个自己”就在……瞬间，鹿谷产生了这样的错觉。但他立刻发觉，那是正对自己的墙壁上装饰着的硕大镜子之中，映出了自己的身影。

“请关好门。”

主人吩咐道。

“转动把手下面的按钮后锁上门。”

“喔，好的。”

鹿谷按照主人的吩咐锁好了门。

“被人干扰了可不行啊。”主人说道，“第一次召开聚会时，途中有位客人连门也没敲就进来，白白浪费了难得的气氛。”

鹿谷再度向室内看去，找寻着声音的主人。

相当宽阔的正方形房间。房间右侧的最深处放有一把扶手转椅，主人虽坐于其上，然而不知为何，他并没有正对来人方向，而是面壁而坐。自鹿谷的位置只看到主人穿着灰色睡袍的右侧肩臂，以及半个后脑勺。

“请坐在那把椅子上。”

馆主命令道，依旧面壁而坐。

与之相对的房间左侧最深处，有一把与主人所坐之物一模一样的扶手转椅。鹿谷慢吞吞走了过去，坐在那把椅子上。尽管如此，主人仍然纹丝不动，面对着墙壁——背对鹿谷而坐。

室内仅仅点着壁灯，犹如黄昏般昏暗。除了方才进屋时的那扇门外，房间深处的角落中还有一扇单开门。除此之外，这个宽阔的房间内甚至连一扇窗子也找不到。就算房间内有暖气设备，可脚边仍然凉飕飕的。

“感谢您今日到访。”主人徐徐地开口说道，“突然收到怪异的请柬，一定令您不知如何是好了吧。请允许我再度向您道谢。”

但是，主人仍然没有转过身来。

“是啊。我觉得那邀请的确怪异。不过，谁让我原本就是个好奇心重的家伙呀。”

为什么他要背对着我呢——鹿谷心生疑惑。

主人应答道：“是吗。今年年初，我听说了你的事。根据调查公司的报告……”

他自身旁摆放的小桌上拿起了某样文件似的东西。

“在全国各地找寻‘另一个自己’。哎呀,这件事还真是需要诀窍。仅凭一己之力当然十分有限，自然还是应该尽量依靠专业人士。”

“是呀。”

“日向先生，您的生日是一九四九年九月三日对吧？”

“没错。”

“您与我同年同月同日生人。今日相邀诸位都是九月三日前后的生日。这不过导致了一个有趣的结果而已。”

“结果？”

“没错。这并非是原有的条件，然而却是个与其称之为有趣，不如说是实难想象的结果。”

一阵微弱的嘎吱声后，主人的椅子转了过来。这是鹿谷步入房间后，第一次与对方正面以对。然而，这却令鹿谷瞬间大吃一惊，甚至险些惊声尖叫起来。

如今——

“另一个自己”就在眼前。

这并非方才那般照镜子的恶作剧。并非镜像，而是作为实际存在的、活生生的“另一人”**出现在**离自己数米开外的地方。

主人所戴的面具令鹿谷产生了这样的想法。那面具并非出现在

“会面品茗会”时的“祈愿之面”，而是与鹿谷所戴之物相同的“哄笑之面”。故而……

“身着同样的衣物，并且佩戴同样的假面。如此一来，日向先生，您觉得如何？是不是也有种与‘另一个自己’相对的感觉呢？”

奇面馆主将那沓文件放回小桌后，指向鹿谷右侧——即与沙龙室相隔的那侧墙壁上安装的装饰架。

“想必您已经听说了，诸位所戴假面全都有一个完全相同的东西。若说怪异可真够怪异了，简直就像是预见到我的这番举动才做了如此准备……”

“欢愉”“惊骇”“懊恼”“悲叹”“愤怒”——除去“哄笑之面”的另外五枚假面，如今于装饰架上一字排开。而原为主人所戴的“祈愿之面”则放置于房间深处的书桌上。

原来如此——鹿谷在心中自语道。

将受邀客逐一唤入房间内，届时主人自己换上与来客相同的假面。原来就是这样的“会面”啊。好比以“悲叹之面”会见“悲叹之面”，以“欢愉之面”会见“欢愉之面”。可是，即便如此……

“正如方才我提过的，这些年在我身边发生过的不幸……”

戴着“哄笑之面”的主人坐在转椅之上，双手于腹前交叉。

“妻儿相继丧命。从那个时候起，连我自己也渐渐感到自己的精神状态陷入从未有过的不安中。说实话，这半年左右我的状态也不是很好……”

对于主人的这种遭遇，鹿谷只得乖乖点头，静候下文。主人轻叹一口气，继续说道：

“对了，嗯……你愿意先听我说说我得的‘表情恐惧症’吗？”

“愿闻其详。”

“你知道我为什么如此畏惧他人的表情吗？”

鹿谷瞬间被对方问住了。此时——

“我呀，非常质疑所谓人类的‘内心’。”

主人娓娓道来。

“我对内心——人类的‘意图’这种模棱两可的玩意儿抱有强烈的质疑。质疑……不对，或许近似于反感。所以，我才产生了这样的想法。我觉得这种反映出模棱两可的内心想法的‘表情’，令我反感到恐惧的地步——您能理解吗？”

“这……”

“表情反映出人类的内心想法。然而，开心时不一定是欢愉的表情，生气时也不见得露出愤怒的表情……不得不演变成这种现状，由表情流露出内心想法反而稀罕。更多时候，那是在原有基础上加以调整及改变而做出的表情，有意识或下意识地隐藏、伪装甚至夸大了原有的表情。

“于是，与人相对时，人类会‘察言观色’。自瞬息万变的表情之中揣测对方的内心想法，以考虑自身的应对之策。然而自身的内心亦通过自己的表情被对方看入眼中——唉，虽然这也是极其正常的人类行为。”

主人轻轻耸了耸肩。

“可就是这正常的人类行为，自很久以前起令我感到非常苦恼。您能理解吗？”

“嗯……多少能理解一点儿。”

看来无论是谁，多少都会遇到社会生活方面的问题。

若是存在对此感到厌烦而对人际交流灰心丧气的人，则反之亦有自此掘出乐趣之人。鹿谷则是不折不扣的后者。而这方面的问题，原本也可称为主人所反感的那种“所谓人之‘内心’的模棱两可之物”。

“这种像是托词般的解释就到此为止吧。不得已才再三述说的。”

主人轻轻清了清嗓子，接着说了下去。

“如果能干的精神分析医师为我诊断的话，一定会从我童年时期的环境与亲身经历等，引导出令我患上‘表情恐怖症’的最有可能的病因吧。但现如今，我也没心思追根究底了。毕竟我觉得对我而言，那已经没有什么意义了……总之——

“很久以前我就认识到这便是自己的弱点。我勉勉强强地过着一般人的社会生活，默默忍受着巨大的痛苦，努力维系着与妻儿的家庭生活——正如方才席间我提过的那样，‘我自己内心的某个地方，不断祈愿着孤独’，甚至连家庭生活也是如此，如果可能的话尽量过着孤身一人的生活就好。即使面对着深爱的妻儿，他们的‘脸’以及——他们的‘表情’，同样令我痛苦。”

5

“那么——”

主人的语调严肃而淡漠，与“哄笑之面”的表情全然不相称。

“正如方才我提过的那样，五年前内人亡故……恐怕这给我带来了毁灭性的打击，我开始察觉到极限——一如既往压抑着恐惧众人的表情的极限——最终，我想到**某个方案**用以克服此障碍，并且决定付诸实践。那就是像这样用假面挡住众人的脸就好……”

鹿谷不由得轻哼一声。

“真是个简单明快的方法。”

说罢，主人以双手抵住“哄笑之面”的双颊。

“要是畏惧对方的表情，隐藏起来看不到就好了嘛。要是苦于露出自己的表情，还是用这个法子。我自己也好，身边的人也罢，大家全部戴上假面……就好。

“假面的表情始终如一。只要戴上它，佩戴者的表情不由分说地被固定了。从此再也没有必要推测该人那模棱两可的内心世界，只要掌握眼前可见的表面即可。”

可是——鹿谷不得不思索起来。

无论怎样隐藏起真实表情，假面之下的表情依旧是时刻变幻的呀。而馆主的对策就是眼不见为净吗？

“那么声音及动作呢？”于是，鹿谷询问道，“就算看不到脸，声音与动作也是有表情的呀。我们也会不停地自对方的声音与动作之中推测对方的内心呀。”

“您说得没错。”

主人对此并不否认，但却未见其有丝毫困惑或踌躇。他的双手再度于腹前交叉说道：

“实际的确如此。然而，我并不那么在意声音与动作。大概也可以这么说，我的‘恐惧症’主要只将‘脸上的表情’病态特殊化而已。总之，只要把脸遮起来，我感受不到痛苦或是恐怖就没问题了。”

“病态特殊化……这样啊……”

“另外还有一点是，只要不是这种面对面的情况，就算同样是‘脸’也不会让我恐惧。比如说照片或视频之中出现的‘面部表情’，无论有多少我都不会介意。电视或电影也可以照常看看——甚至可以说我是愿意欣赏电影的那种人呢。在这幢宅邸里有不少我中意的影片。”

“是吗……”

“反正，这世上有不少奇奇怪怪的人。”

说罢，“哄笑之面”的喉咙深处发出自嘲般的咯咯笑声。

“这也许算是某种心病吧。但是目前我既没有打算特意找医生治疗，也不觉得这是治得好的。索性破罐破摔，就这样维持原状吧……啊呀，不好意思。突然聊自己聊个没完了。”

奇面馆主松开了相互交叉的双手，放在转椅的扶手上。鹿谷不由得也采取了与对方相同的坐姿。

“在这个房间——‘对面之间’内的交谈内容没有**如此这般**的既定流程，而是根据相对之人决定各种内容。”主人说道，“算哲教授等人一直都是单方面倾诉，四分之三的时间都是我在倾听。”

算哲……那位戴“悲叹之面”的“怪人”先生吗？

“他都倾诉过什么？”

鹿谷饶有兴趣地问道。主人的喉咙深处再度发出咯咯笑声后——

“数字中隐藏的伟大真理啦，这个宇宙的终极秘密啦，大致都是这些无关痛痒的内容。可惜了他这么一本正经的态度，恐怕这里没有人真真正正听得进这些话吧。”

“是啊。”

“其他客人的事儿都无所谓。现在重要的是我和你在此面对面地交谈。”

奇面馆主独自缓缓点点头。

“我只希望你能再听我聊聊自己，再听我聊一些此时此刻最为关键的问题。”

“最关键的问题？”

“影山家所流传的出现‘另一个自己’的传说。”

鹿谷稍稍调整坐姿后，再度打量起对方来。那男子穿着与自己相同的衣物，戴着与自己相同的面具，坐在与自己相同的椅子之上，在数米开外与自己相对而坐、目不转睛地看着自己——鹿谷重新打量起这种实属怪异的情景。

正如瞳子曾经随口一提的那样，这的确是种“类似仪式似的聚会”呢，是个为了实现奇面馆主影山逸史之愿所实行的，与“另一个自己相对的仪式”呀。

“正如方才我曾提及的那样，影山家相传的‘另一个自己’没有固定的现身方式。可以认为他根据不同的情况有不同的现身方式。”

主人讲道。

“当然了，一般情况下说起‘另一个自己’，脑海中浮现出的是‘酷似自己长相的人’。就曾祖父或是家父的亲身经历而言，确是**以这种形式**现身的。那么，于我而言又如何呢？是否**依然如此**呢——扪心自问的结果，我得出了否定的结论。”

是吗，是否定的结论呀——鹿谷**先行一步得出了这个结论**。然而，主人未作停顿继续说道：

“我害怕别人脸上的表情，而且那对于我来说毫无价值可言。因此‘长相是否相似’是个没有太大意义的事情。我并不认为我的‘另一个自己’会以这种形式现身——我说得没错吧。

“只要如此这般戴上相同的面具，任何一张脸都会成为相同的“相貌”。只要表面——表层看上去一样就够了嘛，不用理会假面之后的那张脸上浮现出表情的人内心做何感想……我觉得本质并不存在于那种模棱两可的东西之中。比如说，因为‘心的形状’相似所以你是‘另一个我’，这种想法对我而言不过是除了神色不好之外什么都不是。”

“嗯……”

“表层才是本质所在之处。”主人自转椅上徐徐起身，继续说道，“说得极端一些，这就是我的心里话……说得夸张些，称其为世界观吧。”

“本质存在于表层……吗？”

这是个相当武断的观点。然而，作为一种说法而言，倒是令鹿谷乐于接受。

“本质存在于表层……毫不动摇的意图恰恰存在于浅层的表面记号之中。恰恰这种相似性、这种同一性才是于我而言最应重视之物……您能理解吗？”

“真是种有趣的反论性话题。”

“反论。也对，确实会这么认为吧。连我自己都觉得这是种奇怪的想法。但是，对我来说这就是我与这个世界间恰当的相处方式。所以……”

所以他以这种形式开始寻找“另一个自己”。以这种形式试着与对方——也许就是“另一个自己”——“会面”。原来如此啊。

真是扭曲的心理、扭曲的借口！尽管如此，鹿谷觉得自某种程度上来说，自己也可以理解他的想法。

6

“哎呀，说得有点儿多了。”

主人刚站起来，便又坐回转椅之中。而后，他深深叹了口气。

“我还是第一次与小说家老师面对面地交谈呢。一不留神就……”

“您别介意。我也是听得津津有味呢。”

“不久之前，我拜读了您——日向京助老师的大作。”

“不胜惶恐。”

“我兴致高昂地拜读了您的大作，这话并非恭维您。虽与方才所说的相矛盾，但实际上作者的内心会强烈反应在作品当中。也可以称其为从根本上对这个世界的秩序保有不信任之感吧。”

这是他对日向京助的作品集《汝，莫唤兽之名》的读后感吗？是呀，也可以这么读解这部作品呀——鹿谷多少对这位新人作家有了新的认识。奇面馆主重新于腹前交叉双手道：

“那么，在此——”

他一改语气。

“向‘另一个我’提问。您只要如实作答即可。”

“好……我知道了。”

他想问什么呢——鹿谷边这样想边挺直了身体。主人突然提出了一个这样的“问题”。

“现在，你站在一处陌生的三岔路口。前方有两股岔路，其中右方的岔路尽头像是陡峭的台阶，左侧岔路尽头散落着大量眼睛。”

“大量眼睛？”

鹿谷插嘴问道。

“就是人类的眼球。”主人补充道，“你折返而回的道路尽头是个没有路闸的道口，报警器不断鸣响。总之，就是这样一个三岔路口。”

“哦……”

“那么，现在你会选择哪条路呢？向左，向右，还是会原路返回呢？”

“让我想想……这个嘛……”

这是怎么回事儿呀？

鹿谷非常困惑。

想象起来这是种相当超现实的景象……但是主人为什么突然问起了这种像是打哑谜般的问题呢？

“不需要任何理由。可以将您心中所想的答案如实告诉我吗？”

“这个嘛……好吧，那我就——”

犹豫不决也解决不了任何问题——鹿谷死了心。

“选择左边的岔路。”

“左边吗？这样啊——左边啊……”

奇面馆主用力地深深点了点头。短暂沉默之后，又用力地深深叹了一口气。而后他站起身来，走向书桌前。

鹿谷发觉那张书桌一侧立着某种黑色长棒状物体。

那是什么呀？鹿谷目不转睛地看起来。那像是把收入鞘内的日本刀——他正想着，主人从书桌上拿起一小页纸，转过身来。

“请，将此收下。”

说罢，他向鹿谷走了过去。

鹿谷自转椅上站起身来，接过对方递来的那页纸片。那是张面值两百万日元的保付支票。

“这是约定的谢礼。”

“啊，是了——不过，为了这点儿小事就这么破费吗？”

“你觉得很奇怪吗？”

“那倒不是。只是，怎么说好呢……”

“我并不认为这是破费。”主人说道，“这并不意味着这点小钱儿不拘多少都能随我开销。请您不要误解。我认为，您所谓的‘这点小事’存在与此相称的价值。”

“嗯……”

“还请您不要客气，收下它吧。只是，我希望您可以答应我一件事。”

“什么事儿？”

“我希望您千万不要对别人提起方才你我之间的问答内容。至少在我有生之年为我保密。”

鹿谷感到万分疑惑，但还是点头同意了。

“那么，请您收下。”

接过对方的支票后，鹿谷将其徐徐收入睡袍口袋之中。而后，他远远眺望着书桌方向问道：

“那是刀之类的东西吗？”

主人“嗯”了一声后，回头看了过去。

“您猜对了。那是把日本刀，是影山家代代相传的宝刀。”

“是吗。为什么这把刀会放在这里呢？”

“那是犹如护身符之物。”

“作防身之用吗？”

“不是的，并不是那样——”主人返回书桌旁，如此解释道，“在镜子前拿着刀摆摆姿势、挥挥刀之类的，这会令我不可思议地心境平和下来。即使我身为‘会长’，如今依旧屡次三番遇到被迫做出符合身份的决断的局面。此时，这些动作特别有助于心境平和。”

“原来如此。原来是用来做这个的呀。”

若是与方才那种让自己回答奇怪的问题相比，与戴有相同假面的客人在密室内对峙的行为，尚且在常识可以想象的范围之内。

“如果可能的话，请您上眼一观。这刀刃也开得十分出色。”

主人分明盛情邀约，鹿谷却摇头推辞了。而后他立刻开口问道：

“对了，影山先生。”

“怎么了？”

“如果时间允许的话，我可以问您几个问题吗？”

7

戴着“哄笑之面”的二人再度坐回方才的扶手转椅之中，相隔数米对面而坐。

“刚才我也问过这个问题。”

鹿谷集中精神看向对方。

“是关于那枚为影山透一所珍藏的‘未来之面’的事。可以称其为职业病吧，身为小说家的我对此很感兴趣，想向您请教一二。”

“‘未来之面’……”

馆主边喃喃低语，边将双手插入睡袍的口袋之中。鹿谷见到对方这个动作，不禁有些意外。于餐厅“会面”之后，在走廊之中涉及此话题时，鹿谷记得对方似乎也做了同样的动作。

“据说那是枚有来历的特殊假面，戴上之后可以预见未来。也有一种说法是透一受到那枚‘未来之面’的启发，才制作出如今我们所戴的这种怪异的配锁假面。”

“‘未来之面’到底是枚怎样的假面呢？”鹿谷注视着默默点头回礼的馆主，直截了当地问道，“是否可以令我一饱眼福呢？”

主人依旧一言不发，但这一次他却缓缓摇了摇头。鹿谷刚想追问“为什么”，馆主便率先开口说道：

“很遗憾，连我也不是很清楚。”

“不清楚？”

“我有过一些耳闻。‘未来之面’，亦称为‘暗黑之面’。它可为连续戴上该假面三天三夜之人展示真实的未来。”

“三天三夜……吗？”

“我是这样听说的。”

说罢，主人稍作停顿，自睡袍口袋中抽出左手。

“遗憾的是，除此之外，我只知道那枚面具已经不在这幢宅邸之中了。”

“不在这里？”

鹿谷稍稍有些吃惊。

“‘未来之面’不在这里了吗？”

“只有这个残留于此而已。”

说着，主人摊开自口袋中抽出的左手。鹿谷起身向对方走了几步。

“这是什么？”鹿谷问道。

主人答道：

“是钥匙喔。‘未来之面’的钥匙。”

“钥匙……”

“至于‘未来之面’本身，不知道是丢了还是转让给他人了……我自先代馆主手中继承这幢宅邸之时，那枚面具已经不在这里了，只剩下‘未来之面’所属的这枚钥匙而已。”

与鹿谷方才在客房内见到的那枚“哄笑之面”相异，这枚钥匙别有意趣。尤其是钥匙的“头”部，与先前看到的钥匙截然不同。硕大且细长的圆盘般形状，金色表面之上嵌有大量镶金宝石、熠熠生辉……

“我并不清楚‘未来之面’到底价值几何，但正如您亲眼所见这样，这把钥匙镶有绚丽夺目的宝石。如此奢华之物，因此——”

主人紧握钥匙，将其放回睡袍口袋之中。

“因此我每次来这里的时候，一定会带上它。原本它就是属于这幢宅邸的藏品嘛。哎，其实也算是用它来讨个好彩头吧。”

“讨彩头吗——可是，馆主先生。”鹿谷有件事无论如何也想不通，于是问道，“影山透一说过他格外看重那枚‘未来之面’。既然如此，又怎么会仅仅留下钥匙，却连假面本身都不知所踪了呢？”

“关于这些事情——”奇面馆主慢慢摇摇头，说道，“我并没有向先代馆主过多地追问些什么。不过，唉……这么说吧，我也觉得对于先代馆主来说，那枚‘未来之面’本身或许就是他藏在心底的最大执念。”

就是说关于那枚“未来之面”，连对自己的儿子逸史，影山透一也一直采取了保密主义的态度啊。

“我可以再问您几个问题吗？”鹿谷问道。

主人瞥了一眼书桌上的座钟后，回答道：

“之后还有三位客人等候着，请您尽量长话短说。”

“好的，我知道了——那我就提问了。”

鹿谷坐回到转椅上，再度用力直了直身体。

“实际上，我——”

此时，他已经下定决心。

他决定在此将身为日向京助的自己所掌握的情况告知对方。

“实际上，今天是我第二次到这栋宅邸来。”

“什么？”

主人略显惊讶。

“那是十年前的事儿了。我曾经为某杂志的采访来过这里一次，只是当时用了另一个笔名。”

“是吗……”

“那时，我曾向先代馆主——影山透一请教过很多问题，关于他收藏的假面、‘未来之面’以及方才提到过的那位名为中村青司的建筑师等。”

“这个嘛……嗯，还真是种巧合啊。”

主人饶有兴趣地抱起了双臂。鹿谷认同地点着头。

“可不是吗。也因为如此缘故，阔别十年，今日到访此处时，有一些令我在意的地方。”

“您是指——”

“比如方才参观过的假面收藏间。十年前，那里收藏着无数假面，现如今却面目全非。听鬼丸先生说，似乎是先代馆主亲手处理掉了那些收集而来的假面。他为什么要将难得的藏品处理掉呢？”

片刻之后，馆主慎重地开口答道：

“我觉得他有进退两难之事吧……”

“这样啊——那么，还有一个问题。近几年改建过配楼的客房吧。客房的空间较昔日造访时似有变化。”

“没错。是我改建的。”

这一次，对方立即回答。

“大概是三年前改建的吧。我总是惦念着要召开这样的聚会，故而将客房增加到六间。”

“原本是几间客房呢？”

“三间。每间客房均以墙壁隔开，一分为二。基本上只做了这样的改动，是个小工程而已。”

“改成共计六间客房是为了合客人所戴假面之数的缘故吗？”

“嗯，就是这么一回事儿吧。”

说起来，这处配楼为什么会建造成诡异的监狱式建筑呢？中村青司基于怎样的灵感，设计出了这幢建筑呢？

鹿谷正想继续问下去，却见主人再三瞥向座钟。于是，他不再思来想去，转而问道——

“对了，影山先生。”鹿谷始终**作为日向京助**说道，“十年前到访此处时，我记得似乎和您有过一面之缘。”

“是吗？”

“经透一介绍，略作寒暄而已。但是，那时我并非以作家日向京助的身份，而是以撰稿人池岛的名义。也许您已经不记得了吧。”

“哦？有过这种事吗？”

鹿谷总觉得主人的这种反应看起来像是对此毫无兴趣的样子。果然不出日向所料，馆主那句“这种事”好似全然不记得一般。

“我也曾在十年前参观过这里面的‘奇面之间’。”

鹿谷全然进入日向京助的角色之中。

“那是个相当怪异的房间啊。如今，是否可以让我再次参观一下呢？”

“时间差不多了。”主人回答道，“并非不许你参观里面的房间，明天再去吧。那里不像客房，应该同十年前毫无二致。”

“我知道了。那么，明日务必带我前去参观。”

如此一来——

奇面馆主影山逸史与五号客人、即小说家日向京助（的化身鹿谷门实）的“相对仪式”业已礼成。

晚九点半左右。

那不合时宜的暴雪依然于屋外下个不停。

8

他偶尔会做**某个梦**。

某个令他即使绞尽脑汁去思索个中奥妙、也不得而知的恐怖梦境。

他隐隐觉得昨夜再度做了那个梦。

伸手不见五指的无尽黑暗是那个梦的起始。

但是，他依旧参详不透这意味着什么，连自何时起便做了这样的梦也记不得了。

只是，最近他隐隐察觉到。

自己那一心想要探寻却无法得偿所愿的昔日记忆，潜伏于其中的某物莫非就是……

第六章　沉睡的陷阱

1

将近晚十一时，六名受邀客于“对面之间”进行的“仪式”全部结束。之后，大家移步至配楼的沙龙室中，参加于此召开的小型宴会。馆主影山逸史戴回原本的“祈愿之面”现身会场。

按照鬼丸的吩咐，新月瞳子在此侍奉用餐。

问询各人爱好从而准备饮品。咖啡，红茶，果汁。好酒者虽有红酒招待，无奈馆主在场，客人们无法脱去假面，故而无论杯具酒盏均需另添吸管。

除了饮品之外，虽备有长宗我部所制的各类冷盘及小点心，种类却有限。客人们依旧戴着假面，所以只能做一些易入口、易食用之物。

包含馆主在内的七名男子戴有表情各异的“奇面”，围坐在沙龙室最里面的成套沙发旁，度过大抵宁静的时间。

在鬼丸也来帮忙侍奉用餐之时，诸位客人的三言两语不时传入耳中。比如——

“外面的暴风雪依旧下个不停啊。这种时节经常会下这么大的雪吗？”

“不清楚。我也是第一次遇到这种情形。”

“到底人在东京还是在札幌呀？我都快搞不清楚自己身在何方了。”

“还真是冷啊。让壁炉烧得更旺点儿吧……”

以上就是戴“懊恼之面”的建筑师与馆主的对话内容了。

“要是明天还是这种天气，返程之路令人担忧啊。”

“也许会为雪所困吧。”

“如果演变成如此情势的话，那就在道路疏通前在此小住即可。弹尽粮绝之时，总不会还困在这里吧，倒是不必担心这个。”

“下周一我还要上班。”

“这也是没有办法的呀。”

“偏偏今日是这种鬼天气，我连想都没有想到。”

“不合时节的‘暴风雪山庄’吗？”

在这对话之中最后插嘴发言的恐怕是戴“哄笑之面”的小说家。此时，他正单手执杯，身靠位于房间中央一带的粗壮立柱。那盛有红酒的水晶杯中插有吸管。他与大家保持着一定距离，看起来像是在观察着坐在沙发上的每一个人似的……

“那么，诸位，夜渐渐深了。”

此时，几近午夜零时。戴有“祈愿之面”的馆主站起身来，环视着客人们开口说道：

“我认为，今晚的时间过得非常有意义。我感谢在座的每一位。此后，我已再无所求。希望你们可以在返程前玩儿得尽兴。”

说罢，主人以眼神示意候于房间一隅的瞳子。由于事前鬼丸交代过流程，于是瞳子迅速行动起来。

她走向贴墙放置的餐具架，取出架上的大号醒酒器。那醒酒器一如玄关门环般是假面造型的半透明水晶玻璃制品，其中盛放着深褐色的液体。

托盘中早已按人数准备好赤红色利口杯。瞳子向每只利口杯中注入一定酒液。那液体散发出某种类似芳香药草般的独特味道。瞳子将杯子旁附上新的吸管后，分送至在座的七人面前。

“按照惯例，让我们在此干杯吧。”

主人说罢，看向初次参加的小说家与原刑警。

“这是影山家自古以来喜欢饮用的秘制保健酒。据说它有祛病益寿的功效。为了祈愿莅临至此的诸位的健康，干杯。”

“哄笑之面”与“愤怒之面”两位客人窥向手中的酒杯，以含混之声分别应道——

“是吗？”

“这样啊。”

奇面馆馆主右手执杯，略略举起，提议道：

“致‘另一个我’——干杯。”

众客皆应和着“干杯”，而后将吸管插入利口杯中。

哎呀，总觉得这还真是怪异的情景呀。

瞳子边看着这七人的举动，边在心中默念道。她不由得要笑出声来。为此惊慌之时，所幸有能面掩面，令人无法察觉自己隐忍笑意的表情。

“那么——”一饮而尽后，主人将利口杯放回桌上，开口说道，“宴会至此，我该离席了。诸位也都很疲惫了吧。请你们好好休息。明日一早的安排等事宜，将由鬼丸相告……”

主人离开内室之后——

瞳子忽然留意到与餐具架并排摆放的书柜内的某物。这次，她好不容易才忍住差点儿脱口而出的惊呼。

附有玻璃门的高大书柜，上面若干层摆放的并非书籍，而是录影带。略一过目便知那些都是电影录影带，而且那些录影带似乎是带有封套的正品。

太好了！这下子可就……

瞳子眼前一亮。但是，她那变化的表情再度隐藏在“小面”之下，依旧没有为在场的众人察觉出来。

2

影山逸史独自立于“对面之间”墙壁上的装饰镜前。

他将那把日本刀抽出刀鞘，双手紧握、中段持刀。镜中映出相同姿势的人影。他的脸上依旧戴有“祈愿之面”，因此连他自己都无法得知面具之下的表情。

数次展臂挥刀。

他全神贯注于所执宝刀的刀锋之上，每一挥都好似将脑内全部想法、感情驱赶掉一般——然而，即使看上去暂且烟消云散，却决计不会消减半分。在下次挥刀的空隙，它们便会不疾不徐地渐渐恢复原状。一如那无论怎么砍杀都会复活的可憎原始生物一般……

本日的……这一日的……

这一晚的聚会之上。

影山逸史扪心自问。

我与“另一个自己”已经相遇了吗？

像这样将他们招待至此，如方才那般逐一相对而谈……这样的聚会已经是第三回了——然而，**这么做**真的有意义吗？

有的。有意义。

影山逸史如此自问自答。

意义肯定是存在的。毫无疑问。

“另一个自己”一定会现身的。而且，他肯定会为迷失方向的我指点出一条吉径。不，也许他即将现身、为我指点迷津吧。因此……

持续做了一会儿挥刀动作后，影山逸史走到书桌前，在扶手椅上坐下。

“哎呀呀……”

他边低声叹着气，边伸手摸入睡袍口袋之中。

不久，影山逸史自右边的口袋中摸出一把钥匙。钥匙的“头部”刻有“祈”这个文字——这是“祈愿之面”的钥匙。

来到这幢宅邸、戴上这枚“主人之面”时，他定会将该假面上锁。对于他而言，贯彻落实这种“隐匿自己表情”的行为，对稳定自己的心理状态极其有用。不要说是会客之时，就算是独处时也一样。

他亲自将钥匙插入位于假面后部的锁孔、开了锁。方才的挥刀动作令他大汗淋漓，他想洗把脸。

即使开了锁，影山逸史依旧戴着假面，将钥匙放回右边的口袋中。

这次，他顺手摸进左边的口袋中，拿出另外一把钥匙来。是那把嵌有迷人宝石的“未来之面”的钥匙。影山逸史将其托于掌心稍作欣赏，而后轻轻置于桌上。

“‘未来之面’……呀。”

他特意喃喃念出声来。

为已故的影山透一格外看重、有着“暗黑之面”之称的它——他记得这是方才于这“对面之间”中，戴“哄笑之面”的小说家亲口讲述的事实。二十五年前，于此地兴建这幢宅邸时起……不对，是更加遥远的过往。自从影山透一拥有那枚假面之时起，就已经被它的特殊性所深深吸引——影山逸史也如此确信。可是——

“未来之面”已经不在这里了。

不知道它是丢了还是转让给了他人。

只留下‘未来之面’附属的这枚钥匙而已……

自己对小说家这样说过。然而，说出这些话的同时，自己也在那个时候突然自心中冒出一个小小的疑团来。那是……

“那是……唉，不行。”

影山逸史缓缓摇摇头，自扶手椅上站起身来。

“思前想后也是无济于事……呀。”

他并非没有办法解开疑团。只是……

总之，还是先洗把脸吧。反正，今夜也没指望能睡个好觉。

他穿过“对面之间”最里面的门，一直走到短廊上。除了被称作“奇面之间”的寝室外，这间“内室”也配备了专用的盥洗室、洗手间与浴室。

进入盥洗室后，他才摘掉了“祈愿之面”。透过盥洗台的镜子，他看到了暴露在外的自己的面孔。

经过四十三年零七个月的时光，始终成为自身一部分的这张面孔如此冷淡、如此空虚……就连这样的词汇也不足以形容的那张真正的面具脸，就在眼前。

他没有用热水，以冷水洗脸后又戴上“祈愿之面”，如方才摘掉面具前那般再度锁上了它。

3

穿过位于配楼入口处的小厅，向建筑物深处走去时，有一处专门为客人准备的盥洗室及浴室。鹿谷门实在那里洗漱完毕后，独自回到客房。

“也请随意使用浴室。”

虽然鬼丸如此劝说，但今晚鹿谷却怎么都提不起兴趣泡澡或是淋浴。在盥洗室偶遇的魔术师忍田也说要到翌日一早再泡澡。

“最后那杯保健酒是每回必喝的，度数似乎还不低呢。”

魔术师夸张地耸耸肩，用手拍拍泛红的双颊。

“实际上啊，我可是闻酒即倒的人。可就因为是名酒吧经营者，常常被人误会成千杯不醉的……”

返回客房时，鹿谷在走廊中与走向盥洗室的“欢愉之面”擦肩而过。可是，此时对方已经脱去面具，所以鹿谷并未立刻意识到对方是谁。毕竟那是他初次见到那名男子的相貌。

“晚安。”

对方依旧向脱去假面的鹿谷打了招呼。

“您是小说家老师、日向京助先生吧。一看您那急匆匆的走路方式就知道是您了。”

“是吗。”

还真是用心观察了呢。鹿谷这样想着，不服输地回道：

“您是社长先生吗？是……创马先生吧？”

“啊呀，答得漂亮。能认出我来吗？”

“嗯，是的。您的体形较其他客人……”

“身负诸多压力，所以我最近有点儿变胖了。”

“因压力而发福吗？”

“因食欲不振而消瘦，一不留神吃多了发福。这两种情况我似乎都遇到过啊。”

“是吗……”

此后，回到寝室时已过午夜零时。

将丢在床上的“哄笑之面”重新放回床头柜上后，鹿谷自衣橱中拿出睡衣换好。这是素茶色的睡衣。想必其他各间客房内准备的睡衣也是与此一模一样的。

鹿谷依旧在睡衣外罩上睡袍，而后在床边坐了下来。

不知道是方才饮了酒，还是最后那杯保健酒的缘故，鹿谷觉得自己浑身莫名发烫，神思倦怠。脑子好像混混沌沌的，甚至还打起了哈欠。

那只特制的烟盒还在睡袍口袋中。鹿谷将其摸出后，叼上烟盒内的“今日一支烟”，用烟盒内附的打火机点燃了烟后，美美地吞云吐雾起来。不知不觉间……

角岛的十角馆。

冈山的水车馆。

丹后半岛的迷宫馆。

镰仓的钟表馆。

而后，是黑猫馆。

迄今为止，与鹿谷相关的诸多“中村青司之馆”，以及在那些馆内发生的种种事件，逐一浮现脑海、聚集一处，化作某种混沌的黑色堆块。

十角馆。水车馆。迷宫馆。钟表馆。黑猫馆。而后嘛……是了，现如今仍盘踞于九州熊本深山之中的暗黑馆依旧……

对于中村青司参与建造的这些建筑，鹿谷曾经以“被死神缠住了”这句话作评。因为无论哪个馆，定会发生不同寻常的杀人事件——这一客观事实虽占了多半理由，但并非唯一理由。

因为是“青司之馆”，所以才发生杀人事件——与基于这一经验得出的理解有所不同。

比如说，鹿谷于馆内亲眼得见事发现场的若干案例。水车馆事件也好、迷宫馆事件也罢，以及发生在钟表馆的那些命案（此时，他并未身处作为连续杀人事件主要舞台的旧馆内）——记忆渐渐清晰，他觉得无论是哪个馆，自己都为事件发生前的某种危险“预感”所困。

那是什么呢？那种感觉到底是什么呢？

那是充斥于那个“力场”内的气氛，也可称之为包含建筑在内的、拥有某种方向性的“气息”。就是说，自己曾凭直觉感到过它的存在。

这样看来——

今夜的**它**又是什么呢？

在中村青司的奇面馆这处特别的“力场”——这样奇特的情况，祈愿“另一个自己”现身、患有“表情恐惧症”的馆主与遵从其意愿、戴有怪异假面的受邀客们……如今，自己又能在这样的气氛之中感受到怎样的“气息”呢？

难以遏制的**某种坏念头**。但那仅仅是“念头”而已，并非“预感”。即——

这里既然是“青司之馆”，或许又会上演某种血腥惨剧……这样的念头自然而然地涌上心头。然而，即便今夜如往昔一般为“预感”所困，那也不足为奇。虽然算不得什么好理由，但关键是“气息”的本质并不相同。

也许今晚可以平安无事地过去，顺利迎来天明吧。暴风雪能否平息尚未可知，但这场怪异的聚会迟早可以平安无事地结束，而后……

鹿谷掐灭了“今日一支烟”后，脱去拖鞋，在床上躺了下来。

原本打算利用深夜这段**任意支配的时间**，细细游览馆内各处。但他转念一想，觉得等天亮了再去游览一番也来得及。

不知怎的格外疲惫。现在即便强迫自己保持清醒，身体也未必会如自己所愿……

就这样睡下吧……这并非鹿谷的意志。然而没过几分钟，强烈袭来的困意便令他沉沉睡去。

4

影山逸史自盥洗室返回房间后，一边确认时间，一边站到寝室窗边。

午夜零时五十分。

他擦去玻璃窗上的雾气，向外看去。

完全看不出天气好转的迹象。透过夜色只得看到一片冰雪天地。积雪颇深。停于宅邸前方的来客用车想必已半截埋于雪中。

此处原非积雪厚重之地，宅邸也全无应对此种事态的措施。不消说动力雪橇之类的东西，就连除雪用具都没有。如今积雪这么厚，根本无法开车。徒步逃离这里无异于自杀。

他知道事到如今已是进退维谷。只得等待暴风雪平息、冰雪融化，除此之外别无他法……

那么，要怎么办才好呢？

影山逸史自窗前走开，边走边思索着。

到底要怎么办才好呢？这一晚的这个……

五年前，与爱妻死别……

心底忽而唤起的回忆令他轻咬下唇。

她比他小四岁。美艳，坚强。二人年少相识。喜结连理以来，他本欲做这世上最为疼爱她的人。他坚信无论世事怎样变化，爱妻都会与自己一直形影不离。然而……

不只是她。作为二人爱情结晶的孩子们，如今也去了遥远得无法企及的他界——过去是无论如何也料想不到，竟会有这样的未来在等着自己。

就算自己知道这是无可奈何之事，现如今却依旧无法消除懊恼之心。

然而，他未曾恋恋不舍。

他咬着唇，扪心自问。

未曾留恋——是的。纵使自己怎样恋恋不舍，事到如今也是无可奈何、毫无意义。不仅妻儿如此，现今的生活也是如此，养育自己的国家更是如此。

深深叹息后，影山逸史再度踱回窗边。

问题在于……

摘下月牙锁，一口气推开窗。

问题在于……还是在于……是的，在于那个……

涌来的猛烈寒气令人瑟缩。然而他仍然伸出双手，握住与窗框并排而立的铁质格栅。

……在于**那枚假面**。

那枚假面才是问题所在。他这样认为。他无论如何也是这样认为的。

早已在这幢宅邸内销声匿迹的假面，只留下了其附属的钥匙。而那枚假面不知是丢失了还是转让给了他人。那枚“未来之面”……

影山逸史将额头静静贴在握住的铁棒上。他体味着由其传递而来的冰冷直接渗入脑内的感觉，与此同时——

他苦苦思索着。

亡父影山透一秘藏的那枚假面，甚至连身为其子的自己也不允许轻易碰触的那枚奇特的……哎呀，但是……

心底深处忽然闪现出略带痛楚的昔日回忆。

那是——

那就是……没错……

不，即便如此……

这样下去可不行。

影山逸史再度确信。

这样下去怎么行呢。现如今还是非要亲自寻求一条出路不可，为此才……

5

回到主楼准备的寝室，摘掉“小面”后，身着女仆装的新月瞳子直接趴倒在床上。

“啊，累死人家了。”

不知不觉喃喃自语起来。

“干不惯的活儿还真能累死人啊。”

那些工作都是依照鬼丸的吩咐去做的。而且，那些非做不可的工作应该全部顺利完成了——即便如此……

无论哪一样工作她都是“干不惯”的。虽然鬼丸与长宗我部会酌情帮忙，但基本上很少有让人喘上一口气的时间。

小型宴会解散之后，将沙龙室收拾完毕，她才总算从今日的工作中解放出来。这并非体力上的问题，而是紧绷的精神总算得到了缓解。瞳子打心底里松了一口气。

在鬼丸外出期间负责迎接到达至此的客人们；在餐厅内召开的“会面品茗会”；为各客房运送晚餐及收拾碗筷；逐一带领客人前往与主人相对的“仪式”；而后，就是方才的那场小型宴会……

可以肯定的是每一样工作都很简单。她总觉得自己身为小姨的替工，做得还算不错，应该能够达到及格分数了吧。但是——

有一件搞砸了的事情。

想起**那件事**来，不免心生悔恨。

“会面”结束后，虽说那是无可奈何之事，但是就那样将戴“懊恼之面”的他——现居札幌的建筑师丢了出去也太……

幸好对方没有受伤。不过，此前遇到类似突发状态时，身体都会不由自主地采取行动。对于这样的自己，瞳子也抱有些自我厌恶的心理。

原本瞳子也没有期望自己拥有这样的技能。自懂事时起，自己就被带去伯父的道场……一边觉得提不起精神来学这个啊，一边渐渐自然而然地牢牢掌握了新月流柔术。

伯父赞不绝口，称瞳子“有这个天分”，想继续令其练习柔术，但瞳子在上初中前就斩钉截铁地拒绝了。比起运动系，瞳子更加憧憬文化系的课外活动。这样的想法在瞳子心中渐渐萌芽，需求也日趋迫切。

此后，她再也没有去过伯父的道场。虽说多少有段空白期，但童子功没有完全废掉。何况她可是被伯父看好的拥有天分的瞳子呢。

“哎呀，真是受够了！好讨厌啊。”

今后应多加注意——瞳子拼命说服自己……

——我怎么会变成这样啊。

事到如今，她抑制不住地忧虑起来。

并非仅仅是运动系与文化系的问题。原本瞳子自幼喜好看看小说画画画儿，她决定要是上大学的话，一定要上文学系。可是——

位于名张的老家经营着药铺老号，连瞳子的父母也都是优秀的药剂师。

而且，瞳子并非不擅长理科——反而可以算得上拿手。因此进入高中后，便已经决定大学考入药学部并考取药剂师资格证书，以后继承老家的药铺……这条路几乎是理所当然强加于自己身上的。

——算了，随它去吧。

如今，她依旧对文学系充满向往。但是进入药学部后才发现，那里也蛮有趣。瞳子最近觉得且不提是否要回老家继承药铺，现在这样也还不错。但是——

遇到方才那种情形，掌握的柔术招数便会条件反射般使出来。好歹也得想想办法呀——这便是瞳子的苦恼。

经常会有人安慰自己说“作为防身技巧，不是很管用的绝招吗”，这的确没错，自己也这样考虑过。可是——

尽管如此，那还是有问题的吧。

她不希望因“女汉子”这种词而过分否定柔术。但是，将那样大块头的男人丢出去之后，在感到“万分抱歉”的同时，多半还会觉得极其“惭愧”。

新月瞳子今年二十一岁。

这个年龄的女性心理往往非常复杂。

6

四月四日。凌晨一点半。

他决意按照当初的计划，开始独自行动。

7

几乎非自愿地陷入梦境后不久——

鹿谷门实做了各式各样的梦。

超现实的梦；荒唐无稽之梦；如重演造访此处经历般的，非常真实的梦。

不过，梦始终是梦。

即便称其为“重演”，那也绝非忠于现实的重现，而是经过非逻辑性地省略、结合、变换、走样、变形等重组而成的相当扭曲之物……

“对面之间”内……

奇面馆馆主影山逸史就在面前。他戴着与鹿谷相同的“哄笑之面”，将影山家祖传名刀抽出刀鞘，握在右手中……

“那么，在此——”

他一改语气。

“向‘另一个我’提问，您只要如实作答即可。但是——”

他以刀尖对准鹿谷的咽喉。

“如果无法开辟正确的道路，那么您就不是‘另一个我’。届时，遗憾的是，我不得不除掉您了。”

太离谱了吧——鹿谷焦急万分。

本来我就不是你的“另一个我”呀。明明只是作为货真价实的受邀客日向京助的替身前来之人……

犹豫再三，鹿谷还是打算坦率说出实情。

“馆、馆主……影山先生，我不是日向京助。实际上，我是受他所托……”

“是吗？”

于是，“哄笑之面”上雕刻的“笑脸”发生了剧烈变化。犹如弯弓般上翘的唇角翘得更厉害了，眼角的笑纹消失不见，双目突然睁开……

“如此就更留不得了。我不得不在此除掉你。”

他举刀过头，以鹿谷头顶为目标挥刀打击，但鹿谷未曾感到丝毫冲击。

鹿谷一看，不知为何那刀并未向自己而来，反而击入对方的头顶。他当机立断，向对方猛扑过去，抽出那把刀，将其归于己手。

此时，奇面馆馆主所戴的“哄笑之面”裂作两半。可是，割裂的假面之下，出现的并非主人的本来面貌——

竟是“欢愉之面”！

他戴了双重假面？

鹿谷一时莫名冲动，举起手中的刀具，向眼前的“欢愉之面”挥刀打击。于是，假面再度裂成两半。这一次，又出现了“惊骇之面”。

“如此以假面掩面，戴面具之人的相貌便失去了存在的意义。”

奇面馆馆主淡淡地叙述道。

“‘表情’不过是随时体现出含混变幻的‘内心’罢了，没有什么可怕的。喂，你也这么认为的吧？”

鹿谷再度挥刀。“惊骇之面”破裂，又露出了“懊恼之面”……

“表层才是本质所在之处。”

奇面馆馆主断言道。

“您已经心知肚明了吧。本质存在于表层……恰恰存在于浅层的表面记号之中……”

鹿谷着了魔般一味挥刀。这一次，馆主所戴假面之下露出了新的假面。

“所以，我才如此这般……”

“悲叹之面”“愤怒之面”……砍着砍着，终于露出了那枚奇面馆主人原应戴着的假面——“祈愿之面”。

即便如此，鹿谷依然挥刀击打过去。

“祈愿之面”裂作两半，其下应再无其他假面才是，出现在鹿谷面前的应该是奇面馆馆主影山逸史的本来面貌……才对。

但那里空空如也。

既没有其他假面，也没有对方的相貌，脖子以上为“空”——这种绝对不会出现的情景展现在鹿谷眼前。

“怎样？”

鹿谷只听得馆主发问。

“您很感兴趣吧。来，敬请欣赏。这就是那个喔，是那枚‘未来之面’……”

怎么可能！

鹿谷错愕地瞠目结舌。

这就是“未来之面”吗？

这、这是……怎么可能、太荒谬了……

在此番梦境的间隙之中……

鹿谷门实听到奇怪的动静。

嘎吱、轧吱……轧吱吱……

轧轧轧……嘎吱嘎吱、轧吱吱……

这声音听起来很陌生。

这是什么声音呢——鹿谷有些在意，但那仅仅于转瞬之间。

鹿谷甚至无法辨清那到底是现实还是梦境，便一下子睡死过去。

时值凌晨一点四十一分。

8

刚过凌晨二点。

换好自备的睡衣后，瞳子虽暂时钻进了被窝，却怎么也睡不着觉。

也许是因为自己平时当惯了夜猫子的缘故，也许是因为初次造访此幢宅邸、初次当差令大脑太兴奋的缘故——恐怕这两方面原因都有吧。

鬼丸吩咐过，明晨八点要将泡好的咖啡送至馆主面前。现在正是必须休息的时间，但越这样想瞳子越是兴奋得睡不着。

此时，一个念头一闪而过。她想起了小型宴会结束时，在沙龙室发现的那些录影带。

附有玻璃门的那架书柜之中，摆放成排的若干电影片名……

瞳子并非狂热的电影迷，却是公认的电影爱好者。无论东西方电影、新老电影或是电影流派，只要觉得它似乎合自己的口味，便会毫不犹豫地观看。她既频繁出入录影带租赁店，也经常去电影院。正因为如此，她才会因书柜中摆放的电影录影带而眼前一亮。更何况——

在那些录影带之中，有一卷是瞳子的大爱。

那是在瞳子上小学的时候，偶然在电视的海外剧场中看到的电影作品，当时留下了不可思议的强烈印象。她很想再看一遍那部影片，却一直没有机会如愿以偿。偶尔想起来到租赁店中找寻它的踪影，然而不知道它是不是没有出过碟，直到现在都找不到……

可它就摆放在那里。

如果可能的话，瞳子当时就想自书柜之中拿出那卷录影带，亲眼看看它到底是什么流派的电影。但考虑到自己的立场与当时的情况，只得就此作罢。

若是拜托馆主借来看看的话，想必他不会不愿意吧。所以嘛，等客人们都回去之后再慢慢看就好了嘛……

瞳子原本是这样打算的。

与其白白浪费今晚辗转难眠的时间——此时，瞳子忽然有了主意。

还不如趁现在就去看那卷录影带好了。

沙龙室中应该已经空无一人。馆主在内室最里面就寝。即使稍稍发出声响，也不用担心会被谁发现才是……

“……就这么定了。”

说着，瞳子一跃而起，拿出衣橱里的睡袍，将其罩在睡衣外，而后迅速悄悄溜出房间，向配楼而去。也许从此也可看出她天生的决断力与行动力。

漆黑一片、寂静无人的沙龙室中——

壁炉的火已然熄灭，但是房间内依旧残存着足够的温度。

瞳子开了灯，但只将其调到照明所需的亮度。而后她向书柜走去，打开玻璃门，寻找那卷她想要看的录影带。那些录影带中也有其他不少看似有趣的影片，不由得吸引住瞳子的目光。她边忍耐边寻找……

……找到了！

没错，就是它——《勾魂摄魄》！

摆放着大型电视的电视柜上设有VHS录像机。那是没有其他连接器的简易操作系统，不必为如何操作而苦恼。

将录影带塞入录像机后，瞳子立刻将一把椅子搬至电视前坐了下来。音量开太大的话，还是会惹人注意的吧。

接着，她按下了遥控器上的播放按钮。此时已是凌晨两点二十分。

9

凌晨两点二十分。

奇面馆配楼的“奇面之间”中……

对方倒在床上，一动不动。探查其腕间脉象及胸内心跳，确认其呼吸是否尚存。目光再度游移至其喉间残存的崭新勒痕……仅有**他**一人、即凶手确信那名戴“祈愿之面”的男子已死这一事实。

他的身体颤抖不止，却并非只因伴随风雪呼啸声、自敞开的窗子涌入室内的强烈寒流。

10

《勾魂摄魄》（原题为“*Histories Extraordinaires*”）是一九六七年法意合拍的电影。因罗杰·瓦迪姆、费德里科·费里尼等名导们竞争创作而出，一时成为热议之事。埃德加·爱

伦 · 坡的怪诞小说经由三名导演各自大胆诠释，拍摄出三篇短剧，从而组成了这部特辑影片——第一篇《门泽哲斯坦》（原题为“*Metzengerstein*”），第二篇《威廉 · 威尔逊》（原题为“*William Wilson*”），第三篇《该死的托比》（原题为“*Toby Dammit*”）。

儿时在海外剧场中观赏过此剧的瞳子并未掌握如上信息，仅仅留下“以坡的小说为原作所拍摄出的非常可怕、非常怪诞的电影”的印象。她甚至都不记得故事内容，尽管如此——应该说是正因如此，它成为心头好自然是源于幼时的观影体验。这不是常有的事儿嘛。

——恐惧与宿命与世长存。

——因此我所讲述的故事无须添加日期。

继开场的字幕背景之后，出现了出自原著的引文。而后，电影正式开始。这并非瞳子在电视中看过的日语配音版，而是原音字幕版电影。

瞳子全神贯注地看着电影。夜半时分在沙龙室中偷偷做这种事……这令瞳子的心扑通扑通直跳。然而——

残存于脑海中似有似无的微弱记忆之中，出自导演罗杰 · 瓦迪姆之手的第一话开演了。简 · 方达扮演年轻的伯爵夫人弗雷德里克。她率领众客策马奔腾、最终来到海边之时，与出现的“*Metzengerstein*”这一原题重叠在一起。

咚、咔嗒……

瞳子似乎听到了这样的声音。

那声音并非来自电视的扬声器。从哪儿传来的呢……大约……自斜后方传来的吧。

瞳子大吃一惊，回过头去。她慌忙暂停了录影带的播放，从椅子上站了起来。

斜后方——通向内室的双开门就位于那个方向。

……是影山先生吗？

他还没有睡下吗？他没在里面的寝室，而是在前面的“对面之间”里吗？对了，鬼丸曾说过，近来会长为失眠症困扰了好一阵。所以，今晚又辗转难眠，才……

瞳子确认了时间——两点半。

虽称不上忧虑，却没来由地有些担心。擅自偷看馆主的录影带，自然也感到十分抱歉。她也觉得在还没有被抓个现行、受到责备之前，自行坦白交代以求谅解比较好。

于是——

“请问，影山……会长先生？”

瞳子敲了敲门，鼓起勇气向门内打起招呼来。

“您睡不着吗？要是睡不着的话，我端一杯温牛奶给您好吗？”

门内没有回应，也无任何声音。她轻轻握住门把手，试着开了开门，但门锁住了，无法转动把手。

瞳子大大地松了一口气，放开了门把手。

大概是我的错觉吧。

她转念一想，又回到电视前。稍作踌躇后，将音量稍稍调小，继续看了下去……

突然，沙龙室中的电话响了起来，吓了瞳子一大跳。此时，正是一个多小时后——刚过凌晨三点半发生的事情。

《勾魂摄魄》的第一篇结束了。由路易·马勒执导的第二篇《威廉·威尔逊》也渐入佳境……阿兰·德龙饰演的主人公与碧姬·芭铎扮演的约瑟芬进行的纸牌比赛正要迎来高潮。

11

鹿谷门实依旧沉睡着，接着做了几个梦。

果真还是受到“力场”的影响吧。因为鹿谷梦到的几乎都是他曾经造访“青司之馆”的梦……

隧道般昏暗狭长的走廊，他看到走在前方的友人背影。

“我说你倒是等等我呀，柯南。”

鹿谷追赶着友人。前方最终出现了凹凸不平的黑色石壁，这里是——

这里是……啊，对了。这里是前年秋季造访的那幢馆建筑——暗黑馆之中，通向“迷失之笼”的那道走廊……

不知从何处传来低沉的钢琴旋律。而后——

自眼前悄无声息地横过一个黑色人影。

那人身着漆黑斗篷，头部罩有漆黑兜头帽……我想起来了，那不就是人称“鬼丸老”、年龄不详的用人吗？

“喂，鬼丸老。”

鹿谷追了过去，喊住了那道黑色人影。

“那个……我可以看看您的长相吗？”

对方站住后，立即脱去了深深罩住头的兜头帽。出现在鹿谷眼前的是金属质的长舌下垂的“耻辱之面”……

哎呀？为什么会这样？

“你为什么会戴着那个假面？”

鹿谷诘问道。然而，对方只是一言不发地摇着头。难道假面之下的他嘴被塞住了吗？没错！肯定如此！

“我是鬼丸光秀。”

背后传来一个声音。鹿谷回头看去。

“在九州，鬼丸这个姓氏还是蛮常见的。”

一身漆黑、戴着“若男”能面的青年就站在鹿谷身旁……

怎么会这样？

鹿谷感到非常狼狈。

为什么奇面馆的那名青年会在这里？

到底为什么……

在此番梦境的间隙之中……

鹿谷门实听到奇怪的动静。

在睡梦之中，鹿谷似曾听过类似的声音……

鹿谷甚至无法辨清那到底是现实还是梦境。

他想要睁眼确认，却无论如何也睁不开眼。他想要起身，却也无法如愿，仿佛全身上下胡乱涂满强力胶一般。

而后……

沉沉睡去前的短暂瞬间，鹿谷察觉到——

某种冰冷物体碰触到面部，某种绝非惬意的压力加诸头部。

而后——没错，某种坚硬短促的声响传至耳畔。

这是发生于凌晨四点二十八分的事情。

第七章　惨剧

1

四月四日，周日清晨。

新月瞳子将厨房备好的咖啡放上手推车后，推着车来到走廊上。马上就要到早上八点了。她略作思量后，并没有将咖啡送到配楼，而是送向位于主楼东边最里面的主人的寝室。

寝室前有间书房。两个房间呈内部相连的构造，书房与寝室各设有一扇通向走廊的门。

瞳子先敲了敲位于里侧的寝室的门。门内并无回应。于是，她又问候了一声早安。

“早安。我送咖啡来了。”

即便如此，门内依旧没有回应。

还没有起床吗？还是已经起床了，人却在书房里呢？

她走回位于前方的书房门口，同样试着敲了敲门，问候了一声。

但是——

依旧没有回应。不要说是回应声，门内一点动静都听不到。

真是奇怪啊——瞳子有些不解。

馆主应该在**这边**才对啊……

这是怎么回事儿啊？瞳子快要想烦了的时候，听到有人打招呼道：

“新月小姐，怎么了？你为什么在这里？”

来人正是鬼丸光秀。

在走廊上现身的鬼丸依旧一身黑色西装，面覆“若男”能面。瞳子起床后立刻换上了与昨日相同的裙装围裙，戴好了“小面”。

“我为馆主送来了咖啡。他吩咐过要在这个时间送来的。”

“我看到咖啡自然知道。”

戴着“若男”的鬼丸略带不解。

“只是，你为什么将咖啡送来这里呢？”他问道，“会长在**那边**——配楼的‘奇面之间’里就寝吧。”

“哎？不是的。那个……实际上……”

瞳子本打算说明缘由，但还是放弃了这个念头。

昨晚的——自日期上来说应该算是“今天”了——那通突然而至的电话，于配楼沙龙室中偷偷观赏《勾魂摄魄》时，吓了瞳子一大跳的那通电话……

半夜三更蹑手蹑脚看电影这种事，在此开诚布公地说出来到底有些窘迫，也有些难为情。于是——

“没什么……对了，确实是啊。”瞳子改口掩饰道，“对不起。我这就送到**那边**去。”

“我同你一起去。”

“啊，好的。”

“外面下着非常大的雪。照这样子下去，今天客人们谁也回不去了……所以，关于这件事，我想和馆主商量一下。”

走在自主楼通向配楼那道长长的走廊上，鬼丸打了两次大大的哈欠。

“您睡眠不足吗？”

瞳子问道。

“昨晚与长宗我部先生一起熬夜了。”

鬼丸回答的声音听起来装模作样的。

“险些连闹钟的声音都没有听到——不知道长宗我部先生怎样了。”

“说起来，方才我在厨房里没有看到他的身影。”

“哎呀呀，早餐预计九点开始，差不多该准备了啊——新月小姐呢？睡得好吗？”

“我嘛……嗯，睡得还好。”

虽然她如此作答，但实际上卧床时已经超过凌晨四点了。连四个小时也没有睡够的她差点儿打起哈欠来。她边忍着想打哈欠的欲望边问道：

“您与长宗我部先生做什么了？”

“下了会儿围棋。”

鬼丸回答道。

“围棋？”

“是的。”

“下得好吗？”

“长宗我部先生下得非常好。我就差得远了。”

“是吗……”

对弈之时，鬼丸与长宗我部肯定没有戴面具。然而，瞳子的脑海中浮现的却是“若男”与“武恶”对局的怪异情景。她并不懂围棋，只觉得它一定有令两名成年人夜半对弈之趣。

2

沙龙室中空无一人。

看起来与昨晚——正确来说是今天凌晨瞳子在此处之时毫无二致。客人们似乎谁也没有起床。

瞳子推着手推车，走向通往内室的双开门。她在鬼丸的注视下敲了敲门。

“早安。我送咖啡来了。”

她仍然如此说道——但稍作等候后，依旧没有馆主的回应。

这期间，鬼丸打开了窗帘，并顺便向里面的壁炉走去。整个房间冰冷彻骨。他一定想要燃起壁炉，而非仅以空调取暖。

“早安。”

瞳子再度打着招呼，边说边用力敲了敲门。

“您起床了吗？那个……我送咖啡来了。”

他果然不在这里吗？

瞳子不得不这么想。

当然，不是没有馆主仍然酣睡的可能性。他即便起了床，也可能人还在最里面的寝室——“奇面之间”之中，听不到敲门声。可是——

那通电话……

那时打来的那通电话……

瞳子放开手推车，向背后看去——看向方才来时走过的由主楼通至此处的通道。双开门大敞的那处出入口的另一端——而后，她又看向房间西南一隅放置的电话台。

“哎？”

她不由得喊出声来。

“为什么……”

电话消失不见了。

几小时前，直至瞳子离开这里时还在那里的黑色按键式电话，如今已经消失不见了。电话台四周也没有看到它的踪影。

“鬼、鬼丸先生。”

瞳子感到十分费解。她喊着一身漆黑的秘书之名。然而，恰巧此时——

“这、这是？”

壁炉前的鬼丸本人也发出了惊讶之声。

“这东西怎么会……”

“鬼丸先生，电话……”瞳子不管三七二十一地说道，“这里的电话不见了。”

“电话……”

鬼丸回头向瞳子瞥了一眼，远远看向空空如也的电话台后，再度看向面前的壁炉。

“电话嘛，在这里。”

他压低声音对瞳子说道。

“啊？什么‘在这里’啊？”

“在这个壁炉中。有人拔掉电话线后，把它丢进这里了——它没有被烧坏，却被非常粗暴地弄坏了。”

“怎么会这样。”

瞳子非常混乱。

“这是为什么啊……”

“我也不清楚。”

鬼丸失望地摇着头，自壁炉前走开。而后，他说道：

“总之，先将这件事告知会长。”

“啊，好的。可是，从刚才起一直没有任何回音啊。那个……”

“也许会长还没有起床吧——门上锁了吗？”

经鬼丸一问，瞳子立刻确认起来。

今天凌晨两点半左右，瞳子听到动静，向馆主打招呼的时候，门是锁上的，门把手也转不动。但是——

她转动着门把手——门开了。与那时不同，门没有上锁。

“门开了。”

瞳子对鬼丸说道。她无法充分理解**眼前发生的事实**到底意味着什么。在遭受这种不安与紧张的双重逼迫之时——

“我受够了……这究竟是怎么回事啊！”

随着一声听着不快的抱怨声，有人自客用寝室方向走入沙龙室。素茶色的睡衣外罩着灰色睡袍，头部戴有那种全头假面——是“愤怒之面”。

“您这是怎么了？”鬼丸回应道，“那个……客人您是兵库县警……”

老山警官——瞳子在心中默默念着那个名字确认道。

“还能怎么了！”

“愤怒之面”以稍稍拖着左脚的走路姿势一口气冲到房间中央。而后，他用非常不快的焦躁口气申诉道：

“假面摘不下来了。”

“什么？”鬼丸反问道。

“愤怒之面”益发焦躁地说道：“刚才醒来的时候就已经被人戴上这玩意儿了。虽然不知道这是谁的恶作剧，但是他连假面都给锁上了，想摘也摘不下来。钥匙也不知道去哪儿了……”

瞳子闻言大吃一惊。连鬼丸亦惊慌失措起来。

“难道这是……”“愤怒之面”说道，“我是初次参加，所以不太清楚。这也是此次聚会的一个环节吗？是这样吗？”

“怎么会？”鬼丸答道，“并没有这种环节。”

“那这到底……”

在这样的对话中，另有一人现身沙龙室。他身着同样的睡衣、同样的睡袍，同样头戴假面……

“钥匙呢？”一找到鬼丸，那名男子立刻大声问道，“这个假面的钥匙在哪儿？真是的！给我戴上这东西还怎么洗脸啊！真不好意思，我可没空陪你们玩儿这种低级游戏。”

来人所戴的是“悲叹之面”。他是算哲教授吧——瞳子在心中默念道。

看来他也遭遇到与“愤怒之面”相同的异常事态。

3

好容易才从可疑的沉睡陷阱之中逃脱出来，鹿谷门实立刻感到非常强烈的不协调。

双目难以清楚地聚焦，双耳也有轻微耳鸣，轻微麻痹的疲惫感爬上全身……极度口干，脖子莫名有些痛，喘息莫名有些痛苦，还有些莫名的……唉，这、这是怎么回事儿呢？这种坚硬的触感，这种冰冷的压迫感，这种……

“嗯？”

刚一发觉出那种不协调感的源头为何，鹿谷慌忙支起了上身。

“等、等一下。”

他不由得脱口而出。自然他不知道该让谁“等一下”。

“这……为什么会这样？”

鹿谷用双手慢慢摸索着脖子上面的部位，确认那部位的情况——毫无疑问，是假面。如今，自己正戴着假面，戴着此幢宅邸的初代馆主特别定做的那种全头配锁假面。

他当然不记得睡前亲手戴上了假面。因此，也就是说——

双手抵住金属面颊，鹿谷看向床头柜。本应放在那里的“哄笑之面”不见了。因此，也就是说——

有人潜入房间，将它——那枚“哄笑之面”戴在沉睡的自己的头上。而后……

“不会吧……”

鹿谷喃喃说道。而后，他将双手伸到头后部。

假面后半部的对接之处——那处构成上锁装置的部分中，有个为了解锁而设的小手柄。鹿谷伸手摸索着那里，凭借自昨日起便实践数次得来的开锁诀窍施力。但是——

小手柄纹丝未动。

假面上了锁。

“等等、等一下啊。”

为出乎意料的此种异常事态所震惊，在感到困惑的同时，鹿谷只能努力让自己冷静下来，掌握现状。他靠在床头板上，缓缓做着深呼吸——是的，拜假面所赐，自己多少有些不舒服。但冷静下来做做深呼吸，也觉得还是可以喘口气的。

而后，鹿谷检查了床头柜的抽屉。他已经隐隐预感到了什么——本应放在抽屉中的假面钥匙不见了。

“唉。”

混同着叹息，鹿谷哼了一声。而后，他立刻下了床，走向窗边。

全身的疲惫感尚未退去，走起路来多少有些脚步不稳。也许是戴着假面睡了一夜的缘故，脖子与肩膀隐隐作痛。

昨晚，似乎是凌晨一点入睡的——

有人潜入这个房间，为已经入睡的鹿谷戴上放在床头柜上的“哄笑之面”，并用抽屉内的钥匙锁上假面，继而拿走了钥匙。客房的门没有锁，因此任何人都有可能做出这件事。

但是——

为鹿谷戴上假面时，决计要冒着不慎惊醒他的极大风险。然而，那人为何不惜甘愿冒这种风险，做出这种……

是单纯的恶作剧吗？

例如，在奇面馆的这场聚会之中，事实上有“第二日惊喜”什么的惯例节目？

无法否定这种可能性，却也无法就此认同。最重要的是他察觉出如今心中渐生的某种感觉——极度不安的忐忑感。昨晚睡前也好，现如今也罢，这幢建筑之内弥漫的空气与其所含的“气息”全都变质了一般……

白色光亮透过窗帘照进屋内。已经过了早晨八点，据说九点开饭。

鹿谷拉开窗帘，擦擦窗子上的雾气，向外看去，只见铺天盖地的皑皑白雪。生长于九州大分县的他从未见过量如此大的积雪。何况猛烈的雪现在依旧不断下着。

为什么会这样……

鹿谷双手扶着假面，想看看它是否难以摘掉。但是，他知道在上锁的情况下根本无可奈何。强行用力，下巴、脖子、耳朵、鼻子……到处都痛得难以忍受。

鹿谷离开窗边，在睡衣外罩上睡袍，戴上手表。他非常想吸支烟，但“今日一支烟”也太早了，还是忍着吧。对了——

口干舌燥。非常渴。

想先喝些水。而后，对了，去看看其他客人的情况……

鹿谷依旧步履蹒跚着走出房间。之后不久——

他发觉沙龙室中不知为何非常喧闹。

4

他一来到沙龙室，就看到房间内的“愤怒之面”与“悲叹之面”异口同声申诉着疑问、困惑与不满。鹿谷来到沙龙室不久，又有另一名客人——“欢愉之面”打着大大的哈欠，加入了他们的队伍之中……总之，他们似乎都遭遇到与鹿谷相同的情况，诸如“一醒来就发现被戴上了假面”、“假面上了锁摘不掉”、“连钥匙也不见了”等。

不难想象的是如此一来，恐怕尚未现身的另外两人也遭遇了同样的事……

戴“小面”的兼职女仆新月瞳子也在这里，一副不知所措的样子。无论客人们如何诘问她“这到底是怎么回事儿”，她也只是坚持说“我也不清楚”。

可不是嘛——尽管鹿谷同情着瞳子。但说实话，他自己也想找个人好好问问“这到底是怎么回事儿”。

戴“若男”的鬼丸光秀于一片混乱之中独自走入内室。也许他去向馆主汇报这次的异常事态了吧……

然而，不久——

“啊——”

完全无法想象自那名青年秘书口中发出如此失态的惨叫。那声音自内室传来。

鹿谷与“愤怒之面”二人闻声而动。

方才的惨叫非同寻常。很明显，那就是遭遇到某种**脱离常规**的事态时所发出的声音。

鹿谷毫不犹豫地赶到“对面之间”。“愤怒之面”几乎同时采取了与他相同的行动。

“对面之间”空无一人。

室内并未开灯，却也不是漆黑一片。鹿谷这才知道昨晚受邀而来时，这里看似全无窗子，实际上并非如此。四面墙上的确一扇窗子也没有，然而头顶上却有两扇四方老虎窗。室外光线透过老虎窗照射进屋。

“鬼丸先生？”鹿谷大声唤道，“发生什么事儿了？刚才的……”

“请到这边来。”

里面打开的门内传来鬼丸异常颤抖的应答声。

鹿谷看向“愤怒之面”，说道：

“刑警先生，我们上！”

他没有称对方“原刑警先生”，此时也不是可以亲昵他称其“老山警官”的场合。

二人穿过里面的那扇门，出了“对面之间”。

他们来到一道向左右延伸的短廊。短廊右方尽头有扇敞开的门，身着黑色西装的鬼丸就在那道门内。他刚刚踏入那房间一步，便跌坐在地板上。

“鬼丸先生，你怎么了？”

“你还好吧？”

鹿谷他们边问边赶了过去。鬼丸依旧瘫坐在地。

“那个……看那儿！”他举起一只手，指着前方，颤抖着说道，“这、这……啊……”

依鬼丸所指，刚一看到那房间——“奇面之间”的情况时，鹿谷不由得一声呻吟。

一同赶来的“愤怒之面”也异口同声地呻吟起来。

难怪方才鬼丸发出了那样的惨叫声，难怪他如此瘫软倒地。

如此令人震惊，只能以惨绝人寰来形容的情景正等在那里。

5

馆主寝室位于奇面馆配楼内室。昔日日向京助造访此处时，曾为其异常之状所瞠目结舌的这个“奇面之间”——

没错，这的确是个独出心裁的房间。

这房间约有客房的两倍大，放有床、床头柜、衣柜等基本家具。房间深处有一扇窗。这扇窗也挂有同客房一样的灰色厚帘……这些都与普通寝室相同，没有什么特别异常之处。

问题在于四面墙。大部分墙面均埋有各式各样的“脸”。

虽与在沙龙室的墙面上看到的装饰相同，但这个房间的脸无论是从数量上还是密度上来说，都不是一个量级的。

鹿谷他们所戴的“哄笑”“愤怒”“欢愉”“惊骇”“懊恼”“悲叹”

以及“祈愿”——犹如直接拍下这些假面的表情一般的大量人脸遍布四壁。沙龙室中那些假面只是“四处镶嵌”的程度，此处却是由那些凹凸的脸湮没灰浆墙壁，甚至连一部分天花板也未能幸免。

若是按照昨晚的约定，在馆主带领下进入这里目睹这样的设计，鹿谷会发出“果不其然”的感慨，叹其“不愧为‘奇面之间’”……但是，现在——

面对比这房间的异常装饰更加异常的情景，鹿谷他们感到惊骇、战栗，不得不发出呻吟之声。因为——

房间中央靠里的地方倒着一个一眼看去极其异常的**物体**。那个**物体**本身与其周围均被染作极其异常之色。那是……

“天啊……会长。”鬼丸虚弱地喃喃念道，“为什么，会这样……”

“那是馆主——影山先生吧？”鹿谷确认道。

鬼丸立刻如难以理解对方问题般“啊”了一声，转过头，抬眼看了过去。

“当然……”

“昨晚，馆主是在这里就寝的吗？”

“应该是的。”

“然后，刚才你赶到这里一看，才发现事情演变成这样了，对吗？”

“是的。”

鬼丸点点头，站起身。但他的身体摇摇晃晃，难以维持平衡，于是用手扶住了门框边。

“尽量不要徒手四处碰触。”

“愤怒之面”做出提醒后，从鬼丸身旁挤了过去，进入房间搜查。鹿谷也慢吞吞地紧随其后跟了进去。

房间中央靠里的地方倒着一个一眼看去极其异常的**物体**——那

是人类的尸体。

那个**物体**本身与其周围均被染作极其异常之色——那是自尸体流淌出来的血的颜色。

他身穿与鹿谷等客人们同样的茶色睡衣，床边丢着脱掉的灰色睡袍与拖鞋。鹿谷觉得，那应该就是昨晚奇面馆馆主影山逸史返回内室后换上的衣物无疑。但是——

“那是馆主——影山先生吧？”

之所以鹿谷特地向鬼丸如此确认，是因为有需要如此确认的理由。他们仅仅自房间入口处远远看到**尸体**而已，并未靠近便已断定“那是具尸体”亦有可以如此断定的理由。

倒于房间内的**他**的身体自脖子以上——**整个头颅已荡然无存。有人将死者头颅砍了下来。**

既然没有头部，自然只能通过仅存的胴体推断死者的身份。未曾靠近便已断定“那是具尸体”，是因为在被砍掉头颅的情况下，应该没有人能生存。

“愤怒之面”走到尸体旁。他轻微拖着左脚，步伐却显得凌乱。看来他没有过多的胆怯或是慌乱。

不愧是原一课刑警……鹿谷正在由衷感到佩服之时——

“真够惨的。”“愤怒之面”弯着腰，俯视着尸体感叹道，“干吗把人脑袋砍下来呀。”

鹿谷注意着不要踩到地板的血痕，走过去俯视尸体。一股异臭扑鼻而来。

尸体倒在地板上铺的小块地毯上。尸体仰面朝天，因此看得到其睡衣上的扣子。自房间门口来看，脖颈的断面对着左侧墙壁。那个血淋淋的切口令鹿谷不由得再度呻吟出声。

在古今东西的推理小说故事中，鹿谷早已习惯了“无头死尸”。然而，在案发现场目睹无头死尸却是破天荒头一遭。以前，他被卷入那件“迷宫馆事件”中时，看到过掉了脑袋似的他杀尸体，但那与此次的感受完全不同。“头部全部缺失”令其人不像人——鹿谷产生了这样的感受。与此同时——

鹿谷的脑海中突然浮现出昨晚梦到的一个场景。

……裂作两半的“祈愿之面”，本应出现的奇面馆馆主的面容却并不存在。

——来，敬请欣赏。

脖颈以上的“空”说道。

——这就是那个哦，那枚‘未来之面’……

“那就是凶器吧。”

“愤怒之面”说着，指向墙角的地板。鹿谷看了过去，只见刃部沾血的日本刀与其刀鞘掉落在那里。

“这是馆主的随身物品吧。我记得昨晚在那边的房间里见过这把刀。鬼丸先生，对吧？”

“是的。”

鬼丸回答道，他站在房间入口附近，正准备摘下“若男”。

“听说那是影山家的祖传名刀。”鹿谷接着说道，“每次来这里的时候，馆主都会带刀过来。”

“没错。”

假面后露出了鬼丸苍白的面庞。原本白皙的面色上如今更是血色全无，看上去甚至犹如重症病人一般。

“这样啊……”

“愤怒之面”哼了一声。

“他是遭遇砍头而死的呢，还是死后被人砍了头呢……”

鹿谷认为，如果这里就是案发现场的话，后者的可能性似乎非常高。

若是砍掉活体的头颅，应该有非常惊人的出血量。可是，在尸体的断口附近能够看到的血量却非常少。

“哎？”

在尸体旁弯着腰的“愤怒之面”发出一声疑惑。

“这是怎么回事儿？”

“怎么了？”鹿谷问道。

“愤怒之面”说了一句“你看那儿”，而后指着尸体说道：

“你看看呀，尸体的手指那儿。”

“天啊……”

断头过于吸引鹿谷的注意力，令他粗心大意到失察的地步——

以好似走形的“大”字般的姿势仰卧的尸体，双手一左一右无力甩开。**无论哪只手都没有手指**。

左右手的十根手指全被切掉了。

“这也是凶手干的好事儿吧。”

“应该是吧。”

“光砍掉头还不算完，连双手的手指也……唉……”

鹿谷的视线自惨状万分的尸体上移开，转而再度仔细查看起室内情况来。

房间开了灯（据说是鬼丸刚刚打开了灯）。开着空调（它正从停止状态转为运行状态）。床上没有就寝过的痕迹。

窗帘紧闭。窗前摆放着小桌与椅子，但小桌的摆放位置很明显变动过。它斜着推向墙边，四把椅子之中有两把椅子翻倒朝天。

仅凭如此查看，断头与十根断指并没有被凶手留在这间房间内。但不查查衣橱等处的话，尚且无法断定……

“总之，先离开这里吧。”“愤怒之面”直起身说道，“毋庸置疑，这是件凶杀案。就此封存现场，而后报警才是首要问题。”

无论他是不是“原刑警”，这都是极其正常的意见。

“鬼丸先生，请您立刻拨打一一〇报警。”

“好的。”

他惨白着脸点点头。

“不过——”

“怎么了？”

“啊，没什么——我知道了，立刻报警。”

鬼丸离开后，鹿谷在“愤怒之面”的催促下出了“奇面之间”。“愤怒之面”关上房门。为了不沾上多余的指纹，他用睡袍袖口包住了手，才转动门把手锁了门。

“日向先生，你还挺胆儿大的嘛。”

“愤怒之面”赞许道。

“近距离看到那种尸体的话，通常都无法保持冷静。要么更加慌乱，要么就是恶心得干呕。”

“我受了相当大的打击。”

鹿谷边如此作答，边以双手抵住胸口附近。

“不过，也许与一般人相比，我多少有些抗体吧。”

“是吗？小说家是这样的吗？”

“并不是因为我是小说家才这样……只不过嘛，发生过一些类似的事情。”

折回走廊时，鹿谷看了一眼手表以确认时间——上午九点十分。

6

“怎么样了？发生什么事情了吗？”

新月瞳子与另一名客人——“欢愉之面”赶至“对面之间”。见到折返而回的鹿谷二人，瞳子精神十足地问道：

“鬼丸先生刚刚出去，一脸惨白。无论问什么，他连半个字都不肯回答。”

“难道出了什么事故，或是发生了什么事件吗？”

“欢愉之面”问道。

“是的，唉。”

鹿谷回答道。

“在馆主的寝室里？”

“没错。”

“到底发生了什么事儿啊？”

“欢愉之面”问罢，刚要向里面的那扇门走去——

“您还是不要看为好。这可是忠告。”

“愤怒之面”立刻制止了。

“总之，还请您先回到沙龙室。我会好好说明情况的。”

沙龙室中又多了一名戴假面的男子。那是“懊恼之面”。不出所料，他也与鹿谷等人遭遇了相同的情况，为上了锁、无法摘掉的假面感到震惊，似乎十分愤怒。

由于鬼丸并不在沙龙室中，鹿谷不禁感到有些意外。如果报警的话，这里明明就有电话……他总算注意到，这个房间电话台上的电话消失不见了。

“新月小姐，那儿的电话呢？”鹿谷指了指电话台问道，“昨晚还在那儿吧？”

“啊，是的。昨晚还在。”瞳子回答道，“我刚才也觉得奇怪。而后，鬼丸先生找到了被扔在壁炉中的电话。”

“电话被扔进了壁炉？”

“是的。拔掉电话线的电话扔在那里，被十分粗暴地弄坏了。”

“这样啊。”

所以鬼丸才用别的电话报警啊。馆内还有两部电话，分别位于玄关大厅与主楼的馆主书房内。他会用其中一部电话报警吧。

如此一来，可以理解方才命鬼丸立刻报警时，他那有些迟疑的反应。话说回来——

“哎呀，这玩意儿坏得够厉害啊。”

耳边传来“愤怒之面”的声音。鹿谷走到壁炉前，向里面看去。

“正如女仆小姐说过的那样，这样子已经无法使用了。”

看来，他想要确认电话是否真坏掉了。

“无论怎么想，这东西都是被人故意弄坏的吧？”

“为什么要这么做呢？”瞳子自问自答道，“是不是为了无法让我们与外界取得联系呢，尤其是为了封锁与警方的联系？”

鹿谷失望地环顾室内。

“如此一来，恐怕其他的电话也……”

“喂，请等一下。”

“欢愉之面”焦急地插嘴。

“说什么与警方联系呀？有那么夸张吗？到底发生了什么……”

“对了，不能想想办法弄下这个假面吗？”

这次是“懊恼之面”插嘴。

“真是莫名其妙！这算什么啊……谁干的恶作剧？这样下去连牙

都不能好好刷，也戴不了眼镜。”

“有没有备用钥匙呀。”“悲叹之面”接着说道，“不是每枚相同的假面都有一对吗？用另一把钥匙能不能开锁啊。”

“它们摆在‘对面之间’里吧。钥匙肯定也在那儿……”

“好了好了，大家冷静点儿。”

“愤怒之面”想要令大家平静下来。

“我能理解大家想摘掉假面的心情，但在此之前……”

“里面的房间里到底发生了什么事儿？请您如实相告。”

“欢愉之面”追问道，视线自“愤怒之面”转向鹿谷。

“喂，日向先生，您也亲眼见到了吧？到底……”

“我会告诉诸位的。没有必要隐瞒什么。”

“愤怒之面”回答道。“欢愉之面”点点头，“懊恼之面”与“悲叹之面”也缄默不语地注视着“愤怒之面”。

“馆主在里面的寝室中身亡。”“愤怒之面”仔细玩味着措辞，缓慢强调宣布道，“他并非单纯的亡故。很显然，他是为人所害。因此，我刚才请鬼丸先生报警了。”

全场混乱起来。

戴假面的男人们固然受到打击，但遭受打击最大的人是瞳子。一听到馆主遇害的消息，她就突然惨叫着蹲在地板上。

鹿谷赶到瞳子身边，问道：

“你还好吗？”

瞳子一言不发，仅仅轻轻摇了摇头。

“坐在那边的沙发上休息一下比较好。来，新月小姐。”

“好吧。”

在鹿谷的催促下，瞳子缓缓站起身。她摘掉“小面”，再三急促地喘息着。

“那个……我……”她低着头，看着脚边，“我、我……昨晚、嗯……”

“怎么了？”鹿谷问道，“昨晚也发生过什么让你在意的事吗？”

“是的。其实……那个，我……”

此时，鬼丸正好赶回沙龙室。他的气息相当凌乱，脸色依旧苍白。摘下的“若男”依然被他握在左手之中。

“打不通。”

他一开口便是变了调的声音。

“馆内的所有电话都无法使用——同这个房间内的电话一样被弄坏了。”

鹿谷不由得一声叹息。

事态果真如此发展了啊。

下个不停的暴雪，与外界断绝联系的手法——不合时节的“暴风雪山庄”吗？

鹿谷的脑海中浮现出刚才亲眼所见的残忍情景，心情黯淡地咬住了下唇。

“中村青司之馆”招来了死神，应该发生的惨剧果然还是发生了。

那具尸体的头部与双手手指被切掉了。恐怕犯下如此残忍罪行的凶手，如今依然在这幢建筑之中……

而且——“哄笑之面”之后，鹿谷的眉头紧皱。他逐一打量着聚集在沙龙室中的各人，同时喃喃说道：

“真是棘手啊。”

除鬼丸与瞳子二人外，包括鹿谷在内，沙龙室中的所有人均以上锁假面掩盖住本来面目。也就是说……

这出乎意料的情况简直是闻所未闻。不要说现实中发生的事件，就是环顾古今东西、放眼各类推理故事中描绘的事件也没有听说过。

第八章　上锁的假面

1

“诸位，请冷静。听我说，先冷静下来。”

“愤怒之面”举起双手，控制再度喧吵的场面。

“真的连一部能用的电话也没有吗？”他确认道。

全身漆黑的秘书绷着脸，用力点了点头。

“没有。”

“馆主专车的电话呢？”

鹿谷问道。他觉得身为旗下拥有若干公司的会长，配车上很可能有车载电话。

“这个嘛……虽然配有电话，但这里无法使用。车载电话是无线电，在城市范围之外没有信号。”

“唉。那么，就算有谁带了手机，也收不到信号喽？”

在一九九三年这个时候，日本的手机普及率在百分之三以下，可以通话的地域也极其有限。

“以防万一，我还是先问一下好了。有谁带了手机来吗？”

“愤怒之面”扫视全场问道。但无人应答。

“以防万一，我再问一个问题。”

鹿谷面向鬼丸。

“这里能上网吗？”

“不能。”

这里果真与世隔绝了吗？

“这样的话，只好由我接手了。总之，先到最近的民居借电话用用。”

说罢，“愤怒之面”远远望向窗子，鹿谷也顺着他的视线看了过去。连接通道的出入口一侧装有固定框格窗，正对着主楼与配楼间的中庭。窗子玻璃全然氲起一层雾气。尽管如此，还是能够感受到外面积了厚厚的雪，暴雪如今依旧肆虐。

“要顶着这暴雪出去借电话吗？”鹿谷问道，“看来要做好充分的心理准备才行啊。”

“又不是隆冬腊月的北海道，要去的话总会有办法的。”

“反正我的车没戏。它就停在玄关的门廊上，肯定被埋在雪里动弹不得了。而且，轮胎也不太正常。”

“鬼丸先生——还有别的车可用吧？”

“愤怒之面”瞄着鬼丸问道。

“有的，在后面的车库里。那是室内车库，车子应该可以发动。”

“我开来的车也停车库里了。”“欢愉之面”说道，“那还是辆带胎链的四驱车……”

“尽管如此，还是有必要先除雪才行。依据路况，也许除了雪也难以行驶。”鹿谷说道。

“愤怒之面”应道：

“那就跑一趟，这样反而比较快。”

“就算是最近的民居，距离这里也相当远。平时走着去还要花上一个多小时。”

“没有滑雪板或是动力雪橇吗？”

“往常都没有过这么厚的积雪，所以根本没有此类备用品，只有用来除雪的工具和一两把铁锹而已。”

“还是不要徒步出行比较好。”

此时，自连接主楼的通道方向传来一个声音。不知何时，戴红脸狂言面具的男人出现在那里。那是管理人兼厨师长宗我部。

“鬼丸先生都告诉我了。我觉得各位还是不要对这场雪掉以轻心的好。在没有相应装备的情况下，外出很危险。”

长宗我部非常认真地诉说后，摘下“武恶”，露出白发苍苍的脸。与其所戴面具的感觉相反，他看上去忠厚老实。

“大概十年前下过一次这么大的雪，正好也在这个时节……那场雪整整下了三天。自昨天开始，天气就和那时候如出一辙。”

“是吗？”鹿谷点着头问道，“长宗我部先生，您在这一带居住了很久吗？”

“大概有十五年。”管理人回答道，“虽说是这一带，但也是离这儿有半小时车程的地方。有必要的话，我才会从家开车过来。”

原来如此。所以——鹿谷思索着——所以昨天长宗我部才评价这种异常天气是“十年一遇的诡异气象”，正是由于他亲身体验过，才会有那番感慨的。

而后，长宗我部详细讲述了一番。他原本在东京某大型企业供职，不到四十岁时辞了职，而后便带着小自己一轮的妻子移居此地。从此以后，耕田养鸡，烧烧陶瓷、做做木工……基本上过着这种田园生活。约莫三年前，他机缘巧合为影山逸史所雇，成为这里的管理人。

“上次那场大雪害死了好几个人。”

长宗我部依旧非常认真地说道。

“有人丧命了？”

“因为无法开车，有几个人强行冒雪徒步外出。”

“遇难身亡了？”

“是的。平时这里几乎不下雪的，贸然轻视它才引发了事故。所以——”

“现在还是不要考虑徒步出行比较好？”

“我是这么认为的。至少要等到雪停下来。同样的错误不能再犯第二次了。”

“是啊。”

鹿谷又点了点头，转而看向“愤怒之面”。

“那该怎么办？”

“需要探讨一下。”

“愤怒之面”失望地回答道。

“但是，事态这么严重，即便雪地难行也得想个办法……总之，对了，先取出车来上好胎链，以做到有备无患。”

“没错。只是——”

此时，鹿谷以锐利的目光巡视着聚集在沙龙室中的全体成员。

“无论是开车还是徒步出行，都存在一个重大的问题。”

“是什么问题？”“懊恼之面”提心吊胆地问道。

鹿谷回忆起与其相关的个人信息——居住于札幌的建筑师，教名米迦勒。

“问题就是由谁出行。”

鹿谷回答道。

“在座诸位都很清楚吧？方才刑警先生……正如身为原刑警的老山先生告知的那样，馆主在里面的寝室中身亡。根据情况，只得认定他是为人所害。所以……”

“也许杀害馆主的凶手就在我们中间吗？”

“懊恼之面”确认道。

“所以，如果出去报警的人就是那名凶手的话……你是这个意思吧？”

“大致就是这个意思。”

“可是，杀害馆主的凶手真的在我们之中吗？这也太离谱了。”

“你敢断定不在我们中间吗？”

“这个嘛……”

“懊恼之面”被问得张口结舌。他身旁的“悲叹之面”一边屡屡自上而下地摩挲着假面左侧，一边开口说道：

“人还没到齐吧。”

“是的，还没到齐。”

鹿谷自然也注意到了这点。

“没有看到忍田先生。”

“忍田……那位魔术师吗？”“愤怒之面”低语道，“就快十点了，他还没起床吗？”

冰冷的紧张感弥漫全场。因为每个人的脑海里都掠过了一种想法，那就是除“还没有起床”之外，大致还有其他两种可能性。

一种可能性是至今没有现身的他才是凶手，早已策划好逃离这里。另一种可能性就是也许他在寝室中或是其他什么地方成了“第二名被害者”。

不久就弄清楚这两种可能性都只是杞人忧天而已。在其他客人正准备去魔术师的寝室中一探究竟前——

“哎呀哎呀，诸位早呀。”

最后一名客人边走进沙龙室边说道，声音听上去好似忍着困意一般。

“哎，大家都在这儿啊。我可是完全睡过头……哎，对了，这玩意儿、这假面到底是怎么回事儿呀。”

不知是谁趁自己睡着时把那假面……他也为难地控诉着。并且，同其他五名客人一样，覆盖了他的面容的“惊骇之面”也被上了锁。

2

理所当然的，讨论与外界的联络方法是需要的。但在此之前，六名客人有一个更想要解决的问题。那就是想摘也无法摘掉的假面。

不知道放在“对面之间”的钥匙是否可用——“悲叹之面”再度提及这件事。但鬼丸却令人费解地说道：

“不清楚啊。很遗憾，我并不确定那是否用的是同一把钥匙。”

“那先试试好了。”“悲叹之面”提议道。

这种情况下，并没有人强烈反对他的提议。

无论如何也想取下头上的假面，这样的心情连鹿谷也不例外。于是，包括三名用人在内所有人自沙龙室转移到“对面之间”。

打开主照明灯后，一行人走向固定于沙龙室一侧墙壁的装饰架。

并排放罪的六枚假面——这些是“欢愉”“惊骇”“懊恼”“悲叹”“哄

笑”“愤怒”的备份假面。每一枚假面的钥匙都放置于相应的假面之下……

“不行。打不开。”

“悲叹之面”率先尝试着开锁，但他立刻放弃了，丢下了钥匙。

鹿谷也试了试。

相应钥匙的“头部”上刻有“笑·二”的字样。“二”代表备份假面。他心知肚明，却还是把钥匙插入孔内。钥匙形状不符，根本插不进去。即便是相同造型的一组假面，上锁装置也是各不相同的。

其他四人的尝试结果也是如此。

“别的地方会不会有备用钥匙呀。”

自然有人向鬼丸提出如此质问。

“我不知道有什么备用钥匙。”

秘书惨白着脸，一味摇头。

“啊呀，真是的！饶了我吧！我受够了！”

“欢愉之面”焦躁地喊道。

“这是谁干的好事儿？要是你们谁干的，希望那人早点儿把藏起来的钥匙交出来！”

“要不我们在这宅子里找一圈。要不就强行撬开它。”

“愤怒之面”攥起拳头，敲了敲假面的前额。

“恐怕没那么容易做到吧，这玩意儿比看上去要结实得多。我试了好几次，竭尽全力想要摘掉它，却毫无办法……”

“要是有改锥、钳子之类的工具，也许能摘掉吧。”

“惊骇之面”提议道。鹿谷对此表示怀疑。假面后半部分的闭合处外侧没有露出任何一个合页。即便用钳子拆掉合页，也无法将其取下。

若是得出使用更多工具的强硬策略，也许总会有办法的吧。比如用大锤、锯子等物破坏假面……

不行。

鹿谷独自轻轻摇了摇头。

这样肯定也行不通啊。

他回想起十年前，影山透一对到访此处的日向京助说的话来。

——戴好假面、上了锁的话，没有钥匙绝对无法摘下。它的构造十分坚固，就算想要弄坏了摘下它也是不可能的。

就算利用某种强有力的工具能够弄坏假面的话，那时假面里面的脸肯定也会一塌糊涂了吧。实际上，这样的预测是站得住脚的。

“鬼丸先生，这儿有……工具可用吧。”

“惊骇之面”提出了要求。

“我去拿工具箱来。”

作答的并非鬼丸，而是长宗我部。

“我去去就来，请您稍候。”

管理人小步疾行出了房间。鹿谷一面目送着长宗我部离去，一面努力让自己尽量冷静地观察如今所在的“对面之间”。

这里与方才的“奇面之间”相异，家具的摆放错落有致，也看不到屋内有翻找过的痕迹——他注视着房间深处的书桌。书本、文具等物之外，还有水壶与一只空玻璃杯。玻璃杯旁不知为何放着一个扁平的金色小盒子。

那里面是什么？鹿谷非常在意。

然而，女仆瞳子抢先一步蹒跚着走到书桌旁，拿起那个小盒子。

“新月小姐，那是什么？”鹿谷问道。

瞳子立刻“啊”了一声说道：

“对不起。我有点在意这个东西，不知不觉……”

“哎呀，我并不是责备你。因为我也很在意那个东西。那是什么？”

“这个嘛，大概这是药盒吧。”

“药盒？里面是药呀。”

“大概是……”

瞳子打开小盒子。鹿谷借着她的手看了过去。

那里面有大量PTP包装的黄白色药片。鹿谷这个外行人并不知道那到底是什么药。反而是瞳子轻哼一声，低语道：

“这些是……”

“这是什么药？”

“我记得这些是……”

“是安眠药吧。”

鬼丸抢在瞳子回答前揭晓了答案。

“最近半年，会长一直为失眠所困扰。为此才服用了这种药。”

“这样啊。”

“新月小姐，擅自碰触会长的所有物还真是不敢领教啊。”

“好啦好啦，鬼丸先生。”

鹿谷袒护起瞳子来。

“情况如此，请多少假装不知道吧。”

“这……”

“这么说来，这种药并不是市面流通的，而是处方药啊。也就是说，这是种强效的安眠药喽？”

“具体情况我也不清楚，但恐怕是的。”

“新月小姐是这方面的专家吧。我记得你是药学部的学生。”

鹿谷重新向瞳子发问。

“怎么样，你认识这种药吗？”

“是的。”

瞳子将药盒放回书桌上。

“这是进入九十年代后开始使用的新药。据说它作为所谓的安眠药，在引人入眠的效果非常好的同时，令人保持长时间睡眠的效果也很出色。当然了，服用这种药必须出示医师处方才行。”

“喔，这样啊。”

鹿谷回应着，不得不重新思索起来。

昨晚回到寝室后袭来的强烈困意；半强迫堕入的那场睡梦；中途曾经几度转醒过来，但那只是转瞬即逝，而后便又沉沉睡去……

难道——鹿谷此时这样考虑再正常不过了。

难道昨晚自己被人下了药吗？不止我一人，其他客人也是如此……

如此一来……

若是果真如此，这是怎么回事儿呢？

鹿谷没有漏掉书桌上的水壶——满满一壶水，并没有减少。玻璃杯也没有使用过的痕迹。也就是说……

“我们返回沙龙室吧。”

此时，“愤怒之面”催促着在场的每一位。

“我们有必要好好商量一下该怎样应对这种事态——好了，日向先生，还有新月小姐，我们先过去吧。”

3

“我仍然觉得无论如何也难以相信。”刚回到沙龙室，“惊骇之面”边再三思量边说道，“馆主惨遭杀害一事……真的发生了这种事儿吗？是不是什么地方搞错了？”

“搞错了？”

“愤怒之面”的口气听起来很是不快。

“你说说看是哪儿搞错了？我和日向先生，以及鬼丸先生三人在案发现场目睹了尸体。怎么可能搞错了！”

但是，“惊骇之面”毫无怯意地看向“愤怒之面”。

“与其说是搞错了，不如说是……对了，不如说是有怀疑的余地。”

“怀疑的余地？”“愤怒之面”益发不快地反问，“你怀疑什么？觉得有人可疑吗？”

“总之就是说，我怀疑你们三个人。算上遇害的馆主的话，就是四个人。”

“啥？你是这么乱猜的呀。”“愤怒之面”得意扬扬地叹息道，“你怀疑我们事前合谋扯谎吗？你怀疑这是馆主和我们合伙设下的圈套吗？”

“即便如此也没什么可奇怪的呀。”“惊骇之面”反驳道，“说起来馆主本就是个怪异到召开这种诡异聚会的人。虽然不知道有什么企图，但这一次他得到你们三人的协助，弄出了这种‘杀人事件’活动。”

“你是说馆主并未遇害，里面的寝室里也没有尸体——对吗？”

“惊骇之面”默默点点头。“愤怒之面”边“哎呀呀”地感慨边耸了耸肩。

虽然无法得知他的话有几分是认真的，但鹿谷也很理解“惊骇之面”想要这样说的心情。如果同他立场对调的话，作为其中一种可能性，鹿谷肯定也会抱有同样的疑问。但是——

“忍田先生。请您舍弃这种猜忌。”鹿谷开口劝道，“我发誓，这绝对不是骗局。里面的寝室——‘奇面之间’内，确实有具尸体。很明显，那是具他杀的尸体。”

“不亲眼见识见识很难相信是吗？”

“愤怒之面”接着说道。

“啊……不。”

“惊骇之面”略感压力地支吾着，摇了摇头。

“您有这样的疑问，也是出于魔术师的职业病吧。”鹿谷说道。

“要是无论如何也不能相信的话，亲自去确认一下不就好了嘛。”“愤怒之面”冷冷地说道，“不过，肯定会后悔的喔。就连干刑警的人都没什么机会看到那种尸体。”

“你这话是什么意思？”“欢愉之面”提心吊胆地问道，“什么‘那种尸体’啊……下手的方式就那么残忍吗？”

“愤怒之面”瞥了鹿谷与鬼丸一眼，同时短促地喘了口气。然后，他面对所有人宣布道：

“是具无头死尸。凶手将头部完整砍下，带走了。不仅如此，他还切下了死者双手的十根手指……”

现场的喧闹为冰冷的沉寂所代替。

鹿谷挂念着瞳子的反应，暗中观察着她。瞳子并未如方才那样发出惨叫，也未蹲伏于地。而是双眼圆睁、双颊痉挛、一丝声音也挤不出来。

“愤怒之面”立马以截然不同的温和口气唤道：

“新月小姐，我口渴了。喝点儿什么……对了，喝手推车上的水就行。”

瞳子吓了一跳，清醒过来似的回答道：

“好、好的。那么，大家也都喝点儿什么吧。”

“我也来点儿水就行。”

“惊骇之面”回答道。

“啊呀呀，我想喝咖啡啊。”“悲叹之面”说道，“想喝一杯温暖醇香的咖啡。那个咖啡壶里的咖啡已经冷掉了吧。”

“是啊。那我去为大家准备饮品了……”

鹿谷暗自担心并注视着规规矩矩回到“工作状态”的瞳子。此时——

“咕咚”一声响动，所有人转头向连接通道看去。

那是自主楼返回的长宗我部，脚畔放着一个蓝色工具箱。刚才正是它发出的响动。

“辛苦了。”

鬼丸走了过去，提起了工具箱。然而，长宗我部仿佛无视鬼丸的存在一般说道：

“厨房里——”

那声音仿佛失了魂般，莫名地抑扬错乱。

“厨房里，有、有个可疑的东西。”

“可疑的东西？”

鹿谷立刻做出反应。

“那是什么？”

“那是、是……”

厌倦回答的管理人看起来血色全无，表情也极其狼狈。

“我去库房拿工具箱，然后顺道去了趟厨房。我觉得应当仔细研究一下诸位的饮食……这样一来，那个……”

长宗我部深深地拧着眉头。

“搅拌机里有样可疑的东西。”

“搅拌机里出现了可疑之物……”

鹿谷鹦鹉学舌般嘟囔着。一个可怕的念头在他心中转瞬膨胀起来。

“长宗我部先生，那个‘可疑的东西’到底是什么呀？”

“要说那是什么的话，那是……是肉，被搅拌机绞碎的生肉。”

“啊……”

“我不记得我做了绞肉的准备。所以，我觉得可疑，检查了搅拌机里的东西。”

长宗我部的声音有些错乱，而且带有轻微的颤抖。

“那几乎已经看不出原本的形状，但仔细看的话，那是、是混杂在一起的血肉，还有看起来像是指甲的东西。所以……难道那是……”

“也许是人类的手指。”

鹿谷深入说明道。

“我觉得也许是用搅拌机将切下的手指绞碎了。”长宗我部缓缓地点头作答。

鹿谷再次问道：

“假如那就是人类的手指，看得出那是几根手指吗？”

“不知道。”

“有一两根手指那么少的量吗？”

“这……不是的。”

“看起来要多得多，对吧。看起来有全部十根手指那么多吗？”

过了一会儿，长宗我部再度缓缓地点头作答。瞳子的惨叫声短促而尖利地划过房间中冻结的空气。

4

时间匆匆流逝。

在长宗我部的带领下，鹿谷与“愤怒之面”立刻赶往厨房。在此期间，鬼丸去车库查看车况。其余五人留在沙龙室中，有的打开工具箱尝试利用工具摘掉假面，有的暂且返回寝室更换衣物。瞳子为餐具架上的玻璃杯附上吸管后，为想要喝水的人提供饮品，顺便自己也喝些水润润喉咙、令自己平静下来——

全体重聚沙龙室时刚过上午十一点。此时，已经确认的事实大致有以下三点。

其一：厨房搅拌机中的肉块确实是人类的手指，看起来有若干根手指之多——可以认为那足有十根手指的量。今晨，瞳子受馆主所托顺道到厨房准备咖啡时，并未靠近搅拌机，因此没察觉有任何异常。

其二：停在后面车库中的三辆车（鬼丸负责驾驶的西玛，长宗我部的轻型面包车以及一号客人创马社长开来的休闲车）均安然无恙。然而，由于积雪颇厚以及暴雪肆虐，目前难以出车。鹿谷的车子停在玄关门廊，果然被雪掩埋了，无计可施。

其三：大家用工具箱中的工具试着摘下上了锁的面具，结果却无一人成功。假面本身十分坚固，而且从构造上来说，过度施力很有可能导致脖子、脸及头部受到重伤。与其冒着受重伤的危险，还是应该先找找消失不见的钥匙——这是众人一致达成的意见。

“看样子，这雪一时半会儿是停不了的。”

连这样的消息也来凑热闹了。瞳子打开沙龙室的电视，看过天气预报后加以确认。

“据说今天也会这么下一整天呢。”

“预报图上到处都是雪花记号呢。”

“欢愉之面”感叹道，用吸管喝着玻璃杯中的水。

“预计明日午后渐渐转晴。直到那会儿都得被困在这里啊……唉，真是场麻烦的意外啊。”

餐具架上并排摆着各式各样的酒，却无人问津。方才让瞳子准备“热咖啡”的“悲叹之面”也暂时放弃了，同其他人一样喝起了水。

“这样一来，我们几乎能够掌握现在所处的大致情况了。”“愤怒之面”说道，“大家请听我说。首先可以明确的是馆主在里面的卧室中遇害，电话遭到破坏与暴雪导致暂时无法报警。还有就是，我们被人套上的全头假面难以强行摘掉……”

众人老老实实地点了点头。

“那么，我们应该怎样应对这样的异常事态呢？”

“愤怒之面”开口问道。

“需要考虑考虑啊。”鹿谷立刻回答道，“关于这种事态、这起事件，至少我是这么认为的——停止思考。不采取行动，一心等待雪停。这也是种选择……不过，从某种意义上来说，这也是非常危险的选择。”

“危险？”“愤怒之面”不解地问道，“这是什么意思？”

“杀人凶手就在这幢宅邸之中——这种可能性当然非常大。”

鹿谷故意加重了语气。

“凶手并不仅仅杀死人了事，还切下被害者的头颅与手指。不惜犯下如此残酷的罪行，且不说他的行凶目的是什么，一般来说这是个极其反常且残忍的人物。恐怕这家伙还在这幢宅邸里。”

在聚集于此的九个人之中……他没敢直接说出这句话，但每个人都应心知肚明，这样的可能性断然不低。

“你指的‘危险’也就是说，这个反常且残忍的凶手此后有再次犯下罪行的危险性，一不留神，我们之中就可能出现第二个被害者。对吗？”

然而，鹿谷的这番发言并非他的真心话。说起来，这样故弄玄虚是为了控制现场局面向自己期望的方向发展——

“这……还真是骇人听闻啊。”

效果立竿见影。

“一点儿也猜不出怎么会被人盯上……”

“懊恼之面”不知所措地视线游移。“悲叹之面”敷衍地说了句“哎呀呀”。“惊骇之面”双手托腮、深深叹息。“欢愉之面”向塑料滤嘴中又插入一支烟。三名用人则绷着脸面面相觑。

“所以，”鹿谷继续说了下去，“就算为了避免这种危险，现在也有必要考虑到底谁是凶手。我觉得在暴雪平息、警察赶来的这段时间里，应该动用我们的智慧，努力查明真相——你们觉得怎么样？”

少许沉默之后，“愤怒之面”点点头说道：

“日向先生，我知道你这番话的意思了。你想说目前我们在自己力所能及的范围内进行调查，对吧。”

“哎，是的，就是这个意思。”

尽管心里略带纠结，鹿谷还是毅然决然地如此回答。接着，他巡视了在场众人之后说道：

“诸位，你们觉得如何？”

没有人立刻做出反驳。

鹿谷接着说道：“那么，让我想想看，从现在开始由我问大家一些问题可以吗？是为了掌握事件的‘形’而问的必要且非常基本的问题。”

5

“首先，请允许我直截了当地问个问题。”

“哄笑之面”后面的鹿谷眯起了他那细长的双目。

“在我们之中，有人愿意主动站出来承认自己就是杀死馆主的人吗？”

现场依旧一片沉寂。

“没有人愿意坦白呀。”确认这一点后，鹿谷略作停顿才接着说道，“这样一来，一般会得出这个结论。昨晚杀害馆主的凶手与给我们戴上假面的是同一个人——有人反对吗？”

没有任何人提出异议。

鹿谷点了点头。说起来这两个都是“事先确认”的问题。

“凶手为什么非要杀死馆主不可，又为什么非要给我们戴上假面不可呢？”

自言自语般地说完这两句话后，鹿谷改口说道：

“对了，请诸位回想一下昨晚聚会结束之后发生的事情。我来说说我自己的行踪。当我从盥洗室返回房间后，袭来一阵强烈的睡意，我似乎毫无反抗地陷入了沉睡……也就是说呢，我觉得昨晚在不知情的状况下，似乎被人下了药，下了这种兼具强效入眠与可持续睡眠双重作用的药物。”

他边说边瞥了瞳子一眼，将对方那瞠目结舌的表情尽收眼底。

“被人戴上假面，还上了锁，即便如此也睁不开眼肯定是这个缘故——怎么样？在座的与我感受相同吗？”

被戴上假面的几名客人之中，有两人默默点了点头，三人慢慢地举起了手。反而是三名用人，没有人表示赞同。

“原来如此啊。”

鹿谷摸了摸“哄笑之面”的下颚。

“六名受邀客全都被下了药，而鬼丸先生、新月小姐、长宗我部先生三人并没有被下药。照此看来就是这么一回事儿啊——也就是说，是**那个**被下了药吧。”

说着，鹿谷指向放在里面墙边的餐具架。那上面并排放有酒瓶酒杯等物……他肯定地指着其中的某物。

鹿谷从沙发上站起身来，走到餐具架旁。

“就是这个，这一瓶。”

说着，他拿起了那瓶东西给大家看。

那是假面造型的半透明水晶玻璃质醒酒器，其中残存少量深褐色的液体——那就是昨晚在此举杯时喝过的“影山家秘传的保健酒”。

“最合理的解释就是这瓶保健酒中被人混入了安眠药。我们六人与馆主喝过这种酒，但三名用人却没有。考虑到药力发作的时间，也只有这个可能性了。”

鹿谷将醒酒器放回餐具架上。

“警察迟早会介入，交给鉴证课调查的话就会一清二楚了吧。这个醒酒器还是就此保存起来比较好。但是，也无法否定这样一种可能性，那就是在今天清晨之前，凶手换上了没有下药的酒。”

细长的双目再度窥探着众人的反应。“愤怒之面”发表自己的看法：

“日向先生，也就是说让我们喝下那杯下了药的酒的，就是他们三人之中的某个人喽？”

话音刚落，鬼丸、瞳子以及长宗我部三人同时摇了摇头。鹿谷也摇着头说道：

“未必。请回想一下昨晚的举杯场面。那个时候，我们谁都没有特别留意到大家是否喝干了那杯酒。假如某个人只是**装作喝酒**，又有谁会注意到呢？用的玻璃杯也是红色的吧，就算没喝光酒也看不出来。比如说，偷偷把酒渗入手帕什么的，之后再处理掉手帕就行了。”

“是啊。”“愤怒之面”以锐利的目光瞪着餐具架上的醒酒器说道，“嗯，这倒是。倒不是没有这种可能。”

“无论如何，有人用这种手法给我们喝下了安眠药。这个人当然就是给我们戴上假面的那个人。正因为那人知道药力作用令我们难以醒来，才会做出给大家戴上假面并上锁的大胆行径。那么，根据我刚才的确认，这个人也就是杀害馆主的凶手。破坏电话的自然也是他。有谁持反对意见吗——没有吧。”

鹿谷重新在沙发上坐下来。

“凶手准备了相应的药量，在昨天举杯之前，将安眠药偷偷溶入醒酒器的酒里。我认为，恐怕在座的每一位都有机会瞒天过海做这种事。不要说是三位用人，就连我们这六名受邀客也是如此。”

“馆主也被下了同样的药。”

“没错——无论如何，这样一来所有人按计划睡着后，凶手才实施了罪行。接着他又给入睡的客人们戴上了假面。”

“还有一个问题，那就是杀害馆主在先还是给人戴上假面在先。”

“愤怒之面”进而指出了这个疑问。鹿谷努力在自己的记忆中探寻。

昨晚睡梦之中……梦与梦的间隙之间，听到过奇特的动静。他记得这样的动静在其他梦境间隙时也听到过……于是——

于是，在那之后——没错，脸上传来某种冰冷的触感。给头部以压迫……那是——

虽然不知道具体时间，但可以肯定的是，那时凶手正在为自己戴上面具。

如果那时醒过来的话……不，根本醒不过来。药效应该还没有消失。就算多少有些个体差异，其他五人（其中某个人撒谎的可能性很高）大概也都和自己一样……

“就算现在盘问昨晚的不在场证明，至少六名客人的答案都是说自己一直在客房睡觉吧。我自己也是如此。”

戴着假面的其他五人点点头，表示赞同鹿谷的说法。然而，很快有人开了口——是“惊骇之面”。

“不过，我记得似乎突然醒过一下，有一种别扭的感觉。现在想来，那就是被戴上假面的时候吧。”

“要是那样的话，我比你更清醒。”这一次“悲叹之面”说道，“我记得我看过表。”

“看过表？”鹿谷反问道。

“悲叹之面”摩挲着左侧头部说道：

“我和忍田先生一样，似乎突然醒过一次……与其说是睡醒了，不如说是有一个醒来的瞬间。脸上有种压迫感，正觉得奇怪的时候拿起放在枕边的手表看了看。但是，我又立刻睡着了……原来是被人下了药啊。”

“那是几点？你记得手表上显示的时间吗？”

“嗯，当然记得。”“悲叹之面”自信满满地回答道，“记数字可是我的看家本领。那时是四点四十二分。绝不会错哦。”

6

昨晚，聚会解散之时刚过午夜零点。鹿谷回到房间陷入沉睡是凌晨一点左右。今早八点多醒来——鬼丸发现尸体的时间是八点半左右。如果“悲叹之面”所说的话可信，他被戴上假面是四点四十分左右，那么自己又是什么时候被人戴上了假面呢?

四点四十分正是入睡后大约三小时四十分钟之后。在那期间的睡梦间、梦境的缝隙之间，自己听到了那个奇怪的动静，而后又在别的梦境间隙再度听到同样的声音。在那之后，那个……

鹿谷直觉上断定这个时间很吻合。

“鬼丸先生、长宗我部先生、新月小姐，你们做过些什么?”

鹿谷向三名用人问道。

“我——”鬼丸率先回答道，“全部收拾完毕后，和长宗我部先生在一起。”

“你们二人在一起吗?”

“是的。主楼有一个日式房间，我和长宗我部先生在那里对弈。”

“下围棋呀。”

鹿谷的视线转向管理人。

“长宗我部先生，是这样吗?”

“没错。”

长宗我部毫不犹豫回答道。

“我是几年前开始下棋的。自从听说长宗我部先生是围棋高手之后，一直希望有机会能与他较量一番。”

“那么，昨晚你二人一直下棋到什么时候呢?”

“我记得好像从凌晨一点多开始，大概下了三个小时吧。”

“鬼丸先生就算输了棋也不肯让我走呢。”

长宗我部露出一丝苦笑。鬼丸多少有些难为情地说道：

“正是如此，一着了迷就忍不住……唉，对不起。”

“都这个时候了，到此为止好了——这应该是四个小时以前的事情。散了棋局之后，我在自己的房间里休息。”

“可以认为在此之前，鬼丸先生与长宗我部先生二人都有不在场证明。”

鹿谷目不转睛地看着他们二人证实道。

“对局的时候，有哪位长时间离席吗？”

“没有。”

“没啊。”

鬼丸与长宗我部的表情与口气没有丝毫可疑之处。看起来并不像撒了谎——鹿谷这样断定。他徐徐点头，转而看向剩下的那个人——新月瞳子。

“那么，你呢？”

瞳子在被问到的瞬间不知所措地低下了头。鹿谷将她的这个反应尽收眼底。哎呀，看来有事——他的直觉这样告诉他。

“新月小姐，昨晚解散之后你在哪儿，做了些什么？”

鹿谷问道。

“我……那个……”

瞳子支支吾吾地边说边稍稍向上看了一眼。某种思虑过度的神情显而易见。

“那个……其实我、难道……”

“有什么难言之隐吗？”

“嗯。难道昨晚，那个……非常重要的事情……所以，我……”

“啊呀。”鹿谷目不斜视地看着瞳子的眼睛说道，“那是有非说不可的必要。如实说出你记得的事情就行。”

“好吧。”

7

于是，瞳子终于下定决心和盘托出。她将昨晚——按日历来说是今日凌晨——自己的一举一动以及其中经历的若干奇怪的事情毫无隐瞒地说了出来。

工作结束后回到寝室，但怎么也睡不着。凌晨两点多独自来到这个沙龙室，目的是为了观赏非常喜欢的电影录影带。

开始观看录影带没多久，内室方向便传来“咚、咔嗒……”的动静。以为馆主还没睡下的瞳子便敲门搭话，但是无人应答。那时，通向内室的门上了锁。

“听到动静的时候是凌晨两点半，对吧？”“哄笑之面”问道。

瞳子立刻毫不犹豫地回答道：

“是的。我看过表，肯定是两点半。刚好是电影第一部分的标题出现在画面上的时候……”

“是《勾魂摄魄》呀。真是怀念。我记得第一篇好像是《门泽哲斯坦》。爱伦·坡的原著名为‘*Metzengerstein*’。”

“是的——您知道得很清楚啊。”

“哎呀，那可是杰作啊。”“哄笑之面”爽快地说道，“两点半听到动静的时候，内室的门上了锁。但是今天早晨为馆主送咖啡的时候，那扇门却没锁。那是八点左右吗？”

“是的。”

接着，瞳子讲述了今天凌晨发生的事情。

“两点半发生了那件事后，我又接着看电影。看着看着，就在第二篇渐入佳境的时候，电话台上的电话响了。”

“嗯？就是那个电话台上的电话吗？”

“是的。”

“第二篇是《威廉·威尔逊》吧。原文为‘*William Wilson*’……喔呀，还真是满含寓意啊——你记得电话是什么时候响的吗？”

“刚过三点半吧。”

“你接了那通电话吗？”

“是的。”

瞳子做着深呼吸，令自己保持平静的同时回忆起几小时前的事情。

《勾魂摄魄》的第二篇是由导演路易·马勒执导的《威廉·威尔逊》。在阿兰·德龙与碧姬·芭铎的纸牌比赛即将迎来高潮的那个时候——

突然而至的电话铃声吓了瞳子一大跳，她赶忙按下暂停键，走到电话台前一看，电话上“内线 A”的灯一闪一灭。那是内线电话。

她有些疑惑，但也不能不作理会。“内线 A”的另一方似乎是主楼的馆主书房。

瞳子诚惶诚恐地拿起听筒、放到耳畔，“喂”了几声后，立刻听到对方说道：

“是新月小姐吧。”

“啊……是的。”

“是我。”

对方说出这句话的瞬间，奇面馆馆主所戴的“祈愿之面”浮现在瞳子的脑海中。既然是自馆主书房打来的电话，她自然而然会这样认为。

“为什么这么晚了还在沙龙室？”电话那头的声音说道，“明天还有工作，差不多该休息了。”

“啊……对不起。”

为什么人在主楼的影山先生会知道我在沙龙室呢——她觉得不可思议。对方仿佛看透了瞳子的心思般说道：

“从书房能看到沙龙室的窗子。既然还开着灯，所以我想还有什么人在那里吧。”

“对不起。”

有部喜欢的电影想看……可是，那时的气氛令她无法说出口。

“对不起。我……好的，我立刻回房间休息。”

“这就对了。”

对方满意地说着，最后道了声“再见”后便挂了电话。

不知道馆主什么时候从内室去了主楼书房——瞳子心生疑问，但还是从录像机中取出带子，将其放回书架，关掉电视电源与房间照明灯后离开了。那时是三点四十分左右。

所以，今晨瞳子绞尽脑汁也不知道该把馆主要的咖啡送到哪里才好。也许在那通电话之后，主人没有回到内室，就在与主楼书房相邻的寝室休息下了。出于这样的推测她才……

“哦，竟然发生过这样的事儿啊。”“哄笑之面”低声自语。

也许是错觉吧，瞳子觉得自那开成细长形状的双目洞孔深处盯向自己的眼神格外锐利。

“请让我确认一件极其重要的事情。你能够断言，打来那通电话的人肯定是馆主吗？”

“这个嘛……我不敢确定。”

瞳子轻轻摇摇头。

“那声音听上去非常含混，难以听清。那个时候我以为是假面让他的声音变成这样的，所以认为那就是馆主。”

毕竟她也曾听鬼丸提起，会长在这幢宅邸逗留期间，即使孤身一人也会戴着“祈愿之面”。但是——

“你觉得有没有这种可能，就是那并非馆主，而是有人冒充馆主打了那通电话呢？”

是的，无法否定这种可能性。不对，如今想来反而是这种可能性更高。

格外含混的声音不仅仅让人难以听清对方说什么。一旦起了疑心，瞳子总觉得那种说话方式与停顿的处理方法等，都与她所认识的馆主不太一样……

“有可能。”

瞳子边答边在心中默默问道——那会是谁呢？自问的同时，她徐徐暗中观察着在场的另外八人。

这八个人之中，鬼丸与长宗我部在刚过三点时有确凿的不在场证明。这样一来，凶手就是其余六人之中的某个人了？

“现在，我再问大家一遍。”“哄笑之面”说道，“在我们之中，有人愿意主动站出来承认吗，说自己就是杀死馆主之人，并冒充馆主之名，从主楼的书房向沙龙室打过电话？”

现场自然再度陷入一片沉寂。

“没有啊——也就是说如果打来那通奇怪电话的并非馆主而是另有其人，那么那个人也就是命案的凶手了。果真就是这么一回事儿吧。”

“哄笑之面”继而看向鬼丸。

“方才鬼丸先生已经确认过，馆内的所有电话都坏了。你应该也去看过主楼书房内的电话了，对吗？”

“是的。”

“书房的门锁了吗？”

“门没锁。所以我才能进去确认电话的状态……”

“书房的门没锁也不代表发生过什么异常情况吧。”

“是的。会长在房间内习惯反锁，但是并没有出了房间还一一锁门的习惯。”

“任何人都可以轻而易举地潜入书房用电话啊。”

“哄笑之面”用中指指尖抵住假面下颚，频频点头。此时——

到底他是谁呢？

瞳子乜斜着“哄笑之面”，感觉到些许可疑——不，或许说是不可思议更为恰当。

笔名日向京助、发行处女作不过一年而已的新人小说家。这样的一个人竟然在不知不觉之中渐渐掌握了主导权，完全成为这场凶案中的“侦探”，即使是身为原刑警的“愤怒之面”也被他轻巧地抛在一旁。

昨天在玄关迎接这名男子的人就是瞳子。她参阅着那本名簿上五号客人的记载内容时，对了，作为身份证明还确认过那名男子的车本……

于是，忽然之间——

瞳子的心中萌生出一个小小的疑问。

她忍住差点儿喊出的疑惑之声，再度打量起“哄笑之面”来。

那个时候查看过车本上证件照的脸，比起本人来略微消瘦，发型也相差很多……所以，瞳子在一瞬间察觉出少许不协调感。考虑到时间因素以及这种照片的上相度，她立刻推断“没问题”。但是这种判断是否正确呢？即——

这个人真的是“小说家日向京助”吗？事到如今，这个疑虑才涌上心头。

实际上，这个人并不是日向京助吗？

不可能吧……不对，假若果真如此，那又会怎样呢？

伴随着一声叹息，瞳子悄悄摇了摇少许混乱的头。

第九章　同一性问题

1

“恐怕死了不到十小时吧。”“愤怒之面”转向鹿谷说道。

他单膝跪在尸体旁边，弯着腰查看情况。他卷起死者满是血污的睡衣袖口，稍稍抬起露出的手臂。

“可以看到挨着地面的一侧出现了尸斑。用手指压迫它可以褪色。死后十小时以上的话，这样按压是不会褪色的。”

“没错。”

鹿谷也知道这些基础的法医知识。“愤怒之面”身为县警一课的原刑警更是知识丰富，且不会记错。无论记住多少专业书籍，也绝不如常年积累现场经验所掌握的知识有用。

“我们听到鬼丸先生的喊声，赶到这里时刚过八点半。”“愤怒之面”继续说道，“那时我大致确认过其死后的僵硬程度。”

“是吗？”

“切断的手指自然没法确认，但姑且查看了手腕、手肘以及双脚的僵硬程度。”

“连那些地方都变得僵硬了吗？”

“那时，手腕与手肘已经开始变硬，而双脚的脚趾并没能感觉到任何阻力。现在，所有地方都开始变得僵硬了。”

“全身各关节出现僵硬现象是在死后六到七小时，扩展到手指、脚趾的时间是死后七到八小时。”

“哎呀，您知道得很详细嘛。”

现在几近正午。

按照“愤怒之面”的推断，死亡时间在“距今十小时以内”，以及“上午八点半左右向前推算六到七小时”，算起来就是“凌晨两点以后”以及“凌晨一点半到两点之间”。加大时间跨度推算出的时间带，“凌晨一点到三点”是稳妥的界限。

陈尸现场的室温既不高也不低。空调设定在二十二摄氏度，遥控只有“关”这一个功能，所以它应该整整开了一夜——假如利用这台空调令室温冷热急剧变化来扰乱死亡时间的推定——似乎没有必要考虑凶手实行这种伪装工作的可能性。

行凶时间在凌晨一点到三点之间。那么——

凌晨两点半，瞳子在沙龙室听到动静；刚过凌晨三点半，她又接到了书房打来的电话。看来无论哪件事都与凶案有着很深的联系。

“死因是什么？”

对于鹿谷提出的问题，“愤怒之面”咆哮着说道：

“谁知道呢。凶手也许在杀人后才切断了死者的头颅与手指。因断头而死的话出血量太少了，而且也没有在别处动手又移尸此处的痕迹。”

“是呀，我也是这么认为的。”

“至于死因嘛……从表面上来看，胴体上似乎没有严重的外伤。”

也许是头部遭重击成了致命伤。如果是这样的话，就是殴打致死了，或者……

“令我在意的痕迹是这个。”

“愤怒之面”说道，指着尸体脖颈的断面附近。鹿谷走过去，弯下腰，探头看向“愤怒之面”所指之处。

黑红血液已然凝固的脖颈断面。鹿谷忍受着那份厌恶，目不转睛地看着。

“虽然染了血很难辨认，但是你看这里，残留在胴体一侧、脖子左侧的这个地方，就是这里。”

“哦，好的。”

“有两块小小的紫斑似的痕迹，对吧。右侧也有一处同样的痕迹。”

“的确有。这是……”

“会不会是扼杀痕迹的一部分呢？”

“有道理。”

鹿谷直起身，看向窗前的那块地方。倾斜的桌子。两把翻转的椅子……假如那是凶手与被害者争斗的痕迹，那么受害者最终被掐死自然也不难想象。

凶手遭遇被害者抵抗之时，双手卡住对方的脖子将其杀害，而后以馆主随身携带的那把日本刀砍下了尸体的头颅及手指。

位于奇面馆配楼东边最深处的“奇面之间”——

鹿谷与“愤怒之面”及其他五人聚集于此。那五人是鬼丸与瞳子，以及“欢愉”“惊骇”“懊恼”——戴着这三具假面的男子。“悲叹之面”与长宗我部二人说“不想看什么死尸”，便留在了沙龙室。

除鹿谷二人外，其他人都聚集在入口大门附近向内窥探。想亲眼证实这里有具货真价实的无头尸体是不假，但又因过于震惊而没有靠近。即便是已经来过这个凶案现场的鬼丸也没有进去，竭尽全力在一旁扶着瞳子。瞳子乍一看到尸体的瞬间，立刻掩口、几欲跌倒。

重新勘查现场的主意，是鹿谷提出的。

发生凶案的情况下，绝对要在警察赶来之前保护现场。但现在情况紧急。来客之中有一名原刑警，鹿谷自己也有些许经验。现在重新回到“奇面之间”，想要在可能的范围内查证现场情况。他认为是有这个必要的。

“而且——”此时，鹿谷补充说道，“我觉得是不是应该也调查一下包括‘对面之间’在内的整个内室呢。桌子也好柜子也罢，不要放过任何一个角落。也许假面的钥匙就藏在这里的某个地方，砍断的头颅去向也令人在意呢。”

站在职务立场上，鬼丸肯定持反对意见。

“情况特殊，还请你原谅。”此时，鹿谷先发制人劝说道，“为了不让寻找失物时有人浑水摸鱼，所以全体一起行动为好。有必要分头行动的时候，至少两人结成一组。怎么样？”

如此取得鬼丸的谅解后，鹿谷他们才得以重回现场取证。

2

桌子及柜子的抽屉，衣橱内，床的附近……此后，那些看似能够藏匿物品之处，鹿谷与“愤怒之面”着手调查的同时，尽量注意不留下新的指纹。这种情况下的调查自是有限。警察赶来后迟早会进行正式调查，到那时就能证实什么人碰过了什么东西。

总之，先行四处调查“奇面之间”的结果——

没有找到被切掉的尸体头部。

也没有找到上锁的六枚假面的钥匙。

有条沾了血的浴巾随随便便地卷放在睡过的床的一边。据鬼丸所说，那条浴巾是内室中浴室的备用品。

利用寻找失物的空闲时间，鹿谷拉开紧闭的窗帘，查看窗子的情况。这里的窗子与客房的同样大小，也装有相同的铁质格栅，纵向同为七根铁棒，每隔十五公分一根。

窗子的月牙锁没有上锁，这令鹿谷有些在意，但是一眼望去铁质格栅并无异样。他觉得无人可以从此进出。

他打开窗子，打算看看外面的情况。

强烈的寒气伴随着高亢的风声涌入室内。雪势依旧。正如长宗我部所说，至少要等这场暴雪停止才行，否则，恐怕徒步出门求救无异于自杀行为。

关窗前，他突然注意到其中一根铁棒，那是直径数公分的黑色圆形铁棒。鹿谷强忍着刺骨的冰冷，伸出右手握住它，尝试加大力量。

略微奇妙的手感令鹿谷不由得“嗯”了一声。

“怎么了？”有人问道。

鹿谷一回头，看到“欢愉之面”自入口处向房间里迈了一步。

“铁质格栅被人做了手脚吗？”

“啊，不是的。”

鹿谷缩回手，关上窗。

“我只是想试试是不是无法从这窗子进出……”

之后，鹿谷又注意到一件事。于是，他返回床边，发现一件被人丢弃的睡袍。

“刚才我检查过睡袍的口袋了。”

鹿谷的行动被“愤怒之面”看在眼里。

“那里什么也没有。”

“嗯，是的。正因为如此，**这才是问题所在呀。**”

“问题……睡袍的口袋空空也是问题？”

“是的，没错。”

鹿谷拿起那件睡袍，在左右两个口袋中摸索着。

先是左侧口袋。

他回忆着昨日馆主的举动。馆主似乎将那枚“未来之面”的钥匙放在左侧口袋之中。但是，那枚钥匙不见了。

继而又摸了摸右侧口袋。

他并不确信，只是推测而已。对于为病态的“表情恐惧症”所困扰的馆主来说，就连自己的“脸”也成为恐惧的对象。比如可以映在镜子中的自己的脸，比如可以成为他人“察言观色”之物的自己的脸。所以，在这幢宅邸逗留期间，即使他孤身一人时也会戴上假面、隐藏面容。那么……

“鬼丸先生。”鹿谷转向站在入口附近的秘书，询问道，“馆主在这幢宅邸戴上他自己的假面——‘祈愿之面’时，习惯自己为那枚假面上锁吗？”

“是的。您推测得没错。”

鬼丸毫不犹豫地点点头，边答边轻轻扫了一眼身旁的瞳子。

“会长先生曾说过，那会让他情绪稳定。”

“那么‘祈愿之面’的钥匙应该一直带在身旁才对，比如说放在这个睡袍的右侧口袋里什么的。”

鬼丸又点了点头。

“是的。这也如您所推测的那样。”

“果真如此。不过，现在这个口袋里并没有钥匙。根据目前的调查情况，这间寝室的任何一个地方都没有找到那把钥匙。”

说着，鹿谷向空口袋的更深处摸去。不久，他便发出一声疑惑：

“哎？啊呀，这是……”

“找到什么了吗？”入口附近的“惊骇之面”问道。

“愤怒之面”走到鹿谷身旁说：

“两个口袋应该都没有东西才对呀。”

“没错，什么都没有啦。”鹿谷回答道。

即便如此，他也没有把伸进右侧口袋的手拿出来，继续道：

“只不过，这一侧的口袋底下，有个小洞。”

“洞？”

“你看，就是这样。”

说着，鹿谷把右侧口袋里外翻转。口袋底部一侧的角落里，缝合布料的线绽开了，的确有一个小小的洞。

“也就是说……”

鹿谷举起睡袍，在口袋以下的部位慢慢摸索着。如此一来——

“啊，是这个吧。”

话音刚落，他就用大拇指与食指捏住睡袍的一部分给“愤怒之面”看。

“这个摸起来像是钥匙呀。请您也摸摸看。”

“哎呀，还真是！”

“把它拿出来吧。”

片刻之后，鹿谷便真的从口袋小洞里拉出一把小型钥匙。

“这是‘祈愿之面’的钥匙吗？”

注视着整个过程的“懊恼之面”问道。

“没错。‘头’部雕刻着‘祈’字。”

“这是怎么回事儿呀？”

“很容易想象。”鹿谷回答道，“在不知不觉中，这个睡袍的右侧口袋下面稍稍有点开线。它逐渐变大，形成了一个洞。即便如此依旧毫不知情的馆主把钥匙放入口袋中，它便掉到小洞下面，即睡袍的面料与里衬之间的缝隙中。也许昨晚就连馆主自己也很苦恼，不知道本应在口袋里的钥匙为何会不见了。”

“那么，这……”脸上血色全无，一直一言不发的瞳子缓缓开口说道，“这把钥匙现在仍在这里。那么也就意味着凶手砍断影山……会长先生的头颅时，他还戴着‘祈愿之面’吗？”

“是的。这种可能性极高。”

说罢，鹿谷将找到的“祈愿之面”的钥匙放在床头柜上。

“上面虽沾上了我的指纹，但这是重要的证物。把它放进塑料袋之类的东西里，好好保管起来吧。”

尽管如此——鹿谷边思索边重新打量起**这个房间本身的异常**来。

嵌于四面墙上的无数人脸。在光线照耀下，那些万年不变的可怕表情随角度映出各自差异微妙的凹凸阴影……

是的，不用说——鹿谷思索着——**这里**自然存在着一个令他无法忘怀的问题。这个重大的问题就是——这幢奇面馆可是出自那位中村青司之手。

3

刚一走出“奇面之间”，他们就立刻调查起构成内室的其他空间来。

与沙龙室毗邻的“对面之间”、内室自带的浴室以及洗手间——最终，他们明确了以下事实。

正如鬼丸所说，留在寝室床上的浴巾正是浴室的备用品之一。据推测那是从现场带走断头与断指时，用来擦拭血迹之物。

浴室及盥洗室里有明显使用过的痕迹。既可以认为这是馆主惨遭杀害前用过这里，也可以认为凶手行凶后使用过这里。至于后一种情况，不难推测，其目的应该是洗净自己身上所附的被害者的血液。

盥洗室中的置物架上混杂着清洁面部及身体用的各种日用品，均用大小塑料袋装好。凶手带走切断的头颅及手指时，很有可能以塑料袋当容器。事实上，方才在搅拌机中发现手指的时候，赶到厨房的鹿谷他们就发现了满是血污的塑料袋掉落在料理台旁。

最终，失踪的尸体头部并没有藏在内室的什么地方。六名客人所戴假面的钥匙一样也没有找到。并且——

“原本应该有的‘未来之面’的钥匙也不见了啊。”

鹿谷站在“对面之间”的书桌前，用指尖叩着太阳穴。

“对了，鬼丸先生你听说过吗？”

然后，他转向身旁的那位秘书。

“昨晚在这个房间里，馆主给我看过。昔日影山透一秘藏的‘未来之面’本身似乎已经不在宅邸之中了，但是那枚假面的钥匙还留在这里，为馆主所有……”

“是的。”

鬼丸点点头。

“那把钥匙可是嵌有奇珍异宝的宝贝。”

“昨晚，馆主将那把钥匙自睡袍左侧口袋中拿了出来，真是让我大饱眼福了。可是，方才那个睡袍口袋里却没有它。那么，那把钥匙现在在哪儿呢？迄今为止所有找过的地方都没有见到它……”

“不清楚啊。”鬼丸费解地说道。

鹿谷注视着他，再一次确认道：

“毕竟是那么贵重的物品，有没有固定的保管场所呢，比如金库之类的地方？”

“我不清楚。”鬼丸认真地回答道，“关于保管的贵重物品等事，可以说会长他不拘小节，或者可以说他并非小心谨慎之人……就连那把钥匙也是保管得相当漫不经心。我曾经见他随意丢在这张桌子上。”

“是吗——哦？”

鹿谷再度用指尖叩击着太阳穴。

“对了，鬼丸先生。”他接着问道，“我问了一个非常重要的问题。这间内室没有通向建筑外面的出入口吧？”

“没有。便门只开在配楼的正面。”

“还有就是窗子。‘对面之间’里没有通常的窗子，只有这个老虎窗。”

鹿谷指指头顶上面。

“这样一眼看去，人似乎很难从老虎窗出入。”

“那只是用以采光的窗子，无法开关。”

“原来如此。”

鹿谷点点头。

“除了‘奇面之间’，走廊尽头、洗手间与浴室也各有一扇小窗。不过，每扇窗都安上了铁质格栅，无法供人出入——我理解得没错吧。”

略作考虑之后，鬼丸回答道：

“没有理解错。”

如此一来，鹿谷继续问道：

“我也没找到棚顶及地板下面的点检口。那不是为了保养配线配管、通常情况下都会安装的吗？”

“那也安装在正门。内室区域没有。”

“是嘛。”

鹿谷又点了点头。他摸出口袋里的那个特制烟盒——但是，他仍想保留“今日一支烟”——他改了主意，再度走到书桌前面。

桌子上乱七八糟地放着盛满水的水壶与空的玻璃杯、那个药盒以及某某人的资料、文具等物。方才拉开的抽屉中放有一本在“相对仪式”之际，支付礼金所用的保付支票。除此之外再无任何值钱的物品。

鹿谷注视着桌上的资料。

这一定就是那个了。影山逸史为了找寻“另一个自己”雇用的“半吊子”提交的报告。

鹿谷迫切希望弄清楚报告的内容，可是此刻却不能立马一探究竟。他偷偷瞄了一眼鬼丸，不出所料对方正以责备的目光瞪着自己。

“如果允许的话，我可以查阅一下这些资料吗？恐怕迟早有必要这么做。”

鹿谷加重了语气说道。

4

下午一点前。

“要做就餐的准备吗？”

长宗我部向返回沙龙室的七人问道，但无人积极回应。刚刚目睹那么残忍的凶案现场，一般人都会食欲不振。此时此刻，就连拥有比普通人更多“杀人事件”经验的鹿谷也感觉不到饿。

“我还穿着睡衣呢，打不起精神来啊。”

“愤怒之面”敞开睡袍的前襟，不悦地嘟囔着。

“总之，先去换身衣服吧。”

“说得也是。”

鹿谷响应道。

“我也换一身吧。”

依旧身穿睡衣的“欢愉之面”与“悲叹之面”与鹿谷二人行动统一。过了很久，全体才重聚沙龙室。

虽说是“换衣服”，更换的衣服还是房间内准备好的那种衬衣与西裤。至于鹿谷嘛，因为无法摘掉的假面碍事，贴身穿上内衣颇费力气，但他也不想换上自己带来的衣物……最后，六名假面男子回到与昨夜相同的状态，他们除了假面各异外，打扮完全一致。相同的衬衣，相同的西裤，相同的睡袍，相同的袜子，相同的拖鞋——

长宗我部与瞳子还是在餐桌上准备了一些小吃。黄油煎蛋加生菜、烤面包、红肠、小甜蛋糕与咸饼干。即使戴着假面，这些食物也不难送入口中。

“哪位有胃口的话，请用餐。”长宗我部劝道。

“悲叹之面”立刻半开玩笑般回应道：

“这里没放什么奇怪的药吧。”

“不会的，请放心品尝。”长宗我部说道。

鹿谷助势道：

“鬼丸先生与长宗我部先生有不在场证明，很难认为他们是凶手。

我觉得连新月小姐也能信得过。”

这是鹿谷的真心话。

考虑到刚才瞳子和盘托出深夜的动静与电话的内容，就觉得“她才是凶手”这一构图太不合理。假如她就是凶手，有必要特地编造那些谎话吗——没有必要。

“如果鬼丸先生与长宗我部先生二人是共犯，怎么办呢？只是统一口径而已，不在场证明要多少有多少啊。”

“惊骇之面”提出了疑问。

“那位女仆小姐或许也是他们的**同伙**呢。那样的话……”

“不会的，忍田先生。请不要贸然下结论。”

鹿谷告诫道。

“我理解您心存各种盲目的猜忌，但是那并非好事。要是除自己之外的所有人都是同谋，该怎么办啊——这类想法会轻易冒出来。在这种特殊情况下尤其需要特别注意。”

“但是……”

鹿谷打断了对方企图反驳的话，下定决心放言道：

“我认为**这个事件不存在共犯，很有可能是单个凶手犯下的罪**行。”

“你为什么会这么认为呢？”

“因其‘形’可见。”

“就算你这么说……”

“也无法认同吗？嗯，这个很难说得明白啊。”

鹿谷扪心自问，要怎样描述那个浮现于脑海之中的“形”才好呢？

“比如说，对了，围绕事件而发现的这些线索，怎么看也觉得这名凶手似乎行动不便呢。”

“行动不便？”

“是的。虽然他有计划地事先准备安眠药令大家沉睡，但此后的行动完全受到限制了。如果他有共犯的话，行动起来应该更加容易。这种行动上的不从容时隐时现。”

“就算你这么说——”

“这与刑警的直觉没有太大的区别嘛。”

“愤怒之面”耸了耸肩。

“不过，我也并不反对日向先生的这种想法。”

“啊呀，难道你也认为这是单独犯罪吗？”

“不过这只是原刑警的直觉而已。”

“愤怒之面”露出了苦笑。不过，那表情却挡在假面之后无法得知。

“无论如何——”鹿谷说道，“我觉得现阶段多少可以掌握到事件的大致情况了。但是，问题在于以后。”

“最在意的还是尸体头部与假面钥匙的去向啊。”

慢悠悠插嘴的是“懊恼之面”。

“像刚才那样搜遍整个宅邸吗？”

而后回应的是“欢愉之面”。

“反正也是要搜的，不如先从大家的寝室开始搜吧。有必要的话连随身行李也要检查。”

“不惜做到这个份儿上吗？”“懊恼之面”略带畏缩地说道。

“悲叹之面”立刻哼笑道：

“没有谁从案发现场拿走死者的脑袋还放自己屋里吧。就算是钥匙，一般也会藏到别的什么地方去吧。”

“您说得没错。不愧是教授。”

“欢愉之面”回应道。

“如果我是凶手，也许还会在别人房间里放上一把钥匙。小菜一碟嘛。这样还能让除了自己之外的人遭到怀疑。”

“这个很有可能啊。”

“所以，随随便便就要检查随身物品一事值得探讨。”

没错，这种情况下确实有这种可能——对此认可的同时，鹿谷开口说道：

“说起来，断头与钥匙的行踪仍然是最令人挂心的问题。但是，现在还有一个应该确认的问题比这更重要。”

“是什么问题？”

“懊恼之面”问道。

“就是外人犯罪的可能性。”

“外人……”

“除了聚集在此的九人之外，还有名凶手。他既不是受邀客也不是用人，却潜伏在这里。现阶段也不能忽视这种可能性。”

“但是，”此时，鬼丸发表意见道，“无论如何我无法认同这是闯入宅邸的小偷犯下的罪行。”

“我赞成。就算找不到什么值钱的东西，至少还有那把‘未来之面’的钥匙嘛。最重要的是区区一个小偷，应该不会在杀了馆主之后还砍断他的脑袋和手指，给我们戴上假面吧。”

“那么……”

“即便如此，我认为现在还是不要彻底排除掉外人犯罪的可能性。毕竟这不是路过别墅捣捣乱而已。可能有什么人怀有某种企图，事先潜入这幢宅邸，避人耳目暗中行动。”

“那么，就算真的有这么一个人，他为什么要犯下这么可怕的罪行呢？”

“我不知道。”鹿谷坦率地回答道，“但是，从昨晚开始一直下个不停的雪不止令我们无法外出，应该同样令那名凶手无法脱身才对。如果有人神不知鬼不觉地犯下罪行，那么那个人如今依旧潜伏在这幢宅邸之中。这种可能性很高……”

“正因为如此才要在宅子中搜搜看，对吗？”

“我认为有必要。”

接着，鹿谷缓缓环视着假面男子们的反应。

“总之，这样做的目的是为了确认，这里除了我们之外还有没有其他人。建筑四周也大致检查一遍，确认有没有外人闯入、离开的痕迹。而后，顺便找找断头与钥匙的下落，如何？钥匙虽然不会那么容易被发现，但是断头却有一定尺寸，也许会在什么地方找到。”

他这样提议。

但是，鹿谷对自己说道——

有必要查找外人犯罪的可能性。这样虽然没错，但是重中之重还是被害者头颅的去向。为了研究并考察这起案件目前最重大的问题，这才是最为有效的素材。

被害者的断头与断指，以及鹿谷等六人被戴上的假面——是的，这些全部是彻彻底底指向“同一性”的相关问题。所以……

这件事到底有意义吗？

自然应该存在其意义——鹿谷这样认为。很难考虑那没有意义。所以……

“填饱肚子之后，集体搜家吧。”

“愤怒之面”接受了鹿谷的提议。

“还有一个可选项就是——一直待在房间里什么也不做。”

“惊骇之面”陈述着自己的看法。

“所有人聚在一起相互监视，就不会再发生其他事件了。”

“这个嘛，的确如此。”

“我个人对此有些反感。”“悲叹之面”说道，“这种情况下，最早也要等到明天下午才能报警。在此之前只能在这儿大眼瞪小眼的不太好吧。”

“刚才你不是还留在这儿了吗？”

“那会儿是那会儿。我很怕血淋淋的残酷场面。”

“一般来说谁都会害怕吧。”

“我特别怕。”

“总之呢，我觉得外行的侦探游戏也该结束了。”

“哎呀，即使这么说……”

现场毫无进展，令鹿谷稍显焦躁。

“那么，我来提一个更加触及核心的问题。”

鹿谷以强有力的声音如此说道。与此同时，他观察着所有人的反应。

“关于**这个**问题，在座的诸位应该多少都会心生疑念。但是谁都没有提，也无法直接提出来——你们知道我指的是什么吧。”

反应各式各样。有老老实实点头赞同的，也有感到疑惑的，还有低下头企图逃避的。

“刚才，除了算哲教授与长宗我部先生以外的所有人，都亲眼确认过‘奇面之间’的那具尸体了吧。正如你们所看到的那样，那具尸体的头部与双手十指被人切断、带走了。”鹿谷继续以强有力的声音说道，“带走断头与断指的人是凶手。他还用药物令我们沉睡、给我们戴上假面后还为假面上了锁——啊呀呀，这实在是怪异的行为。**凶手到底为何要这么做呢？**”

即便鹿谷提出了这样的问题，也没有人立刻作答。他继续说道：

“略作思考的话，就会得出一个**无论是否愿意都会遭遇到的问题**。在现阶段尚且无法区分那是现实还是幻想。总之，那就是——”

“等一下！”

此时，“悲叹之面”阻止了鹿谷的发言。

“就算我没亲眼见过那个死尸，也知道你想说什么。这里的所有人——大部分人，除我之外肯定还有别人知道你想说什么。拜托你不要说出来好不好。”

“是吗？”

某种挑战对方的口气令鹿谷略感惊讶的同时，却丝毫没有为对方的气势吓到。他目不转睛地看着对方说道：

“这个自然啊。”

“嗯，但是在此之前还有一个问题。”“悲叹之面”注视着鹿谷说道，“我一直都非常在意，正好时机恰当，要不要提出来呢？”

“是什么问题？”

“戴‘哄笑之面’的作家先生，那我可就问了。你到底是什么人？”

5

“奇幻小说家日向京助先生。去年出版的那本书叫《汝，莫唤兽之名》吧。我看过那本书喔。我本不讨厌那种题材的小说，偶然间在书店里看到‘日本的洛夫克拉夫特’的宣传字样。”

“是嘛。哎呀，那个是……”

惨了——鹿谷心里默念道。

尽管知道这位仁兄相当古怪，但却不可小觑。

“收录其中的每一篇都很有意思。可是，怎么说好呢，可以说基本上都是一些阴暗消沉的内容。但是——”

“但是？”

“这和你给人的感觉完全不同嘛。”“悲叹之面”说道，“昨天倒没有这种感觉，但今天早上起，我观察你的一举一动，总觉得很奇怪。”

“是嘛。”

“不可思议地实际掌控了现场。我总觉得，你已经把专职的警察先生晾在一旁了。这和你写小说给人的感觉完全不同啊。”

“你这么说很让我为难啊。”

作为鹿谷本人，只得暂时装装糊涂了。

“哎，作家本人与作品当然会有反差嘛。”

“话虽如此——”

“悲叹之面”摇摇头。

“难道你当过警察吗？不，不对。如果你当过警察，一开始就应该告诉大家了。昨天你不是还提过和冈山县警的某人认识吗……”

鹿谷轻轻耸耸肩，观察着大家的反应。四名戴假面的男子与三名用人，他们每个人都震惊地注视着这二人的争论。

“为什么那么拼命地破案呢？”

“悲叹之面”问道。

“不等警察赶到这里，还提出一些强词诡辩。”

“这话怎么说？”

“因为在这种情况下，一般想来不会认为再度发生凶案的危险性很大吧。”

糟了——鹿谷再度心中默念。

的确如此。为了掌控现场而耍的花招也被他完全识破了。

“你为什么要这么做？”

此时此刻，“懊恼之面”从旁插话。

“凶手切掉了尸体的头颅及手指，这行为的确非同寻常。但是也不能说因为那是个异常残忍的人，就有犯下第二桩、第三桩凶案的危险……”

“啊呀，这个不好说啊。”“悲叹之面”夸张地歪着头，斩钉截铁地说道，“请您想想呀。凶手昨晚给我们喝下安眠药、让我们睡死过去不说，还潜入了大家的房间，给我们戴上了这见了鬼的假面。没错吧？”

“没错。”

“如果凶手想干掉我们之中的某个人，不是应该趁着大家因药物而沉睡、处于毫无防备状态的时机嘛。不必特地等到第一具尸体被发现、大家乱作一团的时候……对吧？”

嗯，是啊，说得完全正确——鹿谷想道。

“悲叹之面”继续说道：

“可是，今天遇害的只有‘奇面之间’的一个人而已。其他人都安然无恙嘛。所以，原本凶手就没打算对我们这些来客动手。对不对？”

“嗯……原来如此。”

“日向先生，你说对不对？”

“悲叹之面”转过身来面对鹿谷。

“这点儿小事，你应该知道吧。可偏偏威胁我们说什么，一不留神我们之中就可能出现第二个被害者。于是，你提出的在力所能及的范围内进行搜查的方针，令内行老山警官都信服了。”

鹿谷难以反驳。

“为什么要说那些话呢？我觉得非常奇怪。但是，在我看来你的目的似乎是**案件调查本身**——这种感觉渐渐强烈。”

“这……”

“所以，就回到了最开始的那个问题。”

“悲叹之面”摩挲着左侧头部。

“我拜读过的那本《汝，莫唤兽之名》的作者，无论如何也不是会采取这种行动的人。作家与作品有反差？哦？也许这种情况也不少，但是这种理由可打发不了我。以我对你的印象，不得不抱有疑问。”

“什么疑问呢？”鹿谷无奈地问道。

“悲叹之面”回答道：

“我不禁怀疑你到底是不是写奇幻小说的日向京助。难道是有人冒名顶替，混入了这次的聚会之中吗？”

6

沉默数秒后，鹿谷彻底死心了。眼看就要在他想要投降认输的时候——

“请等一下。”鬼丸尽管以怀疑的目光看向鹿谷所戴的“哄笑之面”，但还是如此说道，“他和日向京助先生不是同一人……我觉得完全没有这种可能性。”

“哦？鬼丸先生为什么会这么认为呢？”

“悲叹之面”居然这样问道。

“为此聚会迎接客人之时，每次都要求每位客人出示身份证明。此次虽是日向先生初回参加，但也应该与驾照上的证件照比对确认过才是。”

说着，秘书看向身旁的瞳子。

“昨天，日向先生抵达此处之时，因我开车前去迎接忍田先生，故而将确认工作交付给她了。”

“没错。确实由我——”瞳子点点头，但她立刻略带疑惑地看着鹿谷说道，“迎接日向先生，并查验过请柬、比对过驾照。”

“那么，果真——”

鬼丸的话还没说完，就被瞳子打断了。

“但是，看过驾照上的照片，的确有少许别扭的感觉。虽然看起来很像，但整体感觉不一样。但是，考虑到驾照的更新时间还是前年，所以那时就轻易地认可了。”

“‘那时’吗？”“悲叹之面”说道，“那么现在呢？你怎么想？”

“这个嘛，嗯……其实我也觉得有点奇怪。”

瞳子稍稍低下头。

“戴‘悲叹之面’的是……算哲教授，同他方才所说的那样，小说家老师为什么积极做出侦探般的行为呢？我觉得有些奇怪。虽然对您很失礼，不过我也想过类似于‘他到底是什么人’的问题。”

“是吗？”此时，鹿谷回应道。

假面之后失望地噘着嘴。

“果真有些勉强过头了呀。算哲教授轻而易举地识破了我的虚张声势。”

“哦呀？”

“悲叹之面”提高了嗓音。

“也就是说，你承认你不是日向京助，而是别的什么人喽？”

全场焦点集于一身之时，鹿谷一度低声叹息。而后，他放下抱于胸前的双臂，挺直后背端正站姿说道：

“我承认就是了。”

他表现得丝毫不畏缩。

“没有必要继续勉强隐瞒下去了。那样的话只会干扰视听。”

“真的吗？”

瞳子抬起头，显得非常吃惊。

“从一开始你就冒充了日向先生吗？”

“是的——原本这是日向京助本人提议的。他与我同岁，长得非常相似，身材也大致相同。所以他觉得，我替他来也许没问题。”

“但是，他为什么要这么做呢？”

闻言，鹿谷如实回答道：

“原应由日向亲自参加聚会的，但他得了急症无法参加，所以才让我代替他而来……”

而后，鹿谷将知道的事情几乎和盘托出。与日向的相遇，受日向所托，虽一度犹豫但最后还是接受了。接着……

“我姓鹿谷——鹿谷门实，是日向京助的同行。话虽如此，但我的专长不是怪奇幻想小说，而是推理小说。”

“哎？真的是小说家啊。而且还是侦探小说……推理小说作家？”

“悲叹之面”感慨道。

“推理小说作家鹿谷门实啊。让我想想看啊……我似乎听过这个名字，又好像没有听过……不过，既然专长是推理的话，倒也习惯了这种杀人案嘛。”

“那也是在自己编造的故事里。”“欢愉之面”开口说道，“如果调查现实生活中发生的事件，情况完全不同吧？”

“这个嘛——”鹿谷回答道，“迄今为止，发生过形形色色的事，也就是说关于实际发生的凶杀案，我也多多少少有一些经验。所以……”

“鹿谷门实，是吧？嗯嗯，很遗憾我没有拜读过您的大作，不过对于书名倒是有所耳闻。”这一次，“惊骇之面”开口说道，“是不是有本叫作《迷宫馆事件》的大作呀？”

“是的。那是我的处女作。”

“是嘛。”

“惊骇之面”意味深长地抚着假面的下颚，尽管如此，似乎也没有令他信服。

“但是呢，尽管如此，你是否就是那位鹿谷门实，也是个非常值得保留的问题。也许你既非日向京助也非鹿谷门实，对吧？”

“这个嘛……”

“刑警先生怎么看？”

闻言，“愤怒之面”那锐利的目光透过假面所开的孔洞死死盯住鹿谷。

“一开始在现场一起查验之后，我曾夸赞过你胆子还挺大，你似乎是回答说‘发生过一些类似的事情’吧。而后你大显身手，令我觉得你绝非一般人。”

“昨天我提到过的那位冈山县警新村警部，您说过认识他吧。只要向他打听一下……”

鹿谷边如此作答，边深感这样的辩解之词毫无意义。就算他真的想去求证，这幢宅邸如今也没有任何与外界沟通的能力。

哎呀，真是头疼。接下来要怎么说明，才能让他们认同呢？鹿谷正苦于无计可施之际——

“请问……”

意想不到的是，此时竟出现了及时雨——新月瞳子。

“很遗憾，我也没有拜读过鹿谷门实先生的著作。所以呢，也没有见过书中附带近照的作者相貌。不过，我记得曾在杂志上看过鹿谷先生的随笔，所以……”

所以，你要怎样？

鹿谷觉得莫名其妙，瞳子提出了这个请求。

“如果您真的是鹿谷先生的话，可以马上在此折出‘恶魔’来吗？折出‘恶魔’的折纸……如果可以的话，请不要折‘五指’，而是折一个‘七指恶魔’。”

7

双手双足，背生双翅，矛状长尾，脸上口鼻俱全，头顶尖耳一对，左右两手各有七根手指。

仅仅以一张纸片便可如此精彩地折出真正的“七指恶魔”——

二十分钟后，自称“推理小说作家鹿谷门实”的“哄笑之面”应瞳子要求，完成了那个折纸作品。

鹿谷请鬼丸预备好较薄的包装纸。他从那张纸上裁下适当大小——约莫五十公分的正方形后，开始折了起来。

“实际上我想折得更复杂些，但现在不是时候。请原谅我折得不太精细。”

他边道白边在大家的注视下麻利地手指飞动折着纸。那包装纸的正面恰好是纯黑色的。

“‘恶魔’是现代折纸创作的划时代杰作，但那本为五指恶魔。由我自己重新设计改良的就是这‘七指恶魔’……”

没错——瞳子独自点点头。

那本她“曾经读过的杂志”，是去年夏天去姨妈砂川雅美家做客时，在书架上找来看的折纸专刊（这似乎是姨妈的爱好）。登载在卷首的就是那篇随笔。

笔者是鹿谷门实，附带简介有“推理作家”“一九八八年以《迷宫馆事件》出道”等字样。所以，方才“哄笑之面”与“惊骇之面”的争论内容与事实相符。

那时曾看过那篇随笔的瞳子也“啊”了一声，想起一件事来。她记得曾在书店与报纸广告见过这个标题的书籍、这个作者的名字……瞳子并不讨厌推理小说，所以她还记得当时想过迟早要看看那本《迷宫馆事件》。

“整张正方形纸一纸一折与本格推理小说——”她记得那篇随笔是这样的标题。它引起了瞳子的兴趣，令她立刻看了下去……

“仅仅使用一张正方形纸片，不做任何裁剪，单单凭借‘折叠’便可完成作品的手法，不愧是‘一纸一折’啊。这只‘恶魔’就是如此。第一眼看到它的时候不仅吓了一跳，还觉得很感动。我甚至觉得那简直就像魔法般不可思议。”

他一边亲自解说着，一边不断熟练、顺利地折着纸。

瞳子回想起随笔的内容。

为“恶魔”的魅力所倾倒的笔者鹿谷门实因此完全成为折纸爱好者，还亲自创作设计折纸作品。而且，某一日他还收到一封建议信，建议他将创作折纸作为小道具在其小说中登场。那封经由编辑部转寄的信正是来自“恶魔”的设计者、某位折纸研究专家。附在信里的还有他新设计的改良型“恶魔”——“七指恶魔”的折纸图解。

所以——瞳子考虑道——如果这名戴“哄笑之面”的男子正如他所坦白的那样，就是“推理小说作家鹿谷门实”的话，那么他就应该能折出“七指恶魔”。

瞳子看过的那本杂志上，只刊登了成品“恶魔”的照片，并没有介绍“七指”的折法。按照设计者的说法，那似乎是稍有技术含量的“消遣”，所以之后也没有向众人公布折法。

那么——

说起来偌大的日本，肯定没有几人知道“七指恶魔”的折法。即便背下了折法，应要求立刻折出来的人更是寥寥无几。如果“哄笑之面”可以当场折出“七指恶魔”的话，那么这几乎可以肯定地证明他就是鹿谷门实本人。所以……

为什么要当场折纸啊？众人自然会提出这样的疑问。但是，瞳子说明缘由后，得到了大家的一致认可。

“……好了，这样就大致完成了。”

将完成的“七指恶魔”立在桌上后，“哄笑之面”看向瞳子。

“仓促间折得不太好——怎么样，这样就可以相信我是鹿谷门实了吧？”

瞳子将无法立即做出反应的其他七人抛在一边，边说着“是的”边点点头，目不转睛地看着折好的黑色“恶魔”。折法相当粗糙，但确实同杂志的照片上看到的**那个**一模一样。

“我觉得可以相信他就是推理小说作家鹿谷先生。”

到底他是谁呢？这个一直以来的疑问与伴随着的憋闷感消失了，瞳子也因此感到多多少少缓解了一些身心的紧张。因不合时节的暴雪而与世隔绝的宅邸，残忍且不可思议的突发凶案……在这异常事态之中，她第一次感到稍稍安心了些。

8

“冒充日向京助参加聚会也好，将此事隐瞒至今也罢，我为这些事向大家道歉。昨夜的这一时刻，我做梦也想不到竟然会发生这样的事……”

戴“哄笑之面”的五号客人、推理小说作家鹿谷门实说着，抱歉地低头行了一礼。

“可是，一般会有人接受这种委托吗？”

“欢愉之面”提出疑问。

“常识上……就算是从道义上考虑也有问题呀。最重要的是你欺骗了邀请人呀。礼金的问题当然也随之而来了。”

“关于这个，是的，我无可辩解。”

鹿谷再度低头致歉。

“我也考虑过拒绝对方。但是，我自己也有非要来这里不可，非要亲眼看一看这幢宅邸不可，非要进入一观不可的强烈愿望。”

“想要亲眼瞧瞧这宅子？为什么呢？这宅子就那么特别吗？”“愤怒之面”问道。

鹿谷低声应道“是的”，而后略作停顿，反问道：

“您听说过中村青司这个名字吗？”

“中村？”

“愤怒之面”略感不解。

“这个嘛……”

“有人听说过这个名字吗？”

鹿谷转而向在座的众人问道。

“中村、青司。‘青司’二字写作‘青色’的青、‘司官’的司。

虽已故去，却是业内人士都知道的建筑师。他是个年轻有为，却早早退居于九州的某岛，下定决心过着半隐居生活的人……”

中村青司——这是瞳子从未听过的名字。但是也有几名对此做出反应的人。

“我记得听过他的传闻。”

首先开口的是“懊恼之面”。

“毕竟是同行嘛。怎么说呢，相当怪异这一点倒是很有名……”

“好像是这样啊。”鹿谷静静地环视着周围说道，“这幢宅邸——奇面馆是距今二十五年前，由那位中村青司设计并建造的。我从日向京助那里得知这个事实后，便已经坐立难安了……”

“哦？日向先生为什么会知道这件事呢？这明明是他第一次参加这场聚会呀。”“欢愉之面”问道。

鹿谷回答道：

“据说大约十年前，日向曾经作为撰稿人到访此处。那个时候，他曾向当时的馆主影山透一请教过这件事。”

“到访……为了采访或是什么目的吗？”

“是的。虽然现在已经散失，但当时这个宅子有在全日本也屈指可数的假面收藏。日向因《MINERWA》杂志的工作到此采访。”

“《MINERWA》？”

“如今更换纸张规格后依然发行的老牌文化月刊。”

“《MINERWA》……啊，我想起来了，是那个变成青色猫头鹰的杂志啊。”

“要是那本杂志的话，多年前也曾采访过我。”

“惊骇之面”插嘴道。

“在一期魔术特辑里，有一个介绍几家东京魔术吧的专栏。所以，他们也来我店里采访过。”

“哎呀，是吗？”

与那名叫中村青司的建筑师一样，瞳子也没听说过那本杂志。但是——

“对了，鹿谷先生。”她客气的插嘴提问道，“您说正是因为那名叫作中村青司的人设计了这个馆才想来的。他的设计有某些极其特殊的意义吗？”

“当然有啦。”

鹿谷非常肯定。

“至少于我而言，有很大的意义。”

“这是什么意思呢？”

“想要详细说明似乎要花些时间……现在姑且尽量言简意赅地解释一下吧。”

鹿谷先把丑话说在前面，而后开始讲述。

“作为一名建筑师，中村青司真的是无人不知无人不晓……被称为具有天赋的人物。距今八年前，四十六岁的中村逝世。在此之前，他在全国各地建造了若干风格怪异的‘馆’。然而，迄今为止这些馆内几乎都发生了形形色色的事件。”

“形形色色……发生过怎样的事件呢？”

瞳子一问，鹿谷立刻回答道：

“是杀人事件哦。”

“杀人……”

“九州角岛的十角馆、冈山的水车馆、京都丹后半岛的迷宫馆、镰仓的钟表馆……这些事件也都曾大肆报道过，不知道有谁听说过吗？”

“迷宫馆？那个不就是……”

“《迷宫馆事件》就是以那起杀人事件为原型写出的小说，我自己因故被卷入到那件凶案之中。”

“哎？！”

“悲叹之面”狂吼一声。

“推理小说作家老师，我想起来了！说到迷宫馆，不就是那里嘛！作家宫垣叶太郎安度晚年的……”

“哎呀，您知道呀。”

而后，鹿谷看向“愤怒之面”。

“我和冈山县警新村警部就是在水车馆事件时相识的。水车馆的主人是已故画家藤沼一成的儿子藤沼纪一……大约七年前，因为种种缘由，我被卷入到那起事件中，还为解决案子提供了帮助。”

“嗯。我记得是发生过这么一个案子。”

“愤怒之面”回答道，盯着鹿谷的眼神却依旧锐利。鹿谷坦然接受对方的视线说道：

“还记得钟表馆事件吗？由古峨精钟社的前任会长所建、位于镰仓的‘钟表宅邸’内发生的令人难以置信的连续杀人事件。那也是我偶然间涉入的事件。”

“真厉害啊。你是专门侦破青司之馆中发生案子的侦探吗？”“悲叹之面”问道，“那么这一次，你也是期待在这奇面馆里发生什么案子才来的喽？”

“不是，怎么会呢。我可没有期待什么。”鹿谷耸了耸肩说道，“只是，因为有这样的因缘际会，才想亲眼看看‘青司之馆’是怎样的建筑，如果可以的话还想进入其中一探究竟。为此，我才接受了日向京助的委托——仅此而已。”

“然而，一晚过后竟然发生了这样的事件啊。”

“是的，而且还是这种无法与外界取得联系的孤立状态。所以，既然身处这种情况……”

“想要亲自调查案件？”

“想要知道真相。仅此而已。”

下午两点刚过。

壁炉中没有烧火，因此沙龙室中的空气逐渐变冷。虽未到呼出白气的地步，但瞳子从刚才开始搓了好几次冰冷的双手。不知道这是不是被鬼丸看在眼里，他站起身来打开了空调。

“对了，诸位。”

鹿谷扫视着在场的每个人。

“如果从断定我实际上并非原本的受邀客日向京助这点来看，令人感到讽刺的是——这种说法稍稍有误，如今我们所面临的问题本质暴露出从未有过的姿态。诸位都清楚吧？”

这是什么意思呢——瞳子感到困惑。

“这是什么意思啊？”

“愤怒之面”问道。

“刚才我说了几句的那件事呀。”

鹿谷回答着，再度扫视着全场每个人。

“凶手犯案时，或者说是犯案后所采取的异常行动。考虑到他那么做的理由，就会得出一个无论是否愿意都会遭遇到的问题。即——”鹿谷略作停顿后说，“说起来那就是同一性的问题。”

“同一性？”

“愤怒之面”不快地重复着那句话。鹿谷的双手抵住隐藏了自己面容的假面双颊，继续说道：

“只要像这样戴着假面，无法摘下它的话，不只是我，在座除我之外的所有来客真的都是受邀而来的那个人吗？这是个非常值得怀疑的事情。除了鬼丸先生、长宗我部先生与新月小姐这三人之外的所有人，谁也无法保证这个同一性。或许，原本的受邀客之中混入了其他什么人也说不定。”

这个时候，不知道为什么，竟然没有任何人立刻反驳。鹿谷进而说道：

“也许像我那样一开始就与别人调换了，或是在事件之后，给大家戴上假面时换了人也说不定——对吗？”

“我当然知道你想说什么。”“悲叹之面”回答道，“推理小说作家鹿谷先生，你想重新谈论的话题就是，不仅仅是我们这些人无法保证同一性的问题，还有‘奇面之间’的那个死尸同样无法保证。对吗？”

“是的。就是这么一回事儿。”鹿谷点点头，严肃地说道，“毕竟那具尸体的头部与手指都被切断带走了。而且，断指还被搅拌机碾碎，已经无法确认指纹了——即便提出质疑也是理所当然的。**到底那具尸体是不是奇面馆馆主影山逸史呢？**”

第十章　二重身之影

1

“总之，就是这么一回事儿吧？”少许沉默之后，“惊骇之面”开口道，“**凶手是影山逸史**——我们最终不得不意识到这种可能性。”

这句话好似开得过头的玩笑，但没有任何人笑得出来。

“哎呀呀，这未必是玩笑话。”

“惊骇之面”立刻补充道。因此，现场的紧张气氛并没有缓和下来。

瞳子切身感受到这战战兢兢的紧张气氛。她再度暗中观察起这六名客人（被看作是客人的这些人）各自的样子，再试着想象假面之后他们每个人的表情——

实际问题就是，瞳子只见过这六人之中四个人的相貌。第一个是戴“哄笑假面”、非日向京助的鹿谷门实，而后是戴“欢愉之面”的创马社长与戴“懊恼之面”的建筑师米迦勒，接着就是乘坐鬼丸出迎之车抵达此处的戴“惊骇之面”的忍田天空。其余二人——戴“悲叹之面”的算哲教授与戴“愤怒之面”的老山警官也是由鬼丸前去迎接，并进行身份证明等确认工作的。在那之后，瞳子遇到他们时，两人均戴好了假面。所以……

“有个问题想向鬼丸先生请教一下。”

不久，鹿谷问道。

“请问。”

鬼丸端正姿势。这位非常俊美的青年秘书给人以沉着冷静的印象，但从他的脸上仍然可以看出非常为难的神色。

“今晨在‘奇面之间’发现尸体时，你立刻判断出那就是馆主吧。”

“是的，没错。”

“依据什么下的判断呢？”

“就算你这么问……”

鬼丸皱皱眉头。

“出事地点在内室的那间寝室；睡衣也好，脱下丢掉的睡袍也好，都是会长所穿之物。”

“但是，会长的睡衣睡袍与为来客准备的东西是一样的吧？”

“是的——但是，在那种情况下，还是会那么认为的。”

“哎呀，我并不是对你的判断有所指责。总之，作为馆主寝室的那个房间里有那样一具尸体，在那种情况下，你才会认为那就是馆主的尸体——对吧？”

“是的。”

“在看到尸体后，并没有确认过某种专属馆主的特征吧？”

“是的。无奈没有头部……”

“说的也是啊——馆主的身体上有什么与众不同的特征吗？比如什么旧日伤痕或是手术留疤啦，小块的文身什么的。”

“没有。”

鬼丸摇摇头。

“至少我不知道。”

“体形上也没有感到不一致。”

尽管鬼丸这么说，但鹿谷还是“嗯”地哼了一声，环视着众人。

“不过，受邀而来的六人体形都与馆主大致相似。所以……”

所以，也许那具尸体是受邀而来的某个人。他想要表达的是这个意思吗？

不会吧——瞳子心中一面否定，一面也觉得可以认同这个观点。

的确如此——

与馆主相同年龄、几乎相同的生日且大致相似的体形……在场的客人全都如此。要说例外的话，也只有“欢愉之面”创马社长了。他比起其他人略显发福，但是也没有胖到体格相差很多的地步。

之后就是，对了，是那位代替日向京助而来的鹿谷门实。

有意识观察他的话，就能发现鹿谷所穿衣物有些窄小。衬衣袖子、裤子下摆似乎有些许尺寸不足——这一定是因为原本的受邀客日向与此处的替身鹿谷二人本身存在的体格差异吧。每位客人的换洗衣物都是按照事前申报的身体尺寸准备的。

“馆主没戴戒指啊。”

鹿谷继续向鬼丸询问道。

“除此之外，馆主平时戴什么饰物吗？”

“没有什么特别的。”

鹿谷再度“嗯”地哼了一声。

“关于这件事，我总觉得不找到被拿走的头颅就无法继续调查。等到警察赶来、正式调查尸体的话，就算找不到头颅，也可以找到某些突破口——对吧，刑警先生？”

“是啊，解剖尸体就能详细调查了。”

“愤怒之面”回答道。

“不仅仅是血型，最近DNA鉴定也即将实用化了吧？”

“那个还存在可信度的问题。”

“是吗——不管怎样，”鹿谷用中指蹭着自己的假面额头说道，“到底那具尸体是不是奇面馆馆主影山逸史呢？”

犹如向大家提问般，他再度说道：

“在如今的状况下，可以肯定的是，这才是最应该关注的问题。所以，我们现在还是该重新回到刚才的提案上。即——”

他停顿下来，如方才一般徐徐观察着假面男子们的反应。

“在宅邸之中分头调查，查找被拿走的断头行踪。同时确认是否有除我们之外的其他人潜入进来，以及是否存在入侵或逃走的迹象——怎么样？”

2

“等等！”

“悲叹之面”此时再度提出异议。

“在此之前，先让我们稍稍归纳总结一下。”

鹿谷丝毫没有表现出焦急的样子，而是反问道：

“怎么说？”

“搜查宅子倒没什么。只是既然你特地提到了‘同一性问题’，那么不如我们先讨论一下，在座‘没有相貌’的诸位的同一性如何？”

“原来如此。也可以呀。”

鹿谷痛痛快快地赞同了对方的意见。

“正如我方才坦白的那样，事实上我是代替日向京助前来，并非他本人。多亏了新月小姐，幸而能够证明鹿谷门实的真实身份。”

说着，他向瞳子缓缓看了一眼。瞳子默默点头以做回应。

“但是，也不能因此证明我不是这桩事件的凶手。可即便要我证明，这也是强人所难。至少在现阶段是如此。”

说完这些开场白后，鹿谷又一次徐徐环视众人。

“不过，关于‘现在，假面之下是否就是原本的受邀客’的问题，把我排除在外也没关系吧？以其余五人为对象，姑且在此讨论一下——教授，这样可以吗？”

“嗯，可以。”“悲叹之面”点点头，很快又继续说道，“在我看来我肯定是我。于我而言，这一事实是毋庸置疑的。原本呢，我这个人是……”

“好啦好啦，教授。”

鹿谷稍稍抬起右手，制止了对方。而后，他又以右手拿起桌子上的玻璃杯，用吸管喝了一口水。

“那么，如果在座的五人要讨论同一性问题的话，必须考虑的情况大致分为两类。”鹿谷以沉着的口气说道，“刚才也曾一带而过的提起过。一类就是昨日抵达这幢宅邸时已然并非同一人。我自己就是这一类的现成实例。昨日来到这里的时候是否真是受邀而来的本人。

“另一类则是，是否存在这种可能性——从昨晚一直到今天早上为止，趁着给我们戴上假面之际，和其中原本的受邀客调换了。”

“无论是哪一类，都是调查如今我们之中是否混入了冒牌货，对吧？”

“欢愉之面”应答道。

“那样的话，我可不是冒牌货。请允许我声明一下。”

“哦？其根据是？”

“首先，鹿谷先生，我和你一样，昨天由新月小姐出迎，请柬与身份证明的检查也通过了。和你不同，她看完驾照的证件照后，应该没觉得有什么不妥。对吧，新月小姐？”

“啊，这个嘛……是的。”

瞳子老老实实地点点头。“欢愉之面”立刻继续说道：

“而且，在不可能遇到馆主的地方，我可是没少摘掉假面、露出自己的这张脸来。毕竟这个聚会我都参加了三次，像是鬼丸先生啦，还有同为第三次与会的忍田先生他们，可是很清楚我的长相啊。既然有的是不戴假面、和他们相对的机会，我又怎么会是个冒牌货呢？”

瞳子偷偷瞄了一眼鬼丸的反应。他与瞳子一样，正老老实实地点着头。

“至于另一种场合也是如此，应该把我排除在外。因为，我是这六人之中唯一体形相异之人。这段时间我因压力变胖了，这样一来倒是走运了。”

“欢愉之面”将方才瞳子思索的事情挑明了。

“‘奇面之间’的那个无头尸体也许不是馆主本人。所以才怀疑馆主自己可能就是凶手，对吧？”

他直截了当地问道。

“只是说不否定有这种可能性。”

鹿谷慎重地回答对方的提问。但是，“欢愉之面”进而问道：

“如果真是那样的话，实际上尸体就应该是某名受邀客，凶手即馆主戴着面具，摇身变成那名受邀客。给我们戴上假面还上了锁，不也是为了掩饰自己冒名顶替的行为嘛。”

“那只是一种可能性而已。”

“总之呢，我要说的是，我不是馆主。也许可以用假面挡着脸，也可以借假面变成这种含混不清的声音。这些都能靠演技掩盖。但是，在一个晚上无法改变体形吧？”

“原来如此。但是——”

鹿谷提出异议。

“比起其他客人来说，您看起来的确略微发福。但是否可以称其为绝对的体形差呢。我持保留意见。”

“这是什么意思？”

“既没有为馆主与创马社长二人量体重，也没有脱掉衣服确认身材。老实说，如果想要耍什么花招的话，多少也能蒙混过关吧。”

“哦？你还真是疑心重啊。”

“这是应该慎重考虑的形势嘛。”

鹿谷依旧沉着答道。

“那么，其他人的情况又如何呢？”

“惊骇之面”“懊恼之面”“悲叹之面”“愤怒之面”——重新逐一打量着其余四枚假面的同时，瞳子扪心自问。

真是这样的吗？

正如鹿谷所说的那样，就连“欢愉之面”也无法完全排除在外。这五人之中的某个人实际上真的就是那个奇面馆馆主吗？这种事情到底有可能发生吗？

哎呀，但是，仔细一想……

并非只有那六名受邀客之中的两个人没见过。最后，瞳子连那位馆主的相貌也没有机会见上一次。在这幢宅邸中逗留之时，馆主一直戴着“祈愿之面”。事前她也没有见过雇主的照片，不知道他是个怎样的人……

所以现在，任一面具之下都有可能隐藏着**那张脸**。尽管如此，她也无法凭空想象出抽象的相貌，想不出具体的画面。

“只要一直戴着这假面，无法证明自己是自己就好。总之，就是这么一回事儿吧。”

“惊骇之面”对于鹿谷的呼吁如此应道。

魔术师忍田天空也是第三次参加这个聚会。而且，他昨天还有时间与在以往聚会中见过面的鬼丸素颜以对，那么来的就是本人无疑。问题在于这之后有没有被人替换。

“至于我嘛，只要我表演个什么魔术，应该就可以证明了吧？”

说着，“惊骇之面”将咖啡杯旁所附的纸巾揉作一团。他将纸团随便握入左手中，握成拳头，抬至脸前。五指慢慢揉搓的同时摊开双手，原本握在手中的纸团踪迹全无。

“那只是初级的消除手法吧。”

“悲叹之面”不屑地评论。

“这种程度的魔术我也做得到啊。”

“您不满意的话，稍后我把纸牌拿来表演些骨灰级的如何？或是用硬币来个‘MA pass’怎样？”

“掌心弹币……厚川昌男自创的那个魔术呀。”

鹿谷说道。不知为什么，那声音听起来很是期待。

“听说要把那个掌握纯熟是极困难的事儿呢。忍田先生，您很拿手吗？”

“这个嘛，我正在为是否能够运用自如烦躁不安呢。”

“惊骇之面”说着，夸张地耸耸肩。

“不过这么看来，无论我表演什么魔术，你们也不认为那是确凿的证明。被你们说成是为了冒充魔术师而做过练习的话我就完蛋了，对吧。”

要是怀疑起来就会演变成这样子啊——瞳子想道。这与本非受邀客的鹿谷折出“恶魔”以证明身份不同。

“对了，鹿谷先生，这胡子能作证吗？”

“啊？”

“从假面的嘴巴开口这里能看到一点儿对不对。除了我之外，应该没有蓄胡子的人吧？”

“这个嘛……不对呀，正因为如此，如果想要扮成忍田先生的话，只要准备好假胡子就好嘛。”

“哎呀——真是的。”“惊骇之面”再度夸张地耸耸肩，半叹息着说道，“太让人头疼了。那样的话只能变出个大象什么的给你们看看了。”

3

“其余三位如何是好呢？”鹿谷问道。

看起来没有人自告奋勇，于是——

“那么，我提几个问题吧。”

说着，鹿谷先转向“愤怒之面”。

“自从昨天遇到您开始，您的左脚稍有些不便的样子。受过伤吗？”

“哎，这个呀。”“愤怒之面”轻轻敲着自己的左膝说道，“是两年半前受伤的后遗症。”

“两年半前？发生了什么事儿吗？”

“那时我还是一课的刑警。在某件案子中遭到嫌疑人枪击，连骨头都被打得粉碎……做过大手术之后还积极地做了复健。结果正如你看到的这样。所以嘛，我才会被调离一线。”

说话的口吻听上去有些许自嘲，但此时为假面所蔽的表情依旧不得而知。

“原来还有这样的隐情啊。”

鹿谷注视着对方，抱起双臂。

“您与我一样，是初次参加聚会吧？昨天是鬼丸先生向您确认身份的吗？”

“是的。”

“确认过是其本人无疑。”鬼丸补充说道。

鹿谷点点头。

“在案发现场沉着冷静的行为也好，检验尸体的手法也好……无论从哪一项上来看，都无法把你和冒牌刑警画上等号。但是即便如此，也无法肯定完全没有冒充的可能性。”

“为什么说是无法肯定完全没有冒充的可能性呢？”

“因为谁都可以做出拖着左腿走路的样子来。”

“是吗！我不太想认真反驳你，不过你要是信不过我的话，让你看看我左腿上的术后痕迹怎么样？”

说着，“愤怒之面”准备撩起裤腿。鹿谷赶忙制止了对方的行动，说道：

“哎，算了。现在没必要做这种事。要是有必要的话再……”

而后，鹿谷看向暂时一言不发的“懊恼之面”。

“建筑师米迦勒先生。”

一被点到教名，“懊恼之面”就被吓得双肩一颤，赶忙回答道：

“我、我是……”

“听说您是第二次参加聚会了，对吗？”

“是的，没错。”

昨日，迎接他进屋的人是瞳子，自然也确认过请柬与身份证明……

对了。

此时，瞳子回想起**某项事实**。但是，不知道这个时候说出来是否有意义。正在她绞尽脑汁思索的时候——

“戴着假面无法戴眼镜的话，肯定不方便吧。”鹿谷提出一个稍显唐突的问题。

“懊恼之面”点点头，说道：

“唉，可不是嘛。不过拜其所赐，去里面的凶案现场时帮了大忙。”

“帮了大忙？”

“我很怕血啊。何况那还是个无头死尸呀。”

“那您还去看了现场吗？”

“是啊，哎呀——从入口那里看过去，死尸的样子模模糊糊的看不清楚。不过幸好没看清楚，房间里那股恶臭就够恶心的了。”

“昨天晚上，是您被新月小姐摔出去的吧？”

鹿谷再度问了一个冒昧的问题。一想起这件事，瞳子几乎本能地缩了下身子。

“嗯，就是我。”

“懊恼之面”连看都没看瞳子一眼便回答道。鹿谷接着问道：

“那时的跌打给身体留下瘀痕了吗？”

“没有。”

"懊恼之面"摇摇头说。

"只是跌了一跤，我觉得没有留下伤痕。"

鹿谷轻哼一声，再三用中指叩着"哄笑之面"的额头。而后，他又看向"懊恼之面"：

"对了，刚才您说过对建筑师中村青司有所耳闻。那您知道青司具体都设计过哪些建筑吗？"

"那个嘛……我听说都是些奇奇怪怪的建筑。"

"关于青司的机关情结呢？"

"机关？"

"懊恼之面"不解地反问道。不久，他便恍然大悟地"嗯"了一声。

"您知道吗？"

"原本中村青司的事儿还是听我们公司的光川提起的。说起来，他倒是说过。"

"光川先生吗？"

"我们公司的合伙经营者。"

"光川……吗？"

"那个光川似乎说过，中村亲自参与的建筑里必定会有某些奇奇怪怪的机关，像是什么暗门啦、密道一类的玩意儿。"

"正是。他就是有这种爱好。"

鹿谷重重地点了点头。

"从非常简单的机关到规模宏大的构造，实际上，迄今为止我曾目睹过这样的若干机关。"

"是嘛——那么，""懊恼之面"再度不解地问道，"你的意思是，这个奇面馆里也有这种机关结构喽？"

"这个嘛，谁知道呢。"

暗门？密道？

这幢宅邸里还有这种东西吗？

瞳子不由得巡视起自己所处的沙龙室的墙壁及天花板。

她觉得，这里看起来实在像是有这种东西的样子，尤其是一想到配楼有点古里古怪的房间布局与内部装饰就……

“那么，接下来该轮到我了吧。”“悲叹之面”靠在沙发扶手上说道，“虽然我肯定就是我自己啦。哎呀，该怎么证明这一点呢？”

“教授也是第二次参加聚会吧。”

“是啊。第一次来的时候每个人都见过我，所以这次怎么会是冒充的呢。昨天，鬼丸先生也确认过身份了呀。”

“听说您无法参加上一次聚会，是因为那时住院了。”

“是的，没错啦。今年一月底出的院。”

“冒昧地问一下，您因什么病住的院呢？我记得昨天您被馆主问到的时候，似乎用了‘让我住进那种医院’的字眼。到底是怎么回事儿呢？”

好似打断鹿谷的提问般，对方说道：

“是精神病院啦！”

“悲叹之面”若无其事地回答。

“出问题的是这里。”

他指了指自己的太阳穴。

“不过，说白了那就是场阴谋！随便捏造个病名就把我关进了煞风景的病房里。”

“这样啊。”

鹿谷仅仅模棱两可地点点头，并没有追问那是“谁计划的什么阴谋”。也许他认为最好不要过多触及这方面的问题比较好。

“那么，请您再回答我一个问题好吗？”鹿谷接着说道，“从昨天起，我就很在意这个问题了。教授您时常有按压头部左侧的动作。这只是个人习惯，还是什么……”

“啊，这个啊。”

“悲叹之面”点点头。他故意似的以左手按了按头部左侧。

“稍稍有些头痛，一跳一跳的不舒服。所以不知不觉地就按起来了。”

他的回答到此为止。不过——

瞳子觉得就算对方接下来说出什么“某处传来奇怪信号”“与宇宙交换信息”之类的话，也不足为奇。

4

下午三点过后，鹿谷先前“姑且先调查宅邸内部”的建议得到了大家的实行。

由熟知建筑物构造的鬼丸与长宗我部带路，两组人分头行动。但并非全体参加，其中也有两人“不想参与”。他们——“悲叹之面”与“惊骇之面”留在了沙龙室中。

“哎？刚才教授不是反对不采取行动的吗？”鹿谷问道。

“悲叹之面”对此辩解道：

“我反对的是没有人采取任何行动。所以，要是大家都去调查，我就没必要跟着凑热闹了嘛。原本我就很讨厌活动身体，就在这儿等报告结果吧。”

“那样的话，我也留下来好了。”

难以下定决心是否行动的“惊骇之面”顺水推舟道。

“我认同搜查的必要性，但不能留下教授一个人。”

“哎？真是这个原因吗？”

“悲叹之面”问道。

“有两个理由。”“惊骇之面”分析道，“尽管你们都知道凶手没有计划灭口的理由，但那毕竟是已经杀过一个人的家伙呀。也许他的心情一转就会再度行凶。这个时候，一个人独处毕竟是危险的。”

“噢，你担心我的人身安全呀。”

“另一个理由是为了防备‘教授就是凶手’的可能性而上的保险。也就是说，由我监视着他是否行动可疑。”

“喂，那我也把这句话原封不动地还给你！毕竟你也有可能是凶手嘛。”

“说到保险嘛，对了——”

此时，鹿谷提出了新的建议。

“这样吧。趁此机会我教大家一个方法，用不着过多怀疑什么也能应付现在的局面。比如戴着假面的咱们六个人都在左手手背上标个什么印记之类的。”

有人立刻理解了这句话的意思，也有对此感到惊讶不解的人。

“至少凶手知道我们所戴假面的钥匙在哪里。也许他偷偷用钥匙开了锁，摇身一变又成了别的什么人。现在戴‘哄笑之面’的我在一个小时以后被人顶替了……一旦怀疑起来便永无止境。所以——”

鹿谷亲自将左手放在桌子上，用右手指着左手手背。

“我会用油性笔在这儿写个‘笑’字，也请其他人照做。或者请鬼丸先生帮忙做标记，以便擦掉重写时也能靠笔迹分辨。凭借这个标记，此时此刻戴着假面的人在此之后是否依旧为同一人，便可以暂时确认了——如何？”

无人积极反对。六人迅速在各自的左手手背上写下了作为标记的文字。而后，除去“悲叹之面”与“惊骇之面”之外，其余七人开始了“搜查宅邸”的行动——

下午三点半，出乎意料的是很快有了进展——找到了被凶手带走的头颅。

5

此时，鹿谷在长宗我部的带领下，来到位于主楼深处的馆主私人房间，即书房与寝室相连的那个房间。

除长宗我部之外，还有瞳子和“欢愉之面”与鹿谷一同行动。他们大致查看了前面的书房与里面的寝室，而后兵分两路——鹿谷与长宗我部搜查书房，瞳子与“欢愉之面”检查寝室。

室内并无可疑之人侵入过的痕迹。于是，鹿谷先向面对配楼的北窗走了过去。

留有间隔的两扇北窗并排而列，窗外没有安装如配楼窗子那样的铁质格栅。那虽是细长的上下推拉窗，却在一边窗子前摆放着硕大的书桌。看来这里就是放电话的地方，馆内的三台电话中就有一台在这里。如方才鬼丸所报告的那样，不但电话线被拔掉了，电话也被摔在地上坏掉了。

根据瞳子所述，从这个书房打到沙龙室的内线电话是在凌晨三点半过后。凶手在此之后才摔坏了电话。

两扇窗子都从内侧上了锁。开窗向外看去，附近并没有留下可疑的踪迹。

在此期间，长宗我部巡视着室内放置的书架、装饰架、桌椅下面等处，以确认被拿走的被害者的头颅是否丢在了这些地方。要是想找到鹿谷他们所戴假面的钥匙，必须连所有的架子、桌子里面都检查一遍。目前这种程度的“搜查宅邸”很困难，太花费时间了。

“这边没有任何发现。”

不久，长宗我部报告道。

“我有几个问题想请教一下。”

鹿谷却如此回应道。

“长宗我部先生，昨晚确认过宅邸的门户吗？”

“确认过。和鬼丸先生开始下棋前确认过一遍。”

“这边窗子的上锁情况也确认过了吗？”

“大厅、餐厅以及通道等处所有的窗子，以及主楼里若干空房间也查过一遍。”

“确认没有任何异常吧？”

“是的。”

“主楼各房间与配楼的客房不同，门上都有锁。平时，空房间上锁吗？”

“不锁，差不多没上过锁。”

“原来如此——还有一个问题。每扇门的钥匙保管在什么地方？”

“全部放在隔壁的办公室里。”

鹿谷边和长宗我部聊着，边径直站在窗边向外眺望。明明正值白昼，却如拂晓、黄昏般幽暗。雪势减弱，但依旧下个不停。隔着这飘舞的雪花，可以看到配楼的影子。由于地基落差不同，自主楼看过去、对面那栋楼比这里高出两层。

张贴黑色石材的外墙，建筑正前有一扇装有铁质格栅的窗子——从位置上来看，那里相当于内室。那里应该就是“奇面之间”吧。那么，沙龙室的位置应该在它的最左侧，从这里看更加靠里的位置……

“哎？”

鹿谷不禁嘟囔起来。他一点点挪着身子，一次次重新打量配楼。

“这个有点儿……哼，这样啊！”

原来如此——此时，他发现了一条重要线索。

“啊！”

隔壁的寝室传来一声短促的喊声。

“怎么了？”

鹿谷边问边向寝室跑去。发出喊声的人正是瞳子无疑。

乍一看，寝室没有什么不对劲。一张没有睡过的特大号床，床头柜，床头桌，放着电视与录像机的木质影音柜，小型圆桌，两把扶手椅……这些摆设各居其位，并无异样。

与书房相通的位置是宽阔的步入式衣橱，其出入口的门开着。他们应该调查了衣橱里面吧，“欢愉之面”恰巧站在那扇门旁。

“新月小姐？怎么了？”

身穿裙装围裙的瞳子在寝室最里面——建筑物东侧、正对中庭那扇窗的前面。鹿谷赶到她身旁的同时——

“发生什么事儿了？”

“欢愉之面”也边问边走向她。继二人之后，长宗我部也赶了过去。

那是可以直通室外的法式风格对开窗。瞳子打开窗帘，确认上锁状况后，擦了擦玻璃上的雾气，正要查看屋外情形时——

“你们看那里，好像有什么东西……”

她隔着玻璃看向所指之处。鹿谷也“啊”地发出一声短促的喊声。

某样东西摆在那里。

集中精神仔细观察的话，**那样奇怪的东西**似乎就是……

这扇窗外搭建了宽阔的木质露台，露台边缘围有高达一米左右的栅栏。那东西就在围栏的最前方。

那是即使为雪所掩也能一眼看出异样的圆形物体。

自建筑物向外探出的小屋顶，外加风向的因素，露台的积雪比其他场所浅得多。所以，那样物体也没有被雪完全覆盖。

“鹿谷先生，那个是——”

“难不成……是啊。”

鹿谷走到瞳子前面，打开内锁，推开了窗子。流入室内的冷空气转眼间将呼出的气体冻成白色。

从对开窗到**那样物体**所在的围栏前有大约三米左右的距离。放眼望去，雪面并无半分痕迹。

他注视着围栏上的雪。

原应有均等积雪量的地方，有一处犹如被挖去数十公分般的凹陷，而那个圆形物体正巧位于那处凹陷前面。也就是说……

鹿谷决定直接穿拖鞋走出去，只好踏在比脚踝略深的积雪中了。

他忍着寒冷向前走，不久就来到**那个物体**前面。鹿谷弯下腰，拂去覆盖其上的积雪。

“天啊……”

伴随着纯白的呼气发出一声惊叹。

“为什么……会在这个地方？”

鹿谷搓着冻僵的双手直起身，向聚集在窗边、注视着自己的三人报告道：

“发现要找的东西了。哪位帮忙把鬼丸先生叫来好吗？”

6

自被害者胴体上切下的、依旧戴着“祈愿之面”的断头放在半透明塑料袋中，袋口打着结封好——那就是被丢在这里的“要找的东西”。

“刚才这里没有任何足迹。就算雪一直下，从这种地方的积雪情况来看，如果今日凌晨有人通过的话，也是会留下痕迹的。至少，在这种地方留下的足迹不会因狂风暴雪而彻底消失不见。”

在长宗我部去通知鬼丸等人期间，鹿谷返回室内，对瞳子与“欢愉之面”谈起了自己的看法。

“所以我认为，凶手是将装入塑料袋的头颅丢到外面的。他本打算扔到那个围栏对面的林子中，但出乎意料的是由于**那东西**的重量缘故，扔不到那么远的地方。没有扔到林子里的断头撞到围栏后掉在了那里，才会将围栏上的雪一股脑儿撞掉了。可以这么认为吧。但是凶手却就这样弃之不顾了。”

鹿谷眺望着露台。

“可是，为什么放任不管了呢？”

他半自问般嘟囔着。

“也许他不想留下脚印吧？”瞳子说道。

鹿谷轻轻点点头，说道：

“或许也有这层理由吧。但是也可以认为，他是考虑到持续降雪会掩盖脚印，才采取了行动，不是吗？”

“这个嘛……”

“也许是天还没亮，太暗了看不清楚吧？”

“欢愉之面”说道。

“也许吧。不过，才这点儿距离而已，即便天色很暗，在房间里开灯的话，看得到的可能性也很高。还可以打开屋外的灯进行确认……”一只手贴在“哄笑之面”那冰冷的面颊上，鹿谷困惑地说道，“不知道为什么，我感觉不到凶手无论如何也要将**那个东西**隐藏到最后的必要。话虽如此，为什么会这么随随便便、漫不经心的……”

不久，被长宗我部唤来的鬼丸赶到这里。与他一起行动的“愤怒之面”与“懊恼之面”也紧随其后。

鹿谷刚一向他们说明事情的经过就问道：

“‘祈愿之面’的钥匙呢？就是在睡袍口袋里找到的那枚钥匙。现在在哪儿？”

“啊，那枚钥匙放在凶案现场了，照旧放在床头柜上。虽说那作为证物保管，但难以决定由谁负责、保管在哪里比较好。”

鬼丸回答道。

“那么……”

“对了，那个——鹿谷先生，放在那边的**那个东西**真的就是被害者的脑袋吗？”

“要确认吗？”

“没有理由不这么做吧。”

说罢，“愤怒之面”沿着鹿谷方才留下的脚印走出露台。他窥探着丢在围栏前的**那样东西**后，立刻重重哼了一声，双手将其慢慢捧了起来。

内侧已被染成赤黑色的塑料袋，恰是人类头部大小的圆形物体，透过塑料袋可以看到全头假面的颜色及形状。

“确实如此。”

他不快地叹了口气，而后略显苦恼地歪着头。

“不能放任不管啊。”

“愤怒之面”回头看向鹿谷他们。

“在这儿做个记号之后，把**这玩意儿**拿进去吧。然后……”

7

被害者的头颅最终被拿到室内、带回了配楼的内室。尽管违背了保护现场的原则，但也无法忍受单单将头部放置于其他场所不管。考虑到**在此之后**的事情，将头部转移到内室是稳妥的——关于这一点，大家达成了大致相同的意见。

但是，必要的工作选择在“对面之间”，而非“奇面之间”进行。在场人员很多，应尽量避免破坏尸体所在的案发现场。

铺于地板的浴巾上——

长宗我部戴上劳作手套后，“愤怒之面”首先取出了塑料袋中的**东西**。那正是自胴体上切下的人头，而头上所戴的正是四处沾满血污的“祈愿之面”。头部断面上沾满的赤黑血液早已凝固……

“喉间有伤。”头部被取出放在地板上，“愤怒之面”看着它说到，“这与残留在胴体的颈部扼杀痕迹相同，甚至无须断面的比对，即可认定这就是那具尸体的断头。”

“用钥匙开锁——”鹿谷催促道，“摘掉假面，确认脸部。”

刚刚鹿谷与鬼丸一起去了“奇面之间”，将“祈愿之面”的钥匙拿来交给“愤怒之面”。“愤怒之面”默默点点头，将那把钥匙插入位于“祈愿之面”后部的钥匙孔内——伴随着微弱的金属声音，锁开了。

“悲叹之面”独自留在沙龙室中，认为“目睹真正的断头就算了吧”。“懊恼之面”则说自己“稍稍有些不舒服”，返回他的寝室中。除此二人外，其余所有人均聚集于此。在众人静候之中，“愤怒之面”亲自摘去了被害者头部所戴的“祈愿之面”。

呈现于众人眼前的是一张毫无血色、面若死灰的男性的脸。头发塌在脸上，双目紧闭，僵硬的嘴巴半开半闭，可以窥视到口中的舌尖。

“砍断头部之时流了血，还在室外的雪地中处于冷冻状态长达几小时。血管中的血液早已流干，或是被冻住了。”“愤怒之面”解释道，“那么，鬼丸先生、长宗我部先生，也许死者脸部已经严重变形，但怎么样？”

只能靠此二人进行脸部确认。

昨日与奇面馆主影山逸史初次见面的瞳子自然没有见过他，来客们也无一人见过馆主的相貌。见过馆主相貌的人应该只有身为秘书，平时与其有接触的鬼丸，以及作为这幢宅邸的管理人，曾与没戴假面的馆主见过的长宗我部这二人。

“怎么样？这就是影山会长的头吗？请在近处仔细看清楚再下判断。”

鬼丸与长宗我部战战兢兢地靠近放在浴巾上的断头，近距离重新打量它后立刻分别重重地点点头。

“没错。是影山会长。”

“我记得这的确是会长。”

果真是他——包含终于放心的认同感，以及期待落空的奇妙沮丧感，这两种情绪微妙混合的反应，令现场的喧闹声由弱变强。

“愤怒之面”睨视着两名用人应道“是吗”。而后，他看向鹿谷说道：

“就是这么一回事儿了吧？”

鹿谷一时不知该说什么好，只得含混地“嗯”了一声。这个时候，他的余光突然捕捉到瞳子的神情。

她看似为难般皱着眉头，不断瞄向摘掉假面的被害者的脸，唇部无规律地颤抖着。看起来她像是想起了什么，却不知道该不该说出口……

“好歹这样就解决了一个问题。”“愤怒之面”说道，“被害者果真是馆主影山先生。凶手切断头部与手指的动机不明，也不知道他给我们戴上面具的动机为何。但是至少我们可以就此否定一个假设，就是实际上我们之中的某个人被本应遇害的馆主冒名顶替了。”

无人异议。

“愤怒之面”将摘下的“祈愿之面”与其钥匙并排放于头颅一侧，将自盥洗室拿来的洗面巾摊开，盖于其上。

“我们出去吧。”

他催促着众人，而后从容地往回走，边走边说道：

“我们应当继续刚才的搜查。尚未调查的地方还有很多。尽管很难找到假面的钥匙，但是还没有调查清楚，是否有人侵入宅邸并潜伏于某处。”

8

“刚才进了那间书房后，有些令我在意的地方。”

开始对“尚未调查”的几个房间进行调查之后，瞳子对鹿谷如此说道。此时是下午四点半——

众人再度兵分两路，开始“搜查宅邸”。“懊恼之面”以身心不适为由脱离调查队伍，故而重新编排了一部分调查成员。安排“欢愉之面”调至鬼丸为向导的一组，而长宗我部那组留下瞳子与鹿谷。

“新月小姐，今天凌晨你在沙龙室接到从书房打来的电话时，对方说过‘从书房能看到沙龙室的窗子。既然还开着灯，所以我想还有什么人在那里’……对吗？”

“嗯，对。”此时，正在思索其他事情的瞳子几乎心不在焉地回答道，“对方确实是这么说的。”

“对了，新月小姐。”鹿谷点点头，继续问道，“刚才我试着从那个房间的窗子看向配楼那边。但是，**无论我怎样变换位置，都无法从那里看到沙龙室的窗子。**”

“什么？”

此时，瞳子也立刻回过神来。

“这、这是什么意思？”

“从那间书房的窗子看去，无论如何也看不到沙龙室的窗子。可是，为什么电话那头的人偏偏撒谎说‘可以看到沙龙室开着灯’呢？不对，应该说他为什么会在此之前就知道沙龙室开着灯呢？”

“这个嘛……”

“我觉得这是个相当重要的问题——对了，新月小姐，还有长宗我部先生，”鹿谷改口向二人同时提问道，“你们有这幢宅邸的平面图或是示意图吗？”

“我有平面图。”瞳子立刻回答道，“昨天，鬼丸先生给我的资料夹中也有这类图。”

鹿谷“哦”了一声说道：

“那么，稍后可以借我看看吗？方才我提到的位置关系，在图上确认的话更加明显。”

“就放在我的房间里。”瞳子回答道，“正好就是那个房间。我这就拿来给你。”

“麻烦你了。”

于是，瞳子赶往自昨日开始使用的房间。确认这里也没有任何人后，为了慎重起见，她又确认了窗子的上锁情况，而后才拿起丢在床边的那本资料夹，返回鹿谷等人身旁。

鹿谷接过黑色封面的活页夹后，立刻粗略浏览起里面的内容来。

“有受邀客的名簿、配楼客房分配图……啊，就是这个了！宅邸整体平面图！我看看——新月小姐，我可以借这资料夹一用吗？”

“若有必要的话，请用。”

瞳子毫不犹豫地回答道。

在这幢宅邸中，如今最信得过的不就是这个人了吗——瞳子想到。

除鹿谷之外，鬼丸也是可以信任的。他与长宗我部也有案发时的不在场证明——但是，考虑到对于此类异常事态的经验值，总觉得鬼丸靠不住。所以……

那张脸。

那枚假面之下呈现出的那张被害者的脸是……

还是将自刚才起一直介意的**那个问题**告诉鹿谷为好——瞳子如此考虑着。

9

此后，鹿谷与长宗我部、瞳子三人向位于主楼西南角的假面收藏间走去。

天花板极高的宽阔房间内甚至有部分空间作为阁楼使用。但窗子极少，确认上锁情况并不需要太多时间。三人分头巡视房间的各个角落，没有找到有人潜伏的迹象。

“明明是假面收藏间，偏偏假面却遗失了。”

瞳子放眼看向空荡荡的空间之中引人注目的陈列柜说道。

“据说是先代馆主处理掉大部分假面的——长宗我部先生，是这样吧？”鹿谷问道。

“是的。据说是那样。”

“为什么会处理掉那么珍贵的藏品呢？”

“不知道啊。关于这方面，我什么也不清楚。”

长宗我部缓缓摇了摇头。然而，他继续说道：

“只不过——前一任馆主在经济上似乎相当困顿，我以前对此略有耳闻。”

“经济上呀，嗯……”

鹿谷将刚才瞳子拿给自己的资料夹夹在腋下，抱起双臂慎重考虑着。他再度徐徐环视着室内。

“明明就在这里啊。”

他自言自语道。

“这是什么意思呀？”瞳子立刻在意地问道。

鹿谷用拇指指尖指着自己的脸，即“哄笑之面”说道：

“我指的是假面的收纳处。”

“假面的收纳处？那个是……”

“哎，这只是我的个人理解——”他略作停顿后才继续说道，“在寝室外的木质露台发现被害者头颅的时候，有些不太协调的感觉。为什么凶手随随便便把**那东西**放在那种地方呢？明知道迟早会被发现而丢掉它的话……反正明明有更加适合的地方不是吗？”

“适合的地方？”瞳子仍然不明就里。

鹿谷断然说道：

“那就是这里。这个假面收藏间更加适合。你不这么认为吗？”

“这个嘛……”

“由那位中村青司所设计、曾经将古今东西的重要假面藏品放置于此的馆——奇面馆。自昨日起于此召开世间罕有的‘寻找另一个自己的聚会’。在身为邀请人的奇面馆馆主面前，受邀客与用人必须要戴假面。在这样奇怪的规则下过了一晚后，被认为是本馆馆主的人遇害身亡。尸体被切掉头颅与十根手指。断指被扔在厨房的搅拌机中绞个稀烂。

“怎么样？这样娓娓道来的话，会不会觉得‘这真的是**真实舞台发生的真实事件**吗’？怎么说好呢，也可以说整个事件充满某种‘匠心独具’之感吧？”

匠心独具——鹿谷以上的描述依旧无法令瞳子立刻恍然大悟。

“可是，”鹿谷继续说道，“被带走的头颅却被漫不经心地放在那种意义不明之处，看起来也不像是为了令人难以找到才藏起它来，可以说完全像是随手扔掉这个危险的玩意儿似的。我觉得这一点实在不协调。

“在这种舞台设定下看这桩事件的话，戴‘祈愿之面’的那个断头不是应该在**与之更为相衬**的场所被人找到吗？比如**这个房间**，暗中放在假面收藏间的陈列柜中。”

“这样啊。”

原来如此。倘若如他所说的那样，那也许才是非常**合适的发现地**——瞳子想。

“也可以称之为**欠缺的匠心独具**了。”

鹿谷不由得苦苦思索起来。

“所以……就是**这样一桩命案**。在这幢特别的宅邸中，在这个特别的聚会之夜，伺机实施早已制定好的犯罪计划。我认为这是可以肯定的。昨夜，趁举杯之际令大家喝下安眠药的事，无论怎么想都需要事先准备才行。然而……嗯，想来或许在什么地方，事件的性质发生了改变吧。作为结果，其‘形’极其扭曲，才会呈现出如此**不协调**的情况。”

瞳子无法作答。长宗我部一直倾听二者的对话，但连他也一副不明就里的神情。

不知道鹿谷又在想些什么，这一次他离开方才所在之处，走向通往房间深处的阁楼楼梯前，上了楼。那里除了假面的陈列柜之外，还有成排的固定书架。看来，他的目的地就是那里了。

瞳子刚刚大致查看过阁楼，但她注意到鹿谷的动向，不由得追了过去。长宗我部也一并爬上阁楼。

“留下了不少文献资料啊。”鹿谷站在书架前，回头看向长宗我部说道，“看来有很多关于假面的资料。这是先代馆主搜集的吗？”

“听说是这样的。”长宗我部回答道，“会长似乎对这方面不太感兴趣。也许这个房间从他接手宅邸以来，几乎处于放任不管的状态。”

“这样啊。那么……”

鹿谷伸手将书架上的书一次拿出若干本，哗啦哗啦翻了一通后再放回去。在此期间，瞳子走到一处小型书桌前，无意中拉开了抽屉。

草稿纸、便笺、圆珠笔、自动铅笔、成套彩色铅笔、橡皮、胶棒、透明胶带、规尺、剪子、裁纸刀等，这些文具杂乱地放于抽屉中。十分古旧之物也很显眼，这一定在曾经的持有者使用过后便一直放任不管了吧。

过了一会儿，只听鹿谷说道：

“哎，这是……”

“找到什么了吗？”

瞳子一问，鹿谷便将自书架上抽出的一本书放在桌子上。

“这就是那本杂志哦。”

“‘那本杂志’？”

“今天我不是说过吗？那本名叫《MINERWA》的杂志。”

“啊……那本呀。”

“采访后送来的样刊保存在这里了呀。先代馆主并没有处理掉它。”

“这是……”

A4 大小的月刊上贴有若干已经褪色的金黄色便条纸。

鹿谷翻开贴有便条纸的页面，停在某处后递给瞳子。瞳子接过杂志，看起那篇报道来。

名为“收藏家探访”的系列企划的第十二期。

我国首屈一指的假面收藏

开篇就是这样的大幅标题，随后——

探访东京都内悄然而建的“假面馆”之主

那是横跨四页篇幅的访谈，其中插入了若干张照片。她没有时间仔细阅读，仅仅浏览着访谈中被彩笔标出的地方，其间也有几处文字标注。

“写下这篇报道的人就是日向京助先生吗？”

“是的。那是大约十年前，即一九八三年发生的事儿了。缘分真是奇妙的东西啊。”

“与当时相比，真的散失了不少藏品呢。”

瞳子合上《MINERWA》后，将其递还给鹿谷。封面一角印着的徽标——展开双翼的青眸猫头鹰在当时看来非常老土，但是并未让人深切地感觉到十年时光的流逝。

10

“新月小姐，感觉好点儿了吗？”

走出假面收藏间，来到走廊时，鹿谷问道。

“嗯。好多了。”瞳子回答道。

鹿谷立刻夸赞她很“要强”，而后眯起了“哄笑之面”后的双目。

“在这种情况下，近距离仔细观察那种凄惨的尸体以及活生生的断头，一般情况下肯定会……”

“非要惊慌失措才行吗？”瞳子不由得如此还嘴道，“即便如此，我也受了相当大的惊吓。如果可以的话，我也想躲进房间堵住耳朵，或是早早逃回家去……可是，现在就算我惊慌失措也不能解决任何问题，所以……”

“所谓的要强不就是这个意思吗？”

“可是……”

忍耐异常的事态，无论何时都变得迟钝的感觉与情感……这应该算是坦率吧。

“还给了我一个机会，证明我的‘同一性’。谢谢你。”

即便对方郑重其事地向自己道谢，瞳子也无法轻而易举地回答“不客气”。不过，鹿谷并没有等瞳子回应便立刻说道：

“你是不是注意到什么了？”

他追问道。

“刚才在‘对面之间’，从被害者头部摘下假面时，你注意到了什么，对吗？”

“啊，那个呀……那个嘛……”

“别看我这样，其实观察力相当敏锐的。那之后，你一直很犹豫吧，不知道该和谁谈及**那个在意的问题**。”

猜对了。

可总觉得他没有戳到痛处，索性就此下定决心告诉他吧。仅仅因为对方是鹿谷，已令瞳子觉得安心多了。

“事实上，那个……”

瞳子决定说出来。长宗我部也在场，反正他一起听听也没什么不好的。

“关于刚才那个断头……摘掉‘祈愿之面’后的那张脸……”

“哦？”

鹿谷附和着，眼神中明显带有锐利的光芒。

“我觉得似乎在哪儿见过那张脸……”

“你见过他？可是，新月小姐你与馆主昨日才第一次见面，未曾见过他的真实相貌呀。你是这么说的吧？”

“是的。”

“你见过馆主的照片吗？”

“不对，不是这样的。我是指昨天似乎在哪儿见过那张脸。”

“昨天？在这幢宅邸中？”

"是的。所以，这……"

瞳子正要答复之时，她的心中激荡起奇面馆馆主昨晚在"会面品茗会"席间，对受邀客们说过的话来。当时侍奉用餐之际，无意中听到有关"另一个自己"的只言片语……

——"另一个自己"的出现可以带来幸福。

——于我而言，不能一味等待'另一个自己'现身。

——除了等待之外，还要积极寻找他的存在。

鬼丸已经事先告知过瞳子这个聚会所具有的重大意义，但是——

无论怎样解释影山会长的特殊情况，瞳子仍旧认为自己无法坦率接受。

一听到"另一个自己"，浮现于脑海之中的果真还是Doppelganger、即二重身这个词汇及其概念。而且提起Doppelganger，一般来说那都是酷似当事人的身形外貌，且其出现会为当事人招致不幸而非好运的"另一个自己"。

对，就好像那部电影——《勾魂摄魄》的第二篇《威廉·威尔逊》的主人公那样。因此……

"所以，那个……"瞳子对鹿谷说道，"我想实际上，遇害的那位还是有可能并非会长本人。会长找寻的'另一个自己'——真真正正的二重身才是那具尸体……"

"新月小姐，你真这么想吗？"鹿谷加重口气问道。

瞳子先是点点头说"是的"，却马上改口含混其词，答道"啊，不是的"。

"也许正好相反。就是说遇害的就是会长先生，而动手杀人的可能就是酷似会长先生的'另一人'……"

"无论如何，这都是个很有意思的指摘。"鹿谷认真地回应道。

瞳子转而看向站在身旁的长宗我部，问道：

“长宗我部先生怎么看？”

“这个嘛——”

管理人稍感困惑般含混其词。鹿谷看了瞳子一眼后，说道：

“我很想好好听听您的高见。在走廊里站着闲聊也静不下心来，不如到哪间屋子里坐下来慢慢说吧。”

第十一章　谜团交点

1

瞳子一行移步主楼餐厅，那是昨晚“会面品茗会”所用的房间。但不久，又有第四人来到这里。

“听到说话声就不请自来了。”

鬼丸边说边走了进来。围坐在椭圆桌子旁的三人向他投去讶异的目光。

“怎么了？我们刚刚调查完这个房间。”

“我们有重要的事情需要私下里商量。”鹿谷装作开了个小玩笑般回答后，立刻问道，“鬼丸先生，你们那边有什么发现吗？”

“没有任何发现。”鬼丸夹杂着叹息回答道，“配楼的各个房间、盥洗室与浴室、储藏室、便门……全无异样。自玄关大厅至入口、玄关门廊，而且，为了慎重起见连主楼的便门至车库也都查看了一遍，没有任何可疑之处。”

“阁楼与地板下面的点检口呢？”

“那些地方也都检查过了，完全没有开合过的迹象。因为那是很少用到的出入口，从积尘及脏污的情况一看便知。”

“这样啊——我们也得出了相同的结论。虽然无法断言有百分百的可能性，但是姑且可以认为，如今没有除我们之外的任何人潜伏于此，也没有发现任何有人破窗而入的痕迹。”

“如此一来，还是……”

凶手就在被困于此馆的九人之中，或是……

“看来雪势多少减弱了。”鬼丸说道，“这样一来雪快停了。下定决心的话，最早今天夜间，最迟明天清晨也许可以强行出车。刚才我们在车库里商量过，也许能用‘欢愉之面’——创马先生开来的休闲车想想办法吧。”

“我觉得还是从长计议比较好。”

“但是……”

“其他二人在哪儿？”

“大致检查一遍过后回了配楼。他们看起来相当疲累。据我看，一直戴着那种假面也有相当大的压力。”

“可不是嘛。”

鹿谷用双手轻轻拍拍“哄笑之面”的双颊。他看了一眼坐在椅子上的瞳子后，立刻再度向鬼丸看去。

“鬼丸先生也请坐吧。”他婉转地命令道，“现在可以耽误你一点儿时间吗？我想也许你在场的话，可以令话题顺利地深入进行。没问题吧？”

“这个嘛……好吧。不过，你们现在到底要私下里商量什么事呢？”

“新月小姐她呀，提出了一个相当有趣的话题哟。”

“她？”

鬼丸疑惑地看向瞳子，同时在一张椅子上坐了下来。

“方才鬼丸先生与长宗我部先生确认过被害者的相貌。而新月小姐说她似乎也曾见过那张脸，而且还是昨天在这幢宅邸中见到的。”鹿谷解释道。

“怎么可能！”

鬼丸喃喃说着，看了瞳子一眼。

“昨天，会长素颜出现在你面前吗？”

“没有。”瞳子摇摇头说道，“我不是这个意思啊。”

“据我推测，是这么一回事儿——”鹿谷说道，“**昨天在这幢宅邸之中，你代鬼丸出迎来客，而那张脸便是其中某个人的**。对吧，是这个意思吧？”

“啊……对，就是这样。”

瞳子重重点点头。

“没错。所以我觉得那个人肯定就是会长先生的……”

“是哪位客人？”鬼丸插嘴问道。

瞳子尚未回答，鹿谷便抢先指摘道：

“大概是戴‘懊恼之面’的米迦勒吧。”

接着，他将方才瞳子借给自己的黑色封面活页夹摊在桌子上打开。

“昨天，新月小姐代替鬼丸先生出迎的来客应该共有三人。最初抵达此处的人是我……在此名簿上是五号客人日向京助。而后是名簿编号为一号的创马社长。接着是四号客人的这位建筑师米迦勒。其中，我与创马社长昨天在没有戴假面的情况下，接触过其他人。

但是，就我所知米迦勒从未在人前摘掉假面。除了新月小姐之外，任何人都没有机会见到米迦勒的庐山真面目。”

“是吗——”

鬼丸眯起细长清秀的眼睛静静注视着长宗我部，对方则默默地轻轻点头。那反应有些令人介意。

“新月小姐，没错吧。”

鹿谷问道。

“没错。”

瞳子用力点点头。

“找到断头之前……大家在沙龙室中探讨‘证明同一性’的话题时，我稍稍回忆起一件事来。”

“想起什么了？”

“那个人乘计程车到达后，由我前去迎接……然后，确认请柬和身份证明的时候，他说因最近的交通事故驾照被吊销了，所以出示给我的是医保卡。**但是，医保卡上并无证件照。**”

“哎，这样啊。”

“那个时候，我没怎么起疑心。但是仔细想想的话……”瞳子边回忆着昨日在玄关大厅与那个人的对话内容，边说道，“无法确认证件照的话，即便来人并非原本的客人而是其他人，对于初次见面的我来说也无法分辨。所以，我渐渐觉得那个人可能不是曾来过一次的札幌建筑师，完全就是另一个人冒充而来的。”

“而且，那位‘完全就是另一个人’的他凑巧与馆主长得很像？”

“与其说是凑巧，嗯……我觉得倒不如说是**本应如此**……”

“这是什么意思？”

“我觉得也许那个人就是会长先生所寻找的真正的‘另一个自

己’。刚才我也说过吧，‘另一个自己’——Doppelganger 或是二重身什么的，一般来说应该还是指‘身形面貌酷似自己的人’吧。”

“真正的 Doppelganger 吗？”

鹿谷频频点头。瞳子见他这种反应，忽然想到，如今，在他的假面之下有怎样的表情呢？这样的想法在瞳子脑海中一闪而过。难道那并非“哄笑”而是嘲笑吗……她边驱逐这瞬间的被害妄想边说道：

“于是，我想起来了。”

瞳子非常认真地说出了自己的想法。

“昨日，在这个餐厅里召开‘会面品茗会’时，三言两语地听到会长先生对诸位所说的话。其中，我听到了……”

——若说不幸，追溯起来我是个连手足羁绊都没有的人。

瞳子想起那些只言片语来，那些馆主所讲述的他自身的“不幸”之中与馆主家族有关的逸闻。

——母亲早亡。我的两个兄弟姐妹之中一人夭亡，另一人在学生时代突然出国，从此杳无音信。

“……怎么样？想起来了吗？”

“当然啦。”

鹿谷回答道。

“**馆主有个失散的兄弟**。这句话令人有些介意啊。”

“也许是我多虑了，但是我想**难不成他们两人是双胞胎吧**。”瞳子依旧非常认真地说道，“同年同月同日生，长相也几乎一样的兄弟。一直以来杳无音信的双胞胎之一，这次悄悄扮成那位客人回来了。于是就……”

“你是说他们二人之间存在某些多年的争执与怨恨。于是，他将身为馆主的双胞胎亲人杀死了，是吗？”

“有百分之五十的可能性。”

鹿谷说着“嗯、对呀、是这样啦”，而后又简明扼要地代为解说起来。

“这事情解释起来貌似很麻烦，假设身为馆主的影山逸史为 A、他的双胞胎兄弟为 B 吧。倘若变身为四号客人而到此的 B 是凶手的话，被发现的那个断头就是 A 的头部。**这种可能性也有五成。**

“至于 A，也许突然出现的 B 复仇不成、反遭 A 所害。或者，在此情况下先把具体的动机问题搁置不管，也可以认为原本 A 已经探知 B 的去向，他主动与对方取得联系，策划让 B 混入这次的聚会中。无论是哪种情况，遇害的都是 B。那个断头也是 B 的，身为凶手的 A 戴上‘懊恼之面’，冒充四号客人——新月小姐，我说得没错吧。”

2

“那么，现在我问你个问题。”鹿谷继续向瞳子问道，“凶手是 A 也好 B 也罢，他为什么要切断尸体的头部与十指呢？”

“这、这个嘛……”

“如果 A 与 B 是双胞胎，就算加害者与被害者相互调换，也没有必要特地砍掉头颅，还将它拿走。毕竟是一模一样的长相，就算不特地制造出无头尸，也不会被人发现掉了包。”

“这……倒也是呀。”

她也注意到了这点。的确有些奇怪。但是——

“不过，关于手指方面，我可以解释。之所以将十根手指全部切断、用搅拌机绞碎，是因为这样一来就无法调查指纹了。”

“嗯，这个想法倒是很稳妥。”

“A 与 B 是同卵双胞胎的话，不要说是血型，就算调查 DNA 也应该是完全一致的结果。但是，即便为同卵双胞胎，指纹也不会一模一样。”

“为了隐藏这个事实吗？”

“没错。”

“那样的话，现在就可以舍弃掉另外百分之五十的可能性了——即 A 才是凶手而被害者是 B，A 为了让自己假装成受害者才破坏掉 B 的指纹——对吧？”

“是的。”

她觉得有若干困惑，但仍然点了点头。于是，事到如今她才想起来，有一条线索可以用以辨认那具死尸的头部到底属于谁。

“说起来那个人，好像**额头上有伤**。”

“伤？”

“他向上拢起刘海的时候，可以看到那道伤。额头一角有一处好大的旧伤。”

“你说的‘那个人’是米迦勒吗？”

“是的。”

瞳子毫不犹豫地回答。

“所以，只要再看一次那具尸体的脸，确认脸上是否有伤的话——”

“这样的话——”此时，鬼丸开口了，“方才我确认断头面容的时候，没有看到类似伤痕。摘掉假面之际，拉开头发露出额头，要是有大的伤痕应该能够看到。”

瞳子并没有目不转睛地观察断头。刚一看到假面之下露出的那张脸，便与昨日的记忆发生共鸣，此后她一直为“为什么**那个人**

会……”的疑问所困。所以，她没有注意到额角是否有伤。

“长宗我部先生呢？”鹿谷问道，“那具尸体的额角是否有旧伤呢？”

“这个嘛……”

管理人再度暧昧其词。最后，他与鬼丸相互对视着回答道：

“我想，我也没有看到类似伤痕。”

“如此一来，遇害的果真不是B而是A——馆主了呀。”鹿谷说道。

瞳子认同这个结论。

“那么，凶手是B——成为受邀客之一到此的会长先生的双胞胎兄弟吧。那么，不尽快抓到那个人的话……”

并未实行“替换”，却特地将被害者的头颅及手指砍断。关于这样做的理由，最好还是直接问问本人。

即便到了这个阶段，瞳子依旧无法舍弃已故的影山逸史有双胞胎兄弟的假设。但是——

“好吧。暂且说到这里好了。”

鹿谷说着，啪的一声双手合拢。

“哎呀呀，新月小姐的想象力真丰富呀，告诉了我们相当刺激的假设。不过说到它的正确性嘛，很遗憾，我不得不断定这是个错误的假设。”

“怎么会……可是……”

“在你的假设之中，有个致命的争论点——你知道吗？道理十分简单。”

是什么呢？瞳子不知如何是好。鹿谷则对着如此困惑的瞳子继续说道：

“新月小姐，也就是说昨天你去出迎以我开始的三名到访客纯

属出乎预料的巧合，对吧？忍田先生的车子凑巧抛锚才使得鬼丸先生匆忙前去迎接，并委托你看家。其间，我们凑巧按照那个顺序抵达此处，名簿编号为四号的他才凑巧成为你接待的第三名客人。这一切都是预料外的偶然，应该是任何人也无法事先预测的事儿。所以……”

“啊，对呀。”

此时，瞳子终于发觉了——还真是个“十分简单的道理”呀。

“假如你的假说是正确的，到访此处的是与真正的受邀客毫不相干的其他人。但是，如果迎接他的不是你，按照计划是鬼丸先生出迎的话，那时就会立刻发觉他并非受邀而来的客人。鬼丸先生在上一次——第二次的聚会中见过真正的米迦勒，所以只要脸被看到就完蛋了。假如怀疑忍田先生是他的同谋，有意识制造‘预料外的情况’，但迎接他的人凑巧是长宗我部先生的话，也会被认出来的。

因此，原本新月小姐考虑的‘冒名顶替计划’就无法实行。”

“说得也是啊。”

可是……瞳子温驯地低下头，与此同时，她还有个疑问。

“可是，为什么那具尸体的脸和昨天我见过的那个人的脸如此相似呢？那个人戴着眼镜才让我看错了吗？”

如此一来，鬼丸静静说道：

“看来新月小姐并不知道这件事啊。那位客人——**建筑师米迦勒先生本就酷似会长**。”

“什么？”

“到此参加上次聚会时，见到他的第一感觉就是如此。即便没有像到一模一样的地步，也好似没有血缘的双胞胎一般。会长也相当震惊。参加过上次聚会的客人们都应该知道这件事。”

“哦？是吗？”

鹿谷回应道。

“我也是到现在才知道——这么说来，事情就是这个样子的吧。

“昨天，新月小姐在这幢宅邸与主人初次相遇，所以并不知道摘去假面的他相貌如何。迎接米迦勒后，即便与其聊过天，那也不过短短十几分钟而已。而找到的尸体脸看起来比生前要扭曲得多，再加上眼镜有无的因素——在这些条件下，就会令新月小姐产生无可奈何的误解，认为‘曾经见过那张脸’——新月小姐，怎么样？”

“是。”瞳子十分认同地回答道，“我觉得肯定是这样啦。”

“可以顺便补充一点吗？”这次，长宗我部开口说道，“实际上，昨天我见过那位客人摘掉假面的脸。”

“是嘛？那又是在什么情况下见到的呢？”

经鹿谷一问，管理人眨着耿直的小眼睛说道：

“昨晚的‘会面品茗会’过后他找过我，问我有没有膏药之类的东西。我准备好膏药后，在他准备贴在腰上时摘掉了假面……”

“那确实是你认识的米迦勒吧？”

“没错。从上次聚会起，我就注意到他额头上的伤痕了。”

“也注意到他酷似馆主了吗？”

“是的。虽然不是一模一样，但的确非常相似。”

他想要膏药的理由自然是刚刚被瞳子摔出去、腰部遭到严重撞击。尽管他说没有瘀青，但是也受到了相应的伤害。一想到这里，瞳子就感到非常抱歉。

“说起像不像这点，我也认为原本参加聚会的各位客人多少都有些相似。”

鬼丸进一步补充道。

“每位客人都是同年生人，出生日期仅差一两天。不仅如此，体形与相貌大致类似，可以说都拥有相似之处。关于这一点就连会长本人也很惊讶，没想到会得出这样不可思议的结论……”

3

好不容易拼命讲述了“四号客人为影山逸史的双胞胎”之说，却被全盘否定了。瞳子看起来有些意志消沉。但是，现在并非是对她施与不必要同情的场合。

可是——

鹿谷将自己的思考割裂成若干份，每一部分同时进行若干问题的探讨。“存在影山逸史失散的双胞胎的可能性”作为其中之一并未完全遭到舍弃。仅凭拣选出昨日馆主的三言两语展开的想象，可这也指出了与如何解释“另一个自己”有深刻关系、极其有趣的可能性。

“鬼丸先生，到底是怎么回事呢？”

于是，鹿谷向黑衣秘书问道。

“关于馆主的家族问题，你听到过什么详情吗？去向不明的那一位实际上是与馆主有争执的双胞胎兄弟，有没有这种可能性呢？”

“这个嘛……”

鬼丸稍感困惑地说着，避开了鹿谷的视线。

“我什么也没听说。”

“关于他那位早逝的兄弟呢？”

“那个嘛……”

话刚到嘴边又被鬼丸咽了回去。

“大致上，我以谨言慎行为信条。”

“情况特殊。我觉得这绝非废话呀。”

“嗯……”

鬼丸仍然含糊其词。最终他下定决心似的讲述道：

“我听说早逝的那位是会长的妹妹，还在很小的时候就得某种癌症夭折了。”

“是小儿易得的癌症吗？”

“是的。以当时的医疗技术根本无力回天。”

“会长的母亲也是早亡吧，也是因病逝世吗？”

“虽然不知道详情，但我觉得应该是得了某种病而亡故的吧。”

“会长的父亲是九年前去世的吧？你知道他的死因吗？”

“我听说还是死于癌症。发现癌症之时已是晚期，来不及做手术。尽管如此，放射治疗与药物治疗在某种程度上似乎见了效。和病魔进行半年以上的抗争后，他还是撒手人寰了。”

“这样啊——”

鹿谷用拳头叩着太阳穴，再三努力令思维活跃起来。

“然后五年前，会长太太因病先走一步。四年前会长夫妇之子遭遇事故而亡……对吧。”

“是的。”

“主人是否抱有所谓的家族癌症血统的想法与恐惧呢？”

“不知道。我不清楚这方面的事情。”

“是吗……啊，谢谢你呀。”

若干割裂的想法集结于一处，鹿谷此时重新尝试探讨“替身问题”。迄今为止，探讨得出“不可能”这一结论。但关于驳回这一结论的可能性，如果此后稍微扩大目标的范围——

如此说来，为此次聚会召集而来的六人之中，除了鹿谷之外的五人都是真正的受邀客。这样想是没有问题的。没有谁从一开始就是冒名顶替而来的。

但是，考虑到可能性的话，昨晚之后，五个人之中的某一个人不是完全可以被某人冒充吗？不知道那位“某人”是谁。假设用 C 来表示这位“某人”。如果存在与馆主失散的双胞胎 B，那么 C 也许就是 B。

实际上，这位 C 暗中来到宅邸，隐身于某处，而后在昨晚跟五人之中的某个人调了包。也许事先与对方达成了一致，否则调包之际 C 也许会痛下杀手。若是前一种情况，那么原本的客人在调包后会被藏于某处，而后一种情况则会将原本的客人监禁于某处甚至将其尸体藏于什么地方——

那个“什么地方”会是什么地方呢？

想着想着，鹿谷脑海之中自然而然浮现出“中村青司”的名字。对呀，这个奇面馆正是“青司之馆”啊。所以……

这完全只是探讨可能性。鹿谷边这样说服自己边愈发深入地思考下去。

如果 C 与 B 并非同一人，那么 C 并非馆主 A 的双胞胎兄弟，所以在“奇面之间”遇害的仍然是 A，作案后 C 还是冒充了其中某位客人。

但倘若 C 与 B 为同一人，正如方才瞳子的假设那样，被杀的是与 A 为双胞胎兄弟的 B，作案后 A 冒充了某位客人。这种可能性也是存在的。但是——结果，作为鹿谷还是得否定这种可能性。

仅仅讨论可能性的话，也许这种假设并非完全没有可能。但是，馆主所寻找的“另一个自己”，实际上是否就是身形相貌酷似自己的双胞胎呢？瞳子的这个假说本身就令鹿谷觉得“果真不是这样的”。

昨晚在“对面之间”，边与奇面馆馆主相对而谈边推测对方种种特点……称其为世界观也好、人生观也好，总之从中汲取之物与此并无太大分歧。

——我害怕别人脸上的表情，而且那对我来说毫无价值可言。因此‘长相是否相似’是个没有太大意义的事情。

——我并不认为我的‘另一个自己’会以这种形式现身。

他曾如此说过。实际上这些都是言不由衷的话吗？

——本质存在于表层。

对呀。所以，他才会如此。

——本质存在于表层……存在于浅显的表面记号之中……

——恰恰这种相似性、这种同一性才是于我而言最应重视之物……你能理解吗？

哎呀……所以——

果真不对。鹿谷如此想道。

这里面果真不存在什么相貌、身形相同与否的问题。应该不存在这类问题。

如果我这样推测是正确的，那么——

实际问题就是，存在不为人知的 C，且此时此刻他冒充五人之中的其中一人，这个可能性有多大呢。

就至今为止的观察来看，这五人**看起来都像本尊**。但是，想要怀疑的话又有不少可疑之处。

比如说——鹿谷终于想起昨晚不知不觉中怀疑的那件事来。

那个时候——在这间餐厅之中，召开“会面品茗会”的席间，他看到戴“悲叹之面”的算哲教授屡屡自上而下地摩挲着假面左侧时，在脑海中一闪而过的疑念。

他的那举止动作，令一张脸——**一张原本不该再次出现的某个人的脸**，突然浮现在鹿谷的脑海之中。

那看起来像某个频繁将头部左侧——左耳覆于掌中、不断重复此动作的人，即**左耳患上突发性重听的日向京助**。

那时，在这幢宅邸之中尚未发生杀人事件，然而鹿谷依然非常在意。

难道日向出于某种理由撒了谎，一方面将作为替身的鹿谷送来此处，一方面自己也顶替其他客人来了这里吗？其实那枚“悲叹之面”所覆的就是日向京助那张脸吗——鹿谷为这样的疑惑所困。

此后，鹿谷拜托鬼丸借电话一用。

电话打向日向本应住院的某综合病院。打去电话的时间已经很迟了，但他还是假装紧急，一再恳求护士，却意外顺利地叫出了病房里的日向……

昨晚鹿谷深切地感觉到，毕竟这种全体戴假面的情况实在不太妙。仅仅是看不到被假面隐藏的对方的素颜这一点，就可以令人轻易捕风捉影到如此地步。

4

“我觉得一旦怀疑起来真的是没完没了了。”瞳子战战兢兢地说道，“昨天，在这宅子里的会长先生不会是冒牌货吧？”

“你说什么？”鬼丸讶异般的反问道，“你到底说什么……”

“因为，会长先生一直戴着那枚假面嘛。谁也没见到他的相貌呀。”

“前天我带你来这里时，曾见过尚未戴上假面的那张脸。”

瞳子对鬼丸的说辞反驳道：“但是，此后——到达这里之后也有可能被谁调包了呀。”

“这不可能。”

“你能保证绝对不可能吗？”

鬼丸皱了皱眉，露出难得一见的不快表情。于是，鹿谷介入调停道：

“哎呀呀，真是的，这样下去可就要怀疑个没完了哦。新月小姐，你的心情我十分理解，不过呢，昨天我们见到的那位馆主先生的确没有被调包过。”

“你为什么能一口咬定就是他呢？”

“因为我拿到了支票呀。”

鹿谷回答道。

“在‘对面之间’对谈后，约定好的礼金以保付支票的形式付给了我。那上面自然有他的亲笔签名。不止我一个人，其他五人应该也都拿到了相同的支票。”

“是嘛……”

“那个签名是不是馆主的笔迹，确认起来并不困难。如果那是冒牌货的话，不会干这种立刻被识破的蠢事才对。”

瞳子面露理解的神色，短短叹息一声。她也在以自己的方式考虑着关于事件的种种可能吧。

“不过——”这一次，鹿谷向鬼丸问道，“我听说以前两次聚会的参加者，第一次是四人，第二次也是四人，经计算，曾经邀请过的客人再没有受到邀请的人有两位。”

“是的。正如您所说。”

“没再受到邀请的两位是什么样的人呢？还有，为什么不再邀请他们了呢？”

鬼丸沉思片刻后，说起了逐一回忆出的事情。

“我记得仅仅参加过第一次聚会的是在大阪经营补习班的客人。他一口关西腔，非常好聊天。其他客人与会长在‘对面之间’进行相对仪式时，他竟然擅自开门进去了。不知道是否因为这个缘故，下一次聚会没有再邀请他……”

有位客人连门也没敲就进来——昨晚似乎听过这样的话。无论如何，仅仅凭借一次会面，馆主就能判断那个人是不是“另一个自己”吗？

“仅仅参加过第二次聚会的是从金泽赶来的客人……他说他是在市政府工作的公务员。该怎么形容好呢，那位客人看起来相当虚弱。虽勉强自己赶到这里，但回去不久后便亡故了。”

“死了……得病死的吗？”

“是的。好像是心脏有严重的宿疾。”

“这样啊——顺便问一句，那两位客人的出生年月是？”

“和馆主出生年份相同这个与会条件自不必说，这两位客人果真连生日似乎都与馆主相同。体形也好相貌也好，还是……”

——这不过导致了一个有趣的结果而已。

鹿谷不得不想起昨晚主人曾经说过的话。

——与其称之为有趣，不如说是实难想象的结果。

“还是有这种偶然的吧。这种出乎意料却又想要从中挖掘出某种意义的奇妙的偶然……”

鹿谷长长地叹息着，而后拿起放在桌上的那本资料夹。他瞥了一眼钉在受邀客名簿后面的配楼客房分配图后，打开了宅邸整体平面图。然而——

“喂，你们在这儿呀。”

说着，“愤怒之面”走进了餐厅。

“你们聚在这里到底商量什么事儿呢？”

5

“我看你们这么久都没有回去，所以过来找找看。”

“愤怒之面”照例拖着左脚向桌子走过去。他就那样站在桌旁，双手撑着桌面，先向鹿谷瞪去。

“我说，推理小说作家老师哟。你们这四个人搞什么阴谋诡计呢？”

“也许算是阴谋诡计吧。”

鹿谷痛快地回答。

“不过，在凶手看来那是阴谋诡计。”“愤怒之面”巡视着在场每个人的脸后说道，“哦？这几位是在开案件搜查会议吗？”

“嗯，算是吧。刑警先生也加入我们吧？”

“我只是原刑警而已。”

说着，“愤怒之面”坐在椅子上。

“之所以这么称呼，是为了让你们肯相信我就是我、没有被谁冒充。”

“哦？这倒是有微妙的差异。”

“已经确定被害者就是馆主。有可能冒名顶替成某位客人的嫌疑也已经洗清了。或者——”“愤怒之面”指着自己的左膝说道，“确认看看吗，我膝盖上的旧伤？”

“不必了。还没有到那个地步。”鹿谷回答道，“既然你自信满满地说起，那个左膝上一定会有相应的伤痕吧。我认为在找到头部之前，以其他意义进行调查也是没有办法的事情。”

“这是什么意思？”

“身为邀请人的馆主根据事前调查，应该知道你——兵库县的老山警官在两年半前左脚负伤的消息。在‘对面之间’的书桌上放有资料，恐怕那就是馆主为了找寻受邀客的候补者雇用的‘半吊子’——私家侦探社之类的家伙提交的报告吧。那一定列出了全部消息。如果馆主计划假死后冒充你的话，肯定会做好相应准备的。”

“事先在自己的左膝上弄出相应伤痕吗？”

“只是蒙骗外行的假伤并不难弄。不过，既然证实了被害者就是馆主无疑，那么至少从表面上来看，没有人会以事前知道消息为基础制订这种计划。”

“从表面上来看呀……”

“是的。要是捕风捉影的话可就没完没了了。比如……”

鹿谷没有继续说下去。他觉得现在盲目地扩大话题，恐怕更难看清问题的核心。

“无论如何，既然机会难得，你也参加‘搜查会议’吧——怎么样？”

“我没有谢绝的理由呀。”

“愤怒之面”如此答道。

“啊，在此之前……”

他说着，向围坐在桌前除鹿谷之外的另外三人看去。

“有没有什么退烧药和肠胃药呀？”

“退烧药和肠胃药吗？”鬼丸反问道，“哪位不舒服吗？”

“刚才回到沙龙室后，创马社长十分疲倦……好像发烧了。胃肠药是给忍田先生的，从刚才开始他就胃疼得受不了。宅子里也许有常用药，所以我才来找鬼丸先生你们——有药吗？”

“这个嘛……有的。”

“如果市面上的常见药物没问题的话，可以为他们准备。”

长宗我部回答道。

“那么，稍后给他们送过去吧。拜托你了。”

“我知道了。”

“说起药来——”

此时，鹿谷想起一个无论如何也要确认的问题。

“这个问题向新月小姐请教最好吧。”

“是什么问题？”

“关于安眠药的事情，想向你咨询一下。”

“哦。”

鹿谷看向一脸困惑的瞳子。

“‘对面之间’中不是有馆主的药盒吗，那时你曾认出了里面药物的名称。”

“啊，是的。”

“现在，那种药物有多普及呢？”

“嗯，这个嘛……”

“只要有医生处方的话，就很容易搞到手吧。倘若对医生说自己有失眠症的话，那时医生开这种药的概率有多少呢？”

“这药嘛……”瞳子边想边说道，“据说入睡效果与持续睡眠的效果两方面都很出色，副作用也很少，所以是最近非常受重视的药。我觉得只要症状符合的话，很容易弄到手。”

“这样啊。那么——”鹿谷说道，“昨晚，凶手混入保健酒中给我们喝下的安眠药，以及药盒中的安眠药，二者为同一药物，或是成分相似的药物的可能性绝对不低。这么想没问题吧？”

“这种可能性……是的，我觉得有这种可能性。”

“顺便问一句。”鹿谷接着问道，“这种药的药效持续期间有多长呢？就算掉书袋也行，可以告诉我吗？”

“我想想啊……”瞳子边回想边答道，“自服用后直至出现药效，最快也要三十分钟。我记得用药后六至七小时左右可以持续入眠。当然了，这个时间会因人而异。”

6

“我们来整理一下争论点好了。”

鹿谷再度注视着摊在桌上的宅邸平面图。

“这件事乍一看呈现出极其复杂奇怪的模样。怎么说好呢，它看起来像是有非常多的谜团搅在一起，整体看上去毫无头绪，所以还是在此整理清楚的好。”

鹿谷为“愤怒之面”大致讲解了以瞳子的假设为开端、自刚才起的那些讨论内容。由于话题很长，长宗我部打开了供暖设备，转冷的房间空气总算渐渐暖和起来。

“纵观事件整体，我认为存在三个重大争论点。”

然后，鹿谷向瞳子抛出一个问题。

“新月小姐，怎么样？你认为‘重大争论点’是什么？”

瞳子回瞪着鹿谷，那眼神仿佛在说“干吗问我呀”，但她还是噘着嘴沉吟起来。

“第一点还是砍断头部及手指吧。”她回答道，“为什么凶手在犯下罪行之后，要砍断尸体的头部与双手的十根手指，还把它们从犯罪现场拿走了呢？”

“这当然是个重要的问题——还有呢？”

“假面的问题，对吧？”

“给六名来客戴上了假面。”

“是的。为什么凶手要给大家戴上假面、上了锁，还把假面钥匙拿走了呢？为什么他要这么做呢？”

“没错。这自然也是个重要的问题。”

鹿谷满意地缓缓点头。

“那么，第三个争论点呢？你觉得是什么？”

“这个嘛，我觉得……”

瞳子含糊其词，难以作答。鹿谷转而看向其他三人，问道：

“有人自告奋勇吗？”

他见无人应答，便说：

“想来应该是安眠药的问题。”

鹿谷坦言自己的想法。

“昨晚，我们喝下了混入安眠药的保健酒。为什么凶手将事先准备的药物，以那种形式让所有受邀客喝下呢？有必要让除了用人之外的全体人员喝下那种药吗？我认为，实际上这才是非常重要的问题。”

而后，鹿谷在睡袍口袋中摸索了一阵后，从中拿出自备的圆珠笔。他事先和瞳子打了招呼，说“要在那上面写点东西哦”，而后用那支笔在桌上资料夹中找到的空白页上写下几行字。

一、为什么切断尸体头部及手指？

二、为什么给来客戴上假面？

三、为什么给来客下药?

“按照方才列举的顺序写下这几条。”

鹿谷给在座众人出示了这张字条。

“但严格说来，这三点问题的顺序并不正确。考虑到时间顺序的话，应该是从三到一的顺序。我认为这也是非常重要的一点。”

说着，鹿谷画了个圈、圈住字条上的项目三，画了个箭头，将其挪至项目一前。

“‘为什么给来客下药’，这是——”“愤怒之面”问道，“这个问题就那么重要吗？重要到可以和断头与假面问题比肩的程度？”

“是的。我是这么认为的。”

“为了不让其后的犯罪行动受到干扰，才给大家下了药呗。”

“但是我怎么也不认为，这是如此简单就可以下定论的问题。”

鹿谷轻轻摇头。

“你所谓的‘其后的犯罪行动’是指杀害馆主吗？”

“当然啊。”

“那么，你不觉得多少有些奇怪吗？”

“奇怪？”

“也就是说呢，综合考虑种种情况，无论如何我都认为做到这个地步不是有些过于夸张了吗。”

说罢，鹿谷自己赞同地点了点头。

“反正下手的时候都是深夜了。等到夜深人静、全体入睡之时，凶手开始行动。通向内室的那道门的钥匙也许事先做好了备份。这里可是建在远离人烟之地的别墅，平时空无一人。潜伏宅邸之中做出备份钥匙的模型并非难事。利用这把备份钥匙潜入内室，杀害在

‘奇面之间’休息的馆主——仅仅如此的话，有什么必要特地给用人之外的全体人员喝下安眠药呢？就算他不做到这个地步，也不会被任何人盘问就能溜出房间进入内室。这并没有那么困难吧。”

“会不会是怕遭遇被害者抵抗，万一有人注意到什么动静或声音的话就麻烦了呢？”

“从这幢建筑的构造考虑，就算内室区域有人大声喊叫，客房的人也不会听得见的。”

“即便如此也是为了万无一失呀。”

“不对。考虑到为此所费的工夫与所冒的风险，这二者不是极不平衡吗？又要推测在那保健酒中混入药物的时机，又要在举杯后尽可能让自己装作喝了酒，还不得不暗中处置掉杯中物。”

“原来如此。但是……”

“难以下判断吗？”

鹿谷目不转睛地看着“愤怒之面”。

“那么老山警官，请你回忆一件事。”他说道，“昨晚，你入睡期间有没有感觉到什么奇怪的动静或声音呢？”

“动静或是声音……”

“忍田先生与算哲教授两个人，在被人戴上假面时都感到了不协调。他们这样说过吧。我觉得不止如此，还记得听到了某种奇怪的动静。虽然那是在刚刚入睡不久，难以区分梦境与现实似的记忆——怎么样，你有过类似的记忆吗？”

“愤怒之面”暂且以手扶额，陷入沉思。

“听你这么一说嘛，嗯，我好像也听到过什么动静似的。但是，我不确定那到底是梦境还是现实。”

“果真如此。”

鹿谷低语道。

“那是怎样的声音呢？”

他又问道。

“‘嘎吱’‘轧吱’的，或是‘嘎吱嘎吱’‘轧吱吱’的……是某种听着耳生的声音吧？”

“嗯。”

“愤怒之面”依旧以手扶额。

“这么一说，总觉得似乎也……”

“我想我似乎也听到过相同的声音，就在我觉得即将被人戴上假面之前。不过，这也是无法断定梦境与现实般的经历。”

鹿谷慎重地拣选着措辞。

“但是呢，当我发觉还有其他人与我经历相同时，就觉得那似乎并非一句‘只是个梦’即可了事的。”

“的确如此啊……”

“所以，总之——”鹿谷多少加强了语气说道，“那也许可以认为是凶手潜入我们的房间之际发出的动静。如此一来，自然而然也就找到了凶手让我们喝下安眠药的真正理由。”

“自然而然吗？”

“愤怒之面”看似仍想反驳。但是，鹿谷却斩钉截铁地回答“没错”后，就这样说了下去：

“凶手最初的目的并非仅仅杀死馆主而已。让大家喝下安眠药原本有其他理由。那就是潜入因药效熟睡的我们这些人的房间，**万一我们还没睡死过去便难以执行的、某种准备实行的工作**——你不认为这样考虑更稳妥吗？”

7

“我们再来看看其他的争论点。先来看看第一点‘为什么切断尸体的头部及手指’。”

鹿谷抬抬假面的下颚，指着方才那张字条。在研究“为什么给来客下药”这个问题之前，鹿谷已经发现了**某个答案**，但他认为在此揭露谜底为时尚早。

“说起砍断尸体的头部与手指，最先想到的目的就是为了隐瞒被害者的身份，对吧。就此事而言，一看到案发现场，立刻就能判断出被害者的身份。然而，如果心存疑虑的话，立刻会浮现出冒牌被害者的构思。顺着这一构思继续想下去的话，得出的就是方才新月小姐提及的‘双胞胎存在说’。可实际上那具尸体并非米迦勒，所以已经否定了这种可能性。来客之中也没有任何人是馆主的双胞胎兄弟。

“在这个方向上所剩下的唯一可能就是，在这幢宅邸之中，馆主的双胞胎兄弟作为第十名滞留客潜伏于此。”

“什么？”

“愤怒之面”困惑不解。

“你是说还有这种可能？”

“只是说不排除这种可能性而已。”

鹿谷也做出同样的困惑表情。

“不仅限于那个双胞胎，宅邸某处潜伏着第十个人的可能性同样无法完全否定。”

“可是，我们不是在宅子里巡视了一圈，分头去找那家伙了吗？”

“**尽管如此**，也有可能被藏在，或是曾被藏在**没有被我们发现的**

地方。”

“愤怒之面”先是“嗯”了一声，再次感到困惑，但立刻点点头，说道：

“哦，说起来，你刚才不是提到过某个建筑师的什么事儿来着。”

“中村青司，对吧。设计这幢馆的正是中村青司，所以……是的，正是如此。”

“也就是说，在这个宅子的某个地方，有什么秘密通道或是密室吗？你觉得第十个人的藏身之处就在那里？”

“那完全只是可能性的问题。我所在意的，只是这一点而已。”

于是，鹿谷向鬼丸与长宗我部提出了问题。

“问二位一下，你们听说过这个家的什么地方，有这样的秘密机关吗？”

两名用人缓缓地相互对视了一下后，都摇摇头。

“我不知道。”

“我也是。”

“馆主什么也没对你们说过吗？”

“是的，没有提起过。”

“鬼丸先生已经做了两年半秘书了吧？”

“正是。”

“在那之前，你没来过这个宅子吗？”

“没来过。”

“长宗我部先生是三年前受雇于此，成为管理人的吧。这三年中，到这里工作时有没有觉得宅邸本身有任何让你感到在意或是奇怪之处呢？”

“没什么特别在意的——只不过配楼‘奇面之间’的那面满是‘脸’

的墙，那种设计果真还是给我留下了奇怪或是毛骨悚然的印象吧。”

“是啊——唉，那可不怪吓人的嘛。”

接下来，鹿谷连这个问题也问了两位用人。

“我听说配楼的客房原本是三间，后来才改建为六间的。还有，不知道为什么，客房地板的大理石上有粗加工的部分，走廊中也有这样的地方。沙龙室中虽然铺了小块地毯，但也有同样粗糙的大理石……”

二人再度缓缓对视，而后分别点点头。鹿谷问道：

“改建之前就是那样的吗？”

“我听说原本就是那样。”

鬼丸回答道。

“据说那并非什么碍眼的设计，所以也就放任不管了。”

“这样啊。那么——”

鹿谷再度用拳头敲了敲太阳穴。

“那果真有某些……哎呀呀，这只能尽量展开想象啦。”

他嘀咕了一阵后，继续敲着太阳穴。最后，他像是想通了什么，挺直身子说道：

“关于这件事，暂且予以保留好了。”

而后，他继续说道：

“我觉得胡乱猜测种种可能性并为其所困是没有结论的。至于第十个人或是密道、密室的问题，随着其他争论点的不断探讨，无论如何其答案也会渐渐浮出水面吧。”

“砍断头颅及手指的理由，到最后还是无法明确呀。”

“愤怒之面”叹道。

“不对。”

鹿谷如此应道，此时此刻他不由得决定暂不提及头脑中开始时隐时现的**某种假设**。因为他认为自己尚未完全掌握那种假设的“形”。

“被带走的头颅竟然放在那种地方。另一方面呢，又故意把手指用搅拌机碾个粉碎。”“愤怒之面”接着说道，“碾碎手指是为了破坏指纹，这个想法应该没有问题。但是，头部的处理却无论如何也无法理解了。和断指一样把脸划花的话，手法还算有一贯性。”

“会不会是因为摘不掉假面呢？”瞳子说道。

但是，“愤怒之面”失望地摇摇头说道：

“即便戴着假面也可以用焚烧等手段毁掉吧。若是不怕麻烦的话，也可以更好地隐藏起断头来。可偏偏……”

“也就是说，他虽然觉得有必要碾碎手指，可没有必要连脸都毁掉。”鹿谷边在心中独自面对那时隐时现的某个假设边说道，“如果否定了馆主被双胞胎兄弟调了包的假设，那么、得到的是怎样的答案呢？”

8

接下来，鹿谷在资料夹中的空白页上，写下事件关系的时间表，边向其他四人确认记忆模糊之处、不明之处，边整理细节。最终制作出的时间表如下。

＊凌晨零点前……举杯饮下保健酒。可以认为全体客人在此时喝下了安眠药。

＊凌晨零点后……解散。主人返回内室，来客亦回到各自房间。

＊凌晨一点左右……鹿谷就寝。稍过片刻（具体时间不明）

后听到可疑动静。

*凌晨一点至三点……推测在“奇面之间”发生凶案。

*凌晨一点后……鬼丸与长宗我部在主楼日式房间内开始对弈。

*凌晨两点后……新月难以入眠，去了沙龙室。

*凌晨两点二十分……新月开始看录影带。

*凌晨两点三十分……新月听到可疑动静，曾敲过内室的门，但无人应答。门上了锁。

*凌晨三点三十分后……沙龙室响起电话铃声。那是自主楼书房打来的内线电话。

*凌晨三点四十分……新月走出沙龙室回到自己的房间。

*凌晨四点前……鬼丸与长宗我部回到各自房间。

*凌晨X点X分……鹿谷再度听到动静，不久便觉得被戴上了假面。

*凌晨四点四十二分……算哲教授被戴上假面（根据本人证词）。

*早八点前……新月将咖啡准备好后送往内室。门没有锁。

*早八点三十分……鬼丸在“奇面之间”发现尸体。

“如果哪里有误的话，请不吝赐教。”

鹿谷说完后，将完成的时间表传给大家看。

“怎么样？这么整理之后，事件的‘形’，至少是**某个部分**变得清晰可见了吧。”

“哪部分？”

瞳子不安地看向鹿谷。

“那是……”

“新月小姐，你知道吗？”

“嗯……总而言之，就是类似于犯案前后凶手的行为吗？”

“是的，正是如此。而且，新月小姐，他的行动似乎还受到了你的很大影响——”

鹿谷将此时传到瞳子手边的资料夹拉到自己面前。而后，他用手中的圆珠笔在时间表正中间一带画了个椭圆，将其围起来后出示给众人看。

“推测出的犯罪时间在凌晨一点到三点之间，而瞳子小姐你到沙龙室的时间已是两点过后。你开始观看那卷录影带后不久，在两点半左右听到动静。那时，‘对面之间’的门上了锁。然而，早晨你同鬼丸先生同去内室时，那扇门却没有上锁。很明显，有人在两点半以后——不如说是在三点四十分你离开沙龙室后打开了门锁。

“从这些事情经过中，作为非常可靠的推测，可以令人发现这样的情况。即——”

这一次，鹿谷用笔尖咚咚地敲击着时间表。

“新月小姐在沙龙室开始看录影带的时候，凶手已经身在内室之中。他最迟也在凌晨两点前，也就是在你进入沙龙室前就潜入内室了。为防有人碍事，凶手锁上了门，在‘奇面之间’犯下凶案……犯案后，他想要逃离现场时才发现，深夜本应空无一人的沙龙室中竟然有人。

“你听到的动静，恐怕就是凶手本想打开内室的门，却又慌慌张张关上后再度锁门的声音吧。觉得可疑的你敲门呼唤，自然也得不到任何回应。”

“那么，那个时候——”

瞳子的表情明显变得严肃起来。

“那个时候，凶手与我仅有一门之隔啊。而且，那具无头尸已经横在寝室中了。”

“没错。只是，是不是‘无头尸’还得重点讨论讨论。”

“哎？那是什么意思……”

“我并不是说尸体不是馆主本人啦。我想说的是，那个时候也许尸体还没有变成**那副惨状**吧。”

“那副惨状……”

瞳子紧锁眉头。

“你是说头颅还没有被砍下吗？”

“是的……啊，不是。我没有自信可以断言是否真的如此。”

鹿谷暂且将这个话题放在一边，接着说了下去。

“无论如何，凶手肯定为这意料之外的事态吃了一惊，并为此感到困惑。他透过房门察觉到沙龙室中的你的情况，才发现你好像在看电影。他知道自己无法立刻离开，非常可能短时间内无法采取行动。然而，正如方才大家所确认的那样，内室区域之中没有便门，虽然有窗，但装了铁质格栅无法出入——这样下去凶手就会困在内室之中无法行动、无法脱身。”

“可是那之后……”

“所以才有了那通电话嘛。”

鹿谷低头看着时间表。

“那是一个小时后，即凌晨三点半左右的事。从主楼书房打来内线电话的那个人声称自己是馆主。新月小姐将这一事实和盘托出的时候，还处在怀疑阶段，无法证实是不是馆主打来的。但如今推测的死亡时刻之外的时间关系逐渐清晰，可以判明死者就是馆主无疑。在三点半的时候，馆主应该已经遇害了。也就是说……”

“可是，鹿谷先生，”瞳子插话道，“刚才您说凶手无法从内室脱身……那样的话，是谁打来的那通电话呢？凶手之外的其他人吗？”

鹿谷摇摇头说：

“不是。直到现在我仍然认为这起事件的凶手并没有共犯。”

“就算你这么说……”

“电话那端的人命令你回房间休息，对吧。你照做了。如此一来，三点四十分沙龙室中空无一人。结果，凶手不必担心被任何人盘问，大大方方走出了内室——”

鹿谷注视着瞳子的脸。

“假如存在共犯或帮手，凶手如何让那人知道自身所陷的意料外的窘境呢？这是个问题吧。

“内室中没有电话，所以无法与外界联系。帮手会在某处监视凶手是否顺利完成‘工作’，并看情况适时出手相助吗？这种想法虽然也行得通，但如此一来应该有其他更加简单的方法支开你。那个帮手如果是来客之一，只要堂而皇之地走进沙龙室、拜托你做些什么事儿就可以了。没有必要特地潜入主楼的书房中，假装馆主打那通电话，是吧？”

可是，瞳子依旧满面疑云。

“另外，新月小姐，你还记得刚才在假面收藏室提到的那件事吧？”

说着，鹿谷翻着手边的资料夹，展开宅邸平面图。

“光看这个图也可以发现，从这个书房的窗子向外看去，无论是从位置还是角度上，根本无法看到沙龙室的窗子。可电话的那端偏偏宣称看到沙龙室还开着灯，知道这里似乎还有人没走，才试着打了个电话。”

“是的。”

“为什么打来电话的那个人会知道沙龙室开着灯呢？”

鹿谷问道。而后，他又自己道出了这个问题的答案：

“在从书房打来电话之前，那人便以其他途径得知沙龙室如今有人这一事实。具体来说，在那之前的一个小时左右，他想从内室进入沙龙室的时候，就发现身在沙龙室中的你了。”

“不会吧。”

瞳子依旧满脸困惑。

“可是这样的话，凶手他……”

鹿谷看似拒绝回答瞳子的问题一般挪开视线，转而看向一言不发的其他三位看客。而后，他说道：

“怎么样？这下子事件真是极其清晰地现‘形’了。各个问题的焦点也已经整理完毕，不由得能够看出它们之间如何相互作用了。你们不这么认为吗？”

9

“刚才列举的三大争论点之中，还剩下第二点‘为什么给来客戴上假面’。”

鹿谷的双手撑住假面，做出强行摘掉它的动作。

“为熟睡的我们戴上假面是在犯案后，即赶走沙龙室中的新月小姐、凶手自内室中脱身之时。根据算哲教授的记忆，那时是四点四十二分。我自己怎么都想不起具体时间，但觉得大致就是那段时间。所以凶手着手这项工作大概在凌晨四点过后。

“安眠药仍然没有失效，我们还在沉沉入睡。凶手潜入我们各自的房间，分别为我们戴上假面后、为假面上了锁。在此一定要记得一件事，起码是我那时记得听到过的、刚才也提过的，就是那种奇怪的动静……”

“凶手到底为什么非要给全体来客戴上面具不可呢？”

“愤怒之面”从容不迫地发问，但这并非向任何人提出的问题。短暂的沉默在现场流转，最后还是由“愤怒之面”自己打破了它。

“实际上被害者并非馆主，即馆主本人就是凶手，所以他给所有来客戴了假面，自己也戴了假面冒充其中一个客人——根据至今为止讨论的方向，这种假设已经被彻底否定了啊。”

“关于第十名滞留者，不再重新找找看的话是无法知道他是否存在的。”鹿谷说，“唉，但是结合整体及每个情况的关联综合考虑，我还是认为已经没有必要考虑这一可能性了。”

“你的意思是没有第十名滞留者吗？”

“是的。我有种感觉——即便不假设这一可能性，不是也可以得出某个更加简单明了、更具充分整合性的答案嘛。”

“是吗？”

“愤怒之面”将两肘支在桌上，双手交叉、目不转睛地瞪着鹿谷。但是，鹿谷毫不畏惧地接着说道：

“之所以边想象着荒诞无稽的可能性边扩大话题，是因为在这种情况下反而简单，动不动就可以推卸责任并且轻易相互猜忌起来。新月小姐考虑的‘双胞胎存在说’给我的直接印象就是打了这种做法的擦边球。”

“荒诞无稽的可能性……是吗？”

“比如说——”

说着，鹿谷稍稍有些踌躇。而后，他又接着如此说了下去：

"就说馆主那个去向不明的双胞胎兄弟好了，就算真的存在双胞胎，也许那也并非同卵双胞胎兄弟而是姐妹吧。"

"你说什么？"

"并非没有这种可能性呀。"

说着，鹿谷特地清了清嗓子。

"实际上，那名异卵双胞胎姐妹已经回到馆主身旁。她因为某种理由十分怨恨馆主。或者嘛，她意在夺取馆主的庞大财产什么的。于是，她悄悄潜入这幢宅子，藏身于某处伺机动手。"

"啊呀呀，不过这话题也太突然了呀。"

"愤怒之面"惊讶地耸耸肩。

"你说的'馆主身边'到底在什么地方……"

"你想问有这么个女人吗，对吧？"

覆盖于鹿谷假面下的唇轻轻一抿。

"若这是推理小说的话，登场人物表中不是哪儿也没有出现这位符合条件的女性名字吗？也许会遭到这种责备了——但是，即便人物表中没有记载，按照方才所述，已经指出那位符合条件的女性了。"

根据"女性"这一词汇，除了鹿谷之外的三名男性目光自然而然地集中在瞳子身上。但是，的的确确年方二十一岁的她自然不可能符合**那个**条件。

"那是个'容易被忽略的凶手'吧。"

说着，鹿谷再次轻轻抿了一次嘴。

"在此，我推测那个人是长宗我部先生的太太。"

"你说什么？"

这一次，轮到长宗我部本人开口了。他一下子仰靠在椅背上，那表情看起来的确是大吃一惊。

“什、什、什么？你说什么？”

“这只是举例说明，如果想象荒诞无稽的可能性，有可能把话题拓展至此。所以嘛，你就当那只是我开的玩笑好了。”

“好吧。可是，为什么会这么想呢？”

“长宗我部先生五十有五了吧。不到四十岁的时候辞掉了某大型企业的工作后，与小自己一轮的妻子二人移居此地。没错吧。尊夫人小您一轮的话，也就是说今年四十三岁，与馆主同龄。或许生日也与馆主的相同、实际上没准儿就是馆主的异卵双胞胎亲戚。婚前姓影山，名字之中有一个字是与逸史相同的‘逸’字，比如逸子之类……等等。”

鹿谷自己夸张地叹了口气后，再度重申那“自然是个玩笑而已”。长宗我部看似稍稍恢复了平静，挤出一个僵硬的笑容后勉强接受了鹿谷的“玩笑”。

“哎呀，真是非常抱歉呀——还是回到正题吧。”鹿谷说道，“为什么凶手行凶后，还要给我们戴上假面呢？为什么非要给我们戴上假面不可呢？”

犹如方才“愤怒之面”那样，他并非向谁提问，而是在喃喃自语的同时，苦苦思索着这个问题。

为来客戴上假面，不惜给假面上锁也要隐藏面容的怪异举动。凶手明知这样做有很大的风险，却还是这样做了。这绝非仅仅因为讨人嫌或是由此引起众人混乱等微不足道的理由。

如此一来，不得不考虑的可能性只剩下有人“冒名顶替”了呀……可是——

倘若并非如此呢？

如果存在某些其他的什么目的呢？

鹿谷双手夹着自己所戴的“哄笑之面”的头部摩挲着，同时大脑不停地运转。

倘若并非如此呢？

如果存在某些其他的什么目的……

“哎呀？”

于是，他不禁提高了嗓门。

“这样啊……”

“怎么了？”“愤怒之面”问道，“你想到了什么吗？”

“嗯……没有。”

鹿谷压抑着内心的兴奋。

“有点儿……唉，不过又有些格格不入啊。”

他的后半句话完全变成了自言自语。

这样一来若干谜团的解释基本上就齐了。但是，它们尚未很好地串联在一起，也无法找到十足的有机关联——就是这样一种感觉。

“哎呀呀……”

鹿谷喃喃自语着，再度深思起来。与此同时，他的目光又落在了桌面上摊开的宅邸平面图上。

奇面馆呀！

这可是奇面馆呀。这可是那位中村青司昔日受到影山透一委托而设计的馆呀。这可是……

果真……如此——鹿谷思索着。

其中的若干谜团果真交叉**于此**了，十有八九不会有错了，也可以具体地确认这件事。秘密一定就隐藏在**那几处**……

可是……

在此之前有个问题。

是否遗漏了什么、欠缺了什么呢。恐怕是某种非常重要的线索，或是以什么为前提的消息……

10

此时已是下午五点半。虽然六点多才是日落时分，但此时外面已然昏暗。但是令人奇怪的是，竟然可以隔着那氤氲的窗子感受到它对面的积雪皑皑。

尽管方才鬼丸乐观地预言“这样一来雪快停了”，但仿佛要让鬼丸的预言无法命中一般，偶尔呼啸而过的强风令窗子震颤。

“晚饭要怎么办呢？”长宗我部缓缓发问。

瞳子一听，不由得用双手按住了胸口。

起床后，她粒米未进，白天准备的小吃也完全无法下咽。然而事到如今，突然而至的空腹感越来越强烈，瞳子觉得有了食欲……自己真是粗线条啊——明明处于如此异常的情况之下，眼睁睁看过那么惨的无头尸及断头之后，竟然还会觉得饿。

“在这种情况下，没有必要太担心这个。一两天不吃饭饿不死人的。”鹿谷回答道。

“那可不行。”鬼丸立刻说道，“款待滞留客可是馆主吩咐我等的工作。还是问问诸位想吃什么，好进行晚饭的准备。”

“虽然我很欣赏鬼丸先生这样的敬业精神，但吩咐你们工作的馆主已经是‘不归人’了呀……”

“怎么说好呢，虽然如此但也不能什么都不做，否则我会于心不安的。至少在警察到来控制宅邸之前，必须完成最基本的职责。”

长宗我部十分赞同鬼丸的这番话。鹿谷瞥了长宗我部一眼后，向瞳子询问道：

“你也赞同吗？”

“哎……这个嘛……嗯，我只是临时兼职的学生而已，也就是说……”

瞳子松开按住胸口的双手，有些语无伦次。

“不过嘛，我认为要是有必要的话，还是必须完成自己的工作吧。”

她最终下定了决心。

“那么，之后诸位回到各自工作岗位上即可。”

鹿谷如此作答完，却就此闭口不语，边用拳头敲着假面边暂时陷入沉思。

他到底知道些什么？到底看透了什么呢？

见到此状，瞳子自然而然再度思索起来。

在这间餐厅内进行了相当长时间的案情探讨。整理种种谜团与争论点，进行了若干推理与解说，提出新的问题……

正如鹿谷所说，瞳子觉得事件呈现出复杂离奇之态，其“形”也在某种程度上渐渐清晰。虽然这么认为，但是——

说实话，瞳子已经快要举手投降了。

凶手为何要给用人之外的全体客人喝下安眠药？他潜入沉睡客人的房间内，到底有什么非做不可的事情？

凶手为何要切断尸体的头部及手指？被他拿走的那个断头与十根手指，为何一个被放置于那种地方，另一个又要特地用搅拌机碾碎？

凶手为何要在犯案后再度潜入客房，给来客们戴上假面且为假面上锁？他为什么非这么做不可？

关于作为“三大争论点”而探讨的这些问题，鹿谷是不是已经找到某种答案了呢——看起来似乎是那样。瞳子则是绞尽脑汁想个遍，也没有半分进展。她觉得有很多可疑之处，但那些根本无法与“答案”相连。

“鬼丸先生，”不久，鹿谷开口说道，“在此，我还有一个问题想问。与其说是提问，不如说想听听你的意见。”

“您有什么问题？”

“你两年前开始担任馆主的秘书，长宗我部先生则是在三年前成为这里的管理人。二位都不知道那位中村青司所设计的这幢宅邸——奇面馆中藏有‘秘密’，对吧。”

“是的。”

“那么，遇害的馆主呢？”

鹿谷多少加重了语气。

“一般认为，他应该从先代馆主影山透一口中得知这件事才对。那么，除了遇害的馆主之外，还有什么人有可能非常清楚这幢馆的‘秘密’吗——关于这点，您是怎么想的？”

“我啊，这个嘛……”

黑衣青年此刻露出了迄今为止从未见过的极其为难的表情，声音中也透出强烈的困惑。这不知所措之中，也能看出他似乎有某种惊讶。

“倘若如您所说，在这幢宅邸之中隐藏着某些‘秘密’的话，那么，对此非常清楚的人也许就是先代——即前一任馆主了吧。”

“先代……影山透一吗？哎呀，不用说自然如此。可他在九年前已然亡故。我想请教的并非此事……我想请教的问题是既非亡故的透一、也非遇害的逸史，而是在这两者之间是否存在这样一位人物。如果存在的话，那此人又是怎样的一个人？”鹿谷如此解释道。

鬼丸依旧满面茫然。他紧紧皱着眉，屡屡歪着头。这令鹿谷也开始表现出困惑来。

“总觉得……这个嘛……”

鹿谷抬起头，向斜上方投去目光。

“哎呀呀……这是……哼，难不成……”

他以含混之声喃喃低语，缓缓地在睡袍口袋中摸索起来。之后，他从那口袋中掏出一样好似印章盒般的黑色物体。

那是瞳子从未见过的东西，是鹿谷的特制烟盒。他取出其中仅有的一支烟后，立即将纸嘴插入假面口畔开着的洞穴之中、叼在唇间，自言自语念着“今日一支烟”后，用烟盒一端内置的打火机点上了烟。

“看来我似乎产生了一个重大的误解。”

假面的嘴边吐着紫烟的同时，鹿谷转向鬼丸宣告道。

“怎么说好呢。事实上，鬼丸先生及长宗我部先生理所当然掌握的事实与我的理解似乎有非常大的差异。而且，是在非常基本的问题上出现了分歧。”

“是啊。”

鬼丸不安地回答，似乎也渐渐理解了鹿谷所指之事。

“想来那就是关于‘先代’的理解吧。”

“是的，没错。正是如此。”

鹿谷点点头，美美地抽了一口烟。

“每每回想起自昨天起与你，或是与馆主的谈话内容，我就觉得也许围绕‘先代’的理解有了分歧。尽管到现在才发觉，但是总算注意到了这点。真是丢死人了。”

“我也觉得稍稍有些不对劲，不过没考虑那么多……”

“总之，就是这么一回事儿。”鹿谷总结道，**“我所认为的‘先代’**

与你们所知晓的‘先代’并非同一人，对吧？”

“看起来的确如此。”鬼丸回答道，“鹿谷先生您所提到的‘先代’是指建造此宅邸的初代馆主影山透一先生，是这样吧？然而，我们所指的‘先代’并非透一先生，而是继透一先生之后的那位馆主。”

“嗯，果真如此。”

鹿谷感慨颇深，随着一声叹息吐了口烟。

“事实是这样的。遇害的影山逸史并非奇面馆的第二代馆主，而是第三代。实际上，自九年前初代馆主影山透一亡故之后，直至第三代馆主影山逸史接手此宅邸前的这段时间内，奇面馆还存在过第二代馆主。”

不知为什么，鹿谷似乎难掩兴奋。可是，瞳子却完全无法理解这个事实到底意味着什么。她也不知道这件事与案件有着怎样的联系。

“所以，身为第三代馆主的逸史肯定在距今三年左右之前，自先代——即第二代馆主手中接管了此宅。他以此为契机重建配楼，将客房改建成六间，雇用了长宗我部先生为管理人。”

“的确如此。”鬼丸说道。

长宗我部也默默地点了点头。

“处理掉假面收藏间的藏品，故而也并非透一所为，而是逸史的前任。我一直觉得热情的收藏家透一竟然轻易放弃掉藏品也太奇怪了。如今总算想通了。”

鹿谷反复轻轻地点着头。

“原来如此啊——那么，鬼丸先生，你知道那位第二代馆主多少情况呢？”

“我记得昨天曾经对您提起，我对他几乎一无所知。”

“你没有见过他吗？”

“嗯。”

“连一面都没见过吗？”

“是的。”

“长宗我部先生见过他吗？”

“我也没有见过。连他长什么样子都不知道。”

“是嘛——这样啊。”

碍事的假面令多半截烟都无法吸到，鹿谷依依不舍地将它掐灭在烟灰缸内。而后，他再度叹着“原来如此”抱起了双臂，内心难以抑制的兴奋还是深深感染了瞳子。

11

此后，鹿谷对在场的鬼丸、长宗我部、瞳子以及“愤怒之面”这四人提出**某个计划**，并请求众人协助。

有人非常赞同，也有人虽渐渐有了一定理解，但还是无法释然；有人对计划很感兴趣，也有些人看起来犹豫不决……这四人的反应自然各不相同——

然而最终，大家仍在此商定按鹿谷的提案行事。

时间接近下午六点三十分。

第十二章　奇面馆的秘密

1

晚七时许。

按照鹿谷的指示，瞳子在“愤怒之面”的协助下，将身处配楼的来客们召集到主楼餐厅内。长宗我部依然备下即使戴着假面也易于进食的料理请客人们享用。

声称身体不适的“懊恼之面”也好，似乎有些发烧的“欢愉之面”也好，全都按吩咐来到餐厅内。但聚集于此的客人只有六人中的五人而已。

“哄笑之面”——鹿谷门实一开始就没有现身于此。

“推理小说作家先生没有来吗？”“悲叹之面”问道。

“愤怒之面”回答他道：

“别看他那样，其实似乎早被压力压垮了。刚刚才跟我聊了一会儿，就露出十分憔悴的样子来。我劝他暂时去房间里躺下休息一会儿。”

“我也想那样休息一下啊。”

双手按住胸口的“懊恼之面”不高兴地控诉道。

“不行，你还是稍微吃点儿什么比较好。中午那顿你不也什么都没吃吗？”

“是啊，没吃。”

“这个时候补充营养是很重要的。营养不足的话，脑子就无法好好运转了。”

“这……”

“创马社长也是，在吃药前还是吃点儿东西为好。还发着烧吗？”

“不了，不烧了。”“欢愉之面”缓缓摇摇头，“我觉得没什么事儿了……”

他将方才长宗我部拿来的，市面上流通的退烧药放在桌上，用吸管喝了一口温牛奶。“惊骇之面”也将长宗我部拿来的肠胃药喝了下去。

瞳子候在配膳室的入口附近，注视着每一位来客。尽管她知道此时此地交由“愤怒之面”全权处理即可，但心中依旧十分紧张……

长宗我部看起来与瞳子一样紧张。他一面帮忙侍奉来客用餐，一面偶尔看向瞳子。那眼神好似询问对方“事情是否进展顺利”。

“怎么也不见鬼丸先生的身影啊。”

这次是“惊骇之面”发问了。

“他也哪儿不舒服吗？”

“没有，不是的。”

瞳子马上按方才商定的方式答复道。

“宅邸内有几处通向天花板或地板下的点检口……鬼丸先生说刚

才大致检查了一遍时，并没有发现任何异状。但为了以防万一，还是再去检查一遍为好。”

“天花板和地板下面啊。”“悲叹之面”插话道，“他觉得会有什么人藏身在那些地方吗？哦……虽然我这么说不太好，但是我们不是已经舍弃了‘外人犯罪说’吗？与这聚会无关的第三者才是凶手的话，那像是特地为大家戴上假面等事，可以说完全搞不清楚理由，或是说完全不合情理了呀。就算那是为了给我等制造混乱才这么做的，这也未免太牵强了。”

“所以说呀，那是以防万一……”

瞳子竭力假装平静地回答。

“我想他应该很快回来了。”

“总之，还是先填饱肚子吧。”

“愤怒之面”说着，带头向长宗我部备好的料理伸出手去。

“没有比一直戴着这种鬼东西更令人不爽的了。不过，还是先勉强吃点儿东西，尽量维持体力和精力吧。”

2

与此同时——

鹿谷与鬼丸二人悄悄前往配楼四处查看。

鹿谷带领鬼丸先去了自己的寝室。那是位于自前面的小厅进入客房区域后的第二个房间。房门上依旧用大头针钉着写有“哄笑”二字的卡片作为标志。

“请进。请再次确认一下。”

依鹿谷所言，鬼丸走进房间中。他径直走到窗前，回头问道：

“是这扇窗的铁质格栅吗？”

“嗯，没错。”

鹿谷回答道，自己也走到窗前，与鬼丸并肩而立。

“我曾为了更衣回到这里一次，那时有些在意，所以检查了一下。”

说着，鹿谷打开月牙锁，推开推拉窗左侧的一扇窗。室外的寒气涌进房间内，令鹿谷二人的呼气变作一团白雾。

窗框外侧有七根铁棒并排而立，每隔十五公分一根的黑色棒子多少有些生锈——鹿谷向自左边数起的第二根铁棒伸出手去。

“只有这根铁棒，只要稍加用力转动的话——”

只听得嘎吱一声。

“就像这样动了。”

伴随着嘎吱、轧吱……的声音。

“顺时针旋转的话，可以一直把它转进窗框下面。”

不久，那转而成为嘎吱嘎吱、轧吱吱的声音，转动着拧进下方的铁棒终于在其上方与窗框间有数公分距离之处停了下来。停止转动时，转进铁棒的窗框下方，也就是在墙壁之中——

咔嗒——

响起这样一声金属音，好似某种打开开关或是解锁般的微妙响声。

“屋里好冷，就这么关上窗子好了。”

“请问……这到底是什么？”

“刚才我不是简明扼要地解释过了嘛。”

鹿谷从窗边走开，转身打量着室内。

“凶手为什么要给我们下药呢。我想，答案就在于此吧。”

“是吗——”

“若是我们没有睡得像死人一样就很难实施的某项工作，就是这个吧。”

鹿谷再度解释道。

“潜入客房，将特定的铁棒转动、拧进窗框中，这一定就是凶手的目的了。趁滞留客入睡的深夜偷偷进行这项工作的话，也会像刚才那样发出声响。你也听到了，那声音可不小，还很刺耳。因为这样，凶手非常怕惊醒客人。于是，有必要事先让大家喝下安眠药，让人不会被那些动静吵醒。”

说罢，鹿谷已经迅速地离开了房间。

“我们去旁边的一号客房吧。”

他打算如此这般将六间客房全部调查一遍，因此才需要取得用人们与“愤怒之面”的协助，借晚餐之名调虎离山，令来客们远离配楼。

“为什么带我一起来呢？”走到走廊上，打开钉有“愤怒”卡片的隔壁房门时，鬼丸问道，“要是做这种事的话，还是身为警察的那位客人更加适合呀。”

“是的，我也这样考虑过。我觉得受邀客之中，只有他——老山警官最不像凶手。因为他与我一样，也是初次参加聚会。就拿下药这件事来说，他应该不知道大家会在那个时间举杯喝下保健酒才是。”

“那样的话，更应该让他同行才是呀。”

“尽管如此，他也有可能事先得知此事……不能完全从‘嫌疑人’中排除出去。”

“方才听到鹿谷先生的解释时，那位先生的反应看起来像是十分出乎意料。”

“我无法确信那不是‘演技’。所以，与这样的人一起确认这个‘秘密’，令我多少有些抗拒。再说，如果我和老山警官两个人都没有出现在那间餐厅的话，其他四人会更加起疑吧。我也想避免这种情况的发生……无论如何，还好他竟然痛痛快快地同意了。”

“那我呢？相信我没关系吗？”

“鬼丸先生嘛……没错，我认为你能够信得过。”

“拜事件发生时的不在场证明所赐吗？”

“当然也有那个原因。而且，你的年纪虽然不大，但看起来多少有些顽固乖僻之处。再加上鬼丸这个令人印象颇深的姓氏，这样的人应该不会撒谎吧。这只是我个人的经验之谈。”

“经验之谈啊。”

“总之，暂且再配合一下。应该出现的结果应该一定会出现的。”

然后，两人走入分派给“愤怒之面”的客房。鹿谷如刚才那般打开窗子，握住了七根铁棒中最左面的那根。于是——

“嗯嗯，果真如我所想啊。”

一如方才那样，将某种程度的力施加于铁棒上时，它就会“嘎吱、轧吱”着开始转动起来，“嘎吱嘎吱、轧吱吱”地向窗框下方转去，依旧在某处停了下来。停止转动时，墙壁中同样会发出像刚才那样的金属音。

“这样就打开了第二个开关——很好。”鹿谷满意地说着，催促起鬼丸来，“好了，我们快点儿检查一下其他客房吧。”

3

“话说回来，你担任社长的公司是间怎样的公司呢？我听说在三鹰那边。”

餐后，“愤怒之面”向那位在塑料滤嘴内插入一支烟的“欢愉之面”问道。

“这次是我第一次参加聚会，想来除了昨天听到的那些之外，我对在座的诸位是什么样的人几乎一无所知。”

“不过是间名为‘S 企划’的小型公司而已。”

“欢愉之面”这样答道，声音中透出某种多余的自嘲意味。

“迄今为止，熟人提供的‘甜头’让我涉足了各种领域……哎呀，也许是我怎么也不适合这些工作，没什么本事吧。”

“怎么说？”

“总之，是 N 连败呀。再加上遭遇到泡沫经济崩溃，借款一味增加……唉，就是这副狼狈的德行。”

“这样啊。”

“所以，邀请我参加这次聚会，对我来说是非常庆幸的。一晚两百万可是笔相当可观的收入呀。”

“一般来说，对谁而言都是如此吧。”“愤怒之面”点头说道，“看着突然而至的请柬，一开始我还以为是什么玩笑呢。”

“馆主身遭横祸，不知道昨晚到手的支票会不会无效了呢。”

“惊骇之面”也加入了他们的对话之中。“悲叹之面”回答他道：

“出具支票的当事人就算此后立即死亡，那张支票应该依然有效。这个不用担心啦。只要你不是杀死馆主的凶手就行。”

“这样啊，那我就不用担心啦。”

“忍田先生也是吗，经济不景气导致魔术吧经营困难了吗？”

“惊骇之面”什么也没有说，只是轻轻咳了一声，不予理睬。

“我们还是回到正题吧。”

“愤怒之面”再度看向“欢愉之面”。

“你的名字是测字测出来的吗？”

“嗯，是吧。”

大概是退烧后身体不适的缘故，“欢愉之面”回答的声音听上去疲惫不堪。

“去年，我让精通此道的人做了鉴定。结果他说我的名字笔画数糟糕透了。所以我想借机……改一个笔画数好的名字。不一定是改名，据说即便作为俗称也十分有效。”

“于是就成了创马，是吗？”

“是的。不过嘛，我也清楚这其实只不过是让自己宽心而已。不然的话……对吧？大家都不必介意啦。”

“欢愉之面”依旧满口自嘲。“悲叹之面”却插嘴说道：

“这个自然啊。给那种测字所用的数字赋予意义简直就是荒谬之极呀。他们根本不晓得数字与宇宙相连的本质。根据我的研究，大致上……”

“好啦好啦。”

“惊骇之面”打断了“悲叹之面”的话。

“改天再洗耳恭听教授的宏论吧——”

而后，他看向到目前为止长时间陷入沉默的“懊恼之面”，担心地问道：

“你还好吗？还是不舒服吗？”

“我吗……没有啊。”

“懊恼之面”虚弱地摇摇头。

“不用担心。我觉得自己不会突然一下子晕倒的……”

瞳子依旧紧张地旁观着这五人的谈话——

尽管他们戴着假面，无法得知真正的表情，可看起来他们暂时保持着一定的冷静，进行着平静的对话。可是，首先可以确定的是这五人之中一定有杀害奇面馆馆主的凶手。这五人也应该充分认识到这件事……到底他们出于怎样的心情才能够持续不断地聊着这些事呢？

4

鹿谷与鬼丸按照顺序检查了其余四间客房——“懊恼”“悲叹”“惊骇”“欢愉”的窗子。其结果是——

“懊恼”之间的左数第三根。

“悲叹”之间的左数第四根。

“惊骇”之间的左数第五根。

“欢愉”之间的左数第六根。

与方才那两间客房的相同，各个铁棒果真都能在转动后转回至窗框下面。

“这样就是六根了，对吧。每扇窗子的铁质格栅都有七根铁棒，所以还有一处可以转动最右边一根铁棒的窗子。这么想是很理所当然的吧。”刚从第六间客房走出来，鹿谷便说道，“那一根也就是——”

“你想说是‘奇面之间’的窗子吗？”

“是的。那个房间的窗子也是相同的构造，装有七根铁棒的铁质格栅吧？”

“嗯，的确如此。”

“一起调查现场的时候，我曾经打开那扇窗子，试着拧了拧其中一根铁棒，有种像是铁棒安装得略微松动的微妙手感。当时，那铁棒看起来并没有拔出来或是折断的迹象，所以我也没有多想……我记得那是最右面的一根铁棒。”

“还有过这样的事啊！”

“我觉得那一定就是‘最后的开关’了吧。”

“是的。”

到了如今这个地步，鬼丸已经不得不认可鹿谷的想法了。

“对了，鬼丸先生。”

鹿谷本想向沙龙室走去，可又突然停下了脚步。

“配楼客房区域的走廊上安装了隔门，将其划分为三块区域。在三年前的改建之前，似乎是现在的两间客房连在一起形成的一间客房，所以算起来一块区域只有一个房间。隔门上都有门锁，所以说起来这三块区域可以各自隔离了吧。”

“的确如您所说。”鬼丸也停下脚步回答道。

鹿谷问道：

“到底为什么要建成这种构造？是不是建造这幢宅邸的影山透一的意愿呢——”

鬼丸郑重其事地歪着头思索着。

“我真的什么也不知道。”

“关于此事，馆主什么也没有说过吗？”

“没有，没提到过什么特别的。至少我什么也没有听说过。”

“这样啊。”

鹿谷站在原地，打量着走廊的地板及天花板、装有铁质格栅的小窗及两扇房门并列的左右墙壁片刻后，终于说道：

“我们走吧，去‘奇面之间’。”

说罢，他掉头走到通向沙龙室的双开门前，推开了那道门。

5

五分钟之后。

鹿谷达成了第一个目的，即确认了自己的假设正确无误。目睹**那个秘密浮出水面**，一同行动的鬼丸难掩惊骇之色。

“这个地方竟然，这个……”

“如我所想，所在地就是这里。嗯。这样就有很多地方合乎逻辑了——很好很好。那么，我们进行下一项吧。”鹿谷说道，“鬼丸先生，这之后还有件事情想请你帮个忙。怎么样，你愿意配合我吗？”

6

戴“哄笑之面”的鹿谷现身餐厅时，已过了晚八点。瞳子不由得“啊”了一声，她想要立刻问问鹿谷“进展如何”，但还是冷静地压抑住了急切的心情。

“哎呀，身体好些了？”“愤怒之面”问道。

鹿谷摊摊纤细的双臂，回答道：

“托您的福。已经好多了。”

对于知情的瞳子他们而言，这是句耐人寻味的话。不过，在“愤怒之面”以外的其余四名客人们听来，那只是不折不扣的问答而已吧。

“诸位都用完餐了吗？”

鹿谷好似逐个确认围坐在餐桌旁的来客一般扫视了一圈。

“那么，我们再度移步配楼吧。因为，那儿有样东西想让大家看看。”

7

待客人们在沙龙室的沙发上坐好后，鹿谷建议瞳子与长宗我部也找个地方坐下来。他自己则搬了一把椅子，在与成套沙发稍稍有些距离的地方坐了下来。

“不生火的话，这里实在是冷啊。只靠一台空调实在无法让这么大的房间暖和起来。”双手揣进睡袍口袋中，鹿谷唤道，“鬼丸先生，请把通道的门也全部关好。”

在诸客自餐厅移步至此时，鬼丸已然身在此处。大概是按照鹿谷的吩咐等候在此吧。

“哎呀，太感谢了。”

将通向主楼的连接通道的门紧紧关闭后，鬼丸快步回到沙龙室，站在房间中央稍稍偏南的四方立柱一侧。那里恰好位于鹿谷的斜后方附近，瞳子的余光暗中捕捉到那位看似面色白皙的美青年因极度紧张而绷着的脸。

既然如此，为什么他不劝鬼丸坐下呢？

“那么——”鹿谷以些许做戏的口吻，重新面向来客们说道，“那么，诸位。”

“拜托你了哟，名侦探！”“悲叹之面”揶揄地说道，“到底你想说什么？难道筋疲力尽、回房间休息的你忽然想起什么了吗？”

“那倒没有。真是遗憾啊，我可不是那种**灵光乍现型**的天才。通过观察，实实在在地反复思索，这样自然能够渐渐看到事件的‘形’——我就是这种水平的普通人啦。”

鹿谷的双手插在口袋中，轻轻耸耸肩膀。

“你不是说有样东西想给我们看吗？”“欢愉之面”焦急地问道，

"那东西就在这里吗？"

"就在这里哦。"

鹿谷点点头。

"只是目前还看不到而已。"

"哎呀……请你别卖关子了吧。"

说着，"懊恼之面"把手贴在额头上。

鹿谷再度轻轻耸肩，说道：

"在进入正题之前，有一件事要问问大家。"

"什么事儿？"

"惊骇之面"回应道。刚才他一直把玩着一枚较大的银币，也许那是外国的硬币吧。在瞳子看来，那就是身为魔术师的灵活的手指动作。

"我想问的就是，昨晚在隔壁的'对面之间'，诸位都和馆主说了些什么。"鹿谷说道，"我对此稍感兴趣。也许这与事件没有直接关系，但是如果可以的话，我很想知道。"

"说了什么吗……嗯，我说了和上次差不多的内容吧。"

"悲叹之面"回答道。

"差不多的内容是指？"

"我对他汇报了很多关于宇宙真理的新发现。之后，那人又问了那个像是打哑谜般的问题……"

"打哑谜吗？这样啊。"

鹿谷看向"惊骇之面"。

"忍田先生呢？这是你第三次参加聚会了吧。包括前两次在内，你们都聊了些什么呢？"

"说起来每次聊的内容都相似。听他聊聊经历、近况啦，要是他说想看魔术的话我就给他表演一个看看啦……不过，最后还是会被问到那个打哑谜般的问题。”

“还是打哑谜啊。”

鹿谷伸出口袋中的右手，摩挲起“哄笑之面”的脸颊来。

“那么，或许其他三位也都是同样的流程吧。哎呀，昨晚我也如此。聊了一会儿之后，对方问了我一个奇怪的问题——初次参加的老山警官如何呢？”

“问题啊。”

“愤怒之面”抱着双臂，点了点头。

“他也问了我。”

他身旁的“懊恼之面”点点头，表示他“也被问到了这个问题”。

“创马社长呢？他也问你了吗？”

“是啊。我记得从两年前第一次参加聚会起，直到昨晚的第三次聚会，每次都会被问那个问题。”

“打哑谜似的问题吗？”

“嗯……是啊。”“欢愉之面”咬着没有放入香烟的塑料烟嘴说道，“他问了某种意思不太明确的问题，并提供了若干选项，说是无须理由尽管回答就行，但并没有告诉我正确答案……”

“没错没错。”

“惊骇之面”插嘴道。

“所以我还以为那会不会是卦签呢。”

所谓卦签就是……瞳子在记忆中探寻起来。

站在十字路口，向第一个路过此处的人提问。根据其回答推测事物吉凶的占卜——这就是它基本的释义吧。

“哦？卦签啊……原来如此。”

鹿谷以好似认可般的声音回应道。

“那么，大概馆主每次都会向所有受邀客提出这个问题。也许他通过听取诸位对此问题的回答，以此作为判断某项问题的资料吧。与此同时，辨别受邀客之中谁才是真正的‘另一个自己’。可是——昨晚馆主问了什么问题呢？至少在馆主有生之年为他保密——他这样嘱咐过我。这句话一定对每个人都说过吧。”

鹿谷确认有几个人点头之后，接着说道：

“但是，馆主已经故去。所以，即便在此言明馆主问过的问题也没有关系，对吧？”

鹿谷见没有异议，便继续说了下去：

“向‘另一个我’提问，你只要如实作答即可——这样嘱咐过后，馆主问了我这个问题。

“现在，你站在一处陌生的三岔路口。前方有两股岔路，其中右方的岔路尽头像是陡峭的台阶，左侧岔路尽头散落着大量眼睛。你折返而回的道路尽头是个没有路闸的道口，警报器一个劲儿响个不停……”

倾听鹿谷讲述的来客们只表示“问我的也是这个问题”。

“那么，现在你会选择哪条路呢？向左，向右，还是会原路返回呢？不需要任何理由，将心中所想的答案如实相告即可——诸位，怎么样？”

没有任何人表示“问我的不是这个问题”。鹿谷喃喃念着“果真如此”，而后说道：

“哎，我并不认为这和凶案有密切的联系。根据我的想象，那是馆主最近梦到的情境，或是突然涌现脑海的画面等，以此为基础准备每次聚会上的问题。我认为这既像是某种卦签，也像是释梦。除此之外的用意、包含其中的心愿及意图，在馆主本人身亡的此时此刻已经无法确认了。”

8

“那么——”“悲叹之面”再度喊过“拜托名侦探了哟”之后，鹿谷环视着来客们说道，“我们按顺序分析分析吧。实际上，昨晚我与鬼丸先生、新月小姐、长宗我部先生以及原刑警老山警官对事件进行了深入探讨，提出了三个重大的争论点。我想在此首先从其中一点开始重新进行考虑。”

接着，鹿谷口头表述出他所说的“其中一点”。

“为什么凶手要给除用人之外的全体客人喝下安眠药呢？有非下药不可的理由吗？”

将方才的讨论内容及其理由解释之后，鹿谷向来客们提出了“是否记得睡梦中听到奇怪的动静”的问题，“悲叹之面”及“欢愉之面”纷纷回答道：

“这么说来，是听到过什么动静。”

“我也觉得好像听到过。”

“于是呢，我做了这样一个假设。”鹿谷重申道，“凶手最初的目的并非仅仅杀害馆主。原本他有令诸位服下安眠药的其他理由，也就是在药效发作后，潜入酣睡的我等的房间内，为了实施若是我们尚未入睡便难以执行的某项工作。”

“某项工作吗？”

“惊骇之面”不解地反问。

“也许是我睡得太死了，完全没有注意到有什么动静——话说回来，凶手具体要进行什么工作呢？”

“实际上，刚才当诸位在主楼那边用餐之际，在鬼丸先生的陪同下，我已经检查过配楼这边的客房了。”

鹿谷干脆挑明了这件事。

“你说什么？”

“惊骇之面”的假面之后双眼圆睁。

“哦呀，连我的房间也擅自闯入了吗？”“悲叹之面”瓮声瓮气地说道，“这可称不上是绅士行为呀。”

“这是最为直截了当的方法嘛。在此，请大家原谅我的失礼。”

鹿谷略略低头行礼后，立刻抬起头来继续说了下去。

“但是，总算彻底解开了关于此事的谜团。”

他回头看向候于立柱一侧的黑衣秘书。

“对吧，鬼丸先生。”

“确如您所说，我也确实亲眼见证过了。”

鬼丸郑重其事地点点头。

“客房窗子上安装的铁质格栅——这才是凶手的目的所在。”

鹿谷如此宣告道。而后，他暗中观察着众人的反应。就冷眼旁观的瞳子看来，来客之中没有任何人表现出强烈的狼狈感。

“七根格栅铁棒之中，每个房间都有一根**活动**的铁棒。转动它后，可以将其转入窗框下数公分之处。这个机关本身已经有些年头，铁棒已经生了锈，转动的时候一定会发出刺耳的声音。凶手为了不让我们被那种声音吵醒，才事先下了药，让我们陷入沉睡之中。”

“可是……把铁棒那么转下去，到底能干吗？”

“欢愉之面”问道。

“我们也好好确认过这点了。”鹿谷立刻再度转向鬼丸，回答道，

“将六间客房的六根铁棒转下去，再将‘奇面之间’窗外的一根铁棒也转下去的话，就开启了七个开关。这样一来，它们巧妙地联动起来，成为打开远处机关的‘钥匙’。”

“钥匙？”“惊骇之面”再度不解地反问，“哪儿有你说的那种钥匙？”

“百闻不如一见，还是给你们看看吧——鬼丸先生，拜托你了。”

遵从鹿谷的指示，鬼丸开始行动起来。他默默离开立柱一侧，以迅疾的步伐向内室——“对面之间”的房门走去。

“只要等上两分钟左右即可。”

鬼丸刚一走入“对面之间”，鹿谷便如此说道。他边说边向瞳子瞥去一眼。

来客们于餐厅内聚集期间，鹿谷与鬼丸前往客房调查——瞳子事先知晓这二人的动向，但是却无法得知**此后发生了什么**。她确实只能紧张屏息“等候”着。

于是——

一如鹿谷所说那样，两分钟左右之后**那个**出现了。

是那根直至方才鬼丸还候于其侧的四方立柱。每一面都有一米之宽的粗壮立柱西侧——正对客房区域那一侧的其中一部分——

咔、咔嗒……

咔嗒……

突然伴随着这样的微弱响声，机关**发动**了。

那是贴有与玄关大厅相同面砖的立柱。若干面砖集结而成的长约八十公分、宽约六十公分的长方形——**开启**了。处于闭合状态时，一眼看去完全无法得知其存在——这样一扇“门扉”隐藏于此。

“请看。”

鹿谷走到立柱旁，向升于立柱表面数公分的“门扉”伸出手去。

“分别位于配楼的客房与馆主寝室的窗外一根铁棒，就是解锁开关的装置。当打开了第七个开关时，就可以像这样开启‘隐秘门扉’了。方才我发现这扇‘门扉’之后，一度关好此‘门’，将‘奇面之间’的铁棒恢复原位，锁上了它。我想给大家看看它**实际发动**的样子，所以才拜托鬼丸先生再度转动最后一根铁棒。

“那是建造此处宅邸之时，建筑师中村青司所设置的‘消遣’之一吧。三年前配楼的改建是将客房一分为二的简单工事，因此并未暴露或是毁坏此处设置。”

鹿谷打开了那扇早已不再隐秘的“隐秘门扉”。瞳子、长宗我部，以及坐在沙发上的众位来客们都站起身来，集中到立柱附近。

“这也应该称为‘暗格’吧。玄关大厅有个与此相同的粗壮立柱，其上不是还有覆以玻璃门的陈列架嘛。也可以说那个陈列架给了我一些启发。”

鹿谷边说明边指向那个“暗格”之中——

那里空无一物。

不对，这样说并不正确。

那里长了一颗人类的头颅。

尽管如此表述，但那自然不是真正的人类头颅。那是没有眼耳口鼻，没有头发，整体光溜溜、黑黢黢，大概是金属所制的仿真头颅。它就固定于暗格之中。

“看到它之后，你们有什么想法吗？”

鹿谷向在场每一个人提出了问题。

“你们看，这个仿真头颅固定得非常结实，底部的水泥还做成了将脖颈埋入其中的模样。所以，应该认为**这头颅并非这个暗格的藏品，**

而是暗格的一部分才对。”

“你想说藏品原本在这里，如今却空空如也吗？”“愤怒之面”站在鹿谷身旁，边向暗格中探望边问道。

鹿谷在离立柱一步远的地方回答道：

“可以这么认为吧。”

“你觉得这里原本收藏了什么东西？”

“我觉得这也很容易想象得到。”

说罢，鹿谷看向“对面之间”的房门方向。

“在那个房间之中，有一件案发后消失不见的东西，对吧？”

“消失不见的东西……”

瞳子站在困惑不解的“愤怒之面”身旁。

“是钥匙吧。”她回忆起那样东西后大声说道，“放在会长先生的左边睡袍口袋中的钥匙。我虽然没有见过那把钥匙，但据说是镶满宝石的、某个奇特假面的……”

“没错。就是它。”

鹿谷深深点点头，再度看向立柱暗格。

“据说那是这幢奇面馆的建造者影山透一曾经特别珍视的‘未来之面’的钥匙。据馆主所言，‘未来之面’已经不在馆内，只有那把钥匙残留于此……但实际如何呢？称其‘不在’此处只是馆主的理解有误，实际上‘未来之面’依旧在这幢宅邸之中。它就戴在这个仿真头颅上，一直隐匿于这个暗格之内呀。”

9

“有人熟知影山透一所藏的‘未来之面’吗？”鹿谷虽向众人发

问，却不等回答继续说了下去，“此前，日向京助曾对我说过，十年前他到此取材时，曾听透一亲口提起。透一无论如何也不肯给日向看，但那时被称作‘未来之面’的假面就在此处。有传闻说，将这枚透一亲自从欧洲某国弄到手的古董戴在头上，似乎就能预见未来。那是一旦上了锁便无法摘掉的特殊构造，就连我们所戴的这种假面——”

鹿谷指着自己所戴的“哄笑之面”。

“也是透一受到‘未来之面’的启发而制作的东西。总之，在某种意义上来说，那是枚非常奇特、非常贵重的假面。

“但是，那枚‘未来之面’已经不在此宅邸之中，不知道是丢了还是转让给了他人。馆主自先代馆主手中继承这幢宅邸时，那枚面具已经不在这里了。这是昨晚馆主亲口对我说的——”

鹿谷再三看向立柱的暗格。

“然而，事实上那枚‘未来之面’依旧藏匿于此。也许这个暗格本就是中村青司建造的‘未来之面’的秘藏之所。如果相信馆主所言，就说明他对这个事实也毫不知情。

“那么，凶手本来的第一要务就是从此盗出‘未来之面’，可以这么考虑吧？他为了盗取假面，必须要打开七个开关，解除锁定并且打开暗格的门。所以，他才会让客人们喝下安眠药……”

“那个，我能插句话吗？”瞳子不由得举手提问，“那样的话，他在什么聚会也没有举行的时候偷东西不是更好吗？”

这是个突然而至的单纯问题。

“这是远离闹市，位于深山老林中的别墅，平时连长宗我部先生都不在这里，完全处于空无一人的状态。不用特地选择召开聚会的时候下手，挑个没人的日子悄悄溜进来的话……”

“不，那可不行。”鹿谷断然答道，“潜入这幢宅邸应该没什么难度。就算内室的门上了锁，只要花些时间总会有办法打开它。但是，即便凶手转动铁棒机关窍，打开这个暗格，**他也无法进行下一步计划**。”

“为什么……啊，原来如此。”

“你猜到了吧。”鹿谷解释道，“这样看着暗格的内部构造便可以联想到，‘未来之面’戴上这个仿真头颅后，是不是也为这个假面本身上了锁呢。可是，馆主随身携带着开锁所需的钥匙，只有当他造访此处之时才会把那钥匙带来。况且，如果那把钥匙没有备份钥匙的话——

“即便凶手能够打开暗格，也无法从中拿走假面。要是连戴着假面的那颗仿真头颅本身也拿走的话，毁掉暗格也成了一项大工程。但是，作为凶手而言，他只想**盗取被看作原本就不在这里的东西而已**，并不想留下任何行窃的痕迹。所以，他才想要避免破坏暗格。可是，在没有钥匙的情况下，和我们今天早上的艰苦战斗一样，他难以摘掉上了锁的假面。就算想利用道具强行撬开它，钥匙孔的位置并不在正面，而是位于后侧面的话，似乎仍然需要在撬开假面前毁掉暗格。再加上凶手尽可能想要避免假面不受任何不必要的伤害——这样一来，归根结底，不使用馆主随身携带的那把钥匙便根本无法盗出假面。”

“所以，不能选择会长先生不来这里的日子。”

瞳子说罢，鹿谷立刻点点头。

“是的。馆主留在这幢宅邸，还邀请凶手前来此处的聚会之夜才是千载难逢的好机会——基于这种情况，恐怕作为凶手而言，也只好制订出这次的计划不可了吧。”

10

是啊……正是如此。

来客之中的**他，即凶手**默默倾听鹿谷的讲述，心中暗暗自语。

从很久以前开始，那枚“未来之面”便一直置于此处——这个暗格之中……

无论如何也要将其暗中盗出。所以……

11

“我们再来回顾一下凶手昨晚的行踪吧。”

鹿谷仿佛逐一确认那些来客们所戴的假面一般，再度环视着这些沉默的倾听者。

“抵达宅邸之后，他窥伺着沙龙室空无一人的时机，将准备好的足量安眠药溶入醒酒器中的保健酒内。举杯之时，凶手仅仅装作喝下保健酒的样子，而后回到客房内，等待大家陷入沉睡。他开始行动大概在凌晨一点至一点半之间吧。

“为了确保视野、听觉以及重视行动的敏捷，凶手没有戴上碍事的假面，应该以本来的面目行动才是。为了不留下多余的指纹，他至少戴了轻薄的手套。

“凶手将全部客房串了个遍，直到转动最后一根铁棒之后，才溜进了‘对面之间’。可以认为他事先准备好了那扇门的备用钥匙。当时比新月小姐前来沙龙室的凌晨两点还要早。接着，凶手为了打开第七个开关前往‘奇面之间’。或许在‘对面之间’那里，也有可能在书桌之类的地方先找到那枚假面的钥匙。他暗中观察‘奇面之间’，立刻发现室内主照明已经关了，馆主也已上床就寝。于是，凶手悄悄走到窗边，打开窗子，将手伸向铁质格栅。然而就在此时——”

鹿谷浅叹一声，稍作停顿。

此时怎么了嘛——瞳子思索道。

然而就在此时……发生了什么事儿呢？

“据我推测，就在此时发生了一件**出乎意料**的事情。也就是说，凶手一心以为馆主本应与其他诸位客人一样，因药物陷入睡梦之中。然而，馆主睁开双眼，从床上爬起来了。”

12

是啊，没错……正是如此啊。

凶手一方面加入到现场窃窃私语的行列之中，一方面在内心暗暗低语道。

那时，本应因药效睡死过去的那个男人，竟然突然之间……

13

“我的这个推测是有理论依据的。”鹿谷无视现场的窃窃私语，继续说道，“我自己也喝了那个药，所以有切身体会。凶手所用的安眠药拥有足以达成凶手目的的药效，混同保健酒的酒精一起喝下的话效果应该更加明显。它却偏偏对馆主没有明显药效。这是为什么呢？

“此时浮现于脑海的便是放在‘对面之间’书桌之上的那个药盒和水瓶——新月小姐？”

此时，鹿谷转而面向瞳子。

“那个药盒中的东西是什么？”

“是安眠药。”瞳子照实答道，“水瓶与玻璃杯就放在药盒旁，但是水瓶中的水减少了吗？”

“水瓶里的水……没有减少。”

“那里面的水没人动过。玻璃杯也没有任何使用过的痕迹。”

“嗯，是的。可是，那怎么了？”

“这很简单呀。”鹿谷面向在座诸位说道，“据说近半年来，馆主为严重的失眠症所困扰。所以，医生才给他开了那个药。可以考虑的是馆主每晚为了入睡都会用药。但是，**长期持续服用这种安眠药，令身体产生了抗药性。**”

“啊……所以——”

瞳子觉得她总算看出这些事情之间的关联了。

“所以，鹿谷先生才问我——凶手所用的与药盒中的安眠药是否为同一药物，或是成分相似吗。”

“没错。可以认为这种可能性绝对不低。”

“我觉得很有可能。”

“馆主对那种药有抗药性，所以那种安眠药才没有充分发挥效力。只是，如果馆主在喝下保健酒后又服用了自己的安眠药的话，也许就会如凶手所期望的那样陷入沉睡之中了。然而，那里的水瓶依旧是满的，也就是说**昨晚馆主没有喝下原本应该服用的安眠药。**”

现场再度出现一阵窃窃私语。这一次，鹿谷待全场安静之后才继续说道：

“虽说有了抗药性，昨晚馆主和酒服下安眠药，返回内室之后，还是感觉到相应的困意了。他走向寝室，脱去睡袍，换上睡衣后，关了灯上床小憩。也许他依旧处于戴着假面的样子，迷迷糊糊地打起盹来。而后，就在此时，凶手潜入进来。

“开窗的声音、涌入室内的寒气以及有人的迹象，令馆主自小睡之中惊醒，他肯定会盘问闯入者的举动。比如‘你小子是谁啊’‘在这儿干吗’等。也许乍醒的他无法做出冷静判断，便直接扑了上去。一看到窗子前翻倒的椅子，便能推测出他们二人曾在那里扭打成一团。接下来，也许就是在那场扭打之中——”

此时，鹿谷再度闭口不语，忧烦般叹了口气。

“比方说凶手将激烈抵抗的馆主按倒，不由得以压住对方的气势，或许半无意识地把手伸向了馆主的脖子，死死地勒住了他。最后，不幸的是馆主身亡。据我推测，也许这就是‘杀人事件’的真相。”

14

……没错。确实如此。

听着鹿谷将其推理娓娓道来，凶手在暗淡的内心之中悄悄感慨道。

直到出事之前，自己都未曾想过竟然会发展到那个地步啊。

正如鹿谷所说，之前已经毫不费力地找到了“未来之面”的钥匙。之后，只要打开暗格的门，自仿真头颅上盗取“未来之面”，再将各个房间的铁棒恢复原样即可万事大吉。按照原本的计划，只要假面本身到手，他打算将那枚钥匙继续留在此处。没有任何东西丢失，没有任何事件发生——以馆主为首的诸位有这样的认识是非常重要的。可是，偏偏那个时候……

凶手清晰地记起——

他打开“奇面之间”的窗子，刚向右边的铁棒伸过手去之时。

突然那个男人——不对，是那个灰白的身影，那个“恶魔”一般的脸……

15

“当初单纯以盗窃为目的，虽周密却简单的计划，因这突发事态而发生了质的变化。事件随处可见的‘形’之所以扭曲变形，全部起因于此……”

陈述至此，鹿谷抬起左手，看向腕表确认时间。受其影响，瞳子也看了下餐具架上的座钟——晚八点五十五分。

“我们继续沿着凶手的行动说下去吧。”鹿谷改口接着说道，“假设接下来我们要说的事件发生在凌晨两点二十分左右，这个推算应该不会有太大误差。

“致使馆主身亡之后，凶手采取了怎样的行动呢？这个空空如也的暗格也很明确地说明了一切，虽然出现了突发事件，凶手依旧没有打算放弃最初的计划。他决定彻底完成盗取‘未来之面’的重要目的。”

“等等。鹿谷先生，容我说一句可以吗？”

此时，有人插嘴，那是“悲叹之面”。

“凶手的目的是盗取那个‘未来之面’，杀人是计划外的意外事故。嗯，这的确大致说得通，但是断头和断指又要怎么解释呢？为什么凶手要将失手杀死的对方的尸体特地砍成那样啊。这也能解释成出于最初计划之外的，不在预定计划之列的行动吗？”

“就是这样。”鹿谷爽快地答道。

“悲叹之面”以不满般的口吻说道：

“可是呢，说起杀人事件中的无头尸体，那本身一般不都是胆大妄为的计划的一部分嘛。”

“往往在某类推理小说之中是这样。但是，这起事件的情况却不一样……”

“那么，是不是也可以考虑凶手的计划从一开始就将杀害馆主算在内了呢？砍下头颅也在那计划之中吧？”

“不是的。不是这样的。”

“为什么？”

“不为什么……”

鹿谷摇着头刚一开口，便又作罢。

“稍后我再解释这点。算哲教授，这当然不是可以忘却或是遗忘的问题，请您不必担心。”

“嗯哼。”

“悲叹之面”愈发不满地哼道。他那看似自己真的不是凶手般的表现，却无法保证那不是“演技”啊——瞳子默默摇了摇头。

“我们回到刚才的话题上吧。”鹿谷重新顺着方才的话题说了下去，“照我所想，确认馆主身亡之后，凶手应该陷入了极度的不安之中吧。他并没有立刻转动‘奇面之间’的铁棒，打开第七个开关，而是一度返回‘对面之间’，查探沙龙室的情形。即便采取这样的行动也不足为奇。如此一来不出所料……不对，对于凶手而言一定是出其意料之外的不幸——最糟糕的情况正等候在那里，有人深夜出现在了沙龙室之中。

“从‘对面之间’暗中观察沙龙室，注意到那里有人后，凶手慌慌张张地关门上锁。这一动静被身处沙龙室的新月小姐听到了，她以为馆主起床了，便敲了敲门，问候了一声。根据新月小姐的证词，那是凌晨两点半时发生的事情。”

瞳子点着头，瞥了一眼连接“对面之间”的双开门——凌晨两点半。那个时候，凶手就躲在那扇门后……

说起来，鬼丸做什么去了呢？

此时，瞳子突然有些在意。

为了打开暗格的门给大家看，鬼丸前往“奇面之间”之后就没再回来。

“凶手陷入了极其危险的境地。那么，他如何脱离险境的呢？”鹿谷再一次向大家提出了问题，而后又自问自答地接着说道，“只要新月小姐还在沙龙室，凶手就难以从‘对面之间’穿过沙龙室脱身，更不能转动‘奇面之间’的铁棒以解锁暗格。正如诸位方才所见那样，那个暗格的设计是在解锁的同时打开暗格的门。无论深夜看电影有多么专心致志，新月小姐也不可能注意不到的。

“那么，一心等着新月小姐离开就可以了吗——不是的，对于凶手而言怎么能一味等下去呢。打开暗格，盗出‘未来之面’之后，凶手还留有若干非做不可的工作。”

鹿谷竖起右手一根手指。

“其一，就是在‘未来之面’到手后，将暗格的门重新关好，再将各个房间的铁棒全部复原成本来的样子。这才是最初的计划。只要照此复原，谁也不会注意到‘未来之面’失窃的事实。凶手应该依旧希望如此。

“其二，不用说应该就是给全体受邀客戴上假面并上锁。”

鹿谷竖起第二根手指，戳到了自己所戴的假面。

“为什么他要做这项工作呢？为什么非这么做不可呢？关于这点，在此依旧先做保留好了。反正这是之后需要探讨、研究的重大问题。那么——

“总之仅仅基于这两项工作来考虑，凶手也不可能乖乖等着新月小姐离开沙龙室。他没有时间磨磨蹭蹭了，因为——”

“安眠药的药效持续时间吧？”

瞳子指出了那个理由。

“那种药的药效持续时间一般为服用后六到七小时左右。凶手生怕太过磨蹭的话，安眠药就会失效，他要再次潜入客房，复原那些铁棒，何况还得给睡梦中的客人们戴上假面后上锁。这些工作被人发觉导致失败的风险逐渐加大。所以……对吧？”

“没错。”鹿谷满意地肯定道，“凶手并没有那么充裕的时间。他绝不能静候新月小姐看完电影后返回主楼。

“那么，凶手怎么做了呢？为了解决难题，他是如何处理的呢？”

“首选还是正面突破吧。”

“欢愉之面”如此答道，口气听上去是想表明自己不是凶手，却无法保证那不是“演技”——瞳子默默摇了摇头。

“为了不被新月小姐发现，他可以放轻脚步偷偷逃出去。如果遭到盘问的话，那时要么挡住脸一个劲儿地逃跑，要么反过来动手灭了她。”

“没错。但是，首先来说想要背着她、从‘对面之间’偷偷溜出去，甚至溜出沙龙室……这实在是困难之极。新月小姐，你觉得呢？”鹿谷问道。

瞳子毫不犹豫地立刻回答道：

“与其说是困难倒不如说是不可能。要是有人从那扇门溜出去，我绝对会注意到的。别看我这样，对这种事还是挺敏锐的。”

“而且，凶手也无法采取第二种手段，即袭击新月小姐，封住她的嘴。”鹿谷说道，“一般想来，对方只是一名年轻女性，采取突然扑上去、打昏她这种强硬手段并非难事。在对方没有看到自己长相时干掉她的话，这是再好不过的事儿了。如果被对方看到长相的话，就只能为了灭口而杀掉她了。选择正面突破的话，需要做好这样的心理准备。

“或者，‘对面之间’中也摆放着那六枚备份假面。随便戴上其中哪一个，都可以挡住自己的相貌顺利脱逃。如果被瞳子小姐盘问，即使被抓住也可以反击——也有这种方法可以用。

“但是，实际上凶手并没有这么做。为什么呢？我认为**对于凶手来说，存在着是否要这样做的心理顾虑。**”

鹿谷的视线在瞳子与诸位假面男子之间游离。

“大家……你们知道原因吧。”

“哎，是啊。我知道为什么了。”

率先做出反应的是“懊恼之面”。

“这丫头太强了嘛。谁要是打算对她下手，瞬间就能被她扔出去，锁腕断臂、出局了。”

说着，他单手撑着后腰。那态度看上去是想表明自己不是凶手，却无法保证那不是“演技”——瞳子默默摇了摇头。

“出局，是吗？”

鹿谷一本正经地说道。而后，他看向“愤怒之面”。

“毕竟她是被老山警官称为‘了不得’，练过新月流柔术的人嘛。”

“可不是嘛。”

“愤怒之面”马上点点头。他那快速的反应看上去是想表明自己不是凶手，却无法保证那不是“演技”——瞳子仍旧默默摇了摇头。

“大家都见识过昨天米迦勒先生被漂亮地摔出去的那个场景了

吧。在亲眼看过后，的确很难有人想要与新月小姐过招后强行突破了。我也是个柔道的行家，可如今左脚却成了这副样子。说实话，我也很担心过起招来是否能赢得过她。”

“果真如此啊。”

“就算戴上假面、挡住脸逃命，被她追上、抓到的话也玩儿完了。”

“可不是嘛！”

即便在这种情况下、被人如此称赞，瞳子依旧感到非常羞赧，如坐针毡地垂下涨满红潮的脸。然而，看起来鹿谷并没有在这个问题上特别担心她。

“最后，凶手不得不放弃了强行突破的想法。新月小姐很厉害，和她交手根本没有胜算——凶手具备这样的认识。如果凶手根本不知道这一点的话，就极有可能尝试强行突破的方法……嗯，所以说呢，我也从这点想到——”

说罢，鹿谷依次按“愤怒之面”、瞳子及长宗我部的顺序看了过去。

“宅邸某处潜藏着无人知晓的第三者是凶手——几小时前，我们在餐厅探讨过这一可能性了。这一姑且被保留下的可能性，因此也可以去掉了。假设真的有这样一号人物存在的话，那个人是不可能有机会见识到、领会到新月小姐的厉害的。”

16

“那么，凶手在此之后采取了怎样的行动呢？”鹿谷又一次看了一眼腕表，接着说道，“就算非常清楚新月小姐很厉害，如果凶手没有别的选择，他应该还是会强行闯出去的。事实上，他并没有这么做。这自然意味着凶手还有其他办法。那么，这是什么办法呢？

"'对面之间'与'奇面之间'及其所附的浴室和洗手间所构成的内室区域之中，并没有通向外面的后门，即便有窗子也全都是无法供人通行的结构。唯一与内室区域之外相通的便是自'对面之间'通向沙龙室的那道门。然而，新月小姐就在沙龙室之中，无法瞒过她逃离这里。用一句耳熟能详的话来说，整个内室处于密室状态。

"但是，凶手成功从这个密室之中脱身了。最好的证据就是那通自主楼的书房打来沙龙室的内线电话。那是凶手装成馆主打给新月小姐的电话。凌晨三点半时，凶手以某种方法成功脱身。**那么，所谓的某种方法是什么呢？**"

仿佛要回答鹿谷的这个问题般，"惊骇之面"将右手的硬币弹至空中说道：

"难不成什么地方有个隐秘的逃生口不成吗？在舞台魔术的领域中，倒是有极其理所当然的'方法'……嗯。"

真有那种方法吗？口气中令人清清楚楚感到他的困惑与踌躇。那番话听上去是想表明自己不是凶手，却无法保证那不是"演技"——瞳子默默摇了摇头。

"哎呀呀，忍田先生，真的有法子脱身哟。"鹿谷说道，"因为，这里可是奇面馆，是那位中村青司亲手建造的建筑物啊。"

"你是说除了这个暗格之外，还有其他机关？"

"即便有机关也没什么可大惊小怪的。不对，**不如说是应该有才对。尤其在这个房间——'奇面之间'中。**"

"是吗？为什么又这么说呢？"

"日向京助曾经说过。"鹿谷眺望着"对面之间"的门说道，"他在十年前的采访中参观'奇面之间'时，似乎听影山透一提过'**此处**隐藏着一个小小的秘密'，还说'这也是那位建筑师的提议'。究竟那是个怎样的‘秘密’，透一却以‘不说为妙’为由不肯告诉日向。”

然后，鹿谷突然提高声音。

“日向京助听说的‘奇面之间’的秘密，也就是凶手所用的从密室逃脱的方法。**在那个房间之中是存在的哦，那个所谓的‘密道’。**”

这句话刚刚说完，仿佛计算好了时机般，突然响起了一阵敲门声。

瞳子不由得巡视起四周来。

到底是谁？谁在敲门？正在思索这个问题的时候，再度响起了同样的敲门声。

“请进。”

鹿谷亲自回应道。

不久，位于通向主楼的通道入口处的那扇双开门开了。然后，一个身影出现在那里——

那是某个戴有与六名来客所戴的假面均不相同、刻有表情的假面——“祈愿之面”的人。

第十三章　被揭穿的假面

1

一瞬间，瞳子的头脑深处感觉到剧烈动摇般的眩晕与恐怖。

那是谁？

那枚假面——“祈愿之面”到底是谁戴上了……

明明知道绝不会发生那种事，但还是渐渐怀疑那本已遇害的奇面馆馆主影山逸史死而复生，现身于此。但此后，她自然全盘否定了这种猜疑。

除鹿谷之外，身处沙龙室的其他人多少也产生了与瞳子相同的错觉。

方才，鹿谷突然提高声音，断言在这“奇面之间”内存在“密道”。大概那就是令**此人**敲响通道那扇门的暗号吧。毫无疑问，他们事先已经这样商定过了。

待静下心来重新打量那人时——

虽戴着“祈愿之面”，但从那瘦长体形与一身漆黑的服装来看，来人显然就是鬼丸。这么说来，刚才走进“对面之间”门内的他，如今又从通向主楼的连接通道处返回这里。这一物理上的不连续性令人觉得不可思议。

此时，鹿谷已经准备亲口为众人解开这一谜团。

“哎呀，真是辛苦你了。”

鹿谷刚举起一只手，进入沙龙室的那个人便走了过去，向大家行了一礼，摘掉所戴的“祈愿之面”。出现在众人眼前的果真就是鬼丸光秀那张苍白的脸。

“正如各位所知，刚才鬼丸先生身处‘奇面之间’中，为了打开暗格启动了第七个开关。此后，他利用我刚刚提到的密道前往主楼，又顺着联接通道回到这里，再现今天凌晨凶手的逃生戏码。”

鬼丸默默点点头，以表示赞同鹿谷的解说。

“那枚假面呢？”

“愤怒之面”问道。

“那不是‘祈愿之面’吗？你把那枚假面从断头上脱掉后戴上了？”

“不是的，那也太可怕了。”

说着，鬼丸将“祈愿之面”交到鹿谷手上。接过假面之后，鹿谷边轻轻抚摸着假面的额头，边说道：

“这个嘛，看，其实是装饰在玄关大厅的备用假面。不过它也派上了很大用场。”

“是嘛——但是，为什么又要戴上它呢？”

为什么要……瞳子也冒出了这个疑问。突然，她想出了答案。答案闪现的瞬间，她不由得发出“啊”的一声。

“哦？新月小姐已经知道了吗？”鹿谷问道。

瞳子老老实实地回答着“也许是吧”，耳畔传来明显加快的心脏跳动声。

“我觉得，也就是说，那个——”瞳子指着鹿谷手中的“祈愿之面”说道，**“那个假面一定就是开启藏在‘奇面之间’的密道入口的钥匙。所以，凶手为了利用这枚假面，才不得不切下那具尸体的头颅。”**

2

“我坚信‘奇面之间’中一定有中村青司所设计的密道。刚刚在探查到暗格的秘密之后，便请鬼丸先生帮忙查找密道入口。”鹿谷继续说道，“请诸位回忆一下那间成为案发现场的寝室的独特构造。在这间沙龙室中，多少也嵌有同样的装饰——”

说着，鹿谷环视着四周。

“那个房间的大面积墙面都埋有此处这种‘脸’。各种各样的高度，各种各样的朝向，有的凸出墙面，有的凹了下去……而且，它们的表情全部与流传于奇面馆的七种假面——‘欢愉’‘惊骇’‘悲叹’‘懊恼’‘哄笑’‘愤怒’以及‘祈愿’的某个一模一样。犹如直接拍下各个假面的表情与形状般的脸，凹凸起伏，湮没了几乎整个墙壁。那是令人不禁感慨‘不愧为奇面之间’的奇特设计。若是在那个房间中隐藏某个秘密的话，最为可疑的还是那些脸形装饰吧——很容易想到的。

“当我坚信‘奇面之间’中应该有密道之时，自然而然遭到怀疑的还是那些装饰。我想，某一张脸也许和为了开启‘密道入口’的机关有什么联系。

“另一方面，今早在那个房间中所见到的那具尸体的异样光景。凶手切断头颅并将其拿走，但是，就在找到断头且确认假面下的长相时，就已经渐渐得知凶手拿走头部的目的似乎并非掩盖被害者的身份，也没想调换被害者与加害者的身份。那么，凶手到底为什么要切掉头颅呢？

“这两个问题轻而易举在**某处**紧紧联系起来，并且达成了一致。找到**答案**之时，我也非常激动呢。那答案也就是——”鹿谷看着“祈愿之面”说道，“如新月小姐刚刚猜到的那样，这个假面本身就是‘钥匙’。并且，埋入墙壁的那些脸之中的某一个就是与这把‘钥匙’相合的‘匙孔’。这便是答案。”

现场再度涌起一阵窃窃低语之声。

置身其中的凶手正密切注意着，以防有人察觉出自己内心的动摇与狼狈。

尚且不知道事态如何发展，还不到认命的时候，还没有……他屡次三番这样劝说自己的同时——

“为什么凶手要切断尸体的头部呢？”鹿谷再度提出这个问题，而后解答道，“凶手想要的并非被害者的头颅，而是被害者头部所戴的‘祈愿之面’，作为开启密道入口的‘钥匙’的那个假面。因此，凶手一开始肯定想要把那假面从尸体上摘掉。然而，那枚假面却上了锁。

“据说滞留在这幢宅邸中的馆主有个习惯，那就是戴上这枚假面时，自己亲手为这枚假面上锁。凶手应该也知道馆主的这个习惯吧。我还听说馆主为此时常将假面的钥匙放入睡袍口袋之中。凶手或许连这点也很清楚，还调查过馆主脱掉的睡袍口袋了吧。然而，他并没有找到钥匙。一如我在现场确认过的那样，那个睡袍右边口袋的底部开了一个小洞，钥匙就是从那里落入睡袍的面料与里衬的缝隙间了。凶手没能找到钥匙，或许还曾慌慌张张去其他地方找过，自然没有找到它。

“没有钥匙就无法摘掉面具。想要在没有钥匙的情况下摘掉面具是不可能的。从今天早上起，我们自己已经亲身体验过这点了。在此期间，时间渐渐流逝。不能再这样磨蹭下去了。于是，走投无路的凶手突然想起一个主意来，那就是用馆主随身携带的那把日本刀切断头部。只要尸首分离，即便假面仍旧戴在头上，它也可以作为‘钥匙’使用。于是……”

于是……没错，我做出了那个决断，不得不做出那个决断。

凶手在心中静静回想起来。

距现在十几小时以前——

出乎意料的若干突发事件导致自己深陷危机。他对此情况感到困惑与绝望，总算重振精神再度考虑对策，却又一次踌躇起来……最后，他做出这个最大限度上的选择。那项令人毛骨悚然的工程便是遵从此选择而付诸实践的。

“……由于是在人死后切断头颅，并不会导致断口喷出大量血液。即便能够预料到这点，凶手还是不得不极力避免衣服上沾染血液，所以我觉得，大概他脱去了衣服，在近乎全裸的状态下实施了那项工程。切断头颅之后，他还在浴室内冲洗了身体。那里也留下了这样的痕迹嘛。

“他用浴巾之类的东西包住断头，尤其细心地擦拭着沾染在假面上的血污。此后，还要用这枚假面开启密道入口不可。但是，作为凶手而言，他肯定不愿意一不小心留下开启密道的痕迹——无论如何，光是想想就知道那项工作肯定让他累得够呛的。”

随着谜团逐一破解，凶手拼命装出震惊的样子，与此同时在心中喃喃念道——

为时尚早。

尚且不知道事态如何发展，还不到认命的时候……

3

“那么，接下来——”

暂且闭口不语、暗中观察众人反应之后，鹿谷轻轻瞥了一眼候于一旁的鬼丸，接着说了下去。瞳子不断做着深呼吸，想要镇定一下难以平静的心绪。

“刚才，我与鬼丸先生从玄关大厅处拿来这枚‘祈愿之面’的备用假面，用以检查‘奇面之间’的墙壁。虽然四面墙壁埋入大量的‘脸’,但是需要关注的只有‘祈愿’而已。而且因为那是‘匙孔’，故而‘脸’应该并非凸出墙面而是呈凹陷状。另外，太高以至于难以够到的上面位置也不会有，家具背面大概也不会有吧。经过一番推测，与鬼丸先生二人刚一开始查找，便意外地立即找到了那个‘匙孔’。

“进入房间后，左侧恰好在半人高的位置上有一张‘脸’。它呈上下颠倒状，刻有‘祈愿’凹陷的一部分——一只眼睛边缘周围沾有隐隐黑红色污迹。仔细观察的话，就能看出那似乎是血污。那里离尸体很远，四周也没有其他好似血痕之物，竟然只有那里才有……这不是很奇怪嘛。凶手虽然打算仔细擦拭假面上沾染的血污，但是却没有擦拭干净，这才令少量残存的血污沾染在‘匙孔’上了吧。所以，我想一定就是这里了——”

鹿谷将“祈愿之面”倒过来拿在手中，令其面向前、一下子推了进去。

“以这假面与‘祈愿’的凹陷处贴合按下后，立刻严丝合缝地嵌了进去。照那样用力一按，立刻有种微妙的手感。好似嵌入假面的**凹陷处**整体稍稍向墙壁缩进一般。与此同时，墙壁之中发出了某种咔嗒的声音……

“直觉告诉我——这个动了、要转了！那实在是奇妙的设计，四周的墙面与其交界处虽有为了令其不显眼而做的伪装，但是只有那张脸的**凹陷处**独自动起来——开始旋转。成为‘钥匙’的假面外形与‘匙孔’**凹陷处**形状完全一致，在**凹陷处**整体均匀施力，才可以解除制动装置，令其旋转。就是这样一种设计。就算用手试着按下**凹陷处**，或者用其他的假面，都无法令其启动。

“假面顺时针旋转九十度。倒立的脸在水平横躺处停止旋转，于是，在此发生了新的反应，墙壁中传来了声音……”

“你是说‘入口’打开了？”

“愤怒之面”催促着问道。鹿谷再度瞥了一眼身旁的鬼丸。

“没错。”

这次是鬼丸作答。

“直到刚才为止，连我都不知道那里竟然还有这样的密道……哎呀，真是出人意料！”

“‘匙孔’附近的地板处，”鹿谷解释道，“在那个房间的东北角一带，有个一米左右的正方形地面犹如盖板一样升了起来。它与刚才那个暗格设计相同，一旦解锁就能弹出‘门’来。接着，那扇‘门’打开的话，果然出现在那里的就是向地下延伸的陡峭楼梯。楼梯如隧道一般连通地道……”

“你试着下去过了？”

这一次是“欢愉之面”开口发问。

“当然了。”

“与鬼丸先生两个人一起下去的？”

“是的，以防万一。”

“此话怎讲？”

“现在已经没有必要考虑这种可能性了。那就是，万一那个密道通向未知的隐秘房间，还有不为人知的第三者藏身于其中。比起孤身一人，还是结伴而行的危险小一些嘛。”

“原来如此。”

“幸好密道内的灯还没灭。这对于凶手而言，也是值得庆幸的事吧。”

接着，鹿谷将备用的“祈愿之面”举到与胸齐平的高度。

“我也带上这枚假面进入密道之中。因为我考虑到凶手也曾这么做过，也许为了打开出口处的‘门’，需要再一次将它派上用场。”

“那么，那个密道通向哪儿了呢？”

“悲叹之面”问道。

“应该通向主楼的书房那儿吧？”

“是书房与寝室之间所设的步入式衣橱。这大致在我意料之中呢。”

“竟然需要那枚假面打开出口吗？”

“那的的确确是不可或缺的。”

鹿谷答完，便将“祈愿之面”递还给身旁的鬼丸。

“密道的尽头有一段上行的楼梯，在那段楼梯前面的墙壁上还有一处与入口‘匙孔’相同的**凹陷处**。按照相同的诀窍，将‘钥匙’

嵌入其内转动后，立刻开启了位于楼梯之上的‘门’。衣橱地板的一部分果真也犹如盖板一般。这也是即便从外面看也无法轻易得知那到底为何物的奇妙设计。”

为“哄笑之面”所隐去的表情依旧无法令人揣测，但此时瞳子却觉得，鹿谷正露出某种淘气的笑容。

“他净喜欢做些奇怪的无用功……嗯，的确可以称之为‘中村青司之馆’啊。”

4

“我们继续顺着凶手的行踪说下去，有重复的部分还请诸位原谅……啊，请你们再坐回去吧。”

鹿谷指着成套沙发说道。没有任何反对之声。众人重新坐回开始的位置上，方才独自站在立柱一旁的鬼丸也坐在空着的脚凳上。

“很明显，凶手面对‘新月小姐就在沙龙室中’这一突发事态所做的选择，就是利用‘奇面之间’的密道从现场脱身。切下尸体的头部正是为了开启密道所做的必要行为，那终归是计划之外或预定之外的行动——算哲教授，你认同吗？”

“悲叹之面”点点头说道：

“嗯，鹿谷教授，有两下子嘛！不过，凶手为什么又要切断手指呢？虽然我认可有关断头的解释，但只是得到假面的话，没有必要连手指都切断吧。”

“那是另一码事。”鹿谷回答道，“手指与头部的确在同一时刻切断，也确实都用了同一把日本刀。但是，我认为切断手指却出于其他理由。”

“什么理由？”

“我们先将凶手此后的行动搁置不谈，只要稍候片刻即可——

“利用‘祈愿之面’打开密道的门，而后，凶手将断头与十根断指分别装入塑料袋中，进入地下。为了打开出口的门，他再度使用了那枚假面，顺利走出了主楼的步入式衣橱。在此，凶手首先做了什么呢？不用问了吧，他用书房的电话联络了身在沙龙室的新月小姐。混淆音色与说话方式，装作馆主的样子，命令新月小姐回房休息。新月小姐自然遵从了对方那番话。此时是凌晨三点半——新月小姐，没错吧？”

鹿谷向瞳子寻求确认。瞳子乖乖点头称是，认为无可争议。

“如此一来，让**碍事之人**离开后，凶手着手实施收尾工作。按照优先顺序考虑的话，断头与断指的处理放在最后即可，也可能先行迅速处理掉了……总之，没有太大出入吧。

“将放入断头与断指的塑料袋放在书房后，凶手返回了‘奇面之间’。这次，大概他也从地下密道中穿了回去。新月小姐正从沙龙室返回主楼，这样做是为了避免与其在走廊中相遇的危险。鬼丸先生与长宗我部先生的房间也位于主楼之中。即便是深夜，凶手当然也有这种想法，就是希望尽量不要外出走动。

“顺便要提的是，关于这个密道有两三点内容需要补充说明。刚才，我和鬼丸先生已经确认过，那条密道是从配楼向主楼方向的单行密道……也就是说，那个设计就是一旦密道大门关闭，从密道之内便无法打开入口处的门，从书房内也无法打开出口处的门。而且，一旦密道大门关闭、上锁后，作为‘匙孔’的**凹陷处**也会恢复原位。由于密道是这样的设计，所以情况就是在凶手需要往返于‘奇面之间’与书房期间，必须敞开出入口的门。可是，在没有必要往返的时候，只要隐秘门扉紧紧关闭，即便没有假面之‘钥’在手，也可以将‘匙孔’复原，不会留下丝毫使用过密道的痕迹。

“那么，接下来——

“返回‘奇面之间’的凶手确认沙龙室中已经空无一人后，先行完成原本遭突发事件打断的工作。转动‘奇面之间’窗外铁棒，打开第七个开关，开启沙龙室内的暗格。用方才到手的那把钥匙，从暗格之中盗取‘未来之面’。关好暗格的门后，他又将‘奇面之间’的铁棒恢复原位——此后关窗之际，他明明将窗帘也恢复了原状，匆忙之间却忘记扣下月牙锁。这虽然只是件无关紧要的小事，却也可以称为凶手的失误。正因为我突然注意到了那个锁，才会打开窗子，试着摇了摇铁质格栅。

“此时，恐怕已经接近凌晨四点。我猜凶手没有锁上‘对面之间’的门便离开了现场。他觉得要是锁上门的话，很有可能变成刻意强调整个内室的‘密室性’。凶手不希望我们的目光转向凶手事先可能准备了备用钥匙啦，也许什么地方有个密道啦，等等这些可能性上。

“那么，接下来凶手还有不得不再次十万火急去做的、优先度高的工作。在安眠药的药效消失前，他又潜回客房之中，复原窗外的铁棒。而后，为入睡的客人们戴上各自的假面并上锁。在这些紧要工作完成之后，凶手总算能够稍稍缓一口气了。奇怪的是一想到这些场景，我就变得有些同情那个凶手来。”

说罢，趁鹿谷短叹之际，“懊恼之面”开口发问道：

“那个……你是说在那之后，凶手处理了放在书房内的断头与断指吗？”

“考虑到优先顺序的话……不，或许将盗出的‘未来之面’及其钥匙藏在某个安全之处才是第一要务。反正，这也是无关大局的事情。”鹿谷继续顺着“凶手的行踪”解说道，“即便已过凌晨四点半、几近五点，也不必担心在主楼遭遇到某位用人。抱有如此念头的凶手向书房赶去，先打开了寝室窗子，将装有断头的那个塑料袋扔了出去。从这种行为中反映出的稀薄意愿，是出于凶手那种‘即便找到断头也没有大碍’的考虑。

“我觉得想象凶手心理活动的话，就是这么一回事儿吧。他希望尽量不被人知晓‘奇面之间’中有条隐秘通道，而且自己还使用过那条密道的事。所以，他想在尽可能远离‘奇面之间’的地方丢掉作为密道入口的‘钥匙’，即那枚‘祈愿之面’，之后能否找得到它也不是什么大问题了。只要眼下不让假面与密道二者扯上过多的关系即可。与此同时——

“虽说是尽可能远离‘奇面之间’的地方，凶手也不想拿着装有死人脑袋的塑料袋四处乱跑。他应该是这么想的吧。原本就不是因为憎恶对方起的杀心，也并没想过砍掉他的头。而是在突发事件中错手杀死对方，作为万不得已的选择结果才砍掉死者的头颅。所以，凶手希望早点儿扔掉这个令人讨厌的东西，因此才会采取从眼前的窗子扔出人头的草率对策。此处自然仅仅残存下‘计划性’全无、与犯罪的‘艺术性’这种字眼毫无联系的‘结果’而已。

“不过呢，说到另一个塑料袋中的东西，即被切断拿走的十根手指的话——”

“就是另外一码事儿了，对吧？”这回“惊骇之面”开口说道，“断指并没有那么随随便便地被处理掉。”

“确实如此。装有断头的塑料袋就那么丢出窗外后，凶手拿着装有断指的袋子，悄悄溜进厨房，用搅拌机碾碎了所有断指。很明显这是另外一个问题了。”

“惊骇之面”喃喃念着“的确如此”，却困惑地说着“但为什么……”这真的不是“演技”，瞳子同样感到困惑不解。

但是，毫无疑问的是残余的谜团越来越少。此时——

凶手为什么要将尸体的双手十指全部切断后那样处理掉了呢？

此外，还有另外一个问题。

凶手为什么要给全体来客戴上假面并上锁呢？

瞳子至今仍未寻找到这些问题的答案。她觉得也许鹿谷已经破解了全部谜题，故而凝视着“哄笑之面”的侧脸。鹿谷避开那道视线，边再一次按序逐个打量坐在沙发上的五名客人那刻有不同表情的假面边说道：

“这些必要工作全部完成之后，凶手回到自己的房间。啊，对了，在此之前，他应该毁掉了馆内——沙龙室、书房以及玄关大厅的所有电话。虽然不知道他毁掉这几处电话的顺序，但是考虑到活动路线，凶手应该最后毁掉玄关大厅的电话吧。无论如何——

“一切告终之后，凶手也像其他客人一样，亲自戴上假面并上了锁，静候别人起床后引起骚动。此时，他有没有稍得片刻休息，也只能询问他本人了。”

5

“那么，如今还剩两大谜团。”鹿谷竖起左手食指与中指，敲击着“哄笑之面”的下颚，继续说道，“首先是凶手为入睡的我们戴上这种假面并上锁。为什么要大费周章地做这种事呢？

“仅仅为了让我们陷入混乱吗？这可不在讨论之列。可是，执行此事之时不得不冒极高的风险。那么，为了隐瞒某种暗中实施的‘调包’的事实吗？虽然这种可能性有很大的探讨余地，甚至还令我假设馆主有个阔别多年的双胞胎兄弟，但几经思索种种可能性，也实在无法找到与‘形’相契合的答案。

“我觉得这样一来，才有必要重新考虑**倘若并非如此**的情况。”

倘若并非如此……凶手一面在心中默默反刍鹿谷的分析，一面不为人察觉地轻轻低声叹气。

——原来如此。这个男人果真已经注意到了吗？被他看穿了吗？

“另外一个重大的谜团，即关于断指的问题也是一样的。”鹿谷接着说道，“凶手杀害馆主之后，切断尸体双手的全部手指后带离现场，并用厨房的搅拌机碾碎断指。为什么他要特意这样做呢？

“为了破坏指纹，无法确认被害者身份吗？要是那样的话，断头被凶手随意丢掉就没有任何意义了。在此虽也讨论过双胞胎兄弟相互掉包的可能性，但是顺着这条线还是无法找到与‘形’相符的答案。所以——

“在此有必要以其他视角想想**倘若并非如此**的情况。我是这样想的，凶手之所以切掉尸体的手指后又那样处理掉断指，是不是还有其他更深的意义与目的呢？”

鹿谷将左手放在膝盖之上，依旧竖着食指与中指。手背上用黑色油性笔写下的“笑”字突然闯入眼帘，凶手以自嘲的心情，确认着自己左手手背上以相同字迹写下的文字。

“请听我说。总之，试着将思考全部清空。必要的是换一个视角。”

鹿谷加强了语气。

“遇害身亡的馆主依靠这种聚会寻找‘另一个自己’。无论怎么解释这也并非Doppelganger、二重身，但还是令人联想到关于这个概念的共同认知。上锁的假面，无头死尸……我觉得这些要素，害得我们白白在探讨‘同一性问题’上浪费时间，不知不觉将思维拉向‘与被害者长得极为相似的什么人’有关的‘调包’——这一方向上去。

“现在我们来重新冷静地考虑一下。‘戴上假面与被人戴上假面’，这种行为本身意味着什么？有何效果？先不谈文化与宗教上的解释及其理论，作为物理现象首先代表着，**令戴假面之人或被戴上假面之人的相貌不为人所见**。这虽是再正常不过的事情，但正因为如此，要点才存在于此处。

“且不管那与‘同一性问题’是否有关，总之凶手**将某个人的相貌遮掩起来**了。隐藏的并非全体受邀客，而是其中某一个人的脸。那么，那位‘某个人’是哪个人呢？首先一下子想到的就是凶手自己吧。凶手不惜耍这种花招，也想要令自己的相貌避开他人的视线。**到底为什么呢？**”

是啊——

凶手在心中静静低语。

我确实想要掩盖自己的这张脸。不管怎样都不得不遮掩起来。

只要戴着**这枚“××之面”**自然能够遮住。但是，只有自己一直戴着假面，不露出本来面目，这种愚蠢的行为不是等于告诉别人：“看，我很可疑吧？快来怀疑我吧！”

于是，他想出了一个妙招。

此处毕竟是奇面馆，事到如今——

这里有其他与**这枚“××之面”**相同的配锁假面——只要上了锁，没有钥匙的话绝对无法摘掉的假面。它们非常适合，就放置在紧挨着受邀客们的卧榻一侧，钥匙也在那里。所以，是的——

除了自己之外的其他来客也都戴上假面就好。只要所有人戴着各自的假面，上了锁后无法摘下的话……

“到底为什么呢？”

鹿谷重复提问道。

“我决定以其他角度重新思索这个问题后……一个答案自然而然出现了。”

鹿谷自信满满地说完后，巡视着全场。

“只要想明白的话，答案便简单明了得令人吃惊，甚至会责备自己为什么没有立刻想到……我说，怎么样？诸位已经察觉到了吧？”

6

凶手回想起种种事情。

潜入“奇面之间”时主照明已经熄掉，房间内一片漆黑。确认馆主已经卧床休息后，凶手放下心来，在黑暗中走到房间的窗子前。

打开关闭的窗帘，摘下月牙锁后打开窗子。为涌入室内的寒气而瑟瑟发抖的同时，向铁质格栅的右边一根铁棒伸出手去——然而，突然——

什么人自背后袭来。

仔细想想，那是醒来后发觉入侵者的奇面馆馆主的突袭行为。所谓感到有人“袭来”只是凶手的主观臆断，实际上也许只是被对方抓住肩膀而已。可是——

那一瞬间，凶手身处的“现实”与时时梦到的那个可怕梦境重叠在一起，令现实世界轰然崩塌。或许是现实为噩梦所吞噬，抑或是噩梦涌入现实。总之，他陷入那种强烈的奇妙蛊惑感中……

轻而易举被对方打倒后，他扭动着身子奋起抵抗。抵抗之中，他终于看清突袭而来的对方样貌。在忽而变得浓重的暗夜之中，他看到了那个一团灰白的身影。然后——

那个灰白身影的异样面容。

毫无生气、非常冷酷，令人感觉那并非活生生的人类。那是……对，那是“恶魔”的脸！

凶手像疯了似的为恐怖的感情所困、所唤醒……他转而反击，将对方按在身下后，在遭到对方激烈反抗的同时，几近忘我地卡住了那个“恶魔”的喉咙。终于——

“现实”恢复了本来的模样。此时，对方被凶手压在身下，一动不动。黑暗之中，映入眼帘的那张脸并非“恶魔”，而是奇面馆馆主所戴的“祈愿之面”。

7

凶手为什么非要遮掩自己的本来面目不可呢？

瞳子苦苦思索。听鹿谷絮絮叨叨说了半天，自己也渐渐掌握了这起事件大致的“形”。

凶手不得不遮挡自己相貌的理由是什么呢？**不得不掩盖**的理由是什么呢？这并非当初的计划、一定是计划外、预定外的事态吧。一定是……所以，这是——

“他遭到了被害者的抵抗吗？”

瞳子将脑海中浮现出的想法脱口而出。

“比如，在扭打着卡住对方脖子的时候，被他用力抓了脸什么的。凶手因此受了重伤，才……啊，那个，我说错了吗？”

瞳子受到全体的注目，慌忙举着双手在胸前左右晃动。

“算了算了，请大家不要在意。”

“哎呀呀，新月小姐。”鹿谷却说道，“就是这么一回事儿哟。”

“什么？”

“这样一来不仅仅是假面问题，连断指的理由也能完全说得通、合情合理了。”

“啊！”

原来如此——瞳子不由得拍了下巴掌。

原来如此，原来就是这么一回事啊！

“扭打到最后，凶手将被害者压在身下、勒住脖子。这个时候，往往会遭受到被害者的强烈抵抗。被害者应该用双手用力猛推、胡乱用力向对方脸上抓去或是挠破了对方的脸。”

鹿谷接着解释道。

“可以称之为抵抗痕迹吧。总之，凶手在犯下罪行时，因遭到对方如此抵抗而颜面负伤，而且那是无法以不小心摔伤的借口蒙混过关的伤痕。一眼看上去令人起疑的伤痕，那正像是额头或脸颊被指甲抓下去般的几道明显伤痕……

“如果这道伤被大家看到的话，毫无疑问肯定会直接遭到怀疑而被捕。只要一调查死者的手指，就会发现那里染了血或是指甲脱落，发生了什么事便一目了然。”

“所以凶手才切断手指，想要毁掉被害者的抵抗痕迹。”

“没错。所以他并非仅仅带走断指，还特地将其以搅拌机碾碎，就是为了让那些呈脱落、欠缺状的指甲从这个世界上彻底消失。”

“可不是嘛！全部合情合理了呢。”

瞳子无意中提高了声音，但鹿谷以全然平静的口吻继续说了下去。

“但是——但是呢，面对这种事态之时，一般说来凶手会怎么想呢？”

“怎么想？这个嘛……”

“一般来说都会觉得万事皆休了吧。到头来凶手认识到无论如何也无法蒙混过关，在最为重要的‘未来之面’到手后，夹带假面尽快从这里逃走就是了——凶手本应自然而然做出这样的行为。但是，凶手却没有这么做——与其说是他没有这么做，不如说是身处**不能这么做的情况**之中。”

“都怪这场雪吧。”

“是啊。全都归咎于这场不合时宜的暴雪。”

鹿谷转而看向长宗我部。

“您说过这场雪是十年一遇的诡异气象，对吧？”

鹿谷向长宗我部求证。

“您还说过大约十年前，也持续降过这样的大雪。其间还有几名外出者丧命。”

“是的——的确说过。”

“难道凶手知道这件事吗？”瞳子问道。

鹿谷听闻回答道：

“他应该知道吧，所以才不得不选择了与在暴风雪中强行出逃相异的苦肉计。”

鹿谷的视线从瞳子身上移向在座诸位。

“只要弄坏电话，切断与外界的联系，警察无法立刻赶来。虽然还不知道要困在这里几日，但却可以**拖延眼下的时间**。只要将包括自己在内的全体来客头上都套上假面，以此遮掩，那么至少在此期间自己不会受到决定性的质疑便可了事。

“比起冒死在暴雪中外出，**这样更好**——凶手下了这样的判断。

如此一来，他边拖延，边计算着停雪的大致时间，而后只需独自逃出宅邸，到别的什么地方去——凶手就是这样策划的吧。”

8

“这下子，事件的‘形’大致解明了。那么，怎么样？是不是已经可以渐渐清楚凶手的‘样子’了呢？”鹿谷说道。

凶手拼命压抑住心中的不安。

“总之，可以确定的是**凶手就是通晓这幢奇面馆秘密的人物**。首先，声称**已经不在此处**的‘未来之面’实际上**仍旧在馆内**。而凶手知晓这个事实。其次，事先充分掌握那两大秘密的知识，即此处隐藏暗格与那扇隐秘门扉、‘奇面之间’与主楼相通的密道与打开密道入口的机关。

“凶手是如何掌握这些消息的？到底是怎样的人才有可能得到这些知识和消息呢？”

9

此时已过了晚上十点半。

昨日此时，馆内流逝的时间尽管充斥着某种紧张感，但基本上宁静平和。瞳子为了准备“相对仪式”之后的小型宴会，按照鬼丸的指示忙得团团转。受邀客们走出“对面之间”，在沙龙室内舒舒服服看着电视播放天气预报，一面异口同声地聊着“真是要命的天气啊”，一面仍旧享受着“不合时宜的‘暴风雪山庄’”的特殊氛围。

有谁能够料想到，在仅仅据此二十四小时之后的今晚此刻，自己竟然遇到这种紧迫的场面。

这一念头忽然冒出脑海后，瞳子的心情变得十分奇怪。

甚至对于造成此事态的凶手本人而言，在昨日此时，他的未来还是截然不同的模样。不为人知地盗出那枚假面，若无其事地离开宅邸。原本只是再简单不过的“计划”而已啊……

鹿谷抱臂，稍作停顿。那沉默恰似催促这场游戏的对局者——即凶手认输一般。

但是，谁也没有开口说话。包括瞳子等三名用人在内，在场诸位甚至都一动不动。如此这般，五分钟过去了。

“那么——”鹿谷徐徐起身说道。

要继续说下去了吗——瞳子这样想道。而后，她端正了坐姿。

“我有几个在意的事情，想借此机会向大家求证——首先是忍田先生。”

“什么事儿？”“惊骇之面”回应道。

鹿谷问道：

“我记得昨天在我们初次相见之时，你似乎这样说过吧。我戴上这个假面来到走廊中，遇到你的时候，你说小说家老师是‘哄笑’的假面呀。”

“哎，是吗？我记不清楚了。”

“我还记得那时的你的视线。你径直看着我的脸，并没有类似确认钉在门上的卡片文字的动作。”

“是吗？啊呀，还真是观察入微啊。”

“然而另一方面，在此后‘会面品茗会’席间，馆主说过这样的话。他说这是第三次召开聚会，前两次只有四名客人应邀而来。这六种假面与六间客房在此次才全部派上用场。”

“喔，对。我记得这番话。”

“于是，此时我不禁觉得奇怪。前两次参加者各有四人，客用假面应该也只有四种才对。为什么忍田先生一见到我所戴的假面就立刻知道这是‘哄笑之面’呢？它明明在前两次聚会中没有派上用场，此次聚会才首次使用啊。”

“惊骇之面”耸耸肩说道：

“啊呀呀，也就是说，你是想指出我过于清楚这里的内部情况，十分可疑是吗？”

“嗯，算是吧。”

“你对细节疑心太重啦。我事先曾向馆主请教过另外两种假面的情况。他告诉过我‘哄笑之面’与‘愤怒之面’尚留于此。所以，当我一看到你戴的那枚假面，甚至不用看门上的卡片就立刻发觉原来那就是‘哄笑’。”

“是嘛。原来如此。”

“虽然我是第一次亲眼得见实物，但那枚假面的表情看起来怎么也是‘笑’的模样吧。至少那不是‘愤怒’的表情。”

“原来如此。那么，顺便再问一句。”

“请随便问。”

“位于横滨的魔术吧什么时候开业的呢？”

“至今已经开业三年了。”

“没想到年头这么短啊。生意兴隆吗？”

“这个嘛……凑合吧。”

“开业前你从事哪一行？”

“什么哪一行……还是魔术师啊。”

“惊骇之面”再次耸耸肩。

“但是，光靠这门手艺可不够吃的。我会告诉你我一边凭兴趣玩玩魔术，一边把老家的遗产挥霍一空的实情吗？”

“这样啊——再请教最后一个问题。你以前就知道这幢建筑物设有暗格与密道吗？”

“怎么可能！我怎么会知道啊！”

接下来，鹿谷盘问的人是“懊恼之面”。

“位于札幌的设计事务所什么时候开业的呢？”

这是他问的第一个问题。

“两年前。”

“懊恼之面”回答道。

“哦，没想到年头也很短啊。”

“在此之前，我在东京某大型事务所中任职。这时，一位姓光川的前辈主动提出自主创业，问我要不要和他一起成立事务所。札幌就是那位前辈的出生地。”

“后来就下了重大决定吗？”

“是的。”

“你知道‘奇面馆的秘密’吗？”

“我当然毫不知情。”“懊恼之面”混同一声叹息回答道，“你说说看，像我这种外人要怎样才能得知那种机关呢？”

“啊呀，你看，你可同那位中村青司是同行嘛。实际上你和青司本人在某处有过接触，听他提起过，或是有机会见到过此处的设计图纸之类的。”

“我用忍田先生的一句话来回答你，你怀疑过头啦。正如我在白天所说的那样，我只是听光川前辈提起过中村的传闻而已。”

“哎呀呀，实在抱歉。”

鹿谷略略低头行了一礼。在瞳子看来，自假面的孔洞间窥视到的鹿谷的目光从未如此敏锐。

10

“下一位是创马社长。”

鹿谷转而看向“欢愉之面”。

“我记得你经营的公司——‘S 企划’是去年成立的。”

“是的。确切地说是十四个月之前成立的。”

“冒昧问一句，经营情况不怎么理想吧？”

“说实在的，谈不上一帆风顺啊。”

“欢愉之面”将放入塑料滤嘴中的烟点上后，徐徐地吸了口烟。

鹿谷接着说道：

“那个，你是近视眼吧。一般戴隐形眼镜吗？”

“欢愉之面”有些出乎意料地“哎”了一声后说道：

“你怎么知道的？”

“昨晚我听到你和米迦勒的聊天内容了，就在新月小姐将米迦勒摔出去之后。那时，米迦勒曾说自己近视得厉害，而你很自然地建议他‘戴隐形不就好了嘛’。米迦勒刚一提起他戴不惯那玩意儿，你就说‘我可是一下子就习惯了’——这些话听起来怎么都像是自身佩戴隐形的人所做的应答吧。如果自己不戴隐形的话，是不会直接做出这种反应的。”

瞳子也很早就注意到这点了。

昨日，瞳子前去迎接抵达宅邸的一号客人，在进行其身份证明的确认之际，来客曾经很不舒服地用指尖按压眼角。瞳子以为来客会频繁眨眼以舒缓眼部不适，但是来客却立刻自挎包之中拿出了眼药、润了润眼睛。见他这副样子，瞳子便发觉来客也许戴着隐形眼镜——可是，这与凶案到底有没有联系呢？

“我是戴着隐形矫正视力没错，但是这又怎么了？”“欢愉之面”不解地反问。

鹿谷说道：

“一般来说，就寝时都会摘掉隐形吧。”

“一般来说的话，算是吧。”

“我们是在熟睡之时被凶手戴上假面的。你应该也是在摘掉隐形入睡时，被戴上那枚‘欢愉之面’才对……据我观察，明明你的眼睛似乎可以看得很清楚。”

“这……”

“比如，在诸位前往检查‘奇面之间’的时候，我伸手握住窗子的铁质格栅后，你问过我‘铁质格栅上被做了手脚吗’，对吧。那个时候，你身在房间入口一带，是离窗子相当遥远的地方。可偏偏清清楚楚地看到了我的动作。如果视力不好的话，应该不会有那种反应吧？”

“应该不会有。”

“我从这个举动中推测，看来你在被凶手戴上假面之后，似乎也戴上了隐形。然而，正如你所戴的那枚‘欢愉之面’那般，有着弯月一般的细长双目。我觉得戴着假面的情况下极难戴上隐形眼镜。所以……”

“你想说我是凶手，所以在亲手带上这枚假面之时已经戴好隐形眼镜了吧？”

“换一种说法的话，的确就是这个意思。若你是凶手，按照方才我所推断的那一连串行动结束之后，你回到房间，亲手为自己戴上那枚假面，却糊里糊涂地忘记摘掉隐形眼镜。或者，是刻意选择没有摘掉隐形眼镜。虽然就寝中被人戴上假面，但还是戴着隐形。与这种不自然感相比，你还是选择优先确保视力。”

“唉，你真心怀疑我吗？”

“我只是觉得有值得怀疑之处而已嘛。”

“那么，请你舍弃掉这种疑虑吧。”“欢愉之面”熄掉烟，说道，“我确实戴隐形眼镜，一般也会摘掉它上床睡觉。但是，昨晚我回到房间的时候困得不行，就稍微躺了一会儿，最后还没等我摘下隐形眼镜便睡死过去了。所以，清晨一觉醒来就戴着这面具，自然也还戴着隐形眼镜啊。”

“哦，是嘛，原来如此。”

鹿谷频频轻轻点头。

“我虽觉得这是种有点儿意思的解释，但被这样反驳了之后竟然无话可说啊。哎呀呀，这还真是十分合理的解释呢。”

“因为这就是真相啊。当然合理嘛！”

“我知道了。那么，我也顺便向你请教一下和刚才那两位同样的问题。”

“知不知道奇面馆的秘密吗？”

“是的。你知道吗？”

“刚刚第一次听说。我也从未听遇害的馆主提起过这种事情。”

“关于‘未来之面’呢？什么也没听说过吗？”

“是的，我什么也不知道。”

“这样啊——那么下面轮到算哲教授了。”

鹿谷继续提问下去。

“冒昧地问一句，教授你平时怎么打发时间呢？”

“‘平时’吗？没什么，什么也不做啊。”

“净歇着了呀。那你结婚了吗？工作呢？”

“我既没有兴趣走入围城之中，也没觉得刚好有位女性能够充分认识我的才华。至于工作嘛，每日埋头研究就是我的工作。”

“这份工作有报酬吗？”

“报酬？真是不解风情。我进行的可是纯粹的研究，与铜臭不沾边儿。”

“那么，你要怎样度日呢？”

“虽然我不像忍田先生那样，但所幸双亲也留下一大笔财产。”

“真是令人羡慕的好福气啊。”

“经常被人这么说。”

“关于奇面馆的秘密呢？你知道这些机关吗？”

“不知道。不过，我认为这里一定有什么秘密才对。尽管我没听说过什么姓中村的建筑师的事儿，但即便没听说过那人，光是这房子的样貌，看起来就像隐藏着某些秘密似的。尤其是这幢配楼。你看，我总觉得这里很像去年把我关进去的那家医院……”

“医院吗？这样啊——哦，多谢啦。”

鹿谷略略点头以表谢意。

“那么，最后来问问老山警官吧。”

鹿谷看向“愤怒之面”。

“左脚受伤是在两年前吧？在此之前，你在县警一课待了很久吧？”

“我在一线待了十年左右。”

“一直都在兵库县做县警吗？”

“毕竟我没有参加过高级公务员考试嘛。自从上班以来一直都干县警。”

“尽管如此，听你说话也没带关西口音。”

“双亲本就是关东人，我媳妇儿也是这边出生的。大概因为这个缘故吧。”

“对了，‘对面之间’的书桌上不是放着文件嘛。方才我同鬼丸先生一起，大致浏览了一番那些文件。”

鹿谷瞥了一眼坐在脚凳上的黑衣秘书。

“那些文件果真是馆主为了从全国找到‘另一个自己’而雇用的，‘半吊子’私家侦探社之类的家伙提交的报告。”

“哦？那上面把我们的个人信息列了一长串吗？”

“没有。就我所见，只有两份报告。作为资料准备的是日向京助和你，即第一次参加聚会的两个人的报告。由于其他四人不是第二次就是第三次参加聚会，馆主已经完全掌握了相关资料，觉得没有必要特地参阅报告。”

“你看了报告之后，有什么新发现吗？”

“那里面详细记载了你的负伤经过。那上面还提到了曾经在神户轰动一时的‘薛定谔黑猫事件’，你曾经在那次事件中为逮捕凶手立下汗马功劳。”

“是嘛。那上面怎么还提这些陈芝麻烂谷子的事儿啊。”

“你还参与了在相生发生的‘神内家族事件’吧。”

“哎呀，连那件案子都提到了呀。真是不错的调查报告。”

“那么，我还想再问你一遍。”

“问我知不知道奇面馆的秘密吗？”

“是的。”

“我要是现在承认‘实际上我从很久以前就知道这些秘密了’，那么，你立刻会说‘你就是凶手’，对吧。”

“是这个理儿。”

“你的意思是从天刚黑开始，我对你的推理颇感兴趣、从中协助，这些都是基于真凶的角度而耍的花招吗？”

“我只是觉得不能排除这种可能性。”

鹿谷毫不畏怯地回答道。

“结果呢？你知道这里的秘密吗？”

“愤怒之面”的答案自然是“不知道”。

11

如此这般——

向五名来客大致询问了一番“在意的事情”后，依然站着的鹿谷仿佛驱赶肩膀酸痛般转动着双肩。

足足半天多的漫长时间一直戴着那种假面的缘故吧……瞳子同情地想着。想必其他几位来客也早都疲惫不堪。尤其是凶手，他应该特别疲累了。

“那么，要如何是好呢？”最后，鹿谷说道，“其实，方才在弄清凶手为我等戴上假面的理由之时，就此作罢也不无不可。现在，到了如此地步，就此作罢也不无不可——因为，事件的‘形’既然已经如此清晰，那么凶手已经无路可走了。”

唉，果真如此——瞳子想道。

已经迎来最后阶段。鹿谷果真开始催促凶手认输了。

“这件案子之所以呈现出如此复杂奇怪的样子，不仅是因为**这场**

聚会原有的特殊性，可以说凶手为了摆脱最初的计划与设想之外的事态而想出的种种对策也是原因之一。砍下尸体头部也好，切掉尸体手指也好，为我们戴上假面也好……这些都是为了**回避危机**、迫不得已而为之的工作。说句不好听的，那只是静等因暴雪造成的孤立状态解除，直到警察赶来前的**暂时敷衍**而已。

“总之，他**希望自己的凶手身份不会立刻被人拆穿**。利用从中而生的**暂缓时间**找到逃跑的机会并付诸行动——凶手的这种行为目的已经变得显而易见。因此——

“此时此刻，即便无法指出我们之中到底谁才是凶手，也无碍全局。待雪停后，鬼丸先生他们可以联络到警察时，为了不令我等之中有任何一人逃脱而一直相互监视即可。你们说，对吧？”

鹿谷向在座众人反问道。然而那提问却没有得到任何人的积极响应，仅仅令现场的空气产生了些微波澜而已。

“哦？还打算垂死挣扎吗？”

鹿谷低哼一声。

“也对啊。照这样下去在这儿一直相互监视彼此，无论对于我们来说，还是对于凶手而言，这都令人心情沉重——要不，还是**继续分析**吧。”

12

“总之，事实就是凶手的确是熟悉这幢奇面馆的秘密的人。由迄今为止的推理与验证得出的就是这个结论，所以刚才我再次询问大家‘是否知晓奇面馆的秘密’，不过没有任何人亲口承认‘知道’这里的秘密。于是，我不得不思索这个问题——

“我们这些人里，到底是谁、又是怎样掌握了有关奇面馆的各种知识和消息呢？”

鹿谷加重语气提出问题。

“对了，实际上——”他向鬼丸瞥了一眼后，继续说道，“数小时之前，我才第一次得知**与某件事相关的重要事实**。这是从鬼丸先生那里得知的。聚集于此的人之中，长宗我部先生也知道那件事，新月小姐似乎和我一样不知情，老山警官也是如此，至少看起来像是不知道。”

“装模作样。”“悲叹之面”插嘴道，“什么事儿啊？什么秘密？”

“哎呀呀，教授，那可不是什么能担当得起‘秘密’这个名号的事情呀。鬼丸先生也好，长宗我部先生也好，他们可没有存心对我隐瞒这个事实。恐怕遇害的馆主也是如此吧。**是我自以为是地误会了而已**……就是说，那是**关于这幢奇面馆的‘先代’馆主的问题**。但是，我也有这样误会的理由，是事先日向京助告诉我的奇面馆相关消息让我先行做出了判断。”

“先代馆主？”

“悲叹之面”有些不解。

“就是这幢宅邸之前的主人吗？”

“没错。”

“之前的主人不就是那个谁嘛。兴建了这个宅邸的那位异想天开的假面控，影山透一呀。”

“是嘛。如果你说的不是假话，那么，看来教授也是这样误会的呀。”

“这也不是什么误会吧，难道不是他吗？”

“因为教授住院，缺席了上一次聚会吧。”“惊骇之面”从旁插嘴。

鹿谷“哦”了一声，看向他问道：

“忍田先生知道吗？”

“在上次的集会中，馆主对我们提过这件事。不过也没有说过太多。”

“这样啊。这么说来其他两位也听说过这件事了？”

“听说过啊。所以，我也知道有关‘前一位馆主’的事情。”

“欢愉之面”回答道。

“我也是。我记得上一次聚会中馆主说过。”

“懊恼之面”回答道。

“是嘛。但是，馆主并没有说得非常详细吧。”鹿谷确认道。

“懊恼之面”缓缓点头。“惊骇”与“欢愉”二位也各自颔首。

鹿谷说道：“九年前，在影山透一亡故后，这幢宅邸首先由下一任馆主，即第二代馆主接手。在距今三年前，这里再度更换为现在的馆主。所以，遇害身亡的影山逸史是‘第三代’馆主。在九年前直至三年前的这六年之间，这幢宅邸还有第二代馆主，即‘先代’馆主存在。

“然而，我对此并不知情。曾经一直误认为在透一死后，这幢宅邸直接被现任馆主接手。所以，逸史所说的‘先代’对于现任馆主及鬼丸先生他们而言，并非是透一，而是他的前一任馆主，即‘第二代馆主’。我虽然有不太协调或是不太一致的感觉，但后来不由得就这么误会了。若说有趣，这的确也有趣，但若说讽刺，也的确够讽刺的——”

而后，鹿谷向来客们提问道：

“上一次聚会之际，馆主都说了‘第二代’馆主的什么事儿呢？”

“不是都说了吗，他没有说太多……”“惊骇之面”回答道，“他只说过他并非从初代馆主影山透一死后立刻接手了这里。其间还有另一个人，即第二位持有者存在。”

“那他有没有说过‘第二位持有者’是怎样的人呢？”

“没有，他几乎没有……只说过三年前，他从那位第二任所有者手上买下了这幢宅邸而已。”

“是嘛。那位第二任所有者——第二代馆主如今人在何处，做些什么呢？”

“这倒从未听他提起啊。”

“惊骇之面”说罢，窥视着“欢愉之面”与“懊恼之面”。

“是没提过。”“欢愉之面”附和道。

“懊恼之面”也默默点了点头。

“鬼丸先生和长宗我部先生也没听说过第二位馆主的具体情况吗？”鹿谷摩挲着“哄笑之面”的下颚说道，“想来这是他不让馆主透露自己的秘密啊。也不是没有这种可能性嘛。”

“你指的是谁不让人透露自己的秘密呢？”

“当然是那位第二代馆主，即先代馆主呀。”

“为什么他要这么做……”

“这才是重点。”

鹿谷的声音变得尖厉起来。

“那位第二代馆主混入受邀客中，参加了这次聚会。如果这么想的话，又会如何呢？”

现场的气氛立刻为之一变。

“以前，**他**曾经拜托馆主，不要对任何人透露自己就是这幢宅邸的前一任持有者。想象那也许是某种……对，类似某种心理上的强烈抵触感。馆主答应了他的请求，对此绝口不提。结果，他才得以在今时今日将**他**的‘面目’匿于最后的假面之中。”

“你是说，凶手就是那位第二代馆主吗？”“愤怒之面”问道。

鹿谷没有片刻踌躇，回答道：

“没错。从秘藏‘未来之面’的暗格到‘奇面之间’的密道，这些都是连遇害的馆主也不知道的奇面馆的秘密。什么人会知道这些秘密呢——既然建造这幢宅邸的影山透一早早身亡，那么首先应该考虑的人选就是在现任馆主接手此处之前的六年间，身为此幢宅邸所有者的第二代馆主。**如果那位第二代馆主的确身在此处的话，那么，可以认定他就是凶手。**

“诸位，怎么样？你们也是这么想的吧？”

13

“这些人里真的有第二代馆主的话，那么会是谁呢？”

鹿谷以与“哄笑之面”的表情全然不相称的严厉口吻提问道。就连不算在“这些人”之列的瞳子也不由得端正了坐姿。明明不觉得热，可下意识紧紧抓住围裙布料的双手竟然渗出了汗。

“从现在掌握的消息推测，至少老山警官不像是先代馆主。”

鹿谷看向“愤怒之面”。

“很难想象他既作为兵库县警长期活跃在一线，又在千里之外身兼此处宅邸的所有者。应该无法身兼二职才对。”

“这不是废话嘛。”

“愤怒之面”叹息着回应一句，故作夸张地耸耸肩。

“其他人又如何呢？”

说着，鹿谷逐一看着“惊骇”“欢愉”“悲叹”以及“懊恼”这四枚假面。

“忍田先生开在横滨的魔术吧也经营了三年。两年前，米迦勒先生离开东京的事务所自主创业，移籍到札幌的自营事务所。创马社长一年前在三鹰开创了如今的公司。算哲教授虽然住在仙台，但是却一味进行纯粹的研究，不归属于任何机构——考虑到种种可能性，无论这四人之中的哪一位是第二代馆主，也都没什么不行的。我觉得**任何一人都有可能**——”

无人在此认真地申诉说“我没有那种可能”。鹿谷的指尖抵住假面下颚，再次按序将那四枚假面看了一遍。

“那么，怎么样呀？快点儿死了心，自报姓名吧？”

依旧无人响应鹿谷的号召。

十分沉闷、拘谨的沉默持续了将近十几秒之后——

“没辙呀。”鹿谷缓缓摇摇头，立刻对黑衣秘书说道，“鬼丸先生，可以请你拿出**那样东西**吗？”

“我知道了。”

鬼丸站起身来，悄无声息地离开后，走向电话消失不见的电话台前。他打开电话台上的其中一个抽屉，从里面拿出大号茶色信封。

那是什么呀——瞳子屏息静气地注视着鬼丸的动作。

他说的“那样东西”……就在那枚信封内吗？

鹿谷从鬼丸手中接过信封后，马上窥视起信封里面的东西确认道：

“我们来看看它吧。”

说罢，他从信封内抽出一本书来。那是本 A4 大小的旧杂志。

哎呀，那是——瞳子瞪大了双眼。那本杂志是……

“这就是那本名为《MINERWA》的月刊。”

鹿谷将信封放在自己坐的椅子上，双手捧书给大家看。

“主楼收藏室之中的二层有个书架，这是今天傍晚在那儿找到的东西。一九八三年十月号。这里还贴有便条纸……”

鹿谷打开那一页。

“我说过吧。十年前，日向京助以撰稿人的身份来到这幢宅邸的假面收藏间进行采访。就是这篇报道。整篇报道的重点是对影山透一的访谈。透一将送来的这本杂志中，刊登着那篇报道的页面贴上便条纸后保存了起来。

“据说第二代馆主似乎十分拮据，因此才将透一搜集的假面一起变卖掉了。不过，他没有擅自处理掉那些藏书之类的东西。第三代馆主原封不动地接手了这里，毫不在意地留着那些书籍。看看这篇报道，有些地方用彩色铅笔画了线，有些地方还加了注。这样可以令我们多少了解透一的性格。”

鹿谷将《MINERWA》摊在桌上。

“不过，这里——”

说着，鹿谷从刚才那枚信封中又抽出一本书来。

“还有一本一九八三年十月号的《MINERWA》。这是我向日向京助借来带到这里的。自然了，如你们所见，同样设计的封面中刊登着同一篇采访报道。”

他到底想说什么呢？

瞳子不知道鹿谷想要说明什么，来回看着两本《MINERWA》。

“这本杂志更改纸张规格后，如今仍在发行。不过封面上印刷着的这个——”

鹿谷指着手上那本《MINERWA》的封面一隅，促使大家注意。

“这个猫头鹰标志从创刊至今都没有更换过。在现在看来，由双色印刷酝酿出的具有奇妙复古感的猫头鹰图案，设计得的确趣味十足呢。”

瞳子注视着鹿谷指着的猫头鹰。

那是只展开赤红羽翼的猫头鹰。白底上印着黑红双色，整体轮廓与形状多以黑色描绘，展开的羽翼中是无数红色线条。

与收藏室书架上那本杂志上的猫头鹰相同……不对。

相同？可是，总觉得这个……

“刚才给你们看的是这本。”

说着，鹿谷再次拿起放在桌上的第一本《MINERWA》，将两本杂志并排放在一起。

“同月号的杂志，封面设计也相同。但是，你们看，请比对这两只猫头鹰看看。怎么样？**是不是有哪儿不对？**”

瞳子仔细看看第一本杂志上的猫头鹰后，理解了鹿谷那番话的意思。因为她知道看过**这个地方**，记得**这个**。

展开双翼的青眸猫头鹰——

“这本的猫头鹰眼睛成了青色的。看得出来吧？”

鹿谷宣告道。

“原本这就是黑红双色印刷的徽标，可猫头鹰的双眼之中偏偏涂成了青色。那颜色溢出了双眼轮廓，连猫头鹰的脸上都多少染上了一些。仔细看就能发现，那似乎是用彩色铅笔涂上去的。大概这是透一的消遣或是涂鸦吧。

“也就是说，猫头鹰徽标被涂成青色眼睛的《MINERWA》在世界上仅此一册。**只有这一本**。仅有存于这幢宅邸的书架上的这一本而已。”

没错——瞳子点点头。

的确如此。

“然而——”鹿谷接着说道，“今天，我对大家坦白自己的身份，提到写有日向京助访谈的《MINERWA》时，诸位还记得那时的情形吗？那时，关于《MINERWA》，曾经有人这么说过吧。他说‘啊，我想起来了，**是那个变成青色猫头鹰的杂志啊**’……”

包括瞳子在内的几个人发出了“啊”的一声。

“《MINERWA》的猫头鹰原本像这样，是怎么看也不会‘变成青色’的。如此描述它的**那个人**肯定见过《MINERWA》的封面上那个‘变成青色的猫头鹰’的徽标。正因为他见过双眼与其周围涂成青色的**这个猫头鹰徽标**，才会将记忆中‘变成青色’的描述脱口而出。难以考虑仅仅受邀来参加这场聚会的客人，偶然间翻出了放在书架上的这本《MINERWA》，从而发现了青色的猫头鹰。**正因为是从透一手上接管了宅邸的第二代馆主，才有可能这么做吧。**”

鹿谷将两本《MINERWA》摞在桌子上，伸出右手指向斜前方说道：

“喂，没错吧。”他径直指着来客之中的一人说道，“**你就是第二代馆主。**”

鹿谷指着的正是“欢愉之面”。

14

“我还以为你肯因为刚才隐形眼镜的那件事**招认**呢，真够固执的呀。”放下指向对方的食指后，鹿谷说道，“你也知道此处十年一遇的暴雪吧。接管宅邸只有三年的馆主说过，还是第一次下这么大的雪呢。不过你却知道。长宗我部先生经历过的那场十年前的暴雪也好，那时有几名当地人因此身亡的事也好，你都十分清楚。所以你才在错手杀死馆主，认识到自己走投无路时，断定立刻从这里逃走的选择极其危险吧。”

——真是服了这天儿了。怎么偏偏今天是这种鬼天气啊。

瞳子的脑海里突然回响起这句话。那是昨晚迎接抵达此处的一号客人时，他说过的几句话。她觉得如今总算理解了这些话所包含的那位客人的心理，以及事情的真相了。

——话说回来，这场雪还真是令人担心啊。

——要是再这样下个没完的话，也许我们会被困在这里。

——可是，正是因为这反复无常的天气，差不多十年一次就会发生为雪所困的事儿呢。

“偷走的‘未来之面’及其钥匙都藏在你开来的车子里。我们戴着的假面的钥匙藏在另外的什么地方了吧。你说过**那还是辆带胎链的四驱车**，没错吧。你打算等雪势稍停，趁我们不备的时候果断出车，是吗？”

“不是的。”

好似驱赶集于己身的众人视线般，“欢愉之面”用力摇摇头。

“不是那样的。我什么也没做，怎么会……”

“那么，你为什么会声称《MINERWA》的徽标是‘变成青色的猫头鹰’呢？过去你曾经在此见过透一书架上的**这本月刊**吗？”

鹿谷逼问道。但是，“欢愉之面”依旧提高声音一味否认。

“没有。不是那样的。我只是无意中那么说了而已，也许在书店或是什么地方看到那个杂志的时候，因为光线或是别的什么原因看起来像是青的吧。我从来没见过写了那种报道的旧杂志。”

“哎呀呀，还要死撑到底吗？”

鹿谷目不转睛地盯着对方，略略摊开双手说道。而后，他放下左手，伸进睡袍的口袋中。

“够了。我知道你绝不是那种冷酷无情、穷凶极恶的凶手。即便事情演变至此，你也没成为那种人，反而是个胆小怯懦的人，对吧。虽然至此为止你仍然坚持否认这点令我感到意外，但我劝你还是赶紧放弃这无谓的抵抗吧。这世上还有死心一说。”

“我说了不是我嘛。我没有做那种……我什么也没做。我……”

“哦？那这个要怎么解释呢？”

说罢，鹿谷从睡袍口袋中伸出左手。摊开掌心，那里有一把小小的钥匙。

“这是什么？这把钥匙怎么了？”

“欢愉之面”看似一副莫名其妙的样子。瞳子也同样困惑。

那把钥匙怎么了？

“你是目前最清楚这幢奇面馆秘密的人，不过你似乎并不知晓所有的秘密。你没有听透一提过这把钥匙吗？”

“钥匙……这是什么钥匙？”

“这是我偷偷拿来的‘祈愿之面’的钥匙。”

“‘祈愿之面’的钥匙？”

“是的。”

“它到底……”

鹿谷用右手捏着钥匙，将它拿到自己所戴的“哄笑之面”的头后部。而后不久，响起一声微弱的金属音。那是连瞳子也记得曾经听过的，为假面解锁的声音。

“‘祈愿之面’似乎原本也被称作‘主人之面’。‘主人之面’的钥匙故而也被称为‘主人之钥’……我和鬼丸先生两个人四处调查时想起，也许‘主人之钥’是对所有假面都有效的万能钥匙。”

“哄笑之面”的后半部分作两半打开了。鹿谷用双手扶着假面的头部两侧，稍稍探着身，摘下了假面。

如此一来，鹿谷那胡子拉碴的小麦色脸庞露了出来。看向对方的稍微凹陷的双眸之中，透出了怜悯的目光。他将摘掉的假面放在桌子上，右手从假面匙孔中拔下“祈愿之面”，即“主人之面”的钥匙后，马上用另一只手缓缓摩挲起脸颊来。

“来吧，用这个打开你的那枚假面吧。脸上的伤不是很痛吗？服用退烧药也是为了抑制那里的痛楚吧。市面上出售的退烧药差不多都有止痛效果，可是不好好消毒、一不小心化了脓的话可是很麻烦的哟。”

“这……”

伴随着无力的呻吟声，“欢愉之面”颓丧地低下了头。见此反应，鹿谷静静地眯起双眼。

“创马社长，你承认自己就是这件案子的凶手了吧……啊呀，至此仍以此名称呼你反而有些含混了吧。嗯，可不是嘛。谁也不想在这种含混的情况下和案子扯上关系呀——”

鹿谷向慢慢起身的“欢愉之面”走去。

“再向你确认一遍。**你就是这幢奇面馆的第二代馆主——即九年前亡故的影山透一的儿子、影山逸史先生吧。**”

15

凶手即一号受邀客——**“欢愉之面”影山逸史**（改名后俗称影山创马）再度无力地呻吟了一声后，徐徐地从沙发上跪坐在地。

坐在凶手左边的二号受邀客——**“惊骇之面”影山逸史**（艺名忍田天空）“啊”地发出一声惊骇之声。

“第二代馆主真的是初代馆主的儿子吗？即便如此，那竟然就是你……”

坐在凶手右边的三号受邀客——**“悲叹之面”影山逸史**（自称降矢木算哲的转世）“唉”地发出一声感慨。

“鹿谷老师，真是了不起。我来帮你打响名侦探的招牌吧。”

并没有与那三人坐在一起，而是坐在其他沙发上的四号受邀客——**“懊恼之面”影山逸史**（教名米迦勒）默默用双手扶着假面额头，深深叹了一口气。

隔着桌子坐在对面沙发上的六号客人——**“愤怒之面”影山逸史**（俗称老山警官）立刻起身，赶到凶手身旁，想要抓获凶手。五号受邀客——“哄笑之面”鹿谷门实制止了他。

“我还有很多问题想要问问他。”

鹿谷俯视着气力尽失、跌坐在地的凶手。

“有的是时间。我不会强迫你的，如果可以的话，你愿意聊聊吗？”

16

“在思索第二代主人或是第三代主人这些字眼之前，也有很多让人怀疑馆主——**身为邀请人的影山逸史是否就是影山透一的儿子**。然而，我却暂时以事先日向京助告诉我的内容做了预先判断，难以注意到事情的真相。这不得不让我感到有些羞愧——”

鹿谷将自己一直坐着的椅子让给了凶手后，坐在鬼丸使用过的脚凳上。为了以防万一，“愤怒之面”与鬼丸立于凶手两侧看着他。

但鹿谷对此并不十分担心。因为到此为止，凶手已经放弃了反抗或出逃的念头了吧。

“十年前，日向造访这幢宅邸，对当时的馆主影山透一进行采访。据说，那时他曾经也遇到了透一的儿子影山逸史。就因为日向记得这件事，所以当他收到这次聚会的请柬，看到邀请人的名字及召开聚会的场所时，一心认为那就是十年前曾有过一面之缘的那位影山逸史。”

——碰巧我对那位被称为‘会长’的邀请人多少有些了解。

鹿谷再度回想起日向的那句话来。

——他是大资本家的继承人，坐拥他父亲的公司与财产，年纪轻轻就出任了会长一职。他肯定过着悠然自得的日子吧。

那时，日向完全基于“现在的奇面馆馆主影山逸史即影山透一的儿子影山逸史”这个想象说出了那些话。

“唉，原本是**这场聚会的特殊性**引发了日向的误解。**受邀的条件即为同年出生的同名同姓之人**嘛。”

鹿谷边说边频频揉捏着摆脱了“哄笑之面”的双颊。

“这也应该早点儿注意到呀。”

他嘟囔着，略略遗憾地撇撇嘴。

“证据有很多。比如馆主几乎不认识那位设计宅邸的建筑师中村青司……”

——您听说过一位名叫中村青司的建筑师吗？

昨日，鹿谷这样向馆主提问。

——是设计这幢宅邸的建筑师。您曾见过他吗？

——不，我没见过他。

——没见过他吗？可是这里……

——那是二十多年前的事儿了吧。我似乎听先代馆主提起过。

就是说，他在此提到的“先代”并非指影山透一，而是其子逸史。别说是中村青司了，原本他连见都没见过影山透一吧。

“关于那枚‘未来之面’也令我有同样的不协调感。即便是透一极其珍惜的非常特别的假面，他也并不十分清楚……”

昨夜，在“对面之间”中，鹿谷问到“未来之面”时，主人如此作答。

——很遗憾，连我也不是很清楚。

按理说不会这样吧？鹿谷起了疑心。

——除此之外，我只知道**那枚面具已经不在这幢宅邸之中**了。

然而，他却称赞那枚“未来之面”的钥匙“绚丽夺目、如此奢华”，而且随身携带。这也令人感到奇怪。

——至于‘未来之面’本身，不知道它是丢了还是转让给了他人……我自先代馆主手中继承这幢宅邸之时，那枚面具已经不在这里了，只剩下‘未来之面’所属的这枚钥匙而已。

鹿谷曾试问过这样的问题。

——影山透一说过格外看重那枚‘未来之面’。既然如此，又怎么会仅仅留下钥匙，却连假面本身都不知所踪了呢？

馆主如此作答。

——我并没有向先代馆主过多地追问些什么。

就是说关于那枚“未来之面”，连对自己的儿子逸史，影山透一也一直采取了秘密主义的态度啊——鹿谷只好如此认可……

“……那果真有问题啊。因为针对馆主采取秘密主义态度的‘先代’竟然不是透一，而是身为‘第二代馆主’的你。”

鹿谷目不转睛地看着垂头丧气的“欢愉之面”。

“另外还有，比如说，馆主长期为‘表情恐惧症’苦恼的同时，也忍耐着这种病。五年前，馆主太太去世后，馆主似乎感到了忍耐的极限。最后，他为了克服这种烦恼，想出了**某种对策**，并决定付诸行动。他说过那种对策就是用假面隐去自己以及身边人的脸。

“如果他是影山透一的儿子，那应该从小接触到无数假面才对。可为什么直到那时才想起‘用假面挡住众人的脸的方法’呢——这明显很蹊跷。换句话说，就是**角色不自然地产生了变动**。

“听到日向京助那番话之时，他的反应冷淡也是一个理由。昨晚在‘对面之间’，那个时候我当然**完全进入日向这个角色之中**，还聊起了十年前采访的那件事……”

——十年前到访此处时，我记得似乎和您有过一面之缘。

——是吗？

——经透一介绍，略作寒暄而已。但是，那时我并非以作家日向京助的身份，而是以撰稿人池岛的名义。也许您已经不记得了吧。

——哦？有过这种事吗？

看起来像是对此毫无兴趣的样子。馆主那句“这种事”好似全然不记得一般。鹿谷对此也全然接受了……

“因为那对于馆主来说，是完全无关的别人的事，做不出其他反应来。**毕竟十年前与日向京助相遇的人并不是他，而是你**。

“而且——

“这是傍晚我听鬼丸先生说起时，觉得可疑的事……就是故去的馆主父亲的死因。馆主的父亲死于距今九年前，与影山透一同一年故去。但是其死因是**癌症，和病魔进行了半年以上的抗争后撒手人寰了**。这和我听日向京助说过的影山透一的死因不一样。他应该是死于**心脏或是脑部的急性病**。

“此时，我觉得的确不同寻常。为什么会如此不一致呢？我产生了这样的担心。同时，尽管如此，我仍然没有顺利找到这个问题的答案。之后，我向鬼丸先生求证过。馆主的父亲——身为镰仓古老世家的富豪，影山家的先代当家主人的名字。

“他的名字并非‘透一’。这件事自然没有对鬼丸先生或是长宗我部先生刻意隐瞒，只是我从未特意问起而已——影山智成。这是馆主父亲的名字。”

也许在众位来客之中也有人听说过这个名字。就算有人知道也不足为奇。

“……因此，那么，可以也让我听你说说看吗？”

鹿谷注视着依旧垂头丧气的凶手，提出了要求。

“首先是身为影山透一的儿子的你——影山逸史，什么时候、基于怎样的机遇与影山智成的儿子影山逸史相遇的呢？从这儿开始说起吧。虽然可以大致想象得到，但还是应该听你亲口说说。”

17

那是，影山逸史回忆道——

对了，那是距今四年前。一九八九年，似乎是在梅雨季节。

当时，逸史住在吉祥寺的公寓之中。某日，**他**突然打来电话，说无论如何也想和逸史见上一面。

那之前的一年——五年前，妻子撒手人寰。她是比逸史小四岁的美艳坚强的女子。年少相逢、喜结连理以来，逸史比世界上的任何一个人都要深爱着她。他曾坚信就算沧海桑田，二人也绝不分开。

可偏偏……

九年前，父亲影山透一亡故。他是在晚年将庞大的假面藏品全部放在山里的宅邸之中，隐居其内的“怪人”父亲。逸史作为独生子，虽继承了全部遗产，但那个时候他早已负债累累。也许，那是自己少年时一直为父亲宠溺所害，从未经历手头拮据的生活。逸史长大后，非常欠缺独自在现实社会中打拼的能力，可谓“不懂世故的放荡子”。

过分奢华冶游无度，以致挥霍一空。再加上接受各处提出“轻松赚大钱”的提议，重复着胡乱投资并失败的过程。如此一来，欠款剧增到就连对屡屡在经济上伸出援手的父亲也无法言明的地步。他很快陷入困境。就在此时，父亲去世了。

他所继承的影山透一的遗产绝非小数，但相当一部分都不得不用来归还欠款。即便如此，此时的影山逸史在心中暗暗起誓，要凭借所剩的大量财产创建新的人生。妻子也说过，会一直相信他的誓言。

然而——

在此之后，要说背也真够背的，要说这是自己的责任也的确要归在自己头上。他在经济上、社会上相继落败。从亡父手中继承的事业，逸史无论采取什么手段都会事与愿违，处处碰壁，继而接连破产。逸史身负巨额债务，为了逃避现实而沉溺于杯盏之中……

妻子对逸史不理不睬，五年前下定决心离婚并付诸行动。并非仅她一人如此。就连和她生下的孩子们，最后也被带到身为父亲的逸史绝对无法企及的遥远之处——到底在过去的什么时候才能想象得到，会有这么糟糕的未来等着自己呢？逸史沉浸于悲叹之中，诅咒自己的不幸与愚不可及。

于是，逸史妻离子散，拖着茫然自失的身子浑浑噩噩独自打发时间。一日，他打来了电话。

他自称是与自己同名同姓的“影山逸史”，来电时似乎已经掌握了关于逸史的身份及经历的一定信息。也许他雇人调查了自己，但是，一旦见了面，逸史马上发现他对自己绝无恶意。

逸史受邀至市中心某宾馆的豪华套间，与其初次相见。那时，他戴着一副相当大的深色太阳镜。尽管如此，他仍然一直躲避逸史的目光。令逸史吃惊的是，对方贸然提出的问题——

“你是‘另一个我’吗？”

逸史实在无法立刻作答。

逸史与他同名同姓。不止如此，他还告诉逸史连生日都同样是一九四九年九月三日。进一步详述之后，逸史得知他与自己在同一时期失去了父亲，还在同一时期失去了长年一起生活的**小他两岁**的妻子（虽然并非离婚而是死别），而后一双子女在事故中丧生。此时，就连逸史的心境也发生了奇妙的变化。

逸史自然也听那个人提过**他的影山家**代代相传的“另一个自己”的传说。同时，也听他详谈以他的“表情恐惧症”为发端的人生观及人际观，知晓以此孕育而生的、与“表层”及“本质”相关的奇妙反常与混乱……

“对于馆主而言，自然不是靠长相身材的相似性找到‘另一个自己’。”鹿谷说道，“因为他曾经不惜断言‘表层才是本质所在之处’，声称‘毫不动摇的意图最终存在于浅显的表面记号之中’。此处的‘表面记号’即为‘名字’。既不是‘脸’，更不是‘心’。称为‘名字’的记号——那里才能找到最大的价值。结果，他似乎一直坚信作为他的‘另一个自己’一定**以此种形式——与自己同名同姓的形式**现身。”

是的。这才是重点。

带来幸福的“另一个自己”绝没有明确的现身方式，而是视情况以诸多形式现身——他在这个影山家的传说上附着了非他莫有的解释。而且，他开始认为不能一味等待“另一个自己”现身，必须要主动寻找才行。

他先搜集了整个东京都一带的电话簿，寻找除自己之外的“影山逸史”。此时，唯一找到的就是逸史。调查之后，还弄清了一个事实，那就是逸史是名与他同年同月同日出生的男性。因此，那一日他下定决心与逸史取得了联系。

于是，影山逸史与另外一名影山逸史相识。此时，逸史的生活的确是一步步走向经济窘境。其中，逸史手里好歹还留有这幢宅邸——奇面馆。为钱所困后，宅邸之中的假面藏品大部分遭到变卖，但是父亲受到“未来之面”的启发而特制的七对假面难以处理，全部留了下来。逸史满含某种期待，对他说起了那些假面，而他也表现了超出逸史期待的兴趣。

逸史带他来到宅邸，让他看了那七对假面。他相当兴奋，那一天亲自戴上了其中一枚假面并上了锁。逸史也戴着其他的假面度过了那一日。回想起来，那时他选择的假面就是“祈愿之面”，而逸史所戴的假面正是“欢愉之面”——他清楚地记得这件事。

很快他自然而然地提议买下这幢宅邸中残存的假面。多年来，为病态的“表情恐惧症”所困扰的他，与名为奇面馆的此幢宅邸相遇，至此才认识到、真切地感受到作为“遮蔽表情道具”的假面的功用。他仿佛还有某种命中注定般的感觉。而且，对于逸史来说，这自然是个值得庆幸的提议。他考虑到逸史手头并不宽裕，为建在偏僻之地的古老宅邸提出了非常划算的价格。

“我觉得探寻一番的话，国内肯定还有除你之外、其他名为‘影山逸史’的同龄人。”他这样对逸史说道，“我尚且无法确定你到底是不是真正的‘另一个自己’。我有必要认识更多的‘影山逸史’，和他们谈一谈才能下判断。作为谈论的舞台，再没有比这幢奇面馆更为相称的了。我说，你认为如何？在此招待几名‘影山逸史’，让他们都戴上这种假面，掩盖起多余的‘脸’及‘心’。然后，我与他们逐一相对，寻找自己的幸福之路。”

他那充满奇妙强迫观念的梦想就此膨胀起来。

当举办这场“同名同姓的聚会”之时，我希望务必请你成为其中一名客人——他对逸史如此说过。但逸史也叮嘱过他，尽管很开心他愿意招待自己，却不希望公然宣称自己就是这幢宅邸的前任持有者。

失去了从亡父那里继承的全部财产，没落无能的第二任馆主——自己无法忍受被人这样看待的屈辱情形。他表示非常理解逸史的立场及心情，约定好绝不轻易泄露这些事情。

于是，三年前左右，第二代馆主影山逸史放弃了奇面馆的所有权。成为第三代馆主的他为了配合设想中受邀客所用的假面枚数，对配楼的客房实施了改建工程。对于逸史而言，**有件事情**令其不得不恳求这场工程赶紧平安无事完成——那就是“奇面馆的秘密”。

为什么逸史没有将那件事——暗格及密道的机关——告诉成为新一代馆主的他呢？

也许早晚有可能寻找到某种机会吧。但是，逸史希望尽可能让秘密继续成为秘密。所以，逸史虽从父亲那里得知关于设计此处宅邸的中村青司的种种信息，却没有对他说过一个字——关于那枚“未来之面”也是如此。

逸史虽然对他提及“未来之面”的存在及其来历，却隐瞒了详情，并且也没有告诉他，实际上那枚假面依旧秘藏于沙龙室的暗格内的事实，甚至不惜撒谎说“它已经不在这幢宅邸之中，自己也不知道它在哪儿”。逸史之所以希望秘密继续成为秘密，也许要归咎于经济拮据吧。

如果将馆的秘密告诉他，自然会拆穿这番谎言。那么，从一开始就不能告诉他这幢宅邸之中有这样的机关设计——逸史这样思索过。

“未来之面”。

最终，因为自己对那枚假面撕心裂肺的执念……

“未来之面”。

那说不吉利也不吉利，却一直以奇异魅力诱惑人心……

一旦将此物放手，今后再也无法见到它，与它再无任何瓜葛。索性让它从这个世界上消失即可。逸史也如此认真考虑过。但却担心一到关键时刻无论如何也无法舍弃它，担心自己既不想拱手让人也无法毅然舍弃。所以——

也许逸史曾经考虑过，希望借此机会将那枚假面作为馆的一部分秘密封印起来。

不过，因为那枚打开假面的钥匙仅仅是饰品，看似贵重实则价值不高，逸史决定将其让给他，并告诉他“只剩下了这枚钥匙”。他肯以非常划算的价格买下宅邸，故而逸史想至少对其表示这一点点诚意也好。出于这样的想法，逸史做出了这样的决断……

事到如今，后悔也无济于事。半途而废的诚意最后白白浪费了。如果那时，逸史没有转让那枚钥匙，一直将其带在身旁的话，也许三年后就不会发生这件案子了。

“未来之面”。

父亲影山透一确实相信那枚假面所拥有的“魔力”。父亲越是这样想，越是将其作为特别之物对待。建造此幢宅邸之时，尽管那位名为中村青司的奇特建筑师也提议过，特意建造这种精致的机关暗格……

逸史曾经认为，也许父亲在欧洲某国得到此面具后，**的确立刻尝试过一番**。或许就是遵从它启示的“未来”制作出那七对假面，或在这里建造了这幢宅邸。也许有效利用那枚假面启示的“未来”，例如经营方针等，父亲亲手开创的事业才能得以极其顺利地不断拓展。

所以——

透一死后，逸史无论如何也无法抗拒这种诱惑。这种自己也要试试看，想去尝试那枚假面的诱惑。

逸史自知这也许与自己对父亲怀有的复杂情感有关。

逸史并不怨怼于父亲。毫无怨恨的道理。但是——

逸史无法否认自从九年前父亲死后，随着时间的流逝，那份撕心裂肺的感情越来越强烈。

即便将父亲归类于“奇人”“怪人”，他仍在经济及社会上取得了十二分的成功，不断为儿子创造出富裕的生活环境。

逸史的确对这样一位父亲怀有敬畏及感激的心情，至今依旧如此。

然而，或许因此心中也不得不产生与此相反的重重情感。譬如畏惧，譬如艳羡，回顾自己的往昔以及现在的光景并为之所困的自卑感……

仅此而已他便越发无法抗拒“未来之面”的诱惑。

逸史成为奇面馆新任馆主后，其父生前曾屡次到访此处。也曾与妻子儿女一同前往奇面馆。但说起来，还是逸史独自突然造访的次数较多。其中，逸史几乎都想亲自试试“未来之面”。

父亲曾告知自己假面的藏身之处，转动七处铁棒便可打开暗格的门，打开假面的锁后将其取出。这种顺序令人感到某种仪式性，有一种令持有者的心中充满独特紧张感与高涨情绪的效果。

“未来之面”可为连续戴上该假面三天三夜之人开启真实的未来——逸史听说过这种传闻。但是，当自己实际戴上那枚假面时，却又不得不判断这种行为毫不实际。

不用说三天三夜，最多一晚已是极限。父亲一定也没有严守这个规则吧。

逸史这样想着，自己也逐渐接纳了这个观念后，戴上了“未来之面”。戴着它在“奇面之间”度过一晚，将此时入睡后所做的梦作为“未来”进行解释。逸史坚信以这种方法应该也可以在某种程度上引发“魔力”。

然而——

参照如此得到的“未来”启示所做的若干决断悉数事与愿违，令逸史不断陷入失败、低迷与没落之中。为此，不知不觉中，逸史对那枚假面抱有了强烈的撕心裂肺感。

希望与失望。期待与幻灭。肯定与否定。好奇与厌恶。执着与回避。

那说不吉利也不吉利的“未来之面”，连同奇面馆的秘密一起封印。此后，逸史甚至这样认为，实际上那也是主要理由。

逸史觉得已经受够了，接受了那种假面的“魔力”自己却连连遭到失败。但事实上，自己心里还残存着对那枚假面的贪恋与执念。

所以，逸史才对身为新任馆主的他撒了谎。

撒谎说“未来之面”早已不在这幢宅邸之中。

奇面馆转让给第三代馆主之后三年左右——

其间，逸史以变卖宅邸所筹资金建立了新公司，没有依靠“未来之面”，倾注所有心血进行经营。尽管如此，业绩依旧不见任何起色。逸史依旧毫无经营能力，从而招致不幸，种种计划均遭到挫折，恰逢泡沫经济破灭，导致雪上加霜……结果就陷入了比以往更加无法逃脱的紧迫境地。

在前年七月第一次召开的“同名同姓聚会”上，逸史作为受邀客的其中一员受到招待。那时，察觉出逸史窘境的他非常担心。然而，逸史觉得此时不能再接受他的援助。今后还能再想出什么办法来、总会有办法——在去年九月第二次聚会之际，经营情况继续恶化，但逸史仍旧无法做出哭着央求他的举动。

这样下去不行——逸史时常考虑。这样下去可不行，不想点什么办法的话……

然而，此后又过了半年——

逸史被逼至绝境，早已无计可施。一年前创立的“S 企划”实际上已经面临破产，逸史只好接连染指高利贷。最后，“未来”跌至更加黑暗沉重的境地……

还是结束了这样的人生、早早吊死算了。不然的话，就抛弃一切逃到国外去——目前面临的残酷事实就只剩下这种选择了。

结果，逸史做出决断——那就是这次实施的“计划”。

早已没有任何留恋。逸史暗下决心，无论是对于早已不在身边的妻子儿女，还是对于现如今的生活，甚至对于出生成长的这个国家，都不再有任何事值得留恋。

所以，是的……

作为失望、幻灭、否定、厌恶、回避的对象，虽然曾经暂且希望封印“未来之面”，但还是暗中将其解封、再一次将其据为己有吧。然后，这一次可要**正确使用**它。

“未来之面”可为连续戴上它三天三夜之人开启真实的未来——一定是自己轻视了那个传说，没有恪守规则导致了失败。所以，这一次一定要克服预料得到的困难，实践其正确的使用方法，将真实的未来……

逸史下定决心、制订计划，做好必要的准备后参加了这次的“同名同姓聚会”。

正如鹿谷所说，逸史预先计划的是趁人不备偷出“未来之面”，第二日再佯装不知情地离开宅邸，之后迅速逃到国外去。早已处理好身边种种事情，确保了能够暗中逃往国外的方法。开来的车也是租的。通过天气预报得知山中有降雪的可能，以防万一借来了胎链。即便如此——

不合时宜的暴雪令其十分为难。那是在父亲生前、逸史自己来到这幢宅邸时，经历过同样称得上是“十年一遇的诡异气象”。

但是，就算接连下了两三天雪，困在此处的话，从一开始也不会有人注意到发生了“盗窃事件”。正因为是这样的计划，应该也不会有大碍——怎么能错过这么好的机会呢。

不能错过这么好的机会。照这样下去可不行。

逸史屡次三番如此劝说自己。

这样下去可不行。现在才是我不得不亲自寻求的道路。为此，果真只能在今夜实施这个计划了。

于是——

四月四日，凌晨一点半。

估算令众人喝下的安眠药起效之时，逸史按照原定计划开始行动。然而……

18

“令你如此执着的‘未来之面’到底是怎样的假面呢？什么颜色？什么形状？刻画了什么表情？戴上它有什么感觉？会产生什么特别的心情吗？”

即便鹿谷如此发问，影山逸史依然一味沉默着缓缓摇头。虽然周围众人无法推断，但如今仍旧隐匿于“欢愉之面”后的他的脸上，此时却是由畏惧、悲叹、苦笑、忧愁等瞬间交替、好似痉挛般疯了似的表情。

“我说，影山先生。”鹿谷继续说道，“你曾说过你自己没有正确使用‘未来之面’。如果使用方法得当的话，最后又能看到什么‘未来’呢？已故的透一有没有提过此事呢？”

逸史仍然默默摇头。鹿谷也闭口不语。现场真的好似冻结般鸦雀无声。然而，不久——

“那是——”逸史以含混的声音痛苦地回答道，“那是不祥的假面，是不祥且令人毛骨悚然的……正如它的别名‘暗黑之面’那样，一旦戴上它，世界便被封入黑暗之中。那是伸手不见五指的无尽黑暗。”

“无尽黑暗……吗。”

鹿谷拧着眉头，低声自语。

“‘未来之面’是‘暗黑之面’……有意思。”

“据说这份黑暗一味与自身内心融为一体，最后才能看到‘未来’。”

与其说后半句话是逸史自己的经验之谈，不如说那是听父亲说过的有关那枚假面的消息之一——

“我偶尔会做一个梦。”逸史坦白道，“某个令我即使绞尽脑汁去思索其中奥妙也不得而知的恐怖梦境。”

他不清楚，也想不起究竟从何时开始做这个梦的。他觉得那既像是昔日旧梦，又好似近些年才开始梦到一般。

“黑暗之中，一心以为日暮途穷的噩梦。从那一团黑暗之中有什么东西——有个人突然向我袭来。我不知道对方是谁，只看到灰白身影。扭打之时，终于有一瞬间令我看到了那个影子的脸。那是极其冷酷，与身为生物的人类相距甚远的一张脸……没错，那是‘恶魔’的脸。我害怕极了，一下子失去了理智，将对方按倒在地、用双手卡住了他的脖子——噩梦就此结束。前天晚上也是如此。来到这里的前一晚，我也做了这个梦……”

关于这个噩梦，逸史最近也略有察觉。

心底某处突然微微阵痛的记忆。即便想要探寻那份属于自己的往昔记忆，也无法得偿所愿。潜伏其中的这个难道是……

“我……”逸史越发痛苦地不断倾诉道，“这是……我……天啊，难道我……”

“怎么了？”

鹿谷注视着双手抱头的逸史。

“你觉得那个梦是什么？”

“我……也许在很久很久以前，我还是个孩子的时候，父亲给我戴过那枚假面。”

“透一给你……戴上过那枚假面——‘未来之面’吗？”

“我……也许**被他戴上过**那枚假面，而且带了三天三夜。我虽然记不太清楚了，但越怀疑越觉得……没错，我觉得就是那样。”

透一得到那枚假面时是一九六〇年左右。当时，逸史年仅十一二岁，在此七八年后才建造奇面馆——

也许父亲以其子作为“试验品”，尝试过从国外带回那枚假面的“正确使用方法”。最近，逸史不由得这样认为。

——围绕着这个假面还有某种可怕的传说。连续戴上该假面三天三夜，终于抵达黑暗的尽头时，看到“未来”之人大多变得精神异常。

最近，逸史也常常想起这句父亲不知何时说过的话。他还记得自己听到这句话时说过“怎么可能”。但是……

“……所以说，我、我在那个时候看到了——也许不幸看到了，在黑暗的尽头看到了遥远的‘未来’。”

逸史以双手遮住“欢愉之面”的双目。

“我害怕极了，不知不觉将其封存于心底。也许那份记忆偶尔化身梦境浮现出来。那个梦……亲手绞杀了突然袭向自己的‘恶魔’的那个噩梦。在几十年后的现在，那个梦终于……”

现实为噩梦所吞噬，还是噩梦侵入现实呢——回想起深夜身处“奇面之间”时，缚住自己的那种强烈的奇妙蛊惑感，影山逸史心情黯然地再度缓缓摇了摇头。

19

正如鹿谷所指那样，从沙龙室的暗格内偷出的“未来之面”被凶手藏在了开来的车子后座下面。郑重取出包着毯子的假面后，鹿谷等人第一次亲眼得见——

数百年之前制作出的古老假面，一看到那极其诡异的形状，任谁都会感到震惊。

那是涂黑的全头铁制假面。

整体粗犷的外形设计，头后部装有看上去十分坚固的上锁装置……然而，令所有人感到震惊的是那枚假面的脸。全无任何表情的黑黢黢的脸上，通常本应在双目位置开出的孔洞竟然一个都没有。

尾　声

1

四月十五日，星期四。

鹿谷门实前往位于朝霞的日向京助家拜访。

那是个明媚的下午。凭借上次的记忆，鹿谷从车站一路走了过去。他看到满街盛放的樱花时，心情竟变得十分舒畅。自那场暴雪之日算起不过十余天，可季节早已具备春天的气息。

一抵达目的地，鹿谷便确认起名牌来。**那上面并未写着笔名“日向京助”，仅仅记下原本的姓氏“影山”**二字。而后，他按响了门铃。

“您再度特地远道而来，实在令我诚惶诚恐。”

现身玄关的**日向京助、即影山逸史**仍是上次那身睡衣外罩对襟毛衣的打扮。不过，与上次不同的是，他的脸收拾得干干净净。头发剪短了，胡子刮净了，气色也不那么糟糕了。

“托您的福，我恢复得很理想。虽然还有些别扭，哎呀，据说慢慢地就不会在意了。”

他轻轻拢着左耳，露出少许苦笑。说声“请进”，将鹿谷让进屋内。

与上一次相同，鹿谷仍旧被让到一层的起居室。这次日向亲自下厨房为鹿谷沏了咖啡。即便本人自嘲“租住在便宜的房子”里，但也许也会在意咖啡的口味。不久，日向端来了咖啡。那出乎意料的美味不由得令鹿谷想要吸“今日一支烟”了。他总算抑制住这份欲望，与日向聊了起来。

“先把这个给你。”

说罢，鹿谷从包内取出两样代为保管之物。其中一个是那张请柬，另外一个是那本《MINERWA》。

装有请柬的信封正面所记载的收信人姓名是“影山逸史先生”。背面的寄信人姓名亦为“影山逸史”——上次，鹿谷在这个房间看到信封时觉得“略感讶异”，现在同这略生感慨的讶异一并浮现于脑海之中。

“这本《MINERWA》还真是借对了呢。真没想到还能在那种情形中派上用场。”

鹿谷即便如此感叹，日向也只能含混地回答“是嘛”。日向在电话中听说了事件梗概，但尚不知道详情。他自然会有这种反应。

“不过真是吓了我一大跳啊。三号夜里，电话打到医院之后，竟然发生了这么严重的事件。”

说着，日向拿过鹿谷放在桌子上那封装有请柬的信封，仔细端详起来。

“身为邀请人的**这位影山逸史**遇害身亡，凶手是我于十年前在那幢宅邸中遇到过的**那位影山逸史**。遇害的**这位影山逸史**与身为建造宅邸的影山透一之子的**那位影山逸史**不是同一人……是这么一回事吧。”

“重点就是这样——你说有警察去医院找过你吧。”

“两名刑警来了病房。”

“他们为了确认我是否受你所托，替你参加那个聚会才去找你的吧？”

“没错。大抵只为了确认这件事，甚至都没听我说说详细情况。”

“也许因为你是病人，才有所顾虑嘛。”

“是这样吗——我记得发生那件案子是在四号凌晨……被暴雪困在宅子里，连警察都很难联系得到。”

“过了五号中午总算联系上了。”

雪彻底停了，天也转晴了。鬼丸判断此时已经可以出行后，便让长宗我部坐在副驾驶上，两人一同出车。警察赶来、正式开展事件调查是在那一天的傍晚左右。

“你想听我从头到尾讲一遍吗？”

鹿谷征求起日向的意见来。如此一来，日向立刻向前探了探身，回答道：

“这个自然。鹿谷先生，您就是为此而来的吧？”

2

“……是嘛。那个‘未来之面’竟然是‘暗黑之面’啊。”

洗耳恭听鹿谷滔滔不绝全部讲述完后，日向已经几杯咖啡下肚，重又拆开一包烟。点上火后，也许那是他的习惯吧，才看似不怎么享受般——更像是觉得某种味道不好般地抽了一口烟。

“没有开眼洞的话，戴上面具后自然什么也看不见，整个世界被封入黑暗之中。戴着它度过三天三夜的确非常艰苦吧。这很难独自执行。如果在儿时真的成了‘试验品’的话，就算给他的心灵造成了根深蒂固的创伤也不足为奇。所以，他自己才不得不将那份记忆封印起来啊……”

“你怎么看待他所述的‘某个梦境’？”鹿谷问道。

日向马上非常认真地答道：

“我对此深信不疑。在孩提时代，‘未来之面’曾为他开启的‘未来’在三十余年之后，降临在他身上。那枚假面果真拥有以人类智慧无法估量的‘魔力’——鹿谷先生，您难以相信吗？您认为那只是他的臆想或是妄想之类吗？”

“我觉得到最后那只是‘理解’的问题。”

鹿谷回答道。

“在这个世界上，偶尔会发生神奇的小概率事件，可以将它们全部果断归于单纯的‘概率失衡’，或是发现‘失衡’本身所含的某种意义。实际上也不必采取这两种相差悬殊的态度嘛——最近，我时常这么认为。所以……”

“您认为那枚假面‘魔力’也是如此，类似于**皮格马利翁效应**？”

“也许，就是这么一回事儿吧。”

鹿谷以手指轻轻摩挲着额头。

“原本——正如那种‘配锁假面’，历史上不是将其作为某种刑具制作出来的嘛。能够马上列举出来的有那枚‘耻辱之面’，还有‘长舌妇之面’也非常有名啊。”

“哦，那个呀。给喜欢造谣生事、嚼人舌根的唠叨女人戴上，令其于路旁示众的那种假面。”

“没错。比起拷问来，这更像是所谓的示众刑罚所用的刑具——

无论如何，‘配锁假面’原本并非所有人自己所戴之物，而是让人戴后、上了锁就无法摘下才制作出来的。因此，我觉得‘未来之面’一定也是如此。戴上它后变得什么也看不到之类的，通常考虑的话除了刑具之外什么都不是。被强行戴上了那玩意儿三天三夜的话，还真有可能让人变得精神异常呢。”

“影山透一自然从一开始就了解到了吧。”

“是的。我认为透一十分了解那枚假面**原本的用法**，在建造奇面馆时，他肯定也对中村青司详细说明过。所以，可以想象得到，那幢宅邸的配楼才会有如此构造嘛。”

鹿谷的脑海中浮现出奇面馆配楼的平面图。

“就是说——原本那三间客房，换句话说分别是‘第一日之房间’、‘第二日之房间’与‘第三日之房间’吧。戴上‘未来之面’的人首先进入‘第一日之房间’，必须在那里度过整整一天。房门虽然没有上锁，但每个区域的隔门都有锁。将其锁上后，便被关入‘第一日之房间’。窗子上的铁质格栅也是为了令关进去的人无法逃脱才装上的……日向先生，昔日你见到那幢配楼时，难怪会觉得它‘好似监狱一般’了。”

“第一天结束后，打开通向‘第二日之房间’的门，令人向前行进。接下来在‘第二日之房间’内再待上整整一天。”

“如此这般在‘第三日之房间’内待满一整天后，穿过沙龙室来到‘对面之间’，与主人——假面的所有者相见。此时，主人会询问三天三夜接连戴着‘未来之面’的结果，即开启的‘未来’是什么。”

“就是说，那幢配楼是为了正确使用‘未来之面’的仪式而修建的。”

“先不说实际上是否真的在那里执行过那个仪式，但至少可以肯定的是，出于这样的动机才建造了配楼。无论是隔门的存在，还是每个区域仅设一个洗手间……还有就是，对，那打磨得粗糙的地板。”

“粗糙的地板？”

“客房也好走廊也好沙龙室也好，都有被粗加工糙的地面。现在，那上面都铺设了小块地毯，还摆放了家具，很难看出其中的联系。但那些粗糙的地板也许本是为了帮助戴着‘未来之面’关进去的人在区域内四处活动而设的指引。”

“指引……哎呀，原来是这样啊。”

日向轻轻击掌。

“就像那种东西吧。那种视觉障碍者所用的盲道。人行道或车站月台铺设的那种黄色的凹凸不平的东西。”

“是的，与那些作用相同。为了被‘未来之面’夺去视觉能力的人……”

说着，鹿谷静静闭上了双眼。

“未来之面”即“暗黑之面”，它那黑黢黢的诡异的“脸”好似渗入眼睑般马上浮现出来。如果自己戴上了这枚假面，度过三天三夜之后，在黑暗的尽头看到了“什么”的话——这样的想法突然冒出脑海，鹿谷反射性地用力摇摇头，将其赶走。

睁开双眼，日向正看着自己，不知何故默默地微笑着。

3

“……尽管如此，真是场诡异的聚会啊。”鹿谷感慨地说道，“邀请人也好，六名受邀客也好，所有人都是同名同姓。而且，还戴着那种面具，看不到所有人的长相。”

“您受苦了。”

日向不痛不痒地回应道。

“不过嘛，用本名相互称呼很难区分出谁是谁，所以每个人都戴上了不同的假面。这在某种意义上来说，不也是合情合理的吗。”

“才没有啊。尽管如此，想要习惯起来还真是麻烦得要命呢。”

鹿谷边回忆着自己的辛苦，边耸了耸鼻子。

“就算关系亲近的编辑想要将这件案子小说化，我也会断然驳回的。比如文章的旁白部分，除了用人之外的那些出场人物要如何称呼，光是想想这些麻烦事儿就够让人眩晕了。何况还要搞些无聊的恶作剧。比如考虑到对读者隐瞒‘同名同姓’的这个事实啦……”

“本格推理小说真是麻烦透了。从公平啦合理啦这种问题开始，有太多独特的规则或限制。”

说罢这番事不关己的言论后，日向再度拿起那封装有请柬的信封，看着信封背面的寄信人姓名。

“我觉得我很想见见那位遇害的**影山逸史**啊。”伴随着轻声叹息，他如此说道，“他也是个非常怪异的人吧。”

“这个嘛，可以肯定的是这位仁兄的价值观、世界观不怎么普通，也不怎么合乎常理。”

“相信影山家的传说，为了给自己开辟出一条吉径，想要寻找‘另一个自己’。这样的心情我自然也能理解。但是，如此一来他便开始‘寻找同名同姓之人’，我总觉得这想法也太跳跃了。”

“要是你实际见上他一面，听他解释一番的话，也许那时会感到有说不出的说服力吧。”

鹿谷回想着那晚在“对面之间”中与奇面馆馆主说过的那些话。

“断言‘表层才是本质所在之处’的他的声音，怎么说好呢，那声音怪异得惊人。他自己也十分清楚那是病态的、扭曲的言行，却迫不得已依靠于此。”

“是嘛。”

“毕竟那和佐藤某某或是铃木某某不同，而是‘影山逸史’嘛。一般来说找遍全日本也没有几名叫作‘影山逸史’的人。然而，亲自找找看的话，令人吃惊的是最初找到的影山逸史竟与自己同年同月同日生，并且还是名为奇面馆这种奇特建筑的所有者。他在这种奇特的偶然中找到了‘意义’，可想而知他古怪得很。”

“即便你这么说，我也不是很清楚啊。”

“围绕‘影山逸史’，在此之前还有更为奇特的偶然重叠在一起。我觉得这方面已经不是推理小说作家可以插得上嘴的范围了。”

“这的确是怪奇幻想系的领域啊。”

日向浅笑着点点头。

“对于‘未来之面’的‘魔力’,还可以作为‘理解问题’处理……对吧。”

“没错。”

鹿谷也浅笑着点点头。

“他觉得应该还有其他年纪相仿的‘影山逸史’,便开始寻找起来。最后，找到的那几位‘影山逸史’全都是大致生于同年同月同日——这个偶然在推理上的真实基准上来说，大致算‘不合格’吧。况且，即便召集起寻找到的那几位，也肯定会与邀请人的期待相反才对。然而那些人竟然连容貌及身材都大致相似，其中还有像札幌的米迦勒那种酷似馆主的人，如此一来只得感叹着‘这是多么不可思议的事情’啊。”

“从中发现过剩的‘意义’，从而展开故事才是怪奇幻想系的小说吧。”

日向装腔作势地回答，脸上那一抹浅笑消失殆尽。

4

“作为怪奇幻想小说作家，我还有一个在意的问题。”日向说道。

鹿谷立马回答道：

“哦，是嘛。大概就是那个问题吧。在‘对面之间’中那个卦签式的问题到底意味着什么。”

“是的。就是这个。”

“没有什么意义。实际上那似乎只是寻找‘另一个自己’的影山逸史将非常私人的印象制作成资料的问题而已。如今他既已遇害，那个问题所包含的意义已经无从知晓了。”

“的确如此。不过，暂且不提他为此问题所赋予的意义，那个问题作**为结果所拥有的意义**，我们也有找到它的余地。”

日向的口吻非常干脆。这令鹿谷有些感到意外。

“怎么说？”

“请您回想案发当晚馆主向大家提出的问题。方才是我第一次听鹿谷先生说起，所以听到那个问题时我突然想起了一件事……”

——向“另一个我”提问，您只要如实作答即可。

那晚，在“对面之间”，同样戴有“哄笑之面”的奇面馆馆主影山逸史向鹿谷提出了那个问题。

——现在，你站在一处陌生的三岔路口。前方有两股岔路，其中右方的岔路尽头像是陡峭的台阶，左侧岔路尽头散落着大量眼睛。

馆主补充说道，所谓的“大量眼睛”即“人类的眼球。”

——你折返而回的道路尽头是个没有路闸的道口，报警器不断鸣响。总之，就是这样一个三岔路口。

——那么，现在你会选择哪条路呢？向左？向右？还是会原路返回呢？

“鹿谷先生您说过，您的回答是‘选择左边的岔路’。那么，您有没有问过凶手影山逸史，对于同样的问题他是怎么回答的呢？”

“等警察赶到前还有大量时间，所以我也问过他。与其说是为了探寻意义，不如说是单纯的好奇心使然吧。”

“那么，他是怎么回答的？”

“据说他选择的是‘原路返回’。”

“这样啊——哎呀，有意思。真是有意思啊。”

日向频频轻轻点头，而后像是眺望远方般眯起了双眼。

“我说，鹿谷先生啊。这完全是根据我的胡思乱想得出的意义，比如说试着这么想想如何？”

鹿谷“嗯”了一声，皱了皱眉头。

“怎么想象呢？”

“在‘奇面之间’中，犯下预订计划外的血案之后，凶手被逼做出的选择在此重叠起来。他打算从‘对面之间’穿过沙龙室溜出去，但是注意到女仆新月小姐在沙龙室中。那么，要怎么办呢？就是这样的一道选择题。”

“步入沙龙室挑战正面突破，还是返回‘奇面之间’利用密道。对吧。”

“凶手就站在重要的分叉口。向前行有新月小姐，极有可能遭到她的盘问。她的名字是‘瞳子’吧。所以‘左侧岔路’散落着的‘大量眼睛’就是捕捉到暗示‘瞳子之目’的表象。”

“这样啊。那么‘原路返回’在此意味着他下了什么决断呢？”

“在‘没有路闸的道口’，而且‘报警器不断鸣响’——听上去似乎非常牵强，但想起这样的道口时，我不由得联想起‘被疾驰的火车轧得四分五裂的尸体’。我觉得轧断的尸体形象也许暗示了‘切断的死尸’。”

“确实十分牵强啊。”

“尽管如此，好歹可以让这两个意思联系起来嘛。最后，凶手选择‘原路返回’，切掉了尸体的头部。”

“哎，稍等一下。”

随便怎样都好——鹿谷这样想着，却也忍不住提出异议。

“实际上令凶手被迫做出抉择的是前进还是返回这二者之一。但是在‘对面之间’，向我们提出的问题还有第三个选择。那是有‘陡峭台阶’的‘右方岔路’呀。与凶手那时所处的情况不一样嘛。”

“不对不对。不是那么回事儿啦。”

说着，日向好似眺望远方般再度眯起了双眼。

“我认为实际上凶手也有相当于‘右方岔路’的第三种选择。”

“是吗？”

鹿谷稍稍端正坐姿。

“是什么选择呢？”

日向郑重其事地回答道：

“根据鹿谷先生的话，应该是这样的吧。因为凶手知道身处沙龙室的新月小姐是柔术高手，如果被她发现且追赶的话，自己毫无反击的余地就会被丢出去。所以凶手不得不放弃正面突破。但是，这是凶手不得不赤手空拳与新月小姐对抗的情况呀。”

听闻至此，鹿谷不禁恍然大悟，不禁发出一声惊叹，总算知道日向想要表达什么了。

“凶手身处内室之中，手边正有一件**强有力的武器**，就是用来切断尸体的头部与手指的那把日本刀。”

“原来如此。还有这个办法啊。”

“无论对手怎么不好对付，只要这边突然抡起日本刀砍过去的话，又怎么会输呢。这种判断也很有可能呀。如果一开始，他就已经起了杀心，打算砍杀新月小姐的话。”

“你是说这就是那条‘右方岔路’吧。”

“是的。这条路的尽头有‘陡峭的台阶’。这暗示的是——”

“通向死刑台的十三级台阶吗？”

“令馆主影山逸史不幸身亡是由于计划预订外的突发事件，即便被捕后受到法律制裁，也不可能处以极刑。但是，如果为了逃离困境而斩杀新月小姐的话，量刑就会截然不同吧。”

“的确如此。”

“作为结果，凶手也舍弃了那个选项，从而选择了‘原路返回’。正如数小时之前，在‘对面之间’被问到时所做的回答那样。这样考虑的话，也可以认为遇害的影山逸史所寻求的‘另一个自己’，归根到底也许还是最初遇到的凶手影山逸史。”

日向深深叹了口气，他那双眯起的眼恢复原状，看向鹿谷的脸。

“鹿谷先生，您意下如何。这样牵强附会，对于推理小说作家而言看来还是很多余的吧。”

5

日向到厨房添了咖啡，而后返回起居室。在此期间，气氛不知不觉地陷入令人窒息的沉默中——

日向喝了一口咖啡后，点了一根烟，依旧看似不怎么享受地抽了一口，开口说道：

“对了——”

也许是心理作用吧，他的口吻听起来比方才要轻快得多。

“听说凶手影山逸史最近改名为‘创马’这个俗称了。本名的笔画数就那么不好吗？”

“哎？同为影山逸史的你注意到了吗。”

“唉，才不是呢。根据姓名或是生辰八字算命什么的那种占卜，我既不怎么关心，也不怎么在意。”

“是嘛。我倒是有点儿感兴趣，毕竟我稍微知道一点儿，之后又大致查阅了相关资料——”鹿谷掏出上衣口袋中的笔记本，边确认那上面记录的内容边说道，“根据最标准的姓名测字法，‘影山逸史’的主格笔画数为十四，外格为二十，总格为三十四。其中，运势上最为重要的主格为十四画，是凶数。外格的二十画是大凶数，总格的三十四画也是凶数。就是这么一种糟糕透顶的结果。”

“这样啊。”

“但是如果根据占卜改为‘影山创马’的话，主格十五，外格二十五，总格就是四十。十五是吉数，二十五是次吉数，的确比本名的笔画数吉利得多。总数的四十虽不是什么吉利的数字，但是与本名相比也好得多。”

“可事实上，改了这个名字也没有任何效果吧。他也无力阻挡公司破产。”

“可不是吗。”

鹿谷合上笔记本。

“索性连‘S企划’这个公司名字一起改了多好。”他半开玩笑般说道。

日向也顺势开玩笑道：

“那是命名水平的问题呀。‘S 企划’的‘S’恐怕取了影山的‘影’字、即‘shadow’的‘S’吧？”

“这么说的话，那位建筑师影山逸史的事务所好像也用了相似的命名方法。”

“好像叫‘M&K 设计事务所’吧。”

“是这个名字。‘M’是身为联营者的光川姓名的‘M’，‘K’就是‘KAGEYAMA’的‘K’嘛。”

“那位叫老山警官的刑警先生，他的外号也没什么稀罕的，取了‘影山’的‘山’字就成了‘老山警官’嘛。”

说罢，日向扑哧哼笑一声。

聊到这会儿，鹿谷才想起某件事。

“哦，对了。我还想问你最后一个问题。”

出于萌生的小小恶作剧念头，鹿谷故意眼神锐利地盯着对方。日向做出了敏感的反应，看上去变得紧张起来。

“什么问题？”

鹿谷的眼神并未缓和下来，回答道：

“关于你的笔名一事。”

“笔名？”

“日向京助这个笔名，是用‘影山’的‘影’字其中一部分起的名字吧。‘日’与‘京’上下摞在一起是个‘景’字。这个嘛，一眼就能看穿。不过撰稿所用的笔名倒是得稍微琢磨琢磨。”

“嘿，什么嘛。是那件事啊。”

“你只提过‘池岛’这个姓氏对吧。除了告诉我是‘池岛某某’

之外，没再说过别的。虽然那并非你刻意隐瞒，不过随后变得非常在意。在意池岛后面的名字是什么。”

日向的眉头拧成八字，回应道：

“怎么又问这个？那么执着这个原本无所谓的问题吗？”

“哎，可不是无所谓嘛。不过，这种事就是这样啊。一旦变得在意起来，就很难忘了它……”

“是吗？”

“不是吗？”鹿谷忍住笑意问道。

日向略感尴尬地噘着嘴说道：

“去年秋天，在宴会会场初次见面时，你不是说过嘛。说到你写的那本《迷宫馆事件》时，你曾说过诡计也好逻辑也罢，全不在行。‘但是，绝不讨厌这种小儿科式的“消遣”’。”

“是啊，没错，我是这么说过。”

“每每想起那番话，再怎么不愿意也能找到答案。也就是说，或许您自己也做过‘小儿科式的消遣’吧。”

“没错。怎么说好呢，顺藤摸着瓜了。”

“所以——”鹿谷若无其事地宣布出**那个答案**，“池岛之后的名字是‘かつや’，对吗？”

“啊呀呀，既然这么难得，我就问问‘得出这个答案的理由’好了。”

“终于肯好好配合我了吗？”

笑容绽放于鹿谷的双颊。

“基本算是‘这种小儿科的消遣’式的单纯字谜。都不用费工夫以罗马字母标注后重新排序。本名‘影山逸史’用平假名标注是‘かげやまいつし’。如果忽略浊音的话，从其中去掉‘池岛’的‘いけじま’这四个假名后，所剩的假名是‘か’、‘や’和‘つ’。说起用这三个假名组合而成的名字，也只有‘かつや’这种名字了——怎么样？”

“回答得漂亮，不过，其实这再简单不过了嘛。”

日向京助、即池岛克也即影山逸史，露出一抹看似愉快的笑容。鹿谷望着他，从特制烟盒中取出“今日一支烟”后点上了火。

6

“对了对了，差点儿忘了这个。”

临近告辞之时，鹿谷这样说道。他边说边从包内再度取出一样东西。那是从奇面馆馆主那儿收到的面值两百万的保付支票。

“没有任何人责难我，所以把它拿回来了。到底还是……”

说着，鹿谷当着发出一声叹息的日向，撕了那张支票后丢掉了。

“到底还是不该把这笔谢礼据为己有啊。得知馆主遇害的时候，我已经无法隐瞒自己是日向京助的替身一事了。那么，众人自然知道这两百万不是应得的报酬。而且，实际上的确如此……没错吧。”

“没……错。”

尽管日向非常理解，但还是以一副实在可惜的表情低垂双目。

可是啊——鹿谷思索着。

关于这件事，日向多少也反省一下比较好。

以“中村青司的奇面馆”这一难以抗拒的诱饵令鹿谷上钩，接受了此次奇妙的委托。至于将谢礼一分为二嘛，鹿谷从一开始便十分抵触。即便没有发生那件案件，他也打算在离开宅邸之前归还那张支票。这样一来，日向也许会非常不满，鹿谷甚至考虑自掏腰包，支付日向一百万元了事。

不久，日向缓缓摇头，重振精神般抬头看向鹿谷。

“对了，鹿谷先生。遇害的影山的遗产要如何处置呢？”

他提出了这样一个问题。

“在资本家遇害身亡的情况下，问题的焦点毕竟还是‘什么人受益’。不是有很多这种推理小说嘛。这次的案子，似乎和这完全不沾边儿呀。”

“影山曾说自己是‘孑然一身’，但根据鬼丸先生所说，似乎有几名亲戚享有继承权。当然啦，要判明他们与本次案件完全无关才行……”

然而——

万一将来那名出国后杳无音信的双胞胎兄弟活生生地突然现身了呢？那时，围绕影山家的庞大财产，也许会出现种种麻烦透顶的事儿吧——不过，那已经与鹿谷无关了。

“那么——”

说着，鹿谷拿起了包。

叨扰过久，夜幕早已降临。

正准备从沙发上起身之时，鹿谷突然看到挂在墙壁上的日历。

四月十五日……对了，说起来，昔日泰坦尼克号没入大西洋似乎就在这一天。那也就是说，今天是杰克·福翠尔的忌日啊——鹿谷想道。不过，他仍然选择了保持沉默。

图书在版编目（CIP）数据

奇面馆事件 /（日）绫辻行人著；樱庭译 . -- 3 版 . 北京：新星出版社，2024. 7（2025. 4 重印）
ISBN 978-7-5133-5653-4

Ⅰ . I313.45

中国国家版本馆 CIP 数据核字第 2024QL1499 号

奇面馆事件

[日] 绫辻行人 著；樱庭 译

责任编辑 王 萌
责任印制 李珊珊
装帧设计 张 二

出 版 人 马汝军
出版发行 新星出版社
（北京市西城区车公庄大街丙 3 号楼 8001 100044）
网 址 www.newstarpress.com
法律顾问 北京市岳成律师事务所
印 刷 北京天恒嘉业印刷有限公司
开 本 910mm × 1230mm 1/32
印 张 13.25
字 数 192 千字
版 次 2024 年 7 月第 3 版 2025 年 4 月第 3 次印刷
书 号 ISBN 978-7-5133-5653-4
定 价 59.00 元

总机：010-88310888 传真：010-65270449 销售中心：010-88310811